1984
George Orwell

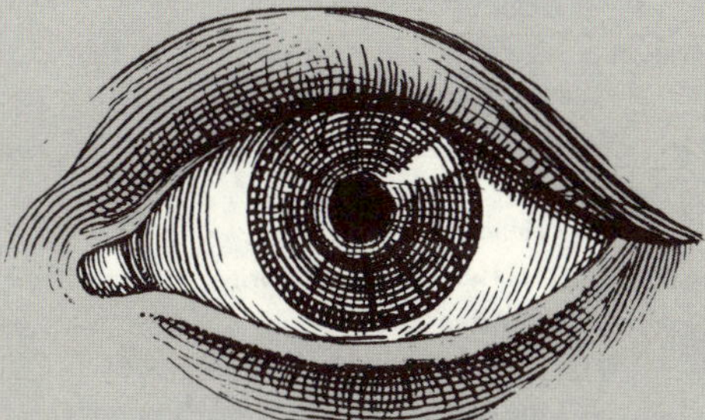

ANTÍGONA

TÍTULO ORIGINAL Nineteen Eighty-Four
AUTOR George Orwell
TRADUÇÃO Ana Luísa Faria
REVISÃO Conceição Candeias
DESIGN Rui Silva | www.alfaiataria.org
IMPRESSÃO Guide - Artes Gráficas

DATA DA REIMPRESSÃO Lisboa, Maio de 2015

DEPÓSITO LEGAL 342516/12
ISBN 978-972-608-189-0

ANTÍGONA, EDITORES REFRACTÁRIOS
R. Gustavo de Matos Sequeira, n.º 39, 1.º
1250-120 Lisboa | Portugal | t +351 21 324 41 70
info@antigona.pt | www.antigona.pt

Primeira Parte

1

Era um dia claro e frio de Abril, nos relógios batiam as treze. Winston Smith, queixo aninhado no peito, num esforço para se proteger do horrível vento, esgueirou-se depressa por entre as portas de vidro das Mansões Vitória; não tão depressa, porém, que não entrasse com ele um turbilhão de poeira arenosa.

O átrio cheirava a couve cozida e a capachos velhos. Num dos extremos da parede fora posto um cartaz a cores, demasiado grande para ser afixado dentro de casa. Representava simplesmente um rosto enorme, com mais de um metro de largo: o rosto de um homem dos seus quarenta e cinco anos, com farto bigode e feições de uma beleza austera. Winston encaminhou-se para as escadas. Não valia a pena tentar o elevador. Raramente funcionava, mesmo nas melhores alturas, e de momento a corrente eléctrica estava cortada no período diurno. Era um dos aspectos do esforço de poupança na preparação para a Semana do Ódio. Havia sete lanços de escada até ao apartamento, e Winston, que tinha trinta e nove anos e uma úlcera varicosa acima do tornozelo direito, subiu devagar, descansando várias vezes pelo caminho. Em cada patamar, diante do poço do elevador, o rosto enorme fitava-o da parede. Era um desses retratos de tal maneira conseguidos que os olhos nos seguem a cada movimento. O GRANDE IRMÃO ESTÁ A VER-TE, rezava, por baixo, a legenda.

No interior do apartamento, uma voz suave lia uma lista de números que tinham algo a ver com a produção de ferro fundido. A voz provinha de uma placa oblonga, de metal, como um espelho baço, que fazia parte integrante da superfície da parede da direita. Winston rodou um botão e a voz fez-se mais ténue, embora continuassem a distinguir-se as palavras. O instrumento (chamava-se telecrã) podia ser regulado, mas não havia meio de o desligar por completo. Winston foi à janela: uma figura pequena, frágil, a magreza do corpo mais acentuada ainda pelo fato-macaco azul, usado como uniforme do Partido. De cabelos muito louros, o rosto naturalmente sanguíneo, a pele maltratada pelo sabão ordinário, pelas lâminas de barba rombas e pelo frio do Inverno que ainda agora terminara.

Lá fora, do outro lado da janela fechada, o mundo parecia frio. Na rua, pequenos turbilhões de vento faziam girar em espiral poeira e papéis rasgados, e embora o sol brilhasse e o céu estivesse de um azul estridente, de nada transparecia cor, excepto dos cartazes colados por toda a parte. O rosto de bigode preto olhava, sobranceiro, do alto de cada esquina. Havia um na fachada da casa mesmo em frente. O GRANDE IRMÃO ESTÁ A VER-TE, dizia a legenda, enquanto os olhos escuros sondavam os de Winston. Mais abaixo, ao nível da rua, outro cartaz, descolado num dos cantos, tremulava nervosamente ao sabor do vento, ora tapando, ora destapando a palavra SOCING. Lá muito ao longe, um helicóptero desceu entre os telhados, ficou a pairar por instantes como uma libélula, depois afastou-se de repente, descrevendo uma curva. Era a patrulha da polícia, espreitando para dentro das janelas das pessoas. Patrulhas sem importância. Só a Polícia do Pensamento é que tinha importância.

Atrás das costas de Winston, a voz do telecrã continuava a palrar sobre ferro fundido e a forma como haviam sido ultrapassados os objectivos do Nono Plano Trienal. O telecrã captava e emitia ao mesmo tempo. Qualquer som que Winston fizesse acima do nível de um tenuíssimo sussurro seria por ele registado; além disso, enquanto alguém permanecesse no campo de visão dominado pela placa metálica, podia ser não apenas ouvido mas também visto. Não havia, é claro, maneira de as pessoas saberem se estavam a ser observadas em dado momento. Com que frequência, ou através de que sistema, a Polícia do Pensamento ligava cada linha individual não podia senão ser objecto de conjecturas. Era até concebível que observassem toda a gente em permanência. Fosse como fosse, tinham acesso à linha de uma pessoa sempre que quisessem. Havia que viver — e vivia-se, graças a um hábito que se fazia instinto — no pressuposto de que cada som emitido estaria a ser escutado e, salvo na escuridão, cada movimento, vigiado.

Winston continuava de costas voltadas para o telecrã. Era mais seguro; muito embora, como ele bem sabia, até umas costas pudessem ser reveladoras. A um quilómetro dali, o Ministério da Verdade, seu local de trabalho, erguia-se, vasto e branco, acima da paisagem pardacenta. Isto — pensou com uma espécie de vaga repugnância —, isto é Londres, a cidade mais importante da Pista Um, sendo esta última a terceira província mais populosa da Oceânia. Tentou convocar alguma recordação de infância que lhe dissesse se Londres fora sempre exactamente assim. Teriam existido sempre estes panoramas de casas oitocentistas arruinadas, com os flancos escorados por vigas de madeira, as janelas remendadas a cartão e os telhados a chapa ondulada, os decrépitos muros de jardim cedendo sob o seu próprio peso? E as zonas bombardeadas onde o pó de estuque rodopiava no ar e a salgueirinha que crescia aqui e ali nos montes de entulho; e os sítios onde as bombas tinham aberto clareiras maiores, e aí brotavam sórdidas colónias de habitações de madeira parecidas com galinheiros? Inútil, não conseguia lembrar-se: nada restava da sua infância além de uma série de quadros vivamente iluminados, surgindo sem qualquer pano de fundo e quase sempre ininteligíveis.

O Ministério da Verdade — Minivero, em novilíngua[1] — era surpreendentemente diferente de todos os outros objectos visíveis. Enorme estrutura piramidal de luzidio cimento

1 A novilíngua era a língua oficial da Oceânia. Para uma análise da sua estrutura e etimologia, veja-se o Apêndice.

branco, elevando-se, terraço sobre terraço, a trezentos metros de altura. De onde Winston se encontrava, era ainda possível ler, gravados na face branca do edifício, em letras elegantes, os três *slogans* do Partido:

GUERRA É PAZ
LIBERDADE É ESCRAVIDÃO
IGNORÂNCIA É FORÇA.

O Ministério da Verdade tinha, segundo se dizia, três mil salas acima do nível do solo, e outras tantas ramificações subterrâneas. Espalhados por Londres havia apenas outros três edifícios com aspecto e dimensões semelhantes. Esmagavam tão completamente a arquitectura circundante que, do telhado das Mansões Vitória, era possível ver todos os quatro ao mesmo tempo. Tratava-se das sedes dos quatro Ministérios entre os quais se repartia todo o aparelho governativo. O Ministério da Verdade, que se ocupava das notícias, dos divertimentos, do ensino e das belas-artes. O Ministério da Paz, que se ocupava da guerra. O Ministério do Amor, que garantia a lei e a ordem. E o Ministério da Riqueza, responsável pelos assuntos económicos. Os seus nomes, em novilíngua: Minivero, Minipax, Minamor e Minirrico.

De todos eles, realmente medonho era o Ministério do Amor. Sem uma única janela. Winston nunca estivera dentro do Ministério do Amor, ou sequer a menos de meio quilómetro dele. Era local onde ninguém podia entrar a não ser em serviço oficial, e ainda assim só embrenhando-se num labirinto de rolos de arame farpado, portas de aço e nichos onde se ocultavam metralhadoras. Mesmo as ruas que conduziam ao seu limite exterior estavam patrulhadas por guardas com cara de gorila e uniforme negro, armados de cacetes nodosos.

Winston virou-se abruptamente. Imprimira às feições a expressão de optimismo tranquilo que era aconselhável arvorar diante do telecrã. Atravessou a sala direito à cozinha minúscula. Ao sair do Ministério àquela hora do dia sacrificara o almoço na cantina, e bem sabia não haver comida na cozinha, excepto um bocado de pão escuro que tinha de guardar para o pequeno-almoço do dia seguinte. Tirou da prateleira uma garrafa de líquido incolor com o simples rótulo branco onde se lia GIN VITÓRIA. Exalava um cheiro enjoativo, gorduroso, semelhante ao da aguardente de arroz chinesa. Winston encheu uma chávena de chá bem cheia, preparou-se para o choque, e emborcou o gin como uma dose de medicamento.

No mesmo instante, com o rosto escarlate, vieram-lhe as lágrimas aos olhos. Aquilo parecia ácido nítrico, e além disso, ao engoli-lo, tinha-se a sensação de levar uma pancada na nuca com um cacete de borracha. Momentos depois, no entanto, o ardor no estômago extinguiu-se e o mundo começou a parecer-lhe mais risonho. Tirou um cigarro do maço amarrotado, onde se lia CIGARROS VITÓRIA, e segurou-o imprevidentemente na posição vertical, fazendo cair o tabaco ao chão. Com o cigarro seguinte teve mais êxito. Voltou à sala de estar e sentou-se diante de uma mesinha à esquerda do telecrã. Da gaveta da mesa tirou caneta, tinteiro e um grosso livro em branco de formato in-quarto, com a lombada vermelha e a capa marmoreada.

Por qualquer razão, o telecrã da sala de estar encontrava-se numa posição inabitual. Em vez de se situar, como seria normal, na parede do fundo, de onde podia dominar a sala inteira, estava na parede mais comprida, defronte da janela. De um dos lados havia um pequeno recanto, onde Winston estava agora sentado, e que se destinaria, provavelmente, a albergar prateleiras, quando os apartamentos tinham sido construídos. Sentando-se no recanto, bem encostado à parede do fundo, Winston conseguia ficar fora do alcance do telecrã, no que à visão dizia respeito. Podia, é claro, ser ouvido, mas enquanto se mantivesse nessa posição não conseguiam vê-lo. Fora em parte a geografia invulgar da sala que lhe sugerira aquilo que se preparava para fazer agora.

Mas também lho sugerira o livro que acabava de tirar da gaveta. Um livro particularmente belo, feito em papel macio, de cor creme, algo amarelecido pelo tempo, de um tipo que já não se fabricava havia pelo menos quarenta anos. Winston calculava, no entanto, que o livro seria muito mais antigo do que isso. Vira-o exposto na montra de uma poeirenta loja de velharias num bairro degradado da cidade (que bairro, ao certo, já não se lembrava) e sentira-se imediatamente tomado do desejo irresistível de o possuir. Os membros do Partido não deviam frequentar as lojas normais (chamava-se a isso «negociar no mercado livre»), mas a regra não era rigorosamente observada, pois havia várias coisas, como atacadores e lâminas de barbear, impossíveis de obter de outro modo. Deitara uma olhadela rápida a um e ao outro lado da rua, e em seguida esgueirara-se para o interior da loja e comprara o livro por dois dólares e cinquenta. Nessa altura não tinha consciência de o querer para qualquer fim determinado. Levara-o para casa na pasta, como um criminoso. Esse objecto comprometedor, mesmo sem nada escrito.

Winston preparava-se para começar um diário, o que não era ilegal (nada era ilegal, uma vez que já não havia leis). Mas, caso fosse detectado, não lhe restavam dúvidas de que seria punido com a morte, ou pelo menos com vinte e cinco anos num campo de trabalhos forçados. Winston encaixou um aparo na caneta e chupou-o para o desengordurar. A caneta era um instrumento arcaico, raramente usado, mesmo para assinar, e se ele arranjara uma, furtivamente e com alguma dificuldade, fora simplesmente por sentir que o belo papel creme merecia que nele se escrevesse com aparo verdadeiro, em vez de ser arranhado com o lápis de tinta. Na verdade, não estava habituado a escrever à mão. Salvo um ou outro apontamento mais breve, era costume ditar-se tudo ao falascreve, o que naturalmente se tornava impossível para o seu actual propósito. Molhou a caneta na tinta e depois hesitou, por segundos apenas. Um tremor percorrera-lhe as entranhas. Deixar a sua marca no papel constituía o acto decisivo. Em caligrafia miúda e desajeitada, escreveu:

4 de Abril de 1984.

Reclinou-se na cadeira. Abatera-se sobre ele uma sensação de impotência absoluta. Para começar, não sabia ao certo se estava realmente em 1984. A data devia ser mais ou menos essa, visto ter quase a certeza de contar trinta e nove anos de idade, e estava convicto de que nascera em 1944 ou 1945; mas nos tempos que corriam nunca era possível fixar datas sem uma margem de erro de um ano ou dois.

Ocorreu-lhe de repente a questão de saber para quem ia escrever aquele diário. Para o futuro, para os que ainda não tinham nascido. O espírito deteve-se-lhe por momentos na data duvidosa inscrita na página, e depois esbarrou bruscamente com a palavra em novilíngua *duplopensar*. Pela primeira vez teve a noção da magnitude daquilo que empreendera. Como podia alguém comunicar com o futuro? Por definição isso era impossível. Ou o futuro se assemelharia ao presente, e nesse caso não lhe daria ouvidos; ou seria diferente, e a condição de Winston não teria então qualquer sentido.

Ficou algum tempo sentado a olhar estupidamente para o papel. O telecrã emitia agora uma música militar estridente. Curioso: ele parecia não só ter perdido a capacidade de se exprimir, como até ter esquecido o que originalmente tencionava dizer. Havia semanas que se preparava para este momento, e nunca lhe passara pela cabeça que fosse preciso mais do que coragem. A escrita, em si, seria fácil. Bastava-lhe transferir para o papel o interminável monólogo agitado que desde há anos, literalmente, lhe ecoava dentro da cabeça. Nesse momento, porém, até o monólogo se extinguira. Além disso, a úlcera varicosa começara a dar-lhe uma comichão insuportável. Não se atrevia a coçá-la, pois sempre que o fazia ela ficava inflamada. Os segundos passavam. Não se apercebia de nada a não ser do vazio da página à sua frente, da comichão na pele acima do tornozelo, do clamor da música e de uma ligeira embriaguez provocada pelo gin.

De repente começou a escrever, levado por puro pânico, apenas com a vaga consciência do que estava a passar ao papel. A sua letra miúda mas infantil serpenteava para cima e para baixo na página, perdendo primeiro as maiúsculas e, por fim, até os pontos finais:

4 de Abril de 1984. Ontem à noite ao cinema. Só fitas de guerra. Uma muito boa de um navio cheio de refugiados bombardeado algures no Mediterrâneo. Público muito divertido com planos de um homenzarrão grande e gordo a tentar fugir a nado com um helicóptero atrás dele. primeiro a gente via-o avançar na água como uma toninha, depois víamo-lo pela mira das metralhadoras do helicóptero, depois ele ficava todo esburacado e o mar à volta dele todo cor-de-rosa e ele afundava-se tão de repente como se a água tivesse entrado pelos buracos. o público riu até mais não quando ele se afundou. depois via-se um salva-vidas cheio de crianças com o helicóptero a sobrevoá-lo. Havia uma mulher de meia-idade talvez uma judia sentada à proa com um rapazinho dos seus três anos ao colo. um rapazinho a gritar de medo e a esconder a cabeça entre os seios dela como se quisesse abrir uma toca dentro dela e a mulher a abraçá-lo e a consolá-lo embora também estivesse verde de medo, sempre a resguardá-lo o mais possível como se pensasse que os seus braços o podiam proteger das balas. depois o helicóptero largou uma bomba de 20 quilos mesmo em cima deles clarão enorme e o barco ficou feito em fanicos. depois houve um plano magnífico de um braço de criança a subir a subir a subir pelos ares um helicóptero com uma câmara à frente deve tê-lo seguido até lá acima e houve muitos aplausos na bancada do partido mas uma mulher lá em baixo no sector dos proles desatou de repente a armar barulho e a berrar que nã deviam ter mostrado aquilo com miúdos na sala nã senhor nã tá certo com miúdos na sala até que a polícia a pôs na rua não me parece que lhe tenha acontecido alguma coisa ninguém liga ao que dizem os proles reacção típica de prole eles nunca...

Winston parou de escrever, em parte porque estava com uma cãibra. Não sabia o que o levara a desfiar aquele rol de disparates. Mas o curioso era que enquanto o fazia se lhe clarificara no espírito uma recordação inteiramente diferente, ao ponto de ele quase sentir vontade de a passar ao papel. Fora — agora se lembrava — por causa desse outro incidente que ele bruscamente decidira vir para casa e começar hoje o diário.

Acontecera essa manhã no Ministério, se é que de coisa tão nebulosa se pode dizer que aconteceu.

Foi quase às onze horas, no Departamento de Arquivo, onde Winston trabalhava, estavam a arrastar as cadeiras para fora dos cubículos e a reuni-las no meio do salão diante do grande telecrã, preparando os Dois Minutos do Ódio. No preciso instante em que Winston se instalava numa das filas do meio, entraram inesperadamente na sala duas pessoas que conhecia de vista, mas com quem nunca falara. Uma era uma rapariga com quem muitas vezes se cruzava nos corredores. Ignorava o nome dela, mas sabia que trabalhava no Departamento de Ficção. Presumivelmente — uma vez que Winston lhe vira várias vezes uma chave de fendas nas mãos sujas de óleo — desempenharia funções de assistência mecânica a alguma das máquinas de escrever romances. Rapariga de ar atrevido, dos seus vinte e sete anos, com cabelo espesso, rosto sardento, e movimentos lestos, atléticos. Trazia uma estreita faixa encarnada, insígnia da Liga Juvenil Anti-Sexo, enrolada à volta da cintura, suficientemente apertada para nela realçar a forma harmoniosa das ancas. Winston ganhara-lhe aversão logo no primeiro instante em que a vira. E sabia porquê. Devido à atmosfera de campos de hóquei e banhos frios e caminhadas em grupo e espírito impoluto que ela conseguia trazer colada a si. Tinha aversão a quase todas as mulheres, e em especial às mulheres jovens e bonitas, que eram as adeptas mais devotas do Partido, as devoradoras de palavras de ordem, as espias amadoras e farejadoras de heterodoxias. Mas esta rapariga em particular dava-lhe a impressão de ser mais perigosa do que a maioria. Uma das vezes em que se tinham cruzado no corredor, ela lançara-lhe um breve olhar enviesado, que dir-se-ia tê-lo trespassado e, por instantes, o enchera de autêntico terror. Chegara até a passar-lhe pela cabeça que ela pudesse ser agente da Polícia do Pensamento. É verdade que isso seria muito improvável. Ainda assim, Winston continuava a sentir um estranho mal-estar, em que se misturavam o medo e a hostilidade, sempre que a via por perto.

A outra pessoa era um homem chamado O'Brien, membro do Partido Interno e detentor de um cargo tão importante e longínquo que Winston possuía apenas a vaga ideia da sua natureza. Um murmúrio percorreu momentaneamente o grupo de pessoas reunidas junto das cadeiras, ao verem aproximar-se o fato-macaco preto de um membro do Partido Interno. O'Brien era um homem corpulento e robusto, com o pescoço musculoso e rosto rude, bem-disposto e brutal. Apesar desta aparência formidável a sua presença possuía certo encanto. Tinha um jeito de ajustar os óculos no nariz curiosamente desarmante e, de forma indefinível, curiosamente civilizado. Um gesto que, se alguém pensasse ainda nesses termos, poderia ser comparado ao de um nobre do século XVIII oferecendo rapé da sua caixinha. Winston vira O'Brien uma dúzia de vezes em quase outros tantos anos. Sentia-se profundamente atraído por ele, e não apenas por o intrigar o contraste entre a urbanidade da sua presença e o seu físico de campeão de boxe. Essa atracção devia-se muito mais à convicção secreta — ou talvez nem sequer fosse uma convicção, à mera esperança — de que a ortodoxia política de O'Brien não fosse perfeita. Pairava-lhe qualquer coisa no rosto que irresistivelmente o sugeria. E, pensando bem, talvez não fosse afinal a heterodoxia o que trazia inscrito no rosto, mas simplesmente inteligência. Fosse como fosse, tinha o aspecto de ser pessoa com quem se poderia falar se de algum modo fosse possível iludir o telecrã e encontrá-lo a sós. Winston nunca fizera o menor esforço para verificar tal conjectura: de facto, não havia maneira de o fazer.

Nesse momento O'Brien olhou para o relógio, viu que eram quase onze horas, e decidiu manifestamente ficar no Departamento de Arquivos até terminarem os Dois Minutos do Ódio. Escolheu uma cadeira na mesma fila que Winston, dois lugares mais adiante. Uma mulher baixinha, com o cabelo cor de palha, que trabalhava no cubículo contíguo ao de Winston, encontrava-se sentada entre eles. A rapariga de cabelo escuro instalou-se imediatamente atrás.

Instantes depois irrompeu do enorme telecrã, no outro extremo da sala, um discurso medonho, estridente, como saído de uma máquina monstruosa mal oleada. Um barulho de pôr uma pessoa fora de si, que fazia eriçarem-se os cabelos na nuca. Tinha começado o Ódio.

Como de costume, surgira no telecrã o rosto de Emmanuel Goldstein, o Inimigo do Povo. Ouviram-se aqui e ali assobios dos espectadores. A mulherzinha do cabelo cor de palha soltou um guincho em que se confundiam o medo e a repugnância. Goldstein era o renegado e o apóstata que outrora, há muito tempo (há quanto tempo, ninguém se lembrava ao certo), fora uma das figuras cimeiras do Partido, quase ao nível do próprio Grande Irmão, e depois se envolvera em actividades contra-revolucionárias, sendo condenado à morte, mas conseguira fugir e desaparecer misteriosamente. Os programas dos Dois Minutos do Ódio variavam de dia para dia, não havendo nenhum em que Goldstein não fosse a figura principal. Ele era o traidor primevo, o primeiro corruptor da pureza do Partido. Todos os ulteriores crimes contra o Partido, todas as traições, actos de sabotagem, heresias, desvios, eram o resultado directo dos seus ensinamentos. E continuava vivo, algures, tramando as suas conspirações: talvez além-mar, sob a protecção dos seus patronos estrangeiros, talvez até — segundo rumores que às vezes circulavam — em algum esconderijo no interior da própria Oceânia.

O diafragma de Winston contraía-se. Nunca conseguia ver o rosto de Goldstein sem uma dolorosa mistura de emoções. Era um rosto magro, judaico, com o cabelo branco numa grande auréola frisada e uma pequena barbicha — rosto inteligente, porém de algum modo fundamentalmente vil, com ares de tontice senil devido ao nariz comprido e fino, perto de cuja extremidade se encavalitavam uns óculos. Parecia uma cabeça de carneiro, e a própria voz também tinha um timbre de balido. Goldstein atacava, com a malevolência habitual, as doutrinas do Partido — um ataque tão excessivo e perverso que nem a uma criança conseguiria enganar, e contudo suficientemente plausível para semear a sensação de alarme ante a ideia de que outras pessoas, menos dotadas de bom senso, pudessem cair no logro. Ele insultava o Grande Irmão, denunciava a ditadura do Partido, exigia a conclusão imediata da paz com a Eurásia, defendia a liberdade de expressão, a liberdade de imprensa, a liberdade de reunião, a liberdade de pensamento, gritava histericamente que a revolução fora traída — tudo isto num rápido discurso polissilábico, que constituía uma espécie de paródia do estilo habitual dos oradores do Partido, e continha até palavras em novilíngua: mais palavras em novilíngua, aliás, do que qualquer membro do Partido usaria normalmente na vida real. E entretanto, não fosse alguém alimentar dúvidas quanto à realidade que o palavreado especioso de Goldstein encobria, atrás da sua cabeça no telecrã marchavam as intermináveis colunas do exército eurasiático — fileira após fileira de homens de aparência sólida com inexpressivos rostos asiáticos, que avançavam até à superfície do ecrã e desapareciam, para logo serem substituídos por outros exactamente idênticos. O som ritmado e surdo das botas dos soldados formava o pano de fundo dos balidos de Goldstein.

Ainda não tinham passado trinta segundos de Ódio e já metade da sala soltava incontroláveis exclamações de raiva. Ver no ecrã aquele rosto de carneiro satisfeito consigo mesmo, e atrás dele o poderio assustador do exército eurasiático, representava mais do que alguém podia suportar; além disso, a imagem ou mesmo a ideia de Goldstein provocavam automaticamente o medo e a raiva. Ele era objecto de ódio mais constante do que a Eurásia ou a Lestásia, pois quando a Oceânia declarava guerra a uma destas potências, estava geralmente em paz com a outra. O que havia, porém, de estranho residia no facto de a influência de Goldstein parecer nunca diminuir — embora fosse odiado e desprezado por toda a gente, embora todos os dias e mil vezes ao dia, nos palanques, no telecrã, nos jornais, nos livros, as suas teorias fossem refutadas, esmagadas, ridicularizadas, apresentadas aos olhos de todos como os lamentáveis dislates que eram. Havia sempre novos incautos prontos a deixarem-se seduzir. Não passava um dia sem que a Polícia do Pensamento não desmascarasse espiões e sabotadores agindo sob as suas ordens. Ele era o comandante de um vasto exército sombrio, de uma rede clandestina de conspiradores empenhados na destruição do Estado. Fraternidade, ao que se dizia, era o nome dessa rede. Segredavam-se também histórias acerca de um livro terrível, o compêndio de todas as heresias, de que Goldstein era autor e que circulava clandestinamente aqui e ali. Não tinha título. Quando e se lhe faziam referência, as pessoas designavam-no simplesmente como *o livro*. Mas tais coisas só se sabiam através de vagos rumores. Nem a Fraternidade nem *o livro* eram temas que um militante comum do Partido mencionasse, havendo meio de o evitar.

No segundo minuto, o Ódio converteu-se em frenesi. As pessoas saltavam das cadeiras e berravam a plenos pulmões, esforçando-se por abafar os balidos enfurecedores que vinham do ecrã. A mulherzinha do cabelo cor de palha, rubicunda, abria e fechava a boca como um peixe fora da água. Até a face rude de O'Brien estava afogueada. Mantinha-se muito direito na cadeira, com o peito possante a dilatar-se e a palpitar como se fosse enfrentar o embate de uma onda. A rapariga morena atrás de Winston começara aos gritos «Porco! Porco! Porco!», e de repente pegou num pesado dicionário de novilíngua e atirou-o ao ecrã. Atingiu o nariz de Goldstein e fez ricochete; a voz prosseguiu inexoravelmente. Num momento de lucidez, Winston deu por si a berrar juntamente com os outros e a bater violentamente com o calcanhar na trave da cadeira. O que tinham de horrível os Dois Minutos do Ódio não era a obrigatoriedade de cada qual representar um papel, mas, pelo contrário, o facto de ser impossível não aderir. Um pavoroso êxtase de medo e vingança, um desejo de matar, de torturar, de esmagar rostos com um malho, parecia percorrer todo aquele grupo de pessoas como uma corrente eléctrica, convertendo cada um dos presentes, mesmo contra vontade, num lunático ululante e de face contorcida. E no entanto, a raiva que cada pessoa sentia era uma emoção abstracta, sem objecto, que podia ser orientada de um lado para o outro como a chama dos maçaricos. Assim, a dada altura, o ódio de Winston não se dirigia contra Goldstein, mas sobretudo contra o Grande Irmão, o Partido e a Polícia do Pensamento; e nesses momentos o seu coração estava com o herético solitário e vilipendiado do ecrã, único guardião da verdade e da saúde mental num mundo de mentiras. Porém, logo no instante seguinte, Winston ficava em uníssono com as pessoas que o rodeavam, e tudo quanto se dizia de Goldstein lhe parecia verdade. Nesses momentos, o seu secreto ódio ao Grande Irmão transformava-se em adoração, e o Grande Irmão parecia elevar-se acima de tudo, protector invencível e destemido, erguendo-se como um rochedo contra as hordas da Ásia, ao passo que Goldstein, apesar do isolamento, da impotência e das dúvidas que pairavam quanto ao próprio facto de existir, surgia como um feiticeiro sinistro, cujo simples poder da voz seria capaz de abalar a estrutura da civilização.

Era até possível, em certas alturas, desviar o ódio neste ou naquele sentido graças a um acto voluntário. De súbito, com um esforço violento análogo ao que faz alguém erguer a cabeça da almofada a meio de um pesadelo, Winston conseguiu transferir o seu ódio do rosto no ecrã para a rapariga morena atrás de si. Perpassaram-lhe pelo espírito alucinações nítidas, magníficas. Espancá-la até à morte com um cacete de borracha. Amarrá-la nua a um poste e cravá-la de setas como São Sebastião. Violá-la e cortar-lhe a garganta no momento do clímax. Além disso, percebia agora por que *motivo* a odiava. Odiava-a por ser jovem e bonita e assexuada, porque queria ir para a cama com ela e nunca o faria, porque à volta da cintura graciosa e flexível, que parecia convidar um homem a enlaçá-la, havia apenas a odiosa faixa encarnada, símbolo agressivo da castidade.

O ódio atingiu o auge. A voz de Goldstein tornara-se o autêntico balido do carneiro, e por instantes o seu rosto transformou-se numa cabeça de carneiro. Depois a cabeça de carneiro deu gradualmente lugar à figura de um soldado eurasiático, como que a avançar, desmesurado e terrível, fazendo troar a metralhadora, e dir-se-ia prestes a saltar da superfície do ecrã, de tal forma que algumas pessoas na fila da frente se encolheram nas cadeiras. Mas, nesse preciso instante, arrancando a toda a assistência um profundo suspiro de alívio, a figura hostil deu lugar ao rosto do Grande Irmão, com cabelo e bigode preto, cheio de energia e calma misteriosa, tão gigantesco que quase enchia o ecrã inteiro. Ninguém ouvia o que o Grande Irmão estava a dizer. Eram simplesmente algumas palavras de encorajamento, o tipo de palavras que se pronunciam no fragor da batalha, impossíveis de distinguir individualmente, mas que renovam a confiança pelo simples facto de serem ditas. A seguir, o rosto do Grande Irmão tornou a desvanecer-se e, em vez dele, surgiram, em grossas maiúsculas, as três palavras de ordem do Partido:

GUERRA É PAZ
LIBERDADE É ESCRAVIDÃO
IGNORÂNCIA É FORÇA.

Mas o rosto do Grande Irmão pareceu subsistir durante vários segundos no ecrã, como se o impacto que tivera nos olhos de todos fosse demasiado grande para se dissipar de imediato. A mulherzinha de cabelo cor de palha lançara-se para diante, por cima das costas da cadeira à sua frente. Com um murmúrio trémulo que soava a algo como «Meu Salvador!», estendeu os braços em direcção ao ecrã. Depois escondeu a cara entre as mãos. Estava manifestamente a recitar uma oração.

Nesse momento todo o grupo irrompeu num cântico grave, lento e ritmado: «G-I!... G-I!... G-I!...» — vezes sem conta, muito devagar, fazendo pausa entre o G e o *I* — um som arrastado, rumorejante, curiosamente selvagem, onde quase se adivinhava, em pano de fundo, o fragor de pés descalços e o rufar dos tantãs. Prolongou-se talvez durante trinta segundos. Refrão muitas vezes ouvido em alturas de emoção transbordante. Constituía, em parte, uma espécie de hino à sabedoria e à majestade do Grande Irmão, mas mais ainda, um acto de auto-hipnose, um entorpecimento deliberado da consciência através dos sons ritmados. Winston sentiu gelarem-se-lhe as entranhas. Nos Dois Minutos do Ódio não conseguia abster-se de participar no delírio geral, mas aquele cântico sub-humano, «G-I!... G-I!...», enchia-o sempre de horror. Claro que gritava com os outros: impossível não o fazer. Disfarçar o que sentia, controlar a expressão do rosto, fazer o que toda a gente estava a fazer, era uma reacção instintiva. Houvera, mesmo assim, um lapso de um ou dois segundos em que a expressão dos seus olhos talvez o tivesse traído. E fora exactamente nesse instante que se dera o facto significativo — se é que chegara realmente a acontecer.

Os seus olhos cruzaram-se momentaneamente com os de O'Brien. O'Brien pusera-se de pé. Tirara os óculos, e estava a ajeitá-los de novo no nariz com o seu gesto característico. Mas, numa fracção de segundo, os olhares de ambos cruzaram-se, e durante esse lapso de tempo Winston teve a certeza — sim, a *certeza*! — de que O'Brien estaria a pensar o mesmo que ele. Passara entre os dois uma mensagem inequívoca. Como se os seus dois espíritos se tivessem aberto e os pensamentos corressem de um para o outro através dos olhos. «Estou contigo», parecia dizer-lhe O'Brien. «Sei exactamente o que estás a sentir. Sei tudo sobre o teu desprezo, o teu ódio, a tua repugnância. Mas não te preocupes, estou do teu lado!» E depois o clarão de cumplicidade desvaneceu-se, e o rosto de O'Brien ficou tão impenetrável como o de qualquer outra pessoa.

Fora apenas isto, e Winston já nem tinha a certeza de que tivesse acontecido. Tais incidentes nunca tinham consequências. Limitavam-se a manter viva dentro dele a convicção, ou a esperança, de que outros além dele próprio fossem inimigos do Partido. Talvez os boatos de vastas conspirações clandestinas fossem afinal verídicos — talvez a Fraternidade realmente existisse! Era impossível, apesar das incessantes prisões, confissões e execuções, ter-se a certeza de que a Fraternidade não representasse apenas um mito. Havia dias em que acreditava na sua existência, e outros em que não acreditava. Ninguém tinha provas, apenas lampejos fugazes que podiam querer dizer tudo ou nada: bocados de conversas ouvidas por acaso, vagos rabiscos nas paredes das retretes — uma vez, até, no encontro de dois estranhos, um pequeno movimento de mão parecia indiciar talvez um sinal de reconhecimento. Tudo conjecturas: provavelmente, tudo imaginação sua. Voltara para o seu cubículo sem tornar a olhar para O'Brien. A ideia de dar seguimento ao momentâneo contacto entre ambos mal lhe passou pela cabeça. Seria inconcebivelmente perigoso, mesmo que soubesse como proceder. Durante um segundo, dois segundos, haviam trocado um olhar equívoco, e o caso acabava aí. Mas até isso constituía acontecimento memorável, na solidão enclausurada em que uma pessoa tinha de viver.

Winston sacudiu o torpor e sentou-se mais direito. Arrotou. O gin refluiu-lhe à boca do estômago.

Tornou a focar os olhos na página. Descobriu que enquanto ali permanecera, entregue aos seus pensamentos, continuara também a escrever, como em virtude de um automatismo. E já não era a mesma letra rígida e desajeitada de antes. A caneta deslizara voluptuosamente pelo papel macio, escrevendo em grandes maiúsculas bem desenhadas:

ABAIXO O GRANDE IRMÃO
ABAIXO O GRANDE IRMÃO
ABAIXO O GRANDE IRMÃO
ABAIXO O GRANDE IRMÃO
ABAIXO O GRANDE IRMÃO

vezes e vezes sem conta, enchendo meia página.

Não pôde impedir-se de sentir um arrepio de pânico. Era absurdo, pois o facto de ter escrito aquelas palavras não seria mais perigoso do que o acto inicial de abrir o diário; mas por momentos esteve tentado a arrancar as páginas usadas e a abandonar de vez o seu intento.

Não o fez, todavia, pois sabia que era inútil. Quer escrevesse *ABAIXO O GRANDE IRMÃO*, quer se coibisse, não fazia diferença. Tanto adiantava que continuasse o diário, como não. Fosse como fosse, a Polícia do Pensamento haveria de o apanhar. Tinha cometido — e teria cometido na mesma, ainda que nunca tivesse pegado na caneta — o crime essencial que continha em si todos os outros. Pensarcrime, assim lhe chamavam. O pensarcrime não era coisa que se pudesse esconder eternamente. Uma pessoa podia esquivar-se com êxito durante algum tempo, durante anos até, mas mais cedo ou mais tarde seria fatalmente apanhada.

Acontecia sempre durante a noite — as prisões executavam-se invariavelmente à noite. O despertar em sobressalto, a mão rude a abanar-nos o ombro, as luzes cruas a ferir-nos os olhos, o círculo de rostos duros à volta da cama. Na esmagadora maioria dos casos não se procedia a julgamento, nem a auto de prisão. As pessoas limitavam-se a desaparecer, sempre durante a noite. O nome era apagado dos arquivos, suprimido todo e qualquer registo do que a pessoa alguma vez tivesse feito, negado e depois esquecido o facto de alguma vez ter existido tal indivíduo. A pessoa era abolida, aniquilada: *vaporizada*, o termo geralmente usado.

Por momentos invadiu-o uma espécie de histeria. Começou a escrever precipitadamente, num rabisco descuidado:

vãome matar não me importo vãome matar com um tiro na nuca não me importo abaixo o grande irmão eles matam sempre todagente com um tiro na nuca não me importo abaixo o grande irmão...

Recostou-se na cadeira, um pouco envergonhado consigo mesmo, e poisou a caneta. No instante seguinte teve um violento sobressalto. Alguém batia à porta.

Já?! Deixou-se ficar quieto como um rato, na vã esperança de que quem quer que fosse desistisse após uma única tentativa. Mas não, as pancadas repetiram-se. O pior de tudo seria demorar a abrir. O coração de Winston rufava como um tambor, mas o rosto, graças ao longo hábito, continuava provavelmente inexpressivo. Levantou-se e avançou pesadamente para a porta.

2

Ao estender a mão para a maçaneta, Winston viu que deixara o diário aberto em cima da mesa. A folha estava cheia com a frase *ABAIXO O GRANDE IRMÃO*, em letras tão grandes que quase se viam na outra ponta da sala. Fora uma estupidez inconcebível deixá-lo ali. Mas ele apercebia-se de que apesar do pânico não quisera esborratar o papel creme, fechando o livro com a tinta ainda fresca.

Respirou fundo e abriu a porta. Imediatamente o percorreu uma vaga de alívio. Lá fora surgiu-lhe uma mulher descorada, de ar abatido, com o cabelo ralo e a face enrugada.

— Oh, camarada — começou ela numa voz triste, lamurienta —, bem me pareceu que o tinha ouvido chegar. Importa-se de vir lá a casa dar uma olhadela ao nosso lava-loiça? Está entupido e...

Tratava-se da Sr.ª Parsons, mulher de um vizinho do mesmo piso. («Senhora» não era palavra muito do agrado do Partido — devia-se tratar toda a gente por «camarada» —, mas com certas mulheres uma pessoa usava-a instintivamente.) Mulher dos seus trinta anos, parecia muito mais velha. Ficava-se com a impressão de que tinha pó nas rugas da cara. Winston seguiu-a pelo corredor. Aquelas reparações amadorísticas constituíam motivo de irritação quase diário. As Mansões Vitória, uns apartamentos já velhos, construídos por volta de 1930, estavam a desfazer-se aos bocados. O estuque caía constantemente do tecto e das paredes, os canos rebentavam sempre que a geada apertava, o telhado deixava entrar água quando nevava, o aquecimento central geralmente só funcionava a meio gás, quando não se encontrava completamente desligado por razões de economia. À excepção das que o próprio morador podia fazer por si, as reparações tinham de ser sancionadas por comissões externas capazes de protelar por dois anos a simples substituição de uma vidraça.

— Claro que é só porque o Tom não está — insinuou a Sr.ª Parsons.

O apartamento dos Parsons era maior do que o de Winston, e a sua esqualidez, de natureza diferente. Tudo tinha um aspecto gasto, maltratado, como se a casa tivesse acabado de ser visitada por um animal grande e violento. Acessórios desportivos — tacos de hóquei, luvas de boxe, uma bola de futebol rebentada, uns calções suados e virados do avesso — juncavam o chão, e a mesa estava num caos de pratos sujos e cadernos de exercícios com orelhas de burro. Nas paredes viam-se bandeiras vermelhas da Liga da Juventude e dos Vigias, e o enorme cartaz do Grande Irmão. Pairava no ar o cheiro habitual a couve cozida, comum a todo o prédio, mas mesclado de um odor mais penetrante, a suor, o suor de alguém — e percebia-se isso logo à primeira, embora fosse difícil dizer como — ausente nesse momento. Noutra divisão, alguém, servindo-se de um pente e de um bocado de papel higiénico, procurava acompanhar a música militarista que continuava a vir do telecrã.

— São as crianças — disse a Sr.ª Parsons, deitando à porta um olhar semiapreensivo. — Ainda hoje não saíram de casa. E é claro...

Tinha o hábito de interromper as frases a meio. O lava-loiça estava cheio quase até à borda de água suja, esverdeada, com um cheiro a couves pior do que nunca. Winston pôs-se de joelhos e examinou a junta onde o cano formava um ângulo. Detestava servir-se das mãos, e detestava curvar-se, pois ficava sempre sujeito a ataques de tosse. A Sr.ª Parsons continuava a olhá-lo com o seu ar de impotência.

— É claro que se o Tom estivesse em casa arranjava isto num instante — disse. — Ele adora estas coisas. Tem tanto jeito de mãos, o meu Tom...

Parsons era colega de Winston no Ministério da Verdade. Homem gorducho mas activo, de estupidez paralisante, uma massa de entusiasmos imbecis — desses escravos absolutamente dedicados, incapazes de pôr em causa o que quer que fosse, dos quais, mais ainda do que da Polícia do Pensamento, dependia a estabilidade do Partido. Com trinta e cinco anos, acabava de abandonar, a contragosto, a Liga da Juventude, e antes de entrar na Liga da Juventude conseguira permanecer nos Vigias um ano para além da idade estatutária. No Ministério ocupava um posto subalterno que não exigia inteligência, mas em contrapartida era uma figura de proa do Comité Desportivo e de todos os outros comités incumbidos de organizar caminhadas em grupo, manifestações espontâneas, campanhas de fundos e, de modo geral, todas e quaisquer actividades voluntárias. Gostava de comunicar às pessoas, com um orgulho tranquilo, que nos últimos quatro anos fora todas as noites, sem falta, ao Centro Comunitário. Um sufocante cheiro a suor, espécie de testemunho inconsciente da sua vida esforçada, seguia-o por toda a parte, e ficava no ar mesmo depois de ele se ir embora.

— Tem uma chave de fendas? — perguntou Winston, procurando desapertar a porca no cotovelo do cano.

— Uma chave de fendas — repetiu a Sr.ª Parsons, pondo imediatamente o seu ar invertebrado. — Não sei lá muito bem. Talvez as crianças...

Ouviu-se um tropel de botas e mais uma sopradela no pente: as crianças tomavam de assalto a sala de estar. A Sr.ª Parsons trouxe a chave de fendas. Winston deixou correr a água do cano e, cheio de repugnância, retirou o rolhão de cabelos humanos que o entupira. Lavou os dedos o melhor que pôde na água fria da torneira e voltou à outra sala.

— Mãos ao ar! — berrou uma voz selvagem.

Um bonito rapaz de nove anos, cheio de energia, pulara de trás da mesa e ameaçava-o com uma pistola automática de brinquedo, enquanto a irmãzita, uns dois anos mais nova, fazia o mesmo gesto com um bocado de madeira. Ambos envergavam os calções azuis, as camisas cinzentas e os lenços de pescoço vermelhos do uniforme dos Vigias. Winston ergueu as mãos acima da cabeça, mas com a sensação desagradável — tão malévola era a atitude do rapaz — de não se tratar propriamente de brincadeira.

— És um traidor! — berrou o rapaz. — És um crimepensante! Um espião eurasiático! Vou-te abater, vou-te vaporizar, vou-te mandar para as minas de sal!

De um momento para o outro puseram-se os dois aos pulos à volta dele, gritando «Traidor!» e «Crimepensante!», com a rapariguinha a imitar cada gesto do irmão. Aquilo tinha algo de assustador, como nas cabriolas de uma ninhada de tigres que em breve se transformam em devoradores de homens. Notava-se no olhar do rapaz uma espécie de ferocidade calculista, desejo evidente de bater em Winston ou de lhe dar pontapés, e a consciência de ser quase suficientemente crescido para o poder fazer. Ainda bem que não era uma pistola verdadeira o que ele tinha na mão, pensou Winston.

O olhar da Sr.ª Parsons saltou nervosamente de Winston para as crianças, e de novo para Winston. Na sala de estar, mais bem iluminada, ele reparou com interesse *haver* realmente pó nas rugas do rosto dela.

— Eles às vezes são tão barulhentos — disse a Sr.ª Parsons. — Estão com pena de não poder ir ver o enforcamento, é o que é. Eu tenho muito que fazer, não os posso levar, e o Tom não chega do trabalho a tempo.

— Porque é que não podemos ir ver o enforcamento? — trovejou o rapaz com o seu vozeirão.

— Quero ver o enforcamento! Quero ver o enforcamento! — cantarolou a rapariguinha, sem deixar de saltar.

Alguns prisioneiros eurasiáticos, criminosos de guerra, iam ser enforcados ao fim da tarde no Parque, lembrou-se então Winston. Isto sucedia mais ou menos uma vez por mês, e tratava-se de um espectáculo muito popular. As crianças exigiam sempre que as levassem a assistir. Despediu-se da Sr.ª Parsons dirigindo-se para a porta. Mas não dera seis passos no corredor, quando alguma coisa o atingiu na nuca, um golpe horrivelmente doloroso. Como se um ferro em brasa o tivesse trespassado. Voltou-se ainda a tempo de ver a Sr.ª Parsons a puxar o filho para dentro de casa, enquanto o rapaz guardava uma fisga no bolso.

— Goldstein! — berrou o rapaz antes de a porta se fechar à sua frente. Mas o que mais impressionou Winston foi a expressão de impotência assustada no rosto pardacento da mulher.

De volta ao seu apartamento, passou rapidamente diante do telecrã e tornou a sentar-se à mesa, ainda a esfregar o pescoço. A música do telecrã tinha parado. Em vez dela, uma seca voz militar lia, num deleite brutal, a descrição do armamento da nova fortaleza flutuante que acabava de ancorar entre a Islândia e as ilhas Faroe.

Com aquelas crianças, pensou, a pobre mulher devia levar uma vida de terror. Mais um ou dois anos, e eles iam pôr-se a vigiá-la dia e noite, procurando sintomas de heterodoxia. Quase todas as crianças hoje em dia eram horríveis. O pior de tudo era que organizações como os Vigias as transformassem sistematicamente em pequenos selvagens incontroláveis, embora isso não despertasse nelas qualquer tendência para se revoltarem contra a disciplina do Partido. Pelo contrário, adoravam o Partido e tudo o que lhe dissesse respeito. As canções, os cortejos, as bandeiras, as caminhadas, os exercícios com espingardas a fingir, o gritar das palavras de ordem, o culto do Grande Irmão — para elas assentava tudo numa espécie de jogo maravilhoso. Toda a sua ferocidade era canalizada para o exterior, contra os inimigos do Estado, contra os estrangeiros, os traidores, os sabotadores, os criminosos de pensamento. Era quase normal as pessoas com mais de trinta anos terem medo dos filhos. E com bons motivos, pois raramente passava semana sem que o *Times* não trouxesse um parágrafo relatando o modo como um estuporzinho bisbilhoteiro — «heróica criança», era a expressão geralmente utilizada — ouvira esta ou aquela observação comprometedora e denunciara os pais à Polícia do Pensamento.

Dissipara-se a dor provocada pelo projéctil da fisga. Winston pegou na caneta sem grande convicção, perguntando a si próprio se lhe ocorreria mais alguma coisa para escrever no diário. De repente pôs-se outra vez a pensar em O'Brien.

Anos antes — há quanto tempo? Sete anos, talvez — sonhara que caminhava numa sala completamente às escuras, e alguém, sentado ali ao lado, lhe tinha dito à sua passagem: «Havemos de nos encontrar no lugar onde não há trevas.» Dito muito calmamente, quase como se nada fosse — uma afirmação, não uma ordem. Ele continuara a andar sem se deter. O curioso é que na altura, no sonho, as palavras não o tinham impressionado muito. Só mais tarde, e gradualmente, pareceram ganhar relevância. Não conseguia lembrar-se agora se fora antes ou depois do sonho que vira O'Brien pela primeira vez; nem se lembrava de quando identificara a voz como sendo a de O'Brien. Mas, fosse como fosse, a identificação existia. Fora O'Brien quem lhe falara no escuro.

Winston nunca conseguira ter a certeza — mesmo depois da troca de olhares dessa manhã continuava a ser impossível ter a certeza — de O'Brien ser amigo ou inimigo. Isso também não tinha importância de maior. Existia entre eles um laço de entendimento, mais importante do que a afeição ou a camaradagem. «Havemos de nos encontrar no lugar onde não há trevas», dissera ele. Winston não sabia o que aquilo queria dizer, só sabia que fosse como fosse viria a acontecer.

A voz do telecrã calou-se por momentos. Um toque de clarim, belo e límpido, pairou no ar estagnado. A voz continuou asperamente:

— Atenção! Atenção, por favor! Chegou-nos agora mesmo uma notícia de última hora, da frente do Malabar. As nossas forças obtiveram no Sul da Índia uma vitória gloriosa. Estou autorizado a dizer que a acção que agora noticiamos poderá muito bem ter antecipado num futuro próximo o fim da guerra. Aqui fica o apontamento noticioso...

Más notícias em perspectiva, pensou Winston. E na realidade, após uma sangrenta descrição do aniquilamento de um exército eurasiático, com números espantosos de baixas e prisioneiros, veio o anúncio de que, a partir da semana seguinte, a ração de chocolate seria reduzida de trinta para vinte gramas.

Winston tornou a arrotar. O efeito do gin estava a dissipar-se, deixando-lhe uma sensação de desânimo. O telecrã — talvez para celebrar a vitória, talvez para atenuar a lembrança do chocolate perdido — passou a debitar «Oceânia, só por ti». Toda a gente devia pôr-se em sentido. Todavia, na posição em que se encontrava, Winston permanecia invisível.

«Oceânia, só por ti» deu lugar a uma música mais ligeira. Winston aproximou-se da janela, mantendo as costas voltadas para o telecrã. Algures ao longe um míssil explodiu num troar surdo, ecoando em reverberações. Por esses dias caíam em Londres uns vinte ou trinta por semana.

Lá em baixo, na rua, o vento sacudia o cartaz descolado, e a palavra SOCING aparecia e desaparecia caprichosamente. Socing. Os princípios sagrados do Socing. Novilíngua, duplopensar, a mutabilidade do passado. Winston sentiu-se como se errasse pelas florestas do fundo do mar, perdido num mundo em que o monstro era ele próprio. Estava só. O passado estava morto, o futuro afigurava-se inimaginável. Que certeza podia ter de que um único ser humano hoje vivo estivesse do seu lado? E como saber se o domínio do Partido não duraria *para sempre*? À guisa de resposta, vieram-lhe ao espírito as três palavras de ordem inscritas na fachada branca do Ministério da Verdade:

GUERRA É PAZ
LIBERDADE É ESCRAVIDÃO
IGNORÂNCIA É FORÇA.

Tirou do bolso uma moeda de vinte e cinco cêntimos. Também aí, em pequenas letras nítidas, estavam inscritas as mesmas palavras de ordem e, na outra face, a efígie do Grande Irmão. Até na moeda os olhos perseguiam uma pessoa. Nas moedas, nos selos, nas capas dos livros, no invólucro dos maços de cigarros — em toda a parte. Sempre aqueles olhos a fitar-nos e aquela voz a envolver-nos. Na vigília ou no sono, a trabalhar ou a comer, em casa ou na rua, no banho ou na cama — não havia fuga possível. Nada nos pertencia, excepto os poucos centímetros cúbicos no interior do nosso crânio.

O sol avançara no céu, e as inúmeras janelas do Ministério da Verdade, já sem luz a fazê-las brilhar, surgiam soturnas como as seteiras de uma fortaleza. O coração de Winston estremeceu ante a enorme forma piramidal. Era demasiado sólida, não podia ser abalada. Nem mil mísseis a deitariam ao chão. De novo se perguntou para quem estava a escrever o diário. Para o futuro, para o passado — para uma era provavelmente imaginária. E diante dele erguia-se, não a morte, mas o aniquilamento. O diário seria reduzido a cinzas, e ele próprio a vapor. Só a Polícia do Pensamento leria aquilo que ele escrevera, antes de o varrer da existência e da memória. Como podia apelar-se ao futuro quando nem o menor vestígio de nós próprios, nem mesmo uma palavra anónima rabiscada num bocado de papel, tinha hipótese de sobreviver fisicamente?

O telecrã deu as catorze. Tinha de sair daí a dez minutos. Deveria estar de volta ao emprego às catorze e trinta.

Curiosamente, dir-se-ia que o sinal horário lhe dera novo alento. Ele era um fantasma solitário dizendo uma verdade que nunca ninguém viria a ouvir. Mas, enquanto a dissesse, a continuidade, de forma obscura, não seria quebrada. Não por se fazer ouvir, mas por se manter mentalmente são, ele prolongava a herança humana. Voltou a sentar-se à mesa, molhou a caneta no tinteiro e escreveu:

Ao futuro ou ao passado, a um tempo em que o pensamento seja livre, em que os homens sejam diferentes uns dos outros e não vivam sozinhos — a um tempo em que a verdade exista e o que for feito não possa ser desfeito:
Da era da uniformidade, da era da solidão, da era do Grande Irmão, da era do duplopensar — eu vos saúdo!

Era um homem morto, pensou. Só agora, que começara a conseguir formular os seus pensamentos, lhe parecia ter dado o passo decisivo. As consequências de cada acto estão contidas no próprio acto. Escreveu:

O pensarcrime não provoca a morte: o pensarcrime É a morte.

Agora que se reconhecera como um homem morto, tornava-se-lhe importante continuar vivo tanto quanto possível. Tinha dois dedos da mão direita sujos de tinta. Isso constituía exactamente o tipo de pormenor susceptível de o trair. Algum fanático intrometido do Ministério (provavelmente uma mulher: alguém como a mulherzinha do cabelo cor de palha ou a rapariga morena do Departamento de Ficção) podia começar a perguntar-se porque teria ele estado a escrever no intervalo do almoço, porque teria usado uma caneta antiga, *o que* teria estado a escrever — e depois chamar a atenção das entidades competentes. Foi à casa de banho e esfregou cuidadosamente a tinta com o áspero sabão castanho escuro que arranhava a pele como lixa; por conseguinte, perfeitamente indicado para o fim em vista.

Arrumou o diário na gaveta. Nem valia a pena pensar em escondê-lo, mas podia ao menos arranjar forma de saber se a sua existência fora ou não descoberta. Um cabelo a passar pela extremidade das folhas seria demasiado óbvio. Com a ponta do dedo, apanhou um grão visível de poeira branca e depositou-o no canto da capa, de onde cairia fatalmente se alguém mexesse no livro.

3

Winston estava a sonhar com a mãe.

Devia ter dez ou onze anos, pensou, quando a mãe desapareceu. Mulher alta, escultural, bastante calada, com gestos lentos e uma magnífica cabeleira loura. Do pai lembrava-se mais vagamente como sendo moreno e magro, sempre impecavelmente vestido de escuro (Winston lembrava-se especialmente das solas muito finas dos sapatos do seu pai) e usando óculos. Ambos deviam manifestamente ter sido tragados numa das primeiras grandes purgas dos anos cinquenta.

Via a mãe sentada num lugar muito abaixo dele, com a irmã mais nova ao colo. Winston só se lembrava da irmã em bebé, pequena e frágil, sempre calada, de olhos grandes e atentos. Ambas o fitavam lá de baixo. De uma espécie de lugar subterrâneo — o fundo de um poço, por exemplo, ou de uma sepultura —, mas aquele lugar, embora já se encontrasse muito abaixo dele, continuava a descer ainda mais. Tudo se passava no salão de um navio naufragado, e elas erguiam os olhos para ele através da água cada vez mais escura. Ainda havia ar no salão, elas ainda o viam e ele a elas, mas estavam a afundar-se, a afundar-se nas águas esverdeadas que daí a instantes as tornariam para sempre invisíveis. Ele tinha luz e ar enquanto elas eram sorvidas para a morte, e justamente por ele estar cá em cima estavam elas lá no fundo. Tanto ele como elas o sabiam, e ele via nos seus rostos que o sabiam. Nem a mínima sombra de censura, nem nos rostos nem nos corações delas, apenas a consciência de que deviam morrer para ele poder continuar vivo, e de que isso fazia parte da inevitável ordem das coisas.

Winston já não se recordava do que acontecera, mas percebeu no seu sonho que as vidas da mãe e da irmã tinham de algum modo sido sacrificadas à sua. Era um desses sonhos que, apesar de manterem o cenário característico dos sonhos, constituem o prolongamento da nossa vida intelectual, e em que tomamos consciência de factos e ideias que continuam a parecer-nos novos e válidos mesmo após o despertar. O que subitamente impressionava agora Winston residia no facto de a morte da mãe, quase trinta anos antes, ter sido trágica e triste de uma forma hoje já não possível. Percebeu que a tragédia pertencia a um passado remoto, a um tempo em que ainda havia privacidade, amor e amizade, e em que os membros de uma família se amparavam uns aos outros sem precisarem de saber porquê. A memória da mãe partia-lhe o coração porque ela morrera cheia de amor por ele, sendo ele demasiado novo e egoísta para retribuir esse amor, e porque, de uma maneira ou de outra, embora ele não se lembrasse como, ela sacrificara-se a uma concepção de lealdade pessoal e inalterável. Bem via como era hoje impossível sucederem tais coisas. Hoje em dia imperava o medo, o ódio e a dor, mas não a dignidade nas emoções, nem desgostos profundos ou complexos. Tudo isto julgava ele ver nos grandes olhos da mãe e da irmã, fitando-o através da água verde, centenas de braças abaixo de si, a afundarem-se continuamente.

De repente viu-se no meio de um prado húmido, de erva rasteira, numa tarde de Verão em que os raios oblíquos do sol douravam a terra. A paisagem que contemplava aparecia-lhe tantas vezes em sonhos que nunca conseguia saber com absoluta certeza se a vira ou não no mundo real. Nos seus pensamentos despertos chamava-lhe a Terra Dourada. Era um velho pasto comido pelos coelhos, atravessado por um carreiro sinuoso e onde se viam, aqui e ali, montículos de toupeira. Na sebe irregular do outro lado do campo, os ramos dos ulmeiros oscilavam levemente ao sabor da brisa, as folhas moviam-se quase imperceptivelmente em massas densas como cabelos de mulher. Algures ali ao pé, se bem que fora do alcance da vista, corria um regato límpido e lento onde os peixes nadavam nos remansos, debaixo dos salgueiros.

A rapariga morena aparecia nessa direcção, atravessando o campo. Naquilo que pareceu ser um único gesto, tirou a roupa, atirando-a desdenhosamente para o chão. O seu corpo era branco e macio, mas não despertou nele qualquer desejo — na realidade, ele mal o olhou. O que nesse instante invadiu Winston foi a admiração pelo gesto com que ela atirara a roupa para o chão. Com a sua graça e negligência, aquele gesto parecia capaz de aniquilar toda uma cultura, todo um sistema de pensamento, como se o Grande Irmão e o Partido e a Polícia do Pensamento pudessem ser reduzidos a coisa nenhuma graças a um simples e esplendoroso movimento daquele braço. Também esse gesto pertencia ao passado. Winston acordou com a palavra «Shakespeare» nos lábios.

O telecrã emitia um silvo ensurdecedor que se prolongou, sempre na mesma nota, por trinta segundos. Exactamente às sete e quinze, hora de levantar para os trabalhadores de escritório. Winston arrancou o corpo da cama — estava nu, pois um membro do Partido Externo só recebia, anualmente, três mil senhas de vestuário, e um pijama custava seiscentas — e deitou a mão a uma camiseta velha e a uns calções que se encontravam em cima de uma cadeira. Os Exercícios Físicos iam começar dentro de três minutos. Passados instantes foi sacudido por um desses violentos ataques de tosse que o acometiam quase sempre pouco depois de acordar. O acesso esvaziou-lhe tão completamente os pulmões que só conseguiu começar de novo a respirar deitando-se de costas e inspirando profundamente várias vezes de seguida. Tinham-lhe inchado as veias com o esforço da tosse, e começara a sentir comichão na úlcera varicosa.

— Grupo dos trinta aos quarenta! — latiu uma estridente voz feminina. — Grupo dos trinta aos quarenta! Aos vossos lugares, por favor. Trinta aos quarenta!

Winston pôs-se em sentido diante do telecrã, onde já aparecia a imagem de uma mulher ainda jovem, magra mas musculada, com uniforme e sapatos de ginástica.

— Flectir e esticar os braços! — vociferou. — Acompanhem o meu ritmo. *Um*, dois, três, quatro! *Um*, dois, três, quatro! Vá lá, camaradas, um pouco mais de energia! *Um*, dois, três, quatro! *Um*, dois, três, quatro!...

As dores provocadas pelo ataque de tosse não tinham varrido por completo do espírito de Winston a impressão que lhe deixara o sonho, e os movimentos rítmicos do exercício conseguiram até certo ponto reavivá-la. Enquanto movia os braços para trás e para diante, arvorando no rosto a expressão de austero contentamento que se considerava adequada aos Exercícios Físicos, esforçava-se por recuar em pensamento até ao período obscuro da sua primeira infância. Era extraordinariamente difícil. Para lá dos últimos anos da década de cinquenta tudo se toldava. Quando não há testemunhos exteriores que possamos tomar como ponto de referência, até os contornos da nossa própria vida perdem nitidez. Uma pessoa recorda factos marcantes que muito provavelmente nunca ocorreram, recorda o pormenor de certos incidentes sem conseguir captar a sua atmosfera, e há longos períodos em branco onde não somos capazes de inscrever o que quer que seja. Nesse tempo tudo era diferente: até os nomes dos países e a sua configuração no mapa. A Pista Um, por exemplo, não se chamava então assim: chamava-se Inglaterra ou Grã-Bretanha, embora Londres — Winston tinha disso quase a certeza — sempre se tivesse chamado Londres.

Winston não conseguia lembrar-se claramente de tempo algum em que o seu país não tivesse estado em guerra, mas evidentemente houvera um intervalo de paz bastante longo durante a sua infância, pois uma das suas primeiras recordações consistia num ataque aéreo que pareceu ter apanhado toda a gente de surpresa. Talvez tivesse sido a altura em que a bomba atómica caíra em Colchester. Não se lembrava do ataque em si, mas da mão do pai a apertar a sua enquanto desciam, desciam a correr para um sítio qualquer debaixo da terra, às voltas por uma escada de caracol que vibrava sob os seus pés e que finalmente lhe cansou as pernas ao ponto de ele se pôr a choramingar, o que os obrigou a pararem para descansar. A mãe, lenta e sonhadora como sempre, vinha muito mais atrás. Trazia a irmã pequenina ao colo — ou talvez fosse apenas uma trouxa de cobertores: não sabia ao certo se a irmã já então era nascida. Por fim, desembocaram num lugar barulhento e apinhado que ele percebeu ser uma estação de metro.

Havia gente sentada por todo o lajedo, e outras pessoas, apertadas entre si, sentadas em beliches metálicos, umas por cima das outras. Winston, a mãe e o pai arranjaram lugar no chão, e perto deles estavam sentados, lado a lado, num beliche, um casal de velhos. O velho envergava um modesto fato escuro e um boné de pano preto puxado para trás sobre o cabelo muito branco: tinha o rosto escarlate e os olhos azuis e rasos de lágrimas. Tresandava a gin. Dir-se-ia que a sua pele transpirava gin em vez de suor, e nem era difícil imaginar-se que as lágrimas que lhe corriam dos olhos eram gin puro. Mas embora ligeiramente embriagado, sofria também de um desgosto autêntico e insuportável. À sua maneira infantil, Winston percebeu que acabava de acontecer a esse homem algo terrível, algo imperdoável, e que não podia ser remediado. Parecia-lhe também saber o quê. Alguém que aquele velho amava — uma neta pequena, talvez — havia morrido. De tantos em tantos minutos o velho repetia:

— Nã devíamos ter confiado neles. Eu bem te disse, Mãe, não te lembras? Foi o que ganhámos em ter confiado neles. Eu sempre disse. Nã devíamos ter confiado nesses sacanas.

Mas em que sacanas não deviam eles ter confiado, eis o que Winston já não conseguia recordar.

Mais ou menos a partir dessa altura, a guerra fora literalmente ininterrupta, se bem que, rigorosamente falando, não tivesse sido sempre a mesma guerra. Durante vários meses, ainda ele era criança, deram-se na própria cidade de Londres confusos combates de rua, de alguns dos quais guardava uma memória nítida. Mas reconstituir toda a História desse período, dizer quem lutava contra quem a dado momento, seria tarefa absolutamente impossível, uma vez que nenhum documento escrito, e nenhuma palavra dita, alguma vez se referia a qualquer outro alinhamento de forças que não o actual. No momento presente, por exemplo, em 1984 (se é que se estava em 1984), a Oceânia encontrava-se em guerra com a Eurásia e era aliada da Lestásia. Nunca se reconhecia, quer em declarações públicas quer em conversas privadas, que as três potências se tivessem alguma vez alinhado de maneira diferente. Na realidade, como Winston muito bem sabia, ainda quatro anos antes a Oceânia estivera em guerra com a Lestásia e aliada à Eurásia. Mas isto não passava de um conhecimento furtivo que ele possuía, porque a sua memória não estava satisfatoriamente controlada. Oficialmente nunca se dera tal mudança de parceiros. A Oceânia combatia a Eurásia: por conseguinte, a Oceânia estivera sempre em guerra com a Eurásia. O inimigo do momento representava sempre o mal absoluto, pelo que qualquer acordo, passado ou futuro, com esse inimigo se afigurava impossível.

O assustador, reflectia ele pela enésima vez, enquanto inclinava dolorosamente os ombros para trás (de mãos nas ancas, estavam agora a rodar o corpo da cintura para cima, exercício que diziam ser bom para os músculos das costas), o assustador era que podia ser tudo verdade. Se o Partido tinha o poder de alterar o passado e de afirmar sobre este ou aquele acontecimento: *isto nunca aconteceu* — não seria tal poder mais temível do que a simples tortura ou a morte?

O Partido afirmava que a Oceânia nunca estivera aliada à Eurásia. Ele, Winston Smith, sabia que a Oceânia estivera aliada à Eurásia havia pouco mais de quatro anos. Mas onde radicava esse saber? Apenas na sua consciência, que de um ou de outro modo deveria em breve ser aniquilada. E se toda a gente aceitasse a mentira que o Partido impunha — se todos os documentos apresentassem a mesma versão —, então a mentira passaria à História e tornar-se-ia verdade. «Quem controla o passado», dizia a palavra de ordem do Partido, «controla o futuro; quem controla o presente controla o passado». E no entanto o passado, embora por natureza alterável, nunca tinha sido alterado. A verdade actual era verdade desde todo o sempre e para todo o sempre. Para tal bastava uma série contínua de vitórias de cada qual sobre a sua própria memória. «Controlo da realidade», assim se lhe chamava; ou, em novilíngua, «duplopensar».

— À vontade! — berrou a instrutora, em tom um pouco mais cordial.

Winston deixou cair os braços ao longo do corpo e encheu lentamente os pulmões de ar. O espírito embrenhou-se-lhe no mundo labiríntico do duplopensar. Saber e não saber, ter uma noção de absoluta veracidade enquanto se dizem mentiras cuidadosamente elaboradas, defender simultaneamente duas opiniões que se anulam reciprocamente, sabendo-as contraditórias e acreditando em ambas; usar a lógica contra a lógica, repudiar a moral ao mesmo tempo que se reclama a moral, acreditar na inviabilidade da democracia e que o Partido é o guardião da democracia; esquecer o que quer que fosse preciso esquecer, para depois o trazer de volta à memória quando necessário, e em seguida de novo o esquecer prontamente: e, acima de tudo, aplicar este mesmo procedimento ao próprio procedimento. Tal era a suprema subtileza: induzir conscientement a inconsciência, para depois, num segundo passo, tornar-se inconsciente do acto de hipnose acabado de levar a cabo. A própria compreensão da palavra «duplopensar» implicava o recurso ao duplopensar.

A instrutora mandou-os porem-se de novo em sentido.

— E agora vamos ver quais de vós conseguem tocar nos dedos dos pés! — disse ela entusiasticamente. — Dobrem-se bem a partir da anca, por favor, camaradas. *Um*-dois! *Um*-dois!...

Winston detestava este exercício, fazia-lhe subir uma dor aguda do calcanhar à nádega e muitas vezes acabava por dar origem a novo ataque de tosse. Desvaneceu-se a relativa amenidade das suas cogitações. O passado não fora simplesmente alterado, pensou então, mas sim radicalmente destruído. Pois como podia alguém estabelecer mesmo o mais óbvio dos factos, quando dele não existiam quaisquer testemunhos além da memória individual? Tentou recordar em que ano ouvira falar pela primeira vez do Grande Irmão. Devia ter sido algures nos anos sessenta, mas era impossível ter a certeza. Nas histórias do Partido, é claro, o Grande Irmão figurava como o chefe e guardião da Revolução desde a primeira hora. Os seus feitos tinham gradualmente recuado no tempo, até abarcarem o mundo fabuloso dos anos quarenta e trinta, em que os capitalistas, com estranhos chapéus cilíndricos, ainda percorriam as ruas de Londres em grandes automóveis reluzentes ou em carruagens com flancos de vidro, puxadas por cavalos. Impossível saber a que ponto esta lenda seria autêntica, ou se fora inventada. Winston não se lembrava sequer da data em que nascera o Partido. Não lhe parecia ter alguma vez ouvido a palavra Socing antes de 1960, mas era possível que na sua antiga forma — ou seja, «Socialismo Inglês» — o termo já antes fosse de uso corrente. Tudo se confundia numa espécie de névoa. Por vezes, é certo, conseguia-se identificar uma clara mentira. Não correspondia à verdade, por exemplo, ao contrário do que se afirmava nos livros de história do Partido, que este tivesse inventado o avião. Ele lembrava-se de ver aviões desde a mais tenra infância. Mas não se podia provar coisa nenhuma. Não havia nunca quaisquer testemunhos. Só uma vez em toda a sua vida tivera nas mãos uma prova documental inequívoca da falsificação de um facto histórico. E nessa ocasião...

— Smith! — berrou a voz áspera do telecrã. — 6079 W. Smith! Sim, *você*! Curve-se mais, se faz favor! Consegue fazer melhor do que isso. Não se está a esforçar. Mais, por favor! *Assim* está melhor, camarada. Agora, todos à vontade e olhem para mim.

Um suor quente cobrira de súbito todo o corpo de Winston. O seu rosto manteve-se completamente impenetrável. Nunca mostrar desânimo! Nunca mostrar ressentimento! Um simples pestanejar podia traí-lo. Ficou a olhar a instrutora, que, erguendo os braços acima da cabeça — não pode dizer-se que graciosamente, mas com notável presteza e eficiência —, se curvou para diante e enfiou a primeira falange dos dedos das mãos debaixo dos dedos dos pés.

— Ora bem, camaradas! É *isto* que eu vos quero ver fazer. Vejam outra vez. Tenho trinta e nove anos e quatro filhos. Reparem bem — tornou a curvar-se. — Como vêem, *eu não tenho* os joelhos dobrados. Todos vocês podem fazer o mesmo, se quiserem — acrescentou, tornando a endireitar-se. — Qualquer pessoa até aos quarenta e cinco anos é perfeitamente capaz de tocar nos dedos dos pés. Nem todos temos o privilégio de combater na frente, mas pelo menos podemos manter-nos em forma. Lembrem-se dos nossos rapazes na frente do Malabar! E dos marinheiros da Fortaleza Flutuante! Pensem só no que *eles* não terão de aguentar! Ora tentem lá outra vez. Está melhor, camaradas, está *muito* melhor agora — disse, em tom de encorajamento, quando Winston, numa arremetida violenta, conseguiu tocar nos dedos dos pés sem dobrar os joelhos, pela primeira vez em vários anos.

4

Com o suspiro profundo e inconsciente que nem a proximidade do telecrã conseguia impedi-lo de soltar no início do seu dia de trabalho, Winston puxou para si o falascreve, soprou o pó do bocal e pôs os óculos. Depois desenrolou e prendeu com um clipe quatro pequenos cilindros de papel já saídos do tubo pneumático ao lado direito da sua secretária.

Nas paredes do cubículo havia três orifícios. À direita do falascreve, um pequeno tubo pneumático para as mensagens escritas; à esquerda, um tubo maior para jornais; e na parede lateral, bem ao alcance da mão de Winston, uma grande abertura oblonga resguardada por uma rede metálica. Este último orifício servia de cesto de papéis. Existiam milhares ou dezenas de milhares destas aberturas em todo o edifício, não apenas em cada sala, mas também, a intervalos regulares, em cada um dos corredores. Designavam-nas em gíria, vá lá saber-se por que motivo, como «buracos de memória». Quando uma pessoa sabia que algum documento se destinava a ser destruído, ou mesmo quando via qualquer papel esquecido algures, acto contínuo levantaria a tampa do buraco de memória mais próximo e deitá-lo-ia lá para dentro; e daí seria sugado por uma corrente de ar quente até às enormes fornalhas ocultas nos recessos do edifício.

Winston examinou as quatro tiras de papel que desenrolara. Cada qual continha uma mensagem numa ou duas linhas apenas, no calão abreviado — não propriamente novilíngua, mas composto largamente em termos de novilíngua — que se utilizava no Ministério da Verdade para fins internos. Diziam o seguinte:

times 17.3.84 discurso gi malreprod áfrica rectificar

times 19.12.83 previsões plano 3 a 4.º trimestre 83 gralhas verificar edição hoje times 14.2.84 minirrico malcitado chocolate rectificar

times 3.12.83 resumo ordemdia gi duploextraimbom ref impessoas rescrever tudo supersub prearquivar

Sentindo-se ligeiramente satisfeito, Winston pôs de parte a quarta mensagem. Envolvia uma tarefa complexa e de responsabilidade, seria melhor deixá-la para o fim. As outras três não passavam de questões de rotina, embora a segunda implicasse, provavelmente, o exame de algumas enfadonhas listas de números.

Winston carregou na tecla «números antigos» do telecrã e pediu os *Times* indicados, que saíram do tubo pneumático após apenas alguns minutos de espera. As mensagens que recebera referiam-se a artigos ou notícias que por um ou outro motivo se considerava necessário alterar, ou, na expressão oficialmente utilizada, rectificar. Por exemplo, podia ler-se no *Times* de 17 de Março que o Grande Irmão, no seu discurso da véspera, previra que a frente indiana se manteria tranquila, estando iminente uma ofensiva eurasiática no Norte de África. Na realidade, o Alto Comando eurasiático lançara a sua ofensiva no Sul da Índia, abstendo-se de intervir no Norte de África. Tornava-se, por conseguinte, necessário reescrever um parágrafo do discurso do Grande Irmão, de forma a fazê-lo prever aquilo que de facto acontecera. Ou ainda, o *Times* de 19 de Dezembro publicara as previsões oficiais da produção de várias categorias de bens de consumo para o quarto trimestre de 1983, que era também o sexto trimestre do Nono Plano Trienal. A edição de hoje continha uma relação da produção efectiva, da qual se depreendia terem sido as previsões, em todas as rubricas, grosseiramente erróneas. O trabalho de Winston consistia em rectificar os números originais de forma a fazê-los concordar com os mais recentes. Quanto à terceira mensagem, dizia respeito a um erro muito simples que podia ser corrigido em dois minutos. Ainda no anterior mês de Fevereiro o Ministério da Riqueza divulgara a promessa («compromisso categórico», fora a expressão oficial) de que a ração de chocolate não viria a ser reduzida durante o ano de 1984. Na realidade, como Winston sabia, a ração de chocolate ia ser reduzida de trinta para vinte gramas no fim da semana. Bastava, portanto, substituir a promessa por um aviso de que viria provavelmente a ser necessário reduzir a ração a dada altura do mês de Abril.

Assim que Winston acabava de dar cumprimento a cada uma das mensagens, agrafava as suas correcções falascritas ao exemplar correspondente do *Times* e enfiava-as no tubo pneumático. Depois, com um gesto tão impensado quanto possível, amachucava a mensagem original e quaisquer apontamentos que ele próprio tivesse tomado, e lançava-os no buraco de memória para serem devorados pelas chamas.

O que sucedia no labirinto invisível para onde se dirigiam os tubos pneumáticos não o sabia Winston em pormenor, apenas em termos gerais. Assim que fossem reunidas e conferidas todas as correcções necessárias, a introduzir num determinado número do *Times*, este seria reimpresso, o exemplar original destruído, e o exemplar corrigido arquivado no seu lugar. Este processo de alteração contínua não se aplicava só aos jornais, mas também a livros, revistas, panfletos, cartazes, folhetos, filmes, fitas gravadas, bandas desenhadas, fotografias — todo o tipo de literatura ou documentação que pudesse concebivelmente ter qualquer espécie de relevância política ou ideológica. Dia a dia e quase minuto a minuto, o passado ia sendo actualizado. Deste modo tornava-se possível demonstrar, com provas documentais, que todas as previsões do Partido haviam sido correctas; e nunca se permitia a permanência da mínima notícia ou artigo de opinião nos arquivos, que entrasse em conflito com as necessidades do momento. Toda a História era um palimpsesto, raspado e reescrito tantas vezes quantas as necessárias. Em nenhum caso seria possível, uma vez terminado o tratamento do texto, provar que ocorrera qualquer falsificação. A secção mais importante do Departamento de Arquivos, muito maior do que aquela em que Winston trabalhava, compunha-se de pessoas tendo por única missão procurar e recolher todos os exemplares de livros, jornais e outros documentos desactualizados, que deviam necessariamente ser destruídos. Um número do *Times*, que, em virtude das mudanças de linha política ou das profecias erróneas do Grande Irmão, poderia perfeitamente já ter sido reescrito uma dúzia de vezes, continuava a ocupar o seu lugar no arquivo com a data original, e não existia qualquer outro exemplar para o contradizer. Também os livros eram apreendidos e reescritos vezes sem conta, invariavelmente reeditados sem que se reconhecesse ter sido feita qualquer alteração. Até mesmo as instruções escritas que Winston recebia, e de que invariavelmente se desfazia após cumpridas, nunca ordenavam ou sugeriam que se cometessem actos de falsificação: faziam sempre referência a erros, lapsos, gralhas ou citações adulteradas que era preciso rectificar no interesse da verdade.

De facto, pensou Winston enquanto corrigia os números do Ministério da Riqueza, aquilo nem sequer constituía falsificação. Era a simples substituição de um contra-senso por outro contra-senso. A maior parte do material com que se lidava não tinha a menor relação com o mundo real, nem tão-pouco o tipo de relação que uma clara mentira implica. As estatísticas mostravam-se tão fantasiosas na versão original como na versão rectificada. A maior parte das vezes, o que se esperava de um funcionário como Winston residia pura e simplesmente em que as inventasse. Por exemplo, o Ministério da Riqueza estimara em cento e quarenta e cinco milhões de pares a produção de botas para o trimestre. A produção real estava avaliada em sessenta e dois milhões. Winston, no entanto, ao reescrever a previsão, reduziu este número para cinquenta e sete milhões, de forma a dar substância à habitual afirmação de que as quotas tinham sido ultrapassadas. Fosse como fosse, os sessenta e dois milhões não se aproximavam mais da verdade do que os cinquenta e sete ou do que os cento e quarenta e cinco. Muito provavelmente nem se tinham produzido botas nenhumas. Mais provavelmente ainda, ninguém saberia quantas teriam sido produzidas, nem ninguém queria saber. Sabia-se apenas que todos os trimestres se produziam, no papel, números astronómicos de botas, enquanto uma boa metade da população da Oceânia andava descalça. E o mesmo sucedia com todas as categorias de factos noticiados, grandes ou pequenos. Tudo se esfumava num mundo de sombras em que até a data do ano em curso era incerta.

Winston espreitou para o outro lado do corredor. No cubículo oposto, um homenzinho de queixo escuro e ar minucioso, chamado Tillotson, trabalhava afincadamente, com um jornal dobrado sobre os joelhos e a boca muito próxima do bocal do falascreve. Parecia empenhado em guardar segredo acerca do que dizia, um segredo só partilhado com o telecrã. Ergueu os olhos, e os seus óculos dardejaram um raio hostil na direcção de Winston.

Winston mal conhecia Tillotson, nem fazia ideia de quais seriam as suas funções. No Departamento de Arquivos as pessoas não falavam facilmente do trabalho. O comprido corredor sem janelas, com a sua dupla fila de cubículos, o seu contínuo restolhar de papéis e sussurrar de vozes murmurando aos falascreves, albergava uma dúzia de pessoas de quem Winston desconhecia até o nome, embora as visse diariamente a correr de cá para lá ou a gesticular durante os Dois Minutos do Ódio. Sabia que no cubículo contíguo ao seu labutava dia após dia a mulherzinha do cabelo cor de palha, exclusivamente ocupada a procurar e a suprimir da imprensa nomes de pessoas já vaporizadas e que, por conseguinte, se considerava nunca terem existido. O que tinha certa lógica, pois o próprio marido dela fora vaporizado anos antes. E alguns cubículos mais adiante, um indivíduo brando, ineficiente, sonhador, Ampleforth de seu nome, com as orelhas peludas e um espantoso talento para jogar com rimas e métricas, dedicava-se a produzir versões adulteradas — os chamados textos definitivos — de poemas que se tinham tornado ideologicamente inadmissíveis, mas que por este ou aquele motivo deviam ser mantidos nas antologias. E o corredor onde trabalhava, com cerca de cinquenta funcionários, era apenas uma subsecção, como que uma simples célula na imensa complexidade do Departamento de Arquivos. Por baixo, por cima, ao lado, havia outros enxames de funcionários desempenhando uma inimaginável multiplicidade de funções. Havia as enormes oficinas gráficas com os seus sub-redactores, os seus tipógrafos especializados, e os seus estúdios perfeitamente equipados para a falsificação de fotografias. Havia a secção de teleprogramas, com os seus engenheiros, produtores e as equipas de actores especialmente escolhidos pela sua capacidade de imitar vozes. Havia os exércitos de secretários, cuja única função consistia em elaborar listas de livros e periódicos a confiscar. Havia os vastos depósitos onde eram arquivados os documentos corrigidos, e as fornalhas ocultas onde se destruíam os exemplares originais. E havia também, algures, absolutamente anónimo, o cérebro director que coordenava todos estes esforços e fixava as grandes linhas de uma política que exigia a preservação de determinados fragmentos do passado, a falsificação de outros e a supressão de outros ainda.

E o próprio Departamento de Arquivos era afinal apenas um dos ramos do Ministério da Verdade, cuja função primordial não consistia em reconstruir o passado, mas em fornecer aos cidadãos da Oceânia jornais, filmes, livros de estudo, programas de telecrã, peças de teatro, romances — todos os tipos de informação, instrução ou divertimento, da estatuária à palavra de ordem, do poeta lírico ao tratado de biologia, da cartilha infantil ao Dicionário de Novilíngua. E o Ministério não só tinha de satisfazer as múltiplas necessidades do Partido, como devia repetir toda a operação a níveis inferiores para uso do proletariado. Existia toda uma série de departamentos independentes dedicados à literatura, à música, ao teatro e, de um modo geral, às diversões proletárias. Aí se produziam pasquins onde quase só se falava de desporto, crimes e astrologia, romances de cordel a cinco cêntimos cada, filmes a transbordar de sexo, e canções sentimentais inteiramente compostas por processos mecânicos numa espécie de caleidoscópio conhecido pelo nome de versificador. Havia mesmo uma subsecção inteira — a *Pornosec*, chamavam-lhe assim em novilíngua — encarregada de produzir pornografia da mais reles, que era mandada para o exterior em embalagens seladas e que nenhum membro do Partido, além dos que lá trabalhavam, estava autorizado a ver.

Tinham saído três mensagens do tubo pneumático enquanto Winston trabalhava: assuntos simples, que ele resolveu antes de os Dois Minutos do Ódio virem interrompê-lo. Quando terminou o Ódio voltou para o cubículo, tirou da prateleira o Dicionário de Novilíngua, arredou para o lado o falascreve, limpou os óculos e concentrou-se no trabalho mais importante dessa manhã.

O maior prazer que Winston tinha na vida era o seu trabalho. Grande parte dele seria rotineiro e enfadonho, mas surgiam também por vezes tarefas tão difíceis e tão complexas que uma pessoa podia perder-se nelas como nos abismos de um problema matemático — falsificações delicadas nas quais nada tinha que o guiasse, além do seu conhecimento dos princípios do Socing e da pressuposição daquilo que o Partido queria que se dissesse. Winston tinha jeito para este tipo de trabalho. Até lhe tinham já confiado por várias vezes rectificações de artigos de fundo do *Times* integralmente escritos em novilíngua. Desenrolou a mensagem anteriormente posta de lado:

times 3.12.83 resumo ordemdia gi duploextraimbom ref impessoas rescrever tudo supersub prearquivar

Em velhilíngua (ou inglês corrente) isto poderia traduzir-se assim:

O resumo da Ordem do Dia do Grande Irmão incluído no *Times* de 3 de Dezembro de 1983 é extremamente insatisfatório e faz referência a pessoas inexistentes. Reescreva-o na íntegra e submeta o rascunho à aprovação da autoridade superior, antes de arquivar.

Winston leu do princípio ao fim o artigo problemático. Aparentemente, a Ordem do Dia do Grande Irmão tinha-se em grande parte dedicado a elogiar trabalho de uma organização conhecida por FFCC, fornecedora de cigarros e outros artigos aos marinheiros da fortaleza flutuante. Um tal camarada Withers, membro destacado do Partido Interno, merecera aí uma referência e fora condecorado com a Ordem do Mérito Notório, Segunda Classe.

Três meses depois, a FFCC tinha sido repentinamente dissolvida sem que para tal se apresentassem quaisquer justificações. Podia-se presumir que Withers e os seus apaniguados houvessem caído em desgraça, mas o assunto não fora noticiado na imprensa nem no telecrã. Nem o caso era inédito, pois só muito raramente julgavam ou denunciavam os criminosos políticos publicamente. As grandes purgas, implicando milhares de pessoas, com julgamento público dos traidores e crimepensantes que procediam à abjecta confissão dos seus crimes e em seguida eram executados, eram espectáculos excepcionais, não ocorrendo mais de uma vez em cada dois ou três anos. Vulgarmente, as pessoas que incorriam no desagrado do Partido desapareciam, pura e simplesmente, nunca mais se ouvindo falar delas. Nunca restava o menor indício do sucedido. Em alguns casos, podiam nem ter morrido. Sem contar com os seus pais, Winston conhecera talvez umas trinta pessoas que em dado momento desapareceram.

Winston coçou levemente o nariz com um clipe. No cubículo do outro lado do corredor o camarada Tillotson continuava curvado sobre o falascreve, com ar de grande segredo. Ergueu por um instante a cabeça: de novo aquele brilho hostil das lentes. Winston perguntou a si próprio se o camarada Tillotson não estaria a executar a mesma tarefa que ele. Era perfeitamente possível. Um trabalho tão delicado nunca poderia ser confiado a uma única pessoa: em contrapartida, entregá-lo a qualquer comissão significava reconhecer abertamente que se ia cometer uma fraude. Muito provavelmente haveria neste momento uma dúzia de pessoas a trabalhar em versões rivais daquilo que o Grande Irmão na realidade dissera. E a seguir, algum cérebro do Partido Interno escolheria uma delas, corrigi-la-ia e poria em acção o complexo processo de remissões requerido, após o que a mentira escolhida tomaria o seu lugar nos arquivos permanentes, convertendo-se em verdade.

Winston não sabia por que motivo Withers caíra em desgraça. Talvez corrupção ou incompetência. Talvez o Grande Irmão tivesse simplesmente querido ver-se livre de um subordinado demasiado popular. Talvez tivesse surgido a suspeita de tendências heréticas em Withers ou em alguém das suas relações. Ou talvez — de todas, a hipótese mais provável — aquilo tivesse acontecido simplesmente porque purgas e vaporizações constituíam o elemento indispensável à mecânica da governação. O único indício concreto residia nas palavras «ref impessoal», que revelavam que Withers já teria morrido. Não podia depreender-se daí que o mesmo acontecesse sempre que alguém era preso. Por vezes soltavam as pessoas e autorizavam-nas a viver em liberdade durante um ano ou dois antes de as executarem. Muito esporadicamente, uma pessoa que há muito se julgava morta fazia uma aparição espectral em algum julgamento público, para comprometer com o seu testemunho centenas de outras pessoas, antes de tornar a desaparecer, de uma vez por todas. Withers, porém, era já uma *impessoa*. Não existia; nunca tinha existido. Winston chegou à conclusão de que não bastava inverter simplesmente o sentido do discurso do Grande Irmão. Mais valia pô-lo a falar de coisas que não tivessem nada a ver com o tema original.

Podia converter o discurso na habitual denúncia de traidores e crimepensantes, mas a solução mostrava-se demasiado óbvia; em contrapartida, inventar uma vitória na frente, ou algum prodigioso excesso de produção relativamente às metas do Nono Plano Trienal, poderia vir a complicar em demasia o trabalho nos arquivos. Impunha-se antes uma obra puramente fantástica. De repente surgiu-lhe no espírito, pronta a usar, a imagem de um certo camarada Ogilvy, recentemente morto em combate, em circunstâncias heróicas. Havia ocasiões em que o Grande Irmão consagrava a sua Ordem do Dia a evocar um humilde membro do Partido, um soldado raso cuja vida e a morte se apresentavam como exemplo digno de ser seguido. Evocaria hoje o camarada Ogilvy. De facto não existia nenhum camarada Ogilvy, mas meia dúzia de linhas impressas e duas ou três fotografias falsas em breve lhe dariam vida.

Winston ficou por momentos a pensar, depois puxou para si o falascreve e começou a ditar no estilo habitual do Grande Irmão: um estilo ao mesmo tempo militar e pedante e, em virtude do costume que ele tinha de fazer perguntas para prontamente lhes responder («Que lições podemos extrair deste facto, camaradas? A lição — que é também um dos princípios fundamentais do Socing — de que...», etc., etc.), muito fácil de imitar.

Com três anos de idade, o camarada Ogilvy pusera de parte todos os brinquedos excepto um tambor, uma metralhadora e um helicóptero em miniatura. Com seis — um ano antes da idade regulamentar, graças a uma licença especial —, entrara para os Vigias; aos nove já comandava uma unidade. Aos onze, denunciara o tio à Polícia do Pensamento, depois de ouvir uma conversa na qual lhe pareceu detectar tendências criminosas. Aos dezassete, tornara-se organizador regional da Liga Juvenil Anti-Sexo. Aos dezanove, concebera uma granada de mão posteriormente adoptada pelo Ministério da Paz, e que, logo no primeiro ensaio, matara numa única explosão trinta e um prisioneiros eurasiáticos. Aos vinte e três, perecera em combate. Perseguido por jactos inimigos enquanto sobrevoava o oceano Índico, levando consigo importantes despachos, servira-se de uma metralhadora como lastro e saltara do helicóptero para as águas fundas, com despachos e tudo — um fim, dizia o Grande Irmão, impossível de evocar sem se sentir inveja. O Grande Irmão acrescentava ainda algumas observações acerca da pureza e coerência da vida do camarada Ogilvy. Fora rigorosamente abstémio e não fumador, não tivera outras distracções além da hora que diariamente passava no ginásio, e fizera voto de celibato, convicto de que o casamento e as responsabilidades familiares seriam incompatíveis com uma dedicação de vinte e quatro horas por dia ao seu dever. Não se lhe conheciam outros temas de conversa senão os relativos aos princípios do Socing, nem outro objectivo na vida que não fora a derrota do inimigo eurasiático e a caça aos espiões, sabotadores, crimepensantes e traidores em geral.

Winston hesitou, perguntado-se se devia ou não atribuir ao camarada Ogilvy a Ordem do Mérito Notório: finalmente decidiu que não, para evitar as escusadas remissões para outros documentos.

Tornou a espreitar o seu rival no cubículo em frente. Alguma coisa lhe dizia, sem margem para dúvidas, que Tillotson estava empenhado na mesma tarefa que ele. Não havia meio de saber qual das versões viria a ser finalmente adoptada, mas Winston tinha a profunda convicção de que seria a sua. O camarada Ogilvy, cuja existência nem se imaginara uma hora antes, surgia afinal como uma realidade. Chocou-o poder criar homens mortos, mas não vivos. O camarada Ogilvy, que nunca existira no presente, existia agora no passado, e quando o acto de falsificação estivesse esquecido, existiria tão autenticamente, e com as mesmas provas documentais, como Carlos Magno ou Júlio César.

5

Na cantina de tecto baixo, no subsolo, a bicha para o almoço avançava lentamente e aos solavancos. A sala encontrava-se já muito cheia e o barulho era ensurdecedor. Da grade do balcão emanavam vapores de guisado, um cheiro azedo, metálico, que não abafava por completo o odor do gin Vitória. No outro extremo da sala havia um pequeno bar, um simples nicho na parede, onde se podiam tomar por dez cêntimos grandes copos de gin.

— Precisamente o homem que eu procurava — disse uma voz nas costas de Winston.

Voltou-se. Tratava-se do seu amigo Syme, que trabalhava no Departamento de Investigação. Talvez «amigo» não fosse exactamente a palavra certa. Hoje em dia ninguém tinha amigos, apenas camaradas: mas havia alguns camaradas cujo convívio era mais agradável do que o de outros. Syme era filólogo, um especialista em novilíngua. Na verdade, fazia parte da enorme equipa de peritos ocupados em compilar a décima primeira edição do Dicionário de Novilíngua. Indivíduo minúsculo, mais baixo do que Winston, de cabelo escuro e olhos grandes, protuberantes, ao mesmo tempo soturnos e escarninhos, que pareciam perscrutar atentamente a cara de uma pessoa enquanto se conversava com ele.

— Queria perguntar-te se por acaso não tens lâminas de barbear — disse.

— Nem uma! — respondeu Winston com uma espécie de precipitação culpada. — Já procurei por toda a parte. Impossível encontrá-las.

Toda a gente lhe pedia lâminas de barbear. A verdade é que tinha duas, novas, de reserva. Há meses que elas escasseavam. Em determinado momento faltava sempre algum artigo necessário que as lojas do Partido não conseguiam fornecer. Ora botões, ora linha de passajar, ora atacadores; presentemente eram as lâminas de barbear. Só se conseguia obtê-las, e nem sempre, frequentando mais ou menos furtivamente o mercado «livre».

— Já estou a usar a mesma lâmina há seis semanas — acrescentou, mentindo.

A fila tornou a avançar, num solavanco. Quando voltaram a parar, Winston virou-se de novo para Syme. Cada um tirou uma bandeja mal lavada da pilha, no extremo do balcão.

— Foste ontem ver o enforcamento dos prisioneiros? — perguntou Syme.

— Estava a trabalhar — disse Winston com indiferença. — Hei-de ver no cinema, suponho.

— Um sucedâneo bem inferior — disse Syme.

Os seus olhos escarninhos vaguearam pelo rosto de Winston. «Bem te conheço», pareciam dizer aqueles olhos, «não me enganas. Sei muito bem porque é que não foste ver o enforcamento dos prisioneiros». À sua maneira intelectual, Syme era venenosamente ortodoxo. Falava, com desagradável exultação maligna, de incursões de helicóptero contra aldeias inimigas, dos julgamentos e confissões dos crimepensantes e das execuções nas caves do Ministério do Amor. Para se conversar com ele tornava-se fundamental desviá-lo desses temas e levá-lo a embrenhar-se, na medida do possível, nas subtilezas técnicas da novilíngua, interessante domínio da sua competência.

Winston voltou a cara ligeiramente para o lado, de forma a evitar o exame daqueles grandes olhos escuros.

— Foi um belo enforcamento — disse Syme, recordando. — Acho que fica tudo estragado quando lhes amarram os pés. Gosto é de os ver espernear. E ainda gosto mais, no fim, daquelas línguas de fora, todas azuis, de um azul bem vivo. É o pormenor que mais me agrada.

— A seguir, por favor! — berrou o prole de avental branco que empunhava a concha da sopa.

Winston e Syme meteram as bandejas por baixo da grade. A ambos foi prontamente servido o almoço regulamentar: uma marmita metálica cheia de um guisado rosa-acinzentado, um naco de pão, um cubo de queijo, uma caneca de café Vitória, sem leite, e uma pastilha de sacarina.

— Temos mesa ali adiante, ao pé do telecrã — disse Syme. — De caminho, levamos o gin.

O gin foi-lhes servido em chávenas de porcelana, sem asas. Atravessaram a custo a sala apinhada e pousaram as bandejas na mesa de tampo metálico, num de cujos cantos alguém deixara um charco de guisado, um líquido repugnante com aspecto de vómito. Winston pegou na caneca de gin, esperou um instante até ganhar coragem, e emborcou a bebida de sabor oleoso. Ao piscar os olhos para suster as lágrimas, apercebeu-se de que tinha fome. Começou a engolir colheradas de aguadilha do guisado, onde surgiam de vez em quando cubos de uma matéria rosada e esponjosa que devia ser um preparado de carne. Nenhum dos dois tornou a falar até ter esvaziado a marmita. Da mesa à esquerda de Winston, quase atrás das suas costas, alguém falava rápida e ininterruptamente, num palrar áspero que por pouco não se distinguia do grasnar de um pato e que se elevava acima do ruído da sala.

— Como é que vai o Dicionário? — disse Winston, erguendo a voz para se fazer ouvir no meio do barulho.

— Vai avançando devagar — retorquiu Syme. — Estou agora nos adjectivos. É fascinante.

O rosto iluminara-se-lhe assim que ouvira falar na novilíngua. Arredou para o lado a marmita, agarrou com uma das delicadas mãos o naco de pão, com a outra o queijo, e debruçou-se por cima da mesa para poder falar sem ser aos gritos.

— A décima primeira edição vai ser a definitiva — disse. — Estamos a dar ao idioma a sua forma final, a forma que há-de ter quando ninguém falar nenhuma outra língua. Quando chegarmos ao fim, pessoas como tu terão de a aprender de novo. Talvez penses que a nossa principal tarefa é inventar palavras novas. Mas não é nada disso! Estamos é a destruir palavras, dezenas, centenas de palavras por dia. Estamos a reduzir a língua ao seu esqueleto. A décima primeira edição não há-de conter uma única palavra susceptível de se tornar obsoleta antes do ano 2050.

Mordeu avidamente o pão e engoliu uma ou duas dentadas antes de continuar a falar, com uma espécie de paixão pedante. O seu rosto magro e moreno animara-se, os olhos haviam perdido a expressão escarninha, tornando-se quase sonhadores.

— Coisa magnífica, a destruição de palavras. Claro que a grande quebra é nos verbos e nos adjectivos, mas também há centenas de substantivos que podem ser dispensados. E não são só os sinónimos; há também os antónimos. Afinal de contas, qual a razão de ser de uma palavra que seja simplesmente o contrário de outra? Cada palavra contém em si própria o seu contrário. Olha, «bom», por exemplo. Se temos a palavra «bom», para que é que precisamos da palavra «mau»? «Imbom» faz o mesmo efeito. Melhor, até, porque é rigorosamente o oposto de «bom», coisa que «mau» não é. Ou ainda, se queremos uma versão mais forte de «bom», que sentido faz termos toda uma gama de palavras vagas e inúteis como «excelente», «esplêndido» ou outras que tais? «Extrabom» cobre perfeitamente este sentido; ou «duploextrabom», se se pretender um termo ainda mais forte. É claro, nós já usamos estas formas, mas na versão final da novilíngua não haverá outras. No fim todo o conceito de bondade e maldade será abarcado apenas por seis palavras... que são, no fundo, uma única. Não vês a beleza disto, Winston? É claro que a ideia inicial foi do G.I. — acrescentou Syme à guisa de esclarecimento.

Uma espécie de zelo frouxo perpassou no rosto de Winston ao ouvir o nome do Grande Irmão. Mesmo assim, Syme não tardou a detectar nele certa falta de entusiasmo.

— Tu não aprecias verdadeiramente a novilíngua, Winston — disse quase com tristeza. — Mesmo quando nela escreves continuas a pensar em velhilíngua. Já tenho lido algumas das coisas que escreves para o *Times*. Não são más de todo, mas são traduções. No teu íntimo, preferias que se conservasse a velhilíngua, com toda a sua imprecisão e os seus inúteis matizes de sentido. Não compreendes a beleza da destruição das palavras. Sabias que a novilíngua é a única língua do mundo cujo vocabulário diminui ano após ano?

Winston sabia, claro. Sorriu, esperando que o seu sorriso traduzisse um assentimento, pois não se atrevia a dizer o que quer que fosse. Syme trincou mais um bocado de pão escuro, mastigou-o rapidamente e prosseguiu:

— Não vês que a finalidade da novilíngua é precisamente restringir o campo do pensamento? Acabaremos por conseguir que o crimepensar seja literalmente impossível, pois não haverá palavras para o exprimir. Todos os conceitos de que possamos ter necessidade serão expressos, cada um deles, exclusivamente por *uma* palavra, de significação rigorosamente definida, sendo eliminados e votados ao esquecimento todos os seus sentidos subsidiários. Na décima primeira edição já não estamos longe desse objectivo. Mas o processo continuará muito depois de tu e eu termos morrido. Ano após ano, cada vez menos palavras, e o alcance da consciência cada vez mais limitado. Mesmo hoje, como é evidente, não há motivo ou desculpa para se cometer um crimepensar. Simples questão de autodisciplina, de controlo da realidade. Mas no futuro nem mesmo isso será necessário. A Revolução ficará completa quando a língua for perfeita. A novilíngua é o Socing e o Socing é a novilíngua — acrescentou com uma espécie de exaltação mística. — Já alguma vez pensaste, Winston, que no ano 2050, o mais tardar, não haverá um único ser humano capaz de entender uma conversa como a que estamos a ter agora?

— A não ser... — começou Winston, hesitante, mas calou-se.

Estivera prestes a dizer «A não ser os proles», mas desistira, pois não tinha a certeza de tal observação ser absolutamente ortodoxa. Syme, porém, adivinhara o que ele quisera dizer.

— Os proles não são seres humanos — disse com indiferença. — Em 2050 (provavelmente até antes) todo o verdadeiro conhecimento da velhilíngua terá desaparecido. Toda a literatura do passado terá sido destruída. Chaucer, Shakespeare, Milton, Byron só existirão em versões de novilíngua, não simplesmente transformados numa coisa diversa, mas no contrário daquilo que eram. Até a literatura do Partido mudará. Mesmo as palavras de ordem mudarão. Poderá subsistir um *slogan* como «liberdade é escravidão» quando o próprio conceito de liberdade tiver sido abolido? Toda a atmosfera mental será diferente. No fundo, não *haverá* pensamento, tal como hoje o entendemos. A ortodoxia significa ausência de pensamento: ausência da necessidade de pensar. A ortodoxia é inconsciência.

Um dia destes, pensou Winston com súbita e profunda convicção, Syme vai ser vaporizado. É demasiado inteligente. Vê as coisas com excessiva lucidez e fala com excessiva franqueza. O Partido não gosta de gente assim. Um dia destes ele vai desaparecer. Está-lhe escrito na cara.

Winston acabara o pão e o queijo. Virou-se ligeiramente na cadeira para tomar o café. Na mesa à esquerda dele, o homem da voz estridente continuava numa tagarelice implacável. Uma jovem, talvez a secretária, que estava sentada de costas para Winston, escutava-o e parecia concordar efusivamente com tudo quanto ele dizia. De tempos a tempos chegavam aos ouvidos de Winston observações como «acho que tem *toda* a razão, estou *inteiramente* de acordo consigo», numa voz juvenil e tonta de mulher. Mas a outra voz não se calava um só momento, nem mesmo quando a rapariga falava. Winston conhecia o homem de vista, embora, a seu respeito, apenas soubesse que ele tinha um cargo importante no Departamento de Ficção. Era homem para os seus trinta anos, com um pescoço musculoso, a boca grande, cheia de mobilidade. Como estava com a cabeça ligeiramente inclinada para trás, por via da posição em que se sentara, a luz incidia-lhe nos óculos, apresentando a Winston dois discos brancos no lugar dos olhos. Horrível, a torrente de sons que lhe brotava da boca, mal se conseguia distinguir uma única palavra. Winston só apanhou uma frase solta — «eliminação total e definitiva do goldsteinismo» —, expelida muito depressa e, dir-se-ia, numa só peça, como uma linha de caracteres de imprensa soldados uns aos outros. O resto não passava de ruído, um quá-quá-quá. E no entanto, embora não se conseguisse ouvir efectivamente o que o homem dizia, não restavam dúvidas quanto à natureza global das suas palavras. Ele podia estar a denunciar Goldstein e a exigir medidas mais severas contra os crimepensantes e os sabotadores, podia estar a verberar as atrocidades do exército eurasiático, podia estar a tecer elogios ao Grande Irmão ou aos heróis da frente do Malabar — tanto fazia. Fosse lá o que fosse, sem dúvida cada uma das suas palavras era pura ortodoxia, puro Socing. Ao observar aquele rosto sem olhos, com o maxilar a mover-se para baixo e para cima, Winston teve a curiosa impressão de que aquilo não era um ser humano a sério, mas uma espécie de boneco. Não se tratava do cérebro do homem a falar, mas da sua laringe. O som que lhe saía da boca compunha-se de palavras, mas não era fala no pleno sentido do termo: apenas um ruído inconscientemente emitido, como o grasnar de um pato.

Syme mantivera-se por momentos em silêncio, e traçava, com o cabo da colher, motivos geométricos no guisado entornado. A voz, na outra mesa, continuava a grasnar rapidamente, bem audível apesar do burburinho geral.

— Há uma palavra em novilíngua — disse Syme —, não sei se a conheces: *patofalar*, grasnar como um pato. É um desses termos interessantes que têm dois sentidos contraditórios. Aplicado a um adversário, é um insulto; aplicado a alguém com quem estamos de acordo, é um elogio.

Não haja dúvida: Syme vai ser vaporizado, tornou a pensar Winston. Pensou-o com uma espécie de tristeza, e bem sabia como Syme o desprezava, como lhe tinha aversão e seria perfeitamente capaz de o denunciar como crimepensante se visse motivo para o fazer. Havia em Syme qualquer coisa de subtilmente errado. Qualquer coisa lhe faltava: discrição, indiferença, uma espécie de estupidez salvadora. Não se podia dizer que não fosse ortodoxo. Acreditava nos princípios do Socing, venerava o Grande Irmão, exultava com as vitórias, odiava os heréticos, não apenas com sinceridade mas com uma espécie de zelo inquieto, alimentado por informações sempre actualizadas, completamente fora do horizonte de um vulgar membro do Partido. E no entanto, pairava sempre em seu redor certa aura de má reputação. Dizia coisas que seria melhor calar, lera demasiados livros, frequentava o Café do Castanheiro, antro de pintores e músicos. Não existia qualquer lei, nem sequer uma lei não-escrita, que proibisse uma pessoa de frequentar o Café do Castanheiro, mas não obstante dir-se-ia um local de mau agoiro. Os antigos, e hoje desacreditados, chefes do Partido costumavam reunir-se lá antes de serem finalmente varridos pelas purgas. Afirmava-se até que o próprio Goldstein tinha sido visto lá, algumas vezes, anos ou décadas atrás. O destino de Syme não era difícil de prever. Contudo, era garantido que, se Syme se apercebesse, nem que fosse por três segundos, da natureza das opiniões secretas de Winston, o denunciaria acto contínuo à Polícia do Pensamento. Qualquer pessoa, aliás, faria o mesmo: mas Syme ainda mais do que a maioria. O zelo não bastava. Ortodoxia era inconsciência.

Syme ergueu os olhos:

— Aí vem o Parsons — disse.

Qualquer coisa no seu tom de voz pareceu acrescentar: «aquele idiota chapado». Parsons, o vizinho de Winston nas Mansões Vitória, vinha de facto a atravessar a sala, abrindo caminho por entre as mesas — anafado, de estatura mediana, louro e com cara de sapo. Com trinta e cinco anos, já se lhe começavam a formar no pescoço e no ventre pregas de gordura, mas os seus movimentos eram lestos como os de um rapaz. Toda a sua aparência fazia pensar num rapazinho em ponto grande, a tal ponto que, embora envergasse o fato-macaco regulamentar, era quase impossível não o imaginar com os calções azuis, a camisa cinzenta e o lenço vermelho dos Vigias. A sua figura evocava sempre uma imagem de joelhos gordos com covinhas e mangas arregaçadas revelando uns antebraços roliços. E, de facto, Parsons regressava invariavelmente aos calções sempre que uma caminhada em grupo ou qualquer outra actividade física lhe fornecia pretexto para tal. Saudou-os a ambos com um jovial «Olá, olá!» e sentou-se à mesa, exalando um cheiro intenso a suor. Tinha a cara rosada toda coberta de gotículas de humidade. A sua capacidade de transpirar mostrava-se extraordinária. No Centro Comunitário qualquer pessoa sabia sempre quando é que ele estivera a jogar pingue-pongue, pois deixava o cabo da raqueta todo molhado. Syme tirara do bolso um papel onde se via uma longa coluna de palavras, e examinava-o com um lápis de tinta entre os dedos.

— Vejam só, a trabalhar na hora do almoço — disse Parsons, dando uma cotovelada a Winston. — Isso é que é entusiasmo, hã! O que é que aí tens, meu velho? Alguma coisa difícil demais para mim, calculo. Smith, meu velho, sabes porque é que eu andava à tua procura? Devido àquela sub que te esqueceste de me pagar.

— Qual sub? — perguntou Winston, revolvendo automaticamente os bolsos em busca de dinheiro. Cerca de um quarto dos salários tinha de ser reservado para subscrições voluntárias, tão numerosas que se tornava difícil não lhes perder a conta.

— Para a Semana do Ódio. Sabes... a campanha de fundos porta a porta. Eu sou tesoureiro do nosso quarteirão. Estamos a fazer um esforço enorme... vai ser uma coisa em grande. Digo-te já que não será por culpa minha se as velhas Mansões Vitória não tiverem o maior fornecimento de bandeiras da rua inteira. Prometeste-me dois dólares.

Winston encontrou e estendeu-lhe duas notas amarrotadas e imundas, que Parsons registou num caderninho. Na sua letra desenhada de analfabeto.

— A propósito, meu velho — disse —, soube que o patifório do meu filho te acertou ontem com a fisga. Já lhe dei uma boa desanda por causa disso. E avisei-o que lhe tirava a fisga se ele repetisse a brincadeira.

— Acho que o teu miúdo estava um bocado desiludido por não ir à execução — disse Winston.

— Oh, enfim... quer dizer, é o estado de espírito que a gente quer que eles tenham, não é? Eles são os dois uns patifórios, mas lá em matéria de empenho, meu amigo!, não pensam noutra coisa a não ser nos Vigias, e na guerra, claro. Sabes o que é que a minha miudita fez no sábado passado, quando o pelotão dela saiu num passeio a pé para os lados de Berkhamsted? Convenceu duas raparigas a ir com ela, afastou-se do grupo e passou a tarde toda a seguir um homem que lhe pareceu suspeito. Não o largaram durante duas horas, pelo meio dos bosques, e depois, quando chegaram a Amersham, entregaram-no às patrulhas.

— Porque é que foi isso? — perguntou Winston, um tanto desconcertado. Parsons prosseguiu, triunfante:

— A miúda convenceu-se de que o tipo devia ser algum agente inimigo. Podiam tê-lo largado de pára-quedas, por exemplo. Mas aí é que está o mais engraçado, meu velho. O que é que tu julgas que a fez reparar no homem? Ela notou que ele trazia uns sapatos esquisitos; disse que nunca tinha visto ninguém com sapatos assim. Por isso era de calcular que fosse estrangeiro. Nada mal, para uma catraia de sete anos, hã!

— Que é que aconteceu ao homem? — perguntou Winston.

— Ah, isso já não te sei dizer, claro. Muito me admirava que... — Parsons fez o gesto de apontar uma espingarda, e com um estalido da língua imitou a detonação.

— Óptimo — comentou Syme distraído, sem erguer os olhos do papel.

— Claro que não nos podemos dar ao luxo de correr riscos — disse Winston obedientemente.

— Quer dizer, afinal de contas estamos em guerra — disse Parsons.

Como que para confirmar isso mesmo, um toque de clarim soou no telecrã logo acima das cabeças dos três homens. Desta vez, no entanto, não se tratava da proclamação de uma vitória militar, mas apenas de um comunicado do Ministério da Riqueza.

— Camaradas! — gritou uma entusiástica voz juvenil. — Atenção, camaradas! Temos óptimas notícias para vos dar. Vencemos a batalha da produção! A contabilização, agora completa, da produção de todo o tipo de bens de consumo mostra que o nível de vida subiu nada menos que vinte por cento ao longo do ano passado. Um pouco por toda a Oceânia, hoje de manhã, houve irreprimíveis manifestações espontâneas em que os trabalhadores saíram das fábricas e dos escritórios para desfilarem nas ruas com estandartes, exprimindo a sua gratidão ao Grande Irmão pela nova vida feliz que a sua sábia chefia nos concedeu. Eis alguns desses totais definitivos. Géneros alimentícios...

A expressão «nova vida feliz» repetiu-se várias vezes. Era um dos últimos achados do Ministério da Riqueza. Parsons, muito atento desde que ouvira o toque do clarim, escutava aquilo com uma espécie de solenidade embasbacada, uma espécie de tédio obediente. Não conseguia seguir os números, mas tinha a consciência de que representavam motivo de satisfação. Tirara do bolso um cachimbo enorme e sujíssimo, já meio cheio de tabaco queimado. Com uma ração de tabaco de cem gramas por semana, raramente enchia o cachimbo até acima. Winston fumava um cigarro Vitória, tendo o cuidado de o manter na posição horizontal. A nova ração só seria distribuída no dia seguinte, e restavam-lhe apenas quatro cigarros. Conseguira abstrair-se momentaneamente dos ruídos mais distantes e escutava o palavreado que brotava do telecrã. No dizer deles, tinha até havido manifestações para agradecer ao Grande Irmão o aumento da ração semanal de chocolate para vinte gramas. Isto, pensou ele, apesar de ainda na véspera ter sido anunciado que a ração ia ser *reduzida* para vinte gramas semanais. Seria possível que as pessoas engolissem aquilo, passadas apenas vinte e quatro horas? Sim, engoliam. Parsons engoliu-o com facilidade, com a estupidez própria dos animais. O indivíduo sem olhos, na outra mesa, engoliu-o fanaticamente, apaixonadamente, com um furioso desejo de perseguir, denunciar e vaporizar quem quer que dissesse que na semana anterior a ração era de trinta gramas. E até Syme — embora de forma mais complexa, recorrendo ao duplopensar —, até Syme engoliu. Portanto, ele era o *único* ser dotado de memória?

O telecrã não parava de debitar estatísticas fabulosas. Em comparação com o ano anterior havia mais comida, mais roupas, mais casas, mais móveis, mais panelas, mais combustível, mais navios, mais helicópteros, mais livros, mais bebés — mais de tudo, excepto doença, crime e loucura. Ano após ano, minuto após minuto, tudo e todos subiam numa espiral estonteante. Como antes fizera Syme, também Winston pegava na colher e fazia desenhos no caldo descorado que escorria pela mesa, elaborando uma figura a partir de uma das longas ramificações do líquido entornado. Meditava com ressentimento na consistência física da vida. Teria sido sempre assim? Teria tido a comida sempre aquele sabor? Percorreu com o olhar toda a cantina, aquela sala de tecto baixo, apinhada, com as paredes encardidas pelo contacto de inúmeros corpos; mesas e cadeiras metálicas, em mau estado, tão próximas umas das outras que os cotovelos de cada um tocavam nos do vizinho do lado; colheres tortas, bandejas amolgadas, canecas brancas de louça grosseira; gordura em todas as superfícies, sujidade em cada fenda; e um cheiro acre, compósito, a gin de má qualidade, café de má qualidade, guisado ácido e roupa suja. O estômago e a pele de Winston transmitiam-lhe constantemente uma espécie de protesto, a sensação de terem sido privados de algo a que tinham direito. Verdade se diga que Winston não guardava memória de nada substancialmente diferente. Durante todos os anos de que conservava uma recordação exacta, a comida nunca fora suficiente, ele nunca tivera meias ou roupa interior que não estivessem todas esburacadas, os móveis sempre tinham sido velhos e periclitantes, as casas mal aquecidas, o pão escuro, o chá uma raridade, o café intragável, os cigarros escassos — nada barato e abundante, a não ser o gin sintético. E embora, como é evidente, tudo piorasse à medida que o corpo envelhecia, os sinais de aquela *não ser* a ordem natural das coisas não estaria patente no facto de uma pessoa sofrer com o desconforto, com a sujidade e a penúria, com os invernos intermináveis, com as meias pegajosas de suor, com os elevadores que nunca funcionavam, com a água fria, o sabão áspero, os cigarros a desfazerem-se, o estranho e repugnante sabor da comida? Por que razão sentiria uma pessoa que tudo aquilo seria intolerável se não guardasse uma espécie de memória ancestral de que as coisas tinham outrora sido diferentes?

Tornou a percorrer a cantina com os olhos. Quase toda a gente era feia, e continuaria a ser feia mesmo com outras roupas que não o uniforme fato-macaco azul. No outro extremo da sala, sentado sozinho a uma mesa, um homenzinho enfezado, que curiosamente fazia lembrar um escaravelho, bebia o seu café, espreitando para um lado e para o outro com uns olhinhos desconfiados. Era tão fácil, pensou Winston, desde que não se olhasse à volta, acreditar que o tipo físico considerado ideal pelo Partido — rapazes altos e musculados, donzelas de seios fartos, tanto eles como elas louros, cheios de vida, bronzeados, alegres — existia, e até em predominância. Na realidade, tanto quanto podia ajuizar, a maior parte dos habitantes da Pista Um era baixa, morena e desprovida de beleza. Curiosamente, aquele tipo de homens-escaravelho proliferava nos Ministérios: indivíduos baixinhos, anafados, que desde muito novos criavam barriga, de pernas curtas, gestos rápidos e furtivos, e caras gordas, impenetráveis, com olhinhos minúsculos. Este sim, de facto, o tipo humano que mais parecia florescer sob o domínio do Partido.

O comunicado do Ministério da Riqueza terminou com outro toque de clarim, dando lugar a música de banda. Parsons, em quem o bombardeamento de números despertara vago entusiasmo, tirou o cachimbo da boca.

— Realmente, o Ministério da Riqueza fez um bom trabalho este ano — disse ele, abanando a cabeça, com ar de quem sabe o que diz. — A propósito, meu velho Smith, por acaso não tens lâminas de barba que não te façam falta, não?

— Nem uma — disse Winston. — Há seis semanas que me sirvo da mesma lâmina.

— Ah, bom... também perguntei só por perguntar.

— Lamento muito.

O grasnar da mesa ao lado, temporariamente interrompido durante o comunicado do Ministério, recomeçara a fazer-se ouvir, mais alto do que nunca. Sem saber bem porquê, Winston, de repente deu por si a pensar na Sr.ª Parsons, com o seu cabelo ralo e o pó nas rugas do rosto. Dentro dos próximos dois anos, aquelas crianças denunciá-la-iam à Polícia do Pensamento. A Sr.ª Parsons seria vaporizada. Syme seria vaporizado. Winston seria vaporizado. O'Brien seria vaporizado. Parsons, em contrapartida, nunca seria vaporizado. O indivíduo sem olhos, com voz de pato, nunca seria vaporizado. Os homenzinhos-escaravelho, que tão furtivamente percorriam os corredores labirínticos dos Ministérios, esses também nunca seriam vaporizados. E a rapariga morena, a rapariga do Departamento de Ficção, também ela nunca seria vaporizada. Sentia-se capaz de perceber instintivamente quem sobreviveria e quem pereceria, embora não fosse fácil dizer ao certo qual o garante da sobrevivência.

Nesse preciso momento foi arrancado ao seu devaneio por um violento sobressalto. A rapariga da mesa ao lado voltara-se um pouco na cadeira e estava a olhar para ele. A rapariga morena. Olhava-o de lado, mas com estranha intensidade. Logo que o viu fitá-la, desviou os olhos.

Winston sentiu o suor a correr-lhe pela espinha. Um horrível calafrio de terror percorreu-o da cabeça aos pés. Impressão fugaz, mas que deixou atrás de si uma espécie de mal-estar intenso. Porque é que ela estava a olhá-lo? Porque andaria atrás dele? Infelizmente não se lembrava de ela já estar à mesa quando chegara, ou de ter vindo depois. Mas em todo o caso, na véspera, durante os Dois Minutos do Ódio, ela tinha-se sentado mesmo atrás dele sem a mínima necessidade. Muito provavelmente o seu objectivo fora pôr-se à escuta e verificar se ele gritava suficientemente alto.

Voltou-lhe ao espírito um pensamento que já antes tivera: provavelmente ela não seria agente da Polícia do Pensamento, só que justamente no espião amador é que residia o maior perigo. Winston ignorava por quanto tempo ela o olhara, até podiam ter sido uns cinco minutos, e era possível que a expressão do rosto dele não tivesse estado sob absoluto domínio. Seria perigosíssimo deixar-se arrastar pelos seus pensamentos num lugar público ou no campo de acção de um telecrã. O mais ínfimo pormenor podia denunciá-lo. Um tique nervoso, uma expressão inconsciente de ansiedade, o hábito de resmungar para consigo — tudo quanto pudesse sugerir anormalidade ou desejo de esconder alguma coisa. De resto, o facto de se exibir no rosto expressões impróprias (mostrar-se incrédulo durante o anúncio das vitórias, por exemplo) constituía em si mesmo infracção punível. Em novilíngua havia até uma palavra para a designar: *rostocrime*.

A rapariga tornara a virar-lhe as costas. Talvez afinal de contas não andasse a segui-lo; talvez fosse coincidência ter-se sentado tão perto dele dois dias seguidos. O cigarro de Winston tinha-se apagado, e ele poisou-o cuidadosamente na borda da mesa. Acabaria de o fumar depois do trabalho, se conseguisse manter o tabaco lá dentro. Muito provavelmente a pessoa da mesa ao lado seria uma espia da Polícia do Pensamento, e igualmente provável que dentro de três dias ele estivesse nas caves do Ministério do Amor, mas uma ponta de cigarro não era coisa que se desperdiçasse. Syme dobrara o seu papel e metera-o no bolso. Parsons começara de novo a falar.

— Alguma vez te cheguei a contar — disse, rindo, com o cachimbo na boca — daquela vez que os meus dois catraios deitaram fogo à saia da vendedeira por a terem visto embrulhar salsichas com um cartaz do G.I.? Chegaram-se a ela pé ante pé e pegaram-lhe fogo à roupa. Acho que a mulher ficou mesmo mal. Os sacaninhas, hã! Mas não lhes escapa nada! Hoje em dia dão-lhes um treino estupendo nos Vigias, melhor ainda do que no meu tempo. Sabes qual foi a última coisa que lhes distribuíram? Cornetas acústicas para escutarem às portas! A minha miúda trouxe uma para casa no outro dia, experimentou-a na nossa sala de estar e chegou à conclusão de que ouvia duas vezes melhor do que com o ouvido colado à fechadura. Bem, é só um brinquedo, claro... mas eles já vão ficando com uma ideia, não é?

Nesse momento o telecrã emitiu um apito estridente. O sinal de regresso ao trabalho. Os três homens levantaram-se de um salto para se juntarem aos outros na luta por um lugar no elevador, e o tabaco que restava no cigarro de Winston caiu.

6

Winston escrevia no diário:

Foi há três anos. Foi numa noite escura, numa ruela estreita perto de uma das grandes estações de caminho-de-ferro. Ela estava parada junto a uma porta, debaixo de um candeeiro que quase não dava luz. Tinha um rosto jovem, com uma espessa camada de pintura. Foi realmente a pintura que me cativou, aquela brancura de máscara e os lábios muito vermelhos. As mulheres do Partido nunca se pintam. Não havia mais ninguém na rua, nem telecrãs. Ela disse dois dólares, e eu...

Não conseguiu continuar, era demasiado difícil. Fechou os olhos e carregou com os dedos nas pálpebras, tentando afastar a visão que teimava em voltar. Que tentação quase irresistível de gritar a plenos pulmões toda a espécie de obscenidades. Ou de bater com a cabeça na parede, derrubar a mesa ao pontapé e atirar o tinteiro pela janela — fazer alguma coisa violenta, ruidosa ou dolorosa que apagasse a recordação que o torturava.

O nosso pior inimigo, pensou, é o nosso próprio sistema nervoso. A qualquer momento a tensão que há dentro de nós pode traduzir-se num sintoma visível. Lembrou-se de um homem com quem se cruzara na rua semanas antes: um homem de aparência perfeitamente banal, membro do Partido, dos seus trinta e cinco a quarenta anos, relativamente alto e magro, de pasta na mão. Estavam a alguns metros de distância um do outro quando o lado esquerdo da cara do homem se contorceu numa espécie de espasmo. Aquilo tornou a acontecer ao cruzarem-se: apenas um estremeção, um tremor, fugaz como o disparo de máquina fotográfica, mas manifestamente habitual. Winston lembrava-se de ter pensado na altura: este infeliz está arrumado. E o assustador era que talvez aquele acto fosse inconsciente. O perigo mais mortífero de todos consistia em falar durante o sono. Não havia meio de uma pessoa se precaver contra isso, tanto quanto sabia.

Respirou fundo e continuou a escrever:

Entrei com ela, atravessámos um pátio e fomos ter a uma cozinha, numa cave. Havia uma cama encostada à parede, e um candeeiro em cima da mesa, com lâmpada muito fraca. Ela...

Rangeu os dentes. Apetecia-lhe cuspir. Ao mesmo tempo que pensava naquela mulher da cave pensou também em Katharine, a sua mulher. Winston era casado — ou pelo menos tinha sido casado: provavelmente continuava a sê-lo, pois tanto quanto sabia a mulher não tinha morrido. Parecia-lhe respirar de novo o odor quente e abafado daquela cozinha na cave, um odor misto de percevejos, roupa suja e um abominável perfume barato, que conseguia ser, apesar de tudo, cativante, pois nenhuma mulher do Partido usava perfume, e tão-pouco era possível imaginá-lo. Só os proles usavam perfume. No espírito de Winston esse aroma ligava-se indissociavelmente ao acto sexual.

Quando Winston decidiu ir com aquela mulher, foi a sua primeira escapadela em dois anos ou mais. As relações com prostitutas estavam, evidentemente, proibidas, mas era uma daquelas regras que de vez em quando se arranjava coragem para infringir. Era perigoso, mas não um caso de vida ou de morte. Ser apanhado com uma prostituta podia significar cinco anos num campo de trabalhos forçados: não mais do que isso, se não se tivesse cometido outro delito. E afigurava-se bastante fácil, conquanto se conseguisse evitar ser surpreendido em flagrante. Os bairros mais pobres pululavam de mulheres prontas a vender-se. Algumas até se deixavam comprar por uma garrafa de gin, coisa que os proles não tinham direito a beber. Tacitamente, o Partido tendia até a fomentar a prostituição, como forma de dar vazão a instintos impossíveis de suprimir completamente. A mera libertinagem não era tida por muito grave, desde que praticada furtivamente, sem alegria e apenas com mulheres da classe miserável e desprezada. O crime imperdoável residia na promiscuidade entre militantes do Partido. Mas — embora este fosse um dos crimes invariavelmente confessados pelos réus das grandes purgas — ninguém conseguia imaginar como tal coisa pudesse realmente acontecer.

O objectivo do Partido não se baseava apenas em evitar que se criassem entre homens e mulheres laços de fidelidade susceptíveis de escapar ao controlo. O verdadeiro propósito, não explícito, consistia em privar o acto sexual de todo o prazer. O inimigo não era tanto o amor como o erotismo, quer dentro, quer fora do casamento. Todos os casamentos entre membros do Partido tinham de ser aprovados por uma comissão nomeada para o efeito, contudo — apesar de se tratar de um princípio nunca claramente enunciado — a autorização era negada sempre que os elementos do casal em questão manifestassem sentir um pelo outro a mínima atracção física. A única finalidade do casamento reconhecida era gerar filhos para o serviço do Partido. O acto sexual era encarado como uma operação desprovida de importância e vagamente repugnante, como um clister. Também isto nunca se dizia com todas as letras, funcionava como uma ideia indirectamente inculcada, desde a infância, em todos os membros do Partido. Havia até organizações como a Liga Juvenil Anti-Sexo, que defendiam o celibato total para ambos os sexos. Todas as crianças deveriam ser engendradas por inseminação artificial (*insart*, em novilíngua) e educadas em instituições públicas. Winston dava-se conta de que ninguém levava esse projecto inteiramente a sério, mas de certa forma quadrava bem com a ideologia geral do Partido. O Partido estava a tentar extinguir o instinto sexual ou, caso não fosse possível extingui-lo, pelo menos distorcê-lo e conspurcá-lo. Não sabia explicar o porquê de tudo isso, mas parecia-lhe natural que assim fosse. E, no tocante às mulheres, os esforços do Partido tinham tido grande êxito.

Voltou a pensar em Katharine. Fazia agora nove, dez — quase onze anos que se tinham separado. Curioso, pensar nela tão raramente. Conseguia passar dias a fio sem se lembrar de alguma vez ter sido casado. Viveram juntos somente cerca de quinze meses. O Partido não autorizava o divórcio, mas encorajava a separação nos casos em que não houvesse filhos.

Katharine era uma rapariga alta, loura, muito direita, esplêndida nos seus movimentos. Com um rosto enérgico, aquilino, um rosto que se poderia dizer nobre até descobrirmos que não havia praticamente nada por trás dele. Logo no início da sua vida de casado, Winston concluíra — talvez apenas por ter então conhecido Katharine mais intimamente do que a maioria das pessoas — que ela possuía, sem sombra de dúvida, a mente mais estúpida, banal e vazia que alguma vez lhe fora dado encontrar. Não havia na cabeça dela um pensamento que não fosse uma palavra de ordem, nem havia uma única imbecilidade que não fosse capaz de engolir se o Partido lha impingisse. Pusera-lhe a alcunha de «Cassete humana», às escondidas. Apesar disso, talvez tivesse aguentado viver com ela, não fora uma coisa: o sexo.

Mal lhe tocava, ela encolhia-se de susto e ficava hirta. Abraçá-la parecia abraçar uma boneca de pau articulada. E o mais estranho era que mesmo quando ela o apertava contra si, dir-se-ia que estava a repeli-lo com toda a força. A rigidez dos seus músculos produzia essa impressão. Para ali ficava deitada, de olhos fechados, sem resistir nem colaborar, *submetendo-se* apenas. Era extremamente incómodo e, após algum tempo, tornou-se mesmo horrível. Ainda assim, teria aguentado viver com ela se concordassem ambos manter a castidade. Mas, curiosamente, foi Katharine quem se recusou a isso. Dizia que, se pudessem, deviam gerar um filho. De forma que o exercício foi-se repetindo com maior regularidade, uma vez por semana, salvo nos dias impróprios. Ela até lho lembrava de manhã, como coisa a fazer à noite sem falta. Tinha dois nomes para aquilo. Um, «fazer um bebé», o outro, «o nosso dever para com o Partido» (sim, ela usava realmente essa expressão). Em breve ele passou a sentir verdadeiro pânico quando chegava o dia marcado. Felizmente, não veio nenhum filho, e ela concordou por fim em desistir das tentativas, e pouco depois separaram-se.

Winston suspirou inaudível. Voltou a pegar na caneta e escreveu:

Ela atirou-se para cima da cama e, de repente, sem qualquer espécie de preliminares, da forma mais ordinária e horrível que se possa imaginar, arregaçou a saia. Eu...

Viu-se ali de pé, à luz fraca do candeeiro, nas narinas o cheiro a percevejos e a perfume barato, e no coração a derrota e o rancor que já então se ligavam à lembrança do corpo branco de Katharine, definitivamente gelado pelo poder hipnótico do Partido. Porque é que tinha de ser sempre assim? Porque é que não podia ter uma mulher sua, em vez daquele corpo-a-corpo sórdido uma vez em anos? Mas um amor autêntico parecia-lhe um acontecimento quase impensável. As mulheres do Partido eram todas iguais. A castidade estava nelas tão profundamente arreigada como a lealdade ao Partido. Graças a um meticuloso condicionamento precoce, graças aos jogos e à água fria, graças aos disparates com que lhes enchiam os ouvidos na escola, nos Vigias, na Liga Juvenil, graças às conferências, paradas, canções, palavras de ordem e música militar, tinham conseguido extinguir nelas os impulsos naturais. A razão ditava a Winston que devia haver excepções, mas o seu coração não acreditava. Eram todas inexpugnáveis, como o Partido queria que fossem. E o que ele, Winston, queria, mais ainda do que ser amado, era derrubar essa muralha de virtude, nem que fosse só uma vez na vida. O acto sexual, praticado com êxito, prefigurava uma forma de rebelião. O desejo era crimepensar. Até mesmo despertar Katharine, se ele o tivesse conseguido, seria igual a seduzi-la, embora ela fosse sua mulher.

Urgia passar ao papel o resto da história. Escreveu, portanto:

Avivei a chama do candeeiro. Quando a vi àquela luz...

Depois da escuridão, a luz fraca do candeeiro a petróleo pareceu-lhe muito viva. Pela primeira vez, via claramente a mulher. Dera um passo na direcção dela, depois parara, cheio de desejo e terror. Tinha a dolorosa consciência do risco que correra ao entrar ali. Era perfeitamente possível que as patrulhas o apanhassem à saída: aliás, até podiam estar naquele momento à espera diante da porta. E se se fosse embora sem fazer sequer o que viera ali fazer...

Necessitava de escrever aquilo, tinha de o confessar. O que ele vira, de repente, à luz do candeeiro, fora que tinha diante de si uma *velha*. A maquilhagem formava sobre o seu rosto uma camada tão espessa que parecia prestes a estalar como uma máscara de papelão. No cabelo, surgiam madeixas brancas; mas o pormenor verdadeiramente horroroso era a boca, que, ao entreabrir-se, nada revelava além de uma escuridão cavernosa. A mulher não possuía um único dente.

Winston escreveu à pressa, numa letra irregular:

Quando a vi àquela luz percebi que era uma mulher quase velha, de uns cinquenta anos no mínimo. Mas mesmo assim não desisti e lá acabei por fazer a coisa.

Tornou a carregar nas pálpebras com os dedos. Conseguira finalmente escrever tudo, mas não resolvera nada. A terapia não dera resultado. A vontade de gritar obscenidades a plenos pulmões tornara-se mais forte do que nunca.

7

Se alguma esperança resta, escreveu Winston, *está nos proles.*

Se alguma esperança havia, tinha de residir nos proles, pois só deles, desse imenso e desprezado formigueiro, oitenta e cinco por cento da população da Oceânia, podia alguma vez brotar a força para destruir o Partido. O Partido não podia ser derrubado a partir de dentro. Não havia meio de os seus inimigos, se é que os tinha, se reunirem ou se identificarem sequer uns aos outros. Ainda que a lendária Fraternidade existisse, o que talvez fosse possível, era impensável que os seus membros alguma vez conseguissem reunir-se em grupos de mais de dois ou três. A revolta resumia-se a um olhar mais directo, a uma inflexão da voz; quando muito, a uma ou outra palavra murmurada. Mas os proles, se de algum modo chegassem à consciência da sua própria força, não precisariam de conspirar. Bastava-lhes erguerem-se e sacudirem-se como um cavalo sacode as moscas. Se quisessem, podiam reduzir o Partido a coisa nenhuma já amanhã. Com certeza, tarde ou cedo, lembrar-se-iam de o fazer... E daí...

Recordou-se da vez em que ia a descer uma rua cheia de gente quando um grito impressionante, centos de vozes — vozes femininas —, irrompera de uma transversal logo adiante. Um brado imenso, formidável, de raiva e desespero, um «Oh-o-o-o-oh» que ecoou no ar como a reverberação de um sino. O coração de Winston dera um pulo. Já começou!, pensara. Uma revolta! Os proles vão finalmente libertar-se! Quando chegou ao local, o que viu foi uma multidão de duzentas ou trezentas mulheres apinhadas junto às bancas de um mercado, de rostos trágicos como passageiras condenadas num navio prestes a afundar-se. Mas nesse instante o desespero geral fragmentou-se numa infinidade de pequenas disputas. Ao que parece, uma das bancas tinha estado a vender frigideiras de estanho. Frágeis, de péssima qualidade, só que era sempre difícil arranjar qualquer espécie de tachos e panelas. O fornecimento chegara inesperadamente ao fim. As mulheres que haviam tido mais sorte, empurradas e acotoveladas pelas restantes, tentavam sair dali com as suas frigideiras, enquanto dúzias de outras clamavam à volta da banca, acusando o vendedor de favoritismo e de esconder algures mais frigideiras. Houve nova explosão de gritos.

Duas mulheres disformes, uma delas com o penteado em desalinho, tinham-se agarrado à mesma caçarola, tentando arrancá-la das mãos uma da outra. Estiveram algum tempo a puxar, cada qual para seu lado, até que a pega se soltou. Winston observa-as com desprezo. Todavia, por instantes, que força quase temível não soara naquele grito de umas escassas centenas de gargantas! Porque é que nunca conseguiam gritar assim a propósito das coisas importantes?

Escreveu:

Enquanto não tomarem consciência não se revoltarão, e enquanto não se revoltarem não poderão tomar consciência.

Ocorreu-lhe que aquilo quase podia ser uma transcrição dos manuais do Partido. Claro que o Partido afirmava ter libertado os proles da servidão. Antes da Revolução, os capitalistas oprimiam-nos pavorosamente, matavam-nos à fome e chicoteavam-nos, as mulheres viam-se obrigadas a trabalhar nas minas de carvão (na realidade as mulheres continuavam ainda hoje a trabalhar nas minas), as crianças eram vendidas às fábricas aos seis anos de idade. Mas ao mesmo tempo, fiel aos princípios do duplopensar, o Partido ensinava que os proles eram seres por natureza inferiores, os quais havia que manter na sujeição, como animais, mediante a aplicação de algumas regras simples. Realmente, pouco se sabia acerca dos proles. Não era preciso saber-se muito. Conquanto continuassem a trabalhar e a procriar, tudo o mais se afigurava irrelevante. Abandonados a si mesmos, como gado à solta nas planícies da Argentina, tinham regressado a um modo de vida que, neles, parecia inato, uma espécie de natureza ancestral. Nasciam, cresciam nas sarjetas, começavam a trabalhar com doze anos, passavam por um breve período de florescimento da beleza e do desejo sexual, casavam-se aos vinte, começavam a envelhecer aos trinta e morriam, maioritariamente, antes dos sessenta. O trabalho físico pesado, a casa e os filhos, as disputas insignificantes com os vizinhos, os filmes, o futebol, a cerveja e, acima de tudo, o jogo, preenchiam-lhes os horizontes. Não era difícil controlá-los. Infiltravam-se sempre no meio deles alguns agentes da Polícia do Pensamento, espalhando boatos falsos, identificando e eliminando os poucos indivíduos considerados susceptíveis de se tornarem perigosos; não tentavam sequer inculcar-lhes a ideologia do Partido. Não seria desejável que os proles tivessem fortes convicções políticas. Apenas se lhes exigia um patriotismo primitivo a que se pudesse apelar quando necessário, ou para aceitarem mais horas de trabalho, ou rações mais parcas. E mesmo quando se mostravam descontentes, como sucedia por vezes, o descontentamento não levava a coisa nenhuma, pois, desprovidos de ideias gerais, só conseguiam canalizá-lo para reivindicações limitadas e mesquinhas. Os maiores males geralmente escapavam à sua percepção. A grande maioria dos proles nem sequer tinha telecrã em casa. Mesmo a polícia civil pouco intervinha nas actividades deles. Havia imensa criminalidade em Londres, todo um mundo subterrâneo de gatunos, bandidos, prostitutas, traficantes de droga e marginais de toda a espécie; mas desde que tudo se passasse entre proles, não tinha importância. Em todas as questões morais, estavam autorizados a reger-se pelo seu código ancestral. Não lhes impunham o puritanismo sexual do Partido. A promiscuidade não era punida, permitiam-lhes o divórcio. Aliás, até o culto religioso lhes seria autorizado se os proles tivessem dado mostras de precisarem dele ou de o desejarem. Situavam-se abaixo de qualquer suspeita. Como dizia o lema do Partido: «Os proles e os animais são livres.»

Winston estendeu a mão e coçou cuidadosamente a úlcera varicosa. Começara de novo a sentir comichão. Acabava invariavelmente por voltar ao mesmo problema: a impossibilidade de saber como fora, na realidade, a vida antes da Revolução. Tirou da gaveta um manual escolar de História que pedira emprestado à Sr.ª Parsons, e começou a copiar uma passagem para o diário:

> *Outrora* [dizia o livro], *antes da gloriosa Revolução, Londres não era a bela cidade que hoje conhecemos. Era um povoado cinzento, sujo, miserável, onde quase ninguém tinha comida que chegasse e onde centenas, milhares de pobres, não tinham que calçar nem telhado para se abrigarem. Crianças da tua idade eram obrigadas a trabalhar doze horas por dia para patrões cruéis que as chicoteavam se trabalhassem demasiado devagar e as alimentavam a côdeas de pão duro e água. Mas no meio*

de toda esta terrível pobreza subsistiam umas quantas casas enormes, belíssimas, onde viviam homens ricos que chegavam a ter trinta criados para cuidarem deles. Estes homens ricos chamavam-se capitalistas. Costumavam ser gordos e feios, com cara de maus, como o da foto na página aqui ao lado. Como vês, traz um casaco preto e comprido, a que chamavam casaca, e um chapéu esquisito, brilhante, em forma de chaminé, a que chamavam cartola. Era este o uniforme dos capitalistas, mais ninguém podia usá-lo senão eles. Os capitalistas eram donos de tudo quanto há no mundo, os demais indivíduos eram apenas seus escravos. Donos da terra toda, de todas as casas, todas as fábricas, todo o dinheiro. Se alguém lhes desobedecesse podiam mandá-lo para a prisão, ou tirar-lhe o emprego, deixando-o morrer à fome. Quando uma pessoa vulgar falava com um capitalista tinha de se encolher e fazer uma vénia, tirar o boné e tratá-lo por «Senhor». O chefe de todos os capitalistas chamava-se rei, e...

Mas Winston conhecia o resto do catálogo. Seguiam-se as referências aos bispos, com as suas mangas de linho finíssimo, aos juízes, com as suas togas debruadas a arminho, ao pelourinho, ao cepo, ao suplício da roda, ao chicote, aos banquetes do lorde Mayor, e ao hábito de beijar o pé do papa. Havia também uma coisa chamada *jus primae noctis*, que provavelmente não seria mencionada num livro para crianças. Tratava-se da lei segundo a qual todo o capitalista tinha o direito de dormir com qualquer operária das suas fábricas.

Como saber se haveria naquilo alguma parcela de verdade? *Podia* ser verdade que a maior parte dos seres humanos vivesse agora melhor do que antes da Revolução. A única prova em contrário residia no protesto mudo da carne, a sensação instintiva de que as condições de vida eram intoleráveis e de que noutros tempos teriam sido certamente diferentes. Winston apercebeu-se de que a feição verdadeiramente característica da vida moderna não era a crueldade e a insegurança, mas simplesmente a miséria, a sujidade e a indiferença. A vida, quando uma pessoa olhava à volta, não só não mostrava qualquer parecença com as mentiras debitadas pelo telecrã, como não se parecia sequer com os ideais que o Partido procurava atingir. Grandes parcelas dessa vida, mesmo para um membro do Partido, permaneciam neutras e apolíticas: resumiam-se à execução de tarefas enfadonhas, à luta por um lugar no metro, ao passajar de uma meia velha, ao pedinchar um comprimido de sacarina, ao guardar uma ponta de cigarro. O ideal criado pelo Partido era uma coisa enorme, óptima, esplendorosa — um mundo de aço e betão, de máquinas monstruosas e armas temíveis —, uma nação de guerreiros e fanáticos, marchando em frente na mais perfeita unidade, pensando todos a mesma coisa e gritando as mesmas palavras de ordem, trabalhando perpetuamente, combatendo, triunfando, perseguindo — trezentos milhões de pessoas com caras iguais. A realidade, essa, não passava de cidades sombrias e decadentes cuja população subalimentada ia e vinha, de um lado para o outro, arrastando os pés metidos em sapatos esburacados, vivendo em casas mal remendadas do século XIX, que cheiravam sempre a couve e a sanitas entupidas. Winston teve uma visão de Londres, imensa e arruinada, cidade com um milhão de caixotes de lixo, visão a que se sobrepunha a imagem da Sr.ª Parsons, mulher de rosto enrugado e cabelo ralo, desperdiçando tempo a consertar um cano entupido.

Tornou a esticar o braço para coçar o tornozelo. Noite e dia os telecrãs massacravam-lhe os ouvidos com estatísticas, provando que actualmente as pessoas tinham mais comida, mais roupa, melhores casas, melhores divertimentos — que viviam mais tempo, trabalhavam menos horas, eram mais altas, mais fortes, mais felizes, mais inteligentes, mais instruídas do que cinquenta anos antes. Não havia meio de confirmar ou desmentir uma única palavra de tudo isto. O Partido afirmava, por exemplo, que hoje em dia quarenta por cento dos proles adultos sabiam ler e escrever; antes da Revolução, segundo se dizia, a proporção cifrava-se apenas em quinze por cento. O Partido afirmava que a taxa de mortalidade infantil não excedia agora os cento e sessenta por mil, quando antes da Revolução atingia os trezentos — e assim por diante. Como uma única equação com duas incógnitas. Podia muito bem acontecer que cada palavra, literalmente cada uma das palavras dos livros de História, fosse pura fantasia, incluindo as coisas que as pessoas aceitavam sem hesitar. Tanto quanto Winston sabia, era bem possível que nunca tivesse existido nenhuma lei chamada *jus primae noctis*, nem criaturas como os capitalistas, nem peças de vestuário chamadas cartolas.

Tudo se esfumava numa espécie de névoa. Rasuravam constantemente o passado, a rasura era esquecida e a mentira tornava-se verdade. Winston só uma vez na vida tivera em seu poder — *depois* do acontecimento: isso é que contava — a prova concreta e irrefutável de um acto de falsificação. Tivera-a nas mãos durante uns trinta segundos. Devia ter sido em 1973 — sabia, em todo o caso, que fora mais ou menos na altura em que Katharine partiu. Mas a data verdadeiramente relevante situava-se sete ou oito anos antes disso.

A história começava propriamente nos meados dos anos sessenta, época das grandes purgas em que os primitivos chefes da Revolução foram definitivamente banidos. Em 1970 nem um restava, excepto o Grande Irmão. Todos os outros haviam entretanto sido denunciados como traidores e contra-revolucionários. Goldstein fugira, estava escondido algures, e dos restantes, se alguns haviam simplesmente desaparecido, a maioria fora executada na sequência de espectaculares julgamentos públicos em que confessaram os seus crimes. Entre os últimos sobreviventes contavam-se três homens, de seus nomes Jones, Aaronson e Rutherford. Deviam ter sido os três presos por volta de 1965. Como tantas vezes acontecia, tinham então desaparecido por um ano, talvez mais, de forma que se ignorava estarem vivos ou mortos; mas eis que subitamente voltam à luz do dia para se incriminarem da maneira habitual. Confessaram ter transmitido informações ao inimigo (nessa altura, aliás, o inimigo era a Eurásia), desviado dinheiros públicos, assassinado diversos membros leais ao Partido, conspirado contra a chefia do Grande Irmão, que remontava a uma época muito anterior à Revolução, e participado em actos de sabotagem dos quais resultara a morte de centenas de milhares de pessoas. Depois de confessarem tudo isto haviam sido perdoados, reintegrados no Partido e nomeados para cargos aparentemente importantes, que na realidade não passavam de simples sinecuras. Os três tinham escrito longos e abjectos artigos no *Times*, analisando os motivos da sua traição e prometendo regenerar-se.

Algum tempo depois da sua libertação, Winston tivera ensejo de ver os três homens no Café do Castanheiro. Lembrava-se do fascínio aterrado com que os observara de soslaio. Eram homens muito mais velhos do que ele, relíquias de outros tempos, praticamente as últimas figuras que restavam do passado heróico do Partido. Ainda conservavam algo dessa aura da luta clandestina e da guerra civil. Winston, embora já nessa altura os factos e as datas começassem a obscurecer-se-lhe, teve a sensação de que soubera os seus nomes anos antes de saber o do Grande Irmão. Mas eram também proscritos, inimigos, intocáveis, inequivocamente condenados ao aniquilamento mais ano, menos ano. Ninguém que alguma vez tivesse caído nas mãos da Polícia do Pensamento conseguia escapar. Eles eram cadáveres à espera de serem devolvidos à sepultura.

Não havia ninguém nas mesas mais próximas. Não era prudente sequer ser visto nas imediações de tal gente. Os homens sentavam-se em silêncio diante dos seus copos de gin aromatizado com cravinho, uma especialidade do estabelecimento. Dos três, Rutherford impressionara Winston pela aparência. Rutherford fora outrora um famoso caricaturista, cujos desenhos brutais haviam contribuído para inflamar a opinião pública antes e durante a Revolução. Ainda agora, muito esporadicamente, apareciam no *Times* desenhos seus. Meras imitações do seu antigo estilo, curiosamente inexpressivas e pouco convincentes. Repisavam sempre os velhos temas: bairros de lata, crianças famintas, combates de rua, capitalistas de cartola (pelos vistos, nem nas barricadas os capitalistas largavam a cartola), num esforço incessante e sem esperança para voltar ao passado. Era um homem monstruoso, com uma juba de cabelo gorduroso e grisalho, rosto inchado, cheio de cicatrizes, com lábios grossos de negróide. Em tempos devia ter sido imensamente forte; agora o seu corpo enorme estava alquebrado, curvado, balofo, desfeito. Prestes a desmoronar-se ali mesmo, ante os olhos de todos, como uma montanha a desfazer-se.

Quinze horas, estava-se na hora da solidão. Winston já não se lembrava como pudera ir ao café a uma hora daquelas. O café, aliás, encontrava-se quase vazio. Dos telecrãs escorria uma música de metais. Os três homens, no seu canto, sentados, quase imóveis, sem dizer palavra. Embora ninguém lho tivesse pedido, o empregado trouxe novos copos de gin. Na mesa ao lado, um tabuleiro de xadrez com as peças alinhadas para uma partida que não chegara a ter início. De repente, durante talvez meio minuto, qualquer coisa sucedeu nos telecrãs. Mudou a melodia que tocavam, e mudou também o tom da música. O que se ouviu... seria de difícil descrição. Uma nota bizarra, aguda, dissonante, escarninha: Winston baptizou-a mentalmente de nota sensacionalista. E depois uma voz cantou no telecrã:

Debaixo do frondoso castanheiro
Traíste-me um dia como eu te traí;
Cá estamos nós, lá estão eles ali
Debaixo do frondoso castanheiro.

Os três homens nem se mexeram. Mas quando Winston tornou a espreitar o rosto devastado de Rutherford, viu-lhe os olhos rasos de água. E então, com uma espécie de estremecimento interior, embora sem saber *ao certo* porque estremecia, deu-se conta pela primeira vez de que tanto Aaronson como Rutherford tinham os narizes partidos.

Pouco tempo depois foram todos presos de novo. Ao que constou, tinham recomeçado a conspirar mal haviam sido libertados. No segundo julgamento voltaram a confessar todos os seus velhos crimes, acrescidos de uma longa série de crimes novos. Executaram-nos, e o seu destino ficou registado nas histórias do Partido como aviso às gerações vindouras. Cerca de cinco anos mais tarde, em 1973, ao desenrolar um maço de documentos que o tubo pneumático acabava de despejar sobre a sua secretária, Winston deparou com um bocado de papel manifestamente metido por engano no meio dos outros e que ali ficara esquecido. Assim que o desenrolou apercebeu-se da sua importância. Era meia página rasgada de um número do *Times* com perto de dez anos — a metade superior da página, por isso trazia a data — e incluía uma foto da delegação enviada a uma assembleia do Partido em Nova Iorque. No meio do grupo destacavam-se Jones, Aaronson e Rutherford. Impossível não os reconhecer; de resto, os seus nomes vinham na legenda.

Ora acontecia que em ambos os julgamentos os três homens tinham confessado encontrarem-se naquela data em território eurasiático. Tinham partido de um aeroporto secreto no Canadá para um ponto de encontro algures na Sibéria, onde se haviam reunido com membros do Estado-Maior Eurasiático, a quem revelaram importantes segredos militares. A data gravara-se na memória de Winston, pois calhava no solstício de Verão; mas toda essa história deveria estar registada em inúmeros outros lugares. Só uma conclusão possível: as confissões eram mentira.

Claro que isto, em si, não trazia novidade. Nem na altura dos julgamentos Winston acreditara que as pessoas eliminadas nas purgas tivessem realmente cometido os crimes de que as acusavam. Mas o que ali tinha era a prova concreta, um fragmento abolido do passado, qual ossada fóssil que, ao aparecer fora da camada onde se esperava encontrá-la, destrói toda uma teoria geológica. O bastante para desagregar o Partido, se houvesse maneira de publicar aquilo e dar a conhecer ao mundo o seu significado.

Winston continuara de imediato com o seu trabalho. Logo que viu de que fotografia se tratava, e qual o seu significado, tapou-a com outro papel. Por sorte, ao desenrolá-la, a imagem surgiu de pernas para o ar, do ponto de vista do telecrã.

Pousou o bloco de notas nos joelhos e arrastou a cadeira para trás, de modo a afastar-se o mais possível do telecrã. Não seria difícil manter o rosto inexpressivo, e até a respiração conseguiria controlar, com um certo esforço: mas o bater do coração era impossível de controlar, e o telecrã possuía sensibilidade suficiente para captar isso. Winston deixou passar o que calculou serem uns dez minutos, sempre atormentado pelo receio de qualquer acidente — uma súbita corrente de ar a varrer-lhe a mesa, por exemplo — que pudesse traí-lo. Depois, sem a voltar nunca, deitou a fotografia no buraco de memória, juntamente com outros papéis inutilizados. Dali a um minuto, talvez, estaria desfeita em cinza.

Passara-se isto havia dez, onze anos. Se fosse hoje, teria provavelmente guardado a foto. Curiosamente, o facto de a ter tido nas mãos parecia-lhe ainda hoje relevante, quando a própria foto e o acontecimento que registava já não passavam de recordações. Perguntou-se a si mesmo se o domínio do Partido sobre o passado seria menos forte pelo facto de uma prova agora inexistente *ter existido um dia*.

Mas hoje, supondo que fosse possível ressuscitá-la das cinzas, a fotografia talvez já não provasse coisa nenhuma. No preciso momento em que fizera a sua descoberta, a Oceânia já não se encontrava em guerra com a Eurásia, e por conseguinte teria sido forçosamente aos agentes da Lestásia que os três mortos haviam vendido o país. Desde então vinham surgindo novas acusações — duas, três, nem sabia quantas. Muito provavelmente reescreveram as confissões vezes sem conta, ao ponto de factos e datas originais já não terem a mínima importância. O passado não só se modificava, como se modificava continuamente. O que mais o atormentava, com uma sensação horrível de pesadelo, residia no facto de nunca ter entendido *ao certo* por que motivo se cometia aquela gigantesca impostura. As vantagens imediatas da falsificação do passado afiguravam-se evidentes, mas as motivações profundas eram um mistério. Tornou a pegar na caneta e escreveu:

Compreendo COMO; não compreendo PORQUÊ.

Assaltou-o então a dúvida, que muitas vezes o assaltava: não seria ele próprio lunático? Talvez um lunático fosse simplesmente uma minoria de um só. Tempos houvera em que acreditar que a Terra gira à volta do Sol indiciava loucura: tal como hoje, acreditar que o passado é inalterável. Provavelmente seria ele o único a ter essa convicção, e, se fosse o único, estava louco. Mas a ideia de ser lunático não o assustava: o horrível era poder também estar enganado.

Pegou no manual de História e olhou para o retrato do Grande Irmão que ilustrava o frontispício. Aqueles olhos hipnóticos cravaram-se nos seus. Era como se uma força imensa se abatesse sobre si, penetrando-lhe o crânio, martelando-lhe o cérebro, assustando-o a pontos de o fazer perder todas as convicções, quase convencendo-o a negar a evidência dos sentidos. O Partido acabaria por anunciar que dois e dois eram cinco, e todos teriam de acreditar. Era inevitável, mais tarde ou mais cedo viria a proclamá-lo: a lógica da sua posição exigia-lho. A filosofia do Partido negava não apenas a validade da experiência, como até a própria existência da realidade exterior. Heresia das heresias, o senso comum. E o mais assustador não era o facto de eles matarem quem pensasse de maneira diferente, mas tão-somente terem talvez razão. Afinal de contas, quem nos garante que dois e dois são quatro? Ou que todas as coisas estão sujeitas à força da gravidade? Ou que o passado é imutável? Se tanto o passado como o mundo exterior apenas existem no nosso espírito, e se o nosso espírito é susceptível de ser controlado — não quererá isso dizer que...

Mas não! Dir-se-ia que a coragem de Winston se empertigara de repente, como dotada de vontade própria. O rosto de O'Brien, embora nenhuma associação linear de ideias o evocasse, povoava agora os seus pensamentos. Sentiu, mais forte do que nunca, a convicção de que O'Brien estaria do seu lado. Winston escrevia pois o diário por O'Brien, *para* O'Brien: como uma carta interminável que nunca ninguém leria, mas que se dirigia a uma pessoa em particular, e cujo tom decorria precisamente desse facto.

O Partido dizia às pessoas para rejeitarem a evidência dos seus olhos e dos seus ouvidos. Este o derradeiro, o mais essencial dos seus mandamentos. Winston sentiu-se desanimar quando pensou no enorme arsenal assestado contra si, na facilidade com que qualquer intelectual do Partido o derrotaria numa discussão, com argumentos subtis que ele nunca seria capaz de entender, e menos ainda de rebater. E no entanto tinha a razão do seu lado! Eles estavam errados e ele tinha razão. Seria imperioso defender o óbvio, o estúpido e o verdadeiro. Os truísmos são grandes verdades, havia que agarrar-se a isso! O mundo real existe, as suas leis são imutáveis. As pedras são duras, a água é líquida, qualquer objecto que se largue cai em direcção ao centro da terra. Com a sensação de estar a dirigir-se a O'Brien e ao mesmo tempo de enunciar um importante axioma, escreveu:

A liberdade é a liberdade de dizer que dois e dois são quatro. Uma vez que se reconheça isto, tudo o mais virá por acréscimo.

8

Algures do fundo de uma viela saía um cheiro a café torrado — café verdadeiro, não café Vitória — que ficou a pairar na rua. Winston parou involuntariamente. Durante talvez uns dois segundos viu-se transportado para o mundo quase esquecido da infância. Depois, uma porta bateu, suspendendo o aroma tão abruptamente como se de um som se tratasse.

Percorrera vários quilómetros pelas ruas, e sentia a úlcera varicosa a latejar. Pela segunda vez em três semanas, não aparecia ao fim da tarde no Centro Comunitário: atitude arriscada, pois sem dúvida que o número de presenças no Centro estava cuidadosamente controlado. Em princípio, um membro do Partido não dispunha de tempo livre, e nunca estava sozinho a não ser na cama. Partia-se do princípio de que quando não estivesse a trabalhar, a comer ou a dormir estaria a participar em algum tipo de divertimento colectivo: era sempre um tanto ou quanto perigoso fazer algo que sugerisse gosto pela solidão, até mesmo passear sozinho. Havia para isso uma palavra em novilíngua: *proprivida*, que significava individualismo e excentricidade. Mas nessa tarde, ao sair do Ministério, a atmosfera amena de Abril fora demasiado tentadora. Ainda esse ano não tinha visto o céu de um azul tão quente, e de súbito o longo e barulhento serão no Centro, os jogos enfadonhos, extenuantes, as conferências, a camaradagem artificial lubrificada pelo gin pareceram-lhe intoleráveis. Seguindo o impulso do momento, tomara a direcção oposta à da paragem do autocarro e embrenhara-se no labirinto de Londres, primeiro para sul, depois para leste, depois de novo para norte, perdendo-se nas ruas desconhecidas sem cuidar saber que direcção tomara.

«Se alguma esperança há», escrevera ele no diário, «está nos proles». Estas palavras não lhe saíam da cabeça, afirmação de uma verdade mística e de um absurdo palpável. Encontrava-se algures no meio dos bairros sombrios e pardacentos que se estendiam para norte e para leste daquilo que fora outrora a Estação de São Pancrácio. Subia uma rua empedrada, de casinhas de dois andares, com entradas em forma de túnel, que davam directamente para a calçada, de certo modo fazendo lembrar tocas de ratos. Aqui e ali, poças de água suja entre as pedras da rua. Entrando e saindo das casas escuras, subindo e descendo os becos estreitos que desembocavam nos dois lados da rua, pululava uma incrível quantidade de gente — raparigas na flor da idade, com os lábios pintados de cores berrantes, rapazes que perseguiam as raparigas, mulheres disformes, bamboleantes, que mostravam como seriam as raparigas daí a dez anos, velhas e curvadas criaturas arrastando os pés deformados, e crianças descalças, esfarrapadas, a brincarem nas poças de água e que debandavam ao ouvir os gritos zangados das mães. Das janelas da rua, uma quarta parte, talvez, tinha as vidraças partidas e apenas as cobriam tapumes. A maioria das pessoas não prestava atenção a Winston; algumas olhavam-no com curiosidade velada. Duas mulheres disformes, os seus braços cor de tijolo cruzados sobre o avental, conversavam à porta de casa. Ao aproximar-se, Winston ouviu algumas frases soltas.

— «Pois é», disse-lh'eu, «isso é tudo muito bonito», foi mesmo o qu'eu lhe disse. «Mas se 'tivesses no meu lugar fazias o mesmo qu'eu fiz. É muito fácil criticar», diss'eu, «mas tu é que não tens os mesmos problemas qu'eu tenho».

— Ah — disse a outra —, é isso mesmo. É assim mesmo qu'as coisas são.

As vozes estridentes calaram-se de súbito e as mulheres ficaram a observá-lo num silêncio hostil quando ele passou. Não, não era bem hostilidade; simplesmente uma espécie de desconfiança, um momentâneo estado de alerta, como à passagem de qualquer animal desconhecido. O fato-macaco azul do Partido não seria por certo imagem vulgar numa rua daquelas. Bastante imprudência havia realmente ao mostrar-se em tais lugares, a menos que se tivesse um propósito bem definido. As patrulhas podiam detê-lo se o encontrassem no caminho.

«Posso ver os teus documentos, camarada? Que estás aqui a fazer? A que horas saíste do trabalho? É este o teu trajecto habitual para casa?» — e assim por diante. Não que existisse alguma regra proibindo as pessoas de regressar a casa por um caminho diferente do habitual, mas isso bastava para atrair as atenções da Polícia do Pensamento logo que a informassem.

De repente, toda a rua se agitou. De todos os lados se ouviam gritos de alarme. As pessoas corriam como coelhos a enfiar-se dentro de casa. Uma mulher jovem saltou de uma porta, um pouco à frente do sítio onde Winston se encontrava, agarrou a criança minúscula que brincava nas poças de água, embrulhou-a no avental e tornou a saltar para dentro de casa, tudo isto num único movimento. Nesse preciso instante um homem com um fato preto amarrotado que mais parecia uma concertina, surgido de uma transversal, correu para Winston e apontou nervosamente para o céu.

— Vapor! — berrou ele. — Cuidado, patrão! Vai rebentar em cima de nós! Deite-se depressa no chão!

«Vapor» era a gíria que os proles, vá lá saber-se porquê, davam aos mísseis. Winston atirou-se de borco. Os proles quase nunca se enganavam nos avisos desta natureza. Pareciam dotados de uma espécie de instinto que os levava a pressentir, com vários segundos de antecedência, quando cairia um daqueles projécteis, embora constasse que se deslocavam a velocidade superior à do som. Winston cruzou os braços por cima da cabeça. Houve tamanho estrondo que até o chão pareceu sair do sítio; caiu-lhe sobre as costas uma chuva de objectos leves. Quando se pôs de pé verificou estar coberto de estilhaços de vidro da janela mais próxima.

Continuou a andar. A bomba destruíra um conjunto de casas duzentos metros mais adiante, na mesma rua. Uma coluna de fumo negro subia no céu e, abaixo dela, nuvens de estuque desfeito envolviam a multidão que começava já a formar-se em redor dos escombros. Ficara um pequeno monte de entulho na calçada, à sua frente, e no meio do entulho, um veio vermelho vivo. Ao aproximar-se viu que era uma mão humana decepada. À excepção do coto ensanguentado, a mão estava de tal modo coberta de poeira branca, que parecia um molde de gesso.

Deu um pontapé naquilo para dentro da sarjeta e depois, evitando a multidão, virou à direita numa transversal. Daí a dois ou três minutos encontrava-se fora da zona atingida pela bomba, e a vida das ruas, sórdida e transbordante, prosseguia como se nada tivesse acontecido. Eram quase vinte horas, e as lojas de bebidas frequentadas pelos proles (denominadas «bares») estavam já apinhadas de clientes. Do lado de lá das encardidas portas de vaivém, que constantemente abriam e fechavam, vinha um cheiro a urina, serradura e cerveja azeda. Num ângulo formado por uma fachada saliente, três homens imóveis, muito juntos, tendo o do meio um jornal nas mãos, que os outros dois estudavam espreitando-lhe por cima do ombro. Ainda Winston não se aproximara o suficiente para distinguir a expressão dos seus rostos, e já via como cada contorno daqueles três corpos traduzia uma atenção concentrada. Era certamente notícia séria o que estavam a ler. Encontrava-se a meia dúzia de passos de distância quando de repente o grupo se desfez e dois deles irromperam em violenta disputa. Por momentos, dir-se-ia quase dispostos a passar a vias de facto.

— Gaita, queres ouvir ou não? 'Tou-te a dizer qu'há mais de catorze meses que não ganha um númaro acabado em sete!

— Ai isso é que ganhou!

— Não ganhou nada! Tenho lá em casa num papel os númaros todos d'há dois anos pra cá. Certinho que nem os ponteiros dum relógio, não falta nem um. E 'tou-t'a dizer que 'nhum númaro acabado em sete...

— Ganhou um sete, sim senhor! 'Pera lá que já te digo o raio do númaro. A terminação era quatro, zero, sete. Foi em Fevereiro, na segunda semana de Fevereiro.

— Em Fevereiro uma ova! Tenho lá tudo, preto no branco. E 'tou-t'a dizer que 'nhum númaro...

— Ora, 'tá lá calado! — disse o terceiro homem.

Falavam da lotaria. Winston caminhou mais uns trinta metros e depois olhou para trás. Continuavam a discutir, rostos febris, apaixonados. A lotaria, com a sua distribuição semanal de avultados prémios, resumia-se ao único acontecimento público a que os proles prestavam verdadeira atenção. Era o seu deleite, a sua extravagância, o seu analgésico, o seu estimulante intelectual. Quando se tratava da lotaria, até gente que mal sabia ler e escrever se mostrava capaz dos mais complicados cálculos e das mais estonteantes proezas de memória. Toda uma camarilha vivia única e exclusivamente da venda de sistemas, previsões e amuletos. Winston nada tinha a ver com a exploração da lotaria, coisa da responsabilidade do Ministério da Riqueza, mas sabia (aliás, todos os membros do Partido o sabiam) que os prémios eram em grande medida fictícios. Só pagavam realmente as pequenas quantias, pois os prémios maiores saíam sempre a pessoas inexistentes. Não havendo qualquer espécie de comunicação efectiva entre as diferentes partes da Oceânia, tornava-se fácil conseguir isto.

Mas se alguma esperança havia, estava nos proles. Uma pessoa tinha de se agarrar a essa ideia. Assim expressa por palavras, parecia uma convicção razoável: ao observar os seres humanos que povoavam as ruas é que a convicção se transformava em puro acto de fé. Winston seguia agora por uma rua a descer. Ele tinha a sensação de não ser a primeira vez que por ali passava, e de estar nas imediações de uma imensa avenida. Algures, mais adiante, ouvia-se grande gritaria. A rua inflectiu abruptamente, terminando numa escada que desembocava numa ruela inclinada, onde alguns tendeiros vendiam legumes já murchos. Nesse momento, Winston reconheceu o sítio. A ruela dava acesso à tal avenida, e na transversal seguinte, a menos de cinco minutos dali, ficava a loja de velharias onde comprara o livro em branco agora seu diário. E numa papelariazinha, também ali perto, comprara a caneta e o tinteiro.

Parou por instantes no cimo das escadas. Do outro lado da ruela havia um bar miserável cujas janelas pareciam de vidro fosco, quando na realidade estavam apenas cobertas de pó. Um homem muito velho, curvado mas cheio de genica, com bigodes brancos espetados como as antenas dos camarões, empurrou a porta e entrou. Ali parado a olhar, Winston pensou que o velho, que teria talvez uns oitenta anos, já devia ser homem de meia-idade na altura da Revolução. Ele e alguns outros como ele constituíam o derradeiro elo de ligação ao extinto mundo do capitalismo. No Partido não havia muita gente com ideias formadas antes da Revolução. A geração mais velha fora quase toda eliminada nas grandes purgas dos anos cinquenta e sessenta, e os raros sobreviventes, nesse regime de terror, há muito se viam reduzidos à mais completa submissão intelectual. Se ainda existia algum homem vivo capaz de fazer uma descrição exacta das condições de vida na primeira metade do século, só podia ser um prole. Subitamente, a passagem que Winston copiara do livro de História para o seu diário veio-lhe de novo ao espírito, e apoderou-se dele um impulso louco. Entraria no bar, meteria conversa com o velho e interrogá-lo-ia. Pedir-lhe-ia: «Fale-me da sua vida quando era novo. Como era, nesse tempo? As coisas eram melhores ou piores do que agora?»

Precipitadamente, para não ter tempo de voltar atrás, desceu as escadas e atravessou a rua estreita. Como de costume, não havia qualquer regra que o proibisse de falar com os proles ou de frequentar os bares deles, mas era atitude demasiado invulgar para passar despercebida. Se aparecesse a patrulha poderia justificar-se dizendo que se sentira indisposto, mas seria pouco provável acreditarem nele. Empurrou a porta, e foi atingido em cheio no rosto pelo horrível cheiro fermentado a cerveja azeda. Quando entrou, o tom das vozes reduziu-se a metade. Sentiu, atrás das costas, todos os olhares cravarem-se no seu fato-macaco azul. Uma partida de setas no outro extremo da sala ficou interrompida durante uns bons trinta segundos. O velho que ele seguira estava ao balcão, embrenhado numa discussão com o *barman*, rapaz alto, corpulento, de nariz adunco e braços enormes. Um grupo de outros fregueses, de copos na mão, formando um círculo em torno dos dois, observava a cena.

— Pedi com bons modos, ou não? — disse o velho, endireitando belicosamente as costas. — Vais-me dizer que nesta tasca não há uma caneca de quartilho?

— Bolas, o que é que vem a ser um quartilho? — disse o *barman*, inclinando-se para a frente com as pontas dos dedos apoiadas no balcão.

— Oiçam só isto! Diz este fulano que é *barman*, e nem sabe o qu'é um quartilho! Atão, um quartilho é metade duma quarta, e quatro quartas fazem um galão. Também queres que t'ensine o á-bê-cê, já agora?

— Nunca ouvi falar disso — replicou concisamente o *barman*. — Só servimos litros e meios litros, mais nada. Tem os copos aí na prateleira à sua frente.

— Eu cá gosto é de quartilhos — insistiu o velho. — Não custava nada tirares um quartilho. Não havia nada destas porcarias destes litros quando eu era novo.

— Quando vocemecê era novo ainda a gente vivia em cima das árvores — disse o *barman*, lançando uma olhadela aos outros fregueses.

Houve uma gargalhada geral e pareceu dissipar-se o mal-estar gerado pela entrada de Winston. O rosto do velho, sob a barba branca a despontar, pusera-se muito corado. Afastou-se do balcão, a falar sozinho, e deu um encontrão a Winston. Winston agarrou-o delicadamente pelo braço.

— Posso oferecer-lhe uma bebida? — disse.

— O senhor é um cavalheiro! — disse o outro, tornando a endireitar as costas. Não parecia ter reparado no fato-macaco azul de Winston. — Um quartilho! — acrescentou, agressivo, dirigindo-se ao *barman*. — Um quartilho de cervejola!

O *barman* deitou dois meios litros de cerveja castanha escura em copos de vidro grosso que lavara num balde debaixo do balcão. A cerveja era a única bebida que se servia nos bares dos proles. Os proles não estavam autorizados a beber gin, embora na prática não lhes fosse nada difícil arranjá-lo. O jogo das setas ia outra vez muito animado, e o grupo junto do balcão retomara a conversa dos bilhetes da lotaria. A presença de Winston foi momentaneamente esquecida. Numa mesa de jogo ao pé da janela, ele e o velho podiam conversar sem receio de serem ouvidos. Era horrivelmente perigoso, mas pelo menos não havia telecrã na sala, conforme Winston verificara logo ao entrar.

— Bem me podia ele ter tirado um quartilho — resmungou o velho ao sentar-se diante do copo. — Mei'litro é pouco. Uma pessoa não fica sat'sfeita. E um litro inteiro é demais. Põe-me logo a bexiga a trabalhar. Pra já não falar no preço.

— Você já deve ter assistido a grandes mudanças, desde novo — disse Winston, sondando o terreno.

Os olhos do velho, azuis pálidos, percorreram toda a sala, do alvo das setas ao balcão, do balcão à porta onde se lia «Homens», como se estivesse à espera de descobrir as mudanças ali mesmo, no bar.

— A cerveja era melhor — acabou por dizer. — E mai'barata! Quand'eu era novo, um quartilho da cerveja mais leve (e bem boa era ela!) custava quatro dinheiros. Isto, antes da guerra, é claro.

— Qual guerra? — perguntou Winston.

— Ist'agora é só guerras... — respondeu o velho, obscuramente. Ergueu o copo e tornou a endireitar as costas. — Olhe, aqui vai disto: à saúde!

No seu pescoço magro a saliência da maçã-de-adão subiu e desceu surpreendentemente rápida, e a cerveja desapareceu. Winston foi até ao balcão e voltou com mais dois meios litros. O velho parecia ter esquecido o preconceito que o impedia de beber um litro inteiro.

— Você é muito mais velho que eu — disse Winston. — Ainda eu não era nascido, já você devia ser um homem feito. Lembra-se com certeza dos velhos tempos, antes da Revolução.

As pessoas da minha idade, no fundo, não sabem nada dessa época. Só o que lemos nos livros, e o que os livros dizem pode não ser verdade. Gostaria de saber a sua opinião sobre isto. Os livros de História retratam uma vida antes da Revolução completamente diferente da vida que hoje temos. A opressão, a injustiça, a miséria eram terríveis, piores que tudo quanto a gente possa imaginar. Aqui em Londres, a grande maioria das pessoas nunca tinha o suficiente para comer, desde que nascia até morrer. Metade da população não tinha que calçar. Trabalhavam doze horas diárias, deixavam de ir à escola com nove anos, dormiam às dúzias ou mais em cada quarto. E ao mesmo tempo havia umas quantas pessoas, uns poucos milhares (os chamados capitalistas) ricos e poderosos. Donos de tudo. Viviam em grandes casas, muito bonitas, com trinta criados, passeavam-se em automóveis e em carruagens de quatro cavalos, bebiam champanhe, usavam cartolas...

O rosto do velho animou-se de repente.

— Cartolas! — disse. — Tem piada estar agora a falar nisso. 'Inda ontem 'tive a pensar na mesma coisa, nã sei porquê. Pus-m'a pensar: «Aos anos que nã vejo uma cartola!» Passaram de moda, é o que é. A última vez que usei cartola foi no enterro da minha cunhada, e isso foi... bom, não lhe sei dizer a data, mas foi há uns bons cinquenta anos. E é claro, aluguei-a só mesmo prò funeral, já se vê...

— Isso das cartolas não tem grande importância — disse Winston pacientemente. — O que interessa é que esses capitalistas, e mais uns tantos advogados e padres e gente assim, que viviam à custa deles, eram os senhores da terra. Tudo existia para uso deles. Vocês, as pessoas vulgares, os trabalhadores, eram escravos deles. Eles podiam fazer de vocês o que bem entendessem. Podiam meter-vos num barco e mandar-vos para o Canadá, como gado. Podiam dormir com as vossas filhas se quisessem. Podiam mandar-vos açoitar. Vocês tinham de tirar o boné quando passavam por eles. Cada capitalista andava com um bando de lacaios que...

O rosto do velho tornou a iluminar-se.

— Lacaios! — disse. — Ora aí está uma palavra qu'eu já não ouvia há muito tempo. Lacaios! 'Té me faz sentir mai'novo. Lembro-me... oh, foi há uma porrada d'anos!... qu'eu costumava ir às vezes ao domingo à tarde ao Hyde Park ouvir os gajos a botar discurso. Exército de Salvação, católicos, judeus, indianos... de tudo. E havia um gajo... bom, já não sei dizer o nome, mas lá que falava bem, isso falava. Não 'tava com meias medidas! «Lacaios!», dizia o gajo, «lacaios da burguesia! Escravos da classe dominante!». E parasitas, também... essa era outra. E hienas... até hienas lhes chamava. Claro, isto era tudo contra o Partido Trabalhista.

Winston teve a sensação de estarem a falar cada um para seu lado.

— O que eu quero realmente saber é isto: acha que tem mais liberdade agora do que tinha nesse tempo? Sente que o tratam mais como um ser humano? Antigamente, os ricos, os que mandavam...

— A Câmara dos Lordes — interrompeu o velho, com ar pensativo.

— A Câmara dos Lordes, pois. O que eu lhe pergunto é se essa gente o tratava como um ser inferior, simplesmente por serem ricos e você ser pobre. É verdade, por exemplo, que tinham de os tratar por «Senhor» e tirar-lhes o chapéu quando se cruzavam com eles?

O velho pareceu reflectir profundamente. Bebeu cerca de um quarto da cerveja antes de responder.

— Sim — acabou por dizer. — Eles gostavam qu'a gente lhes batesse a pala. Era um sinal de respeito, pois então! Eu não achava bem, mas fazia com'òs outros. Tinha mesmo que ser!

— E era costume (só estou a repetir o que li nos livros de História), era costume essa gente e criados deles empurrarem as pessoas para a sarjeta?

— Houve um que m'empurrou, uma vez — disse o velho. — Lembro-me como se fosse ontem. Foi na noite da Regata (eles gostavam sempre de armar barulho nas noites da Regata), eu dera um encontrão a um rapazote, na Shaftesbury Avenue. Ia todo bem-posto, o tipo: camisa engomada, cartola, casaca preta. Vinh'òs ziguezagues pelo passeio fora e sem querer esbarrei com ele. E diz-m'o gajo: «Andas a dormir em pé, ou quê?» Digo-lhe eu: «E você julga que comprou a merda do passeio só pra si?» Diz ele: «Torço-te já esse pescoço se armas em esperto comigo.» Digo eu: «Você está mas é bêbado. 'Tou aqui 'tou a mandá-lo prender.» E não é qu'ele me põe a mão aqui no peito e me dá um safanão que quase m'atira pra debaixo das rodas dum autocarro? Bom, eu era novo ness'altura, e quis-lhe ir à cara, só que...

Apoderou-se de Winston uma sensação de impotência. A memória do velho não passava de um amontoado de pormenores insignificantes. Podia ficar o dia inteiro a interrogá-lo, sem conseguir obter uma única informação com interesse. As Histórias do Partido podiam ser em boa parte verdadeiras: até mesmo inteiramente verídicas. Winston fez uma última tentativa.

— Talvez eu não me tenha feito entender — disse. — O que eu queria dizer é o seguinte: você já vive há muito tempo. Viveu metade da vida antes da Revolução. Em 1925, por exemplo, já era adulto. Ora bem, o que é que me diz disto: tanto quanto se lembra, em 1925 vivia-se melhor ou pior do que agora? Se pudesse escolher, preferiria viver agora ou nesse tempo?

O velho olhou pensativamente para o alvo do jogo das setas. Acabou a cerveja, bebendo mais devagar que antes. Quando falou, fê-lo com ar tolerante, filosófico, como se a cerveja o tivesse tornado mais brando.

— Já sei o que é que está à espera qu'eu diga — começou. — Está à espera qu'eu diga que preferia ser novo outra vez. Se se puser pr'aí a perguntar, quase toda a gente lhe diz que preferia voltar à juventude. Quando um tipo é novo tem força e saúde. Quando cheg'à minha idade, nunca se está bem. Eu tenho umas dores horríveis nos pés, e a minha bexiga é uma desgraça. Obriga-me a saltar da cama seis ou sete vezes por noite. Mas por outro lado, ser velho tam'ém tem muitas vantagens. Não se tem as mesmas preocupações. Acabam as histórias c'o as mulheres, o que é uma grande coisa. Já não vou c'uma mulher há quase trinta anos, acredita? Não vou nem tenho vontade d'ir, pode crer.

Winston encostou-se ao peitoril da janela. Não valia a pena continuar. Preparava-se para ir buscar mais cerveja quando de repente o velho se levantou, dirigindo-se tão depressa quanto pôde, a arrastar os pés, para o fedorento urinol do bar. O meio litro suplementar já estava a fazer efeito. Winston deixou-se ficar ainda um ou dois minutos a olhar fixamente o copo vazio, mal se dando conta de que os pés o levavam outra vez para a rua. Daí a vinte anos, no máximo, a simples e imensa pergunta «Vivia-se melhor antes da Revolução do que se vive hoje?» deixaria de uma vez por todas de ter resposta. De facto, já não havia então quem lhe respondesse, pois os raros e dispersos sobreviventes desse tempo remoto não conseguiam comparar uma época com outra. Lembravam-se de um milhão de coisas inúteis, uma zanga com um camarada de trabalho, a busca de uma bomba de bicicleta perdida, a expressão do rosto de alguma irmã morta há muito tempo, os turbilhões de pó numa manhã de vento há setenta anos: mas todos os factos relevantes estavam fora do alcance da sua visão. Eles eram como a formiga, capaz de ver os objectos pequenos e não os grandes. E quando a memória falhava e os documentos escritos eram falsificados — quando isso acontecia, forçoso era aceitar a pretensão do Partido de ter melhorado as condições da vida humana, pois não existia, nem nunca poderia voltar a existir, qualquer modelo de comparação.

Nesse instante quebrou-se abruptamente o fio dos seus pensamentos. Parou, ergueu os olhos. Encontrava-se numa rua estreita, com meia dúzia de lojas sombrias intercaladas no meio das casas de habitação. Mesmo por cima da sua cabeça estavam suspensas três desbotadas bolas de metal, com o ar de em tempos terem sido douradas. Pareceu-lhe reconhecer o sítio. Pois claro! Estava diante da loja de velharias onde comprara o diário.

Um calafrio de medo percorreu-lhe o corpo. Fora já ousadia bastante ter comprado o livro, e jurara a si próprio nunca mais ali voltar. No entanto, mal se deixara levar pelos pensamentos, os pés tinham-no trazido de volta àquele lugar, como por iniciativa própria. Sempre esperara precaver-se precisamente contra este tipo de impulsos suicidas, ao começar o diário. Reparou entretanto que, embora fossem quase vinte e uma horas, a loja ainda se encontrava aberta. Pensando que daria menos nas vistas lá dentro do que parado no passeio, resolveu entrar. Se o interrogassem, poderia dar a resposta plausível de que andava à procura de lâminas de barbear.

O dono da loja acabara de acender um candeeiro de tecto, a petróleo, que exalava um cheiro acolhedor, mas não muito agradável. Era um homem dos seus sessenta anos, magro e curvado, de nariz comprido, benevolente, e olhos meigos, distorcidos pelas grossas lentes dos óculos. Tinha o cabelo quase branco, mas as sobrancelhas eriçadas ainda continuavam negras. Os óculos, os gestos brandos e meticulosos, e o facto de trazer vestido um velho casaco de veludo preto, davam-lhe um vago ar intelectual, como se fosse um literato, ou talvez músico. A voz dele era suave, como que abafada, com uma pronúncia menos adulterada do que a da maioria dos proles.

— Reconheci-o lá fora no passeio — disse imediatamente. — Foi o senhor que me comprou aquele álbum de recordações de senhora. Lindo papel, uma maravilha. Chamavam-lhe papel de linho. Já não se faz papel desse há... olhe, seguramente há uns cinquenta anos. — Observou Winston por cima dos óculos. — Deseja alguma coisa em especial? Ou quer só dar uma vista de olhos?

— Passei aqui por acaso — disse Winston, vagamente —, e resolvi espreitar. Não quero nada em especial.

— Ainda bem — disse o outro —, porque se quisesse, com certeza não o poderia satisfazer. — Fez um gesto com a mão delicada, como que a pedir desculpa. — Como vê, tenho a loja quase vazia. Aqui entre nós, o negócio das antiguidades está a morrer. Já não há procura, nem artigos para vender. Móveis, porcelanas, vidros, foi sendo tudo destruído, a pouco e pouco. E é claro que os objectos de metal foram quase todos derretidos. Há anos que não vejo um castiçal de latão.

O minúsculo interior da loja estava, na realidade, sufocantemente cheio de mercadorias sem valor. O espaço livre no chão era muito reduzido, pois junto às paredes alinhavam-se inúmeras pilhas de molduras poeirentas. Na montra havia bandejas com porcas e parafusos, formões velhos, canivetes de lâmina partida, relógios ferrugentos que já nem fingiam estar a funcionar, e uma diversidade de outras tralhas. Só numa mesinha, ao canto, estava exposta uma colecção de pequenos objectos — caixinhas lacadas para rapé, broches de ágata e afins — onde parecia ser possível encontrar algo interessante. Ao aproximar-se da mesa, um objecto redondo e liso, a brilhar suavemente à luz do candeeiro, chamou a atenção de Winston, e ele pegou-lhe.

Era um pesado bloco de vidro, curvo por cima, plano por baixo, formando quase um hemisfério. Tanto a cor como a textura do vidro possuíam estranha suavidade, como água da chuva. No meio do vidro, ampliado pela superfície curva, via-se um curioso objecto retorcido, cor-de-rosa, que fazia lembrar a rosa ou uma anémona-do-mar.

— O que é isto? — perguntou Winston, fascinado.

— É coral — disse o velho. — Deve ter vindo do oceano Índico. Dantes costumavam engastá-lo assim em vidro. Isso não foi feito há menos de cem anos. Provavelmente até terá sido há mais tempo, pelo aspecto da peça.

— Lindo objecto — comentou Winston.

— É, sim senhor — anuiu o outro. — Mas pouca gente diria o mesmo, nos tempos que correm. — Tossiu. — Olhe, se porventura o quiser comprar, são quatro dólares. Ainda me lembro da época em que coisas dessas chegavam a custar oito libras, e oito libras eram... bom, não sei calcular, uma data de dinheiro. Nos tempos que correm quem é que dá valor às antiguidades autênticas, às poucas que ainda restam?

Winston pagou imediatamente os quatro dólares e meteu no bolso o objecto cobiçado. O que nele o seduzia não seria tanto a beleza como o ar de pertencer a uma era muito diferente da actual. O vidro liso, límpido como água da chuva, não se parecia com o vidro que toda a vida conhecera. O objecto mostrava-se ainda duplamente atraente em virtude da sua aparente inutilidade, embora Winston calculasse que outrora devesse ter sido usado como pisa-papéis. Pesava-lhe bastante no bolso, mas felizmente não fazia grande volume. Que estranho, comprometedor até, um membro do Partido possuir semelhante objecto. Tudo o que fosse antigo, como de resto tudo o que fosse belo, levantava sempre vagas suspeitas. O velho ficara visivelmente mais alegre desde que recebera os quatro dólares. Winston percebeu que ele se teria contentado com três, ou mesmo com dois.

— Há lá em cima outra sala que talvez o senhor também queira ver — disse. — Não tenho ali grande coisa. Só meia dúzia de peças. Bem, mas para irmos lá acima vamos precisar de luz.

Acendeu outro candeeiro e, de costas curvadas, começou a subir devagar, à frente de Winston, os degraus altos e gastos, metendo depois por um corredor estreitíssimo e, por fim, chegando a uma sala que não dava para a rua, mas sim para um pátio empedrado e para uma floresta de chaminés. Winston notou que os móveis ainda estavam dispostos como se o quarto fosse habitado: uma tira de alcatifa no chão, um ou dois quadros nas paredes, e uma poltrona funda, algo estragada, diante da lareira. Ouvia-se o tiquetaque de um relógio de vidro, antigo, com mostrador de doze horas, pousado no rebordo da lareira. Sob a janela, e ocupando quase a quarta parte do quarto, uma cama enorme, ainda com o devido colchão.

— Vivemos aqui até a minha mulher morrer — disse o velho, como se se desculpasse. — Estou a vender a mobília aos poucos. Aquela cama de mogno, por exemplo, é belíssima, ou pelo menos sê-lo-ia se não tivesse tanto percevejo. Mas é natural que a ache um bocado grande demais.

Erguia bem alto o candeeiro, de forma a iluminar o quarto todo, e àquela luz quente e velada o lugar parecia curiosamente acolhedor. Passou pela cabeça de Winston a ideia de que lhe seria com certeza facílimo alugar o quarto por meia dúzia de dólares semanais, tivesse ele coragem de correr semelhante risco. Ideia louca, impossível, a pôr de parte o quanto antes; mas o quarto despertara nele certa nostalgia, uma espécie de memória ancestral. Parecia-lhe saber exactamente qual a sensação de estar sentado num quarto assim, numa poltrona, à lareira, com os pés no guarda-fogo e uma chaleira ao lume; na solidão absoluta, na segurança absoluta, sem ninguém a vigiá-lo, nenhuma voz a persegui-lo, nenhum som senão o silvo da chaleira e o tiquetaque amigável do relógio.

— Não há telecrã! — Winston não pôde coibir-se de murmurar.

— Ah — disse o velho —, nunca tive uma coisa dessas. E muito caro. E, não sei porquê, também nunca lhe senti a falta. Olhe só aquela mesa de abrir tão jeitosa, ali ao canto. Claro que para usar as abas teria de lhe pôr dobradiças novas.

Existia uma pequena estante no canto oposto, para onde Winston logo a seguir se dirigiu. Só continha inutilidades. A busca e destruição de livros fora tão meticulosa nos bairros dos proles como nas restantes zonas. Era muito improvável que existisse em todo o território da Oceânia algum livro impresso antes de 1960. O velho, ainda de candeeiro na mão, parara diante de um quadro com moldura de pau-rosa, pendurado do outro lado da lareira, diante da cama.

— Se por acaso estiver interessado em gravuras antigas... — começou, delicadamente.

Winston aproximou-se para observar o quadro. Tratava-se de uma gravura em aço, representando um edifício oval, com janelas rectangulares e uma pequena torre na fachada. Grades de ferro rodeavam o edifício, e ao fundo entrevia-se aquilo que se assemelhava a uma estátua. Winston contemplou a imagem durante alguns momentos. Era-lhe vagamente familiar, embora não se lembrasse da estátua.

— A moldura está fixa à parede — disse o velho —, mas se quiser, não me custa nada desaparafusá-la.

— Eu conheço este edifício — disse por fim Winston. — Actualmente está em ruínas. Fica a meio da rua do Palácio da Justiça.

— Isso mesmo. Diante do Tribunal. Foi bombardeado em... já não sei, há muitos anos. Dantes era uma igreja. São Clemente dos Dinamarqueses. — Fez um sorriso envergonhado, como se fosse proferir alguma coisa ligeiramente ridícula, e acrescentou:

— «Laranjas e limões prà gente, dizem os sinos de São Clemente!»

— O quê? — perguntou Winston.

— Oh... «Laranjas e limões prà gente, dizem os sinos de São Clemente.» Uma lengalenga em voga quando eu era miúdo. Já não me lembro da continuação, mas sei o fim: «Aqui vem uma vela prò caminho alumiar, aqui vem um machado prà cabeça te cortar.» Era uma espécie de dança. Os outros faziam um túnel com os braços para a gente passar, e quando chegavam à parte do «Aqui vem um machado prà cabeça te cortar», baixavam os braços e a pessoa ficava presa. Fazia-se só com nomes de igrejas. Entravam todas as igrejas de Londres... quer dizer, todas as igrejas importantes.

Winston reflectiu vagamente sobre qual seria o século da igreja. Era sempre difícil determinar a idade dos edifícios de Londres. Tudo o que fosse grande e importante, desde que tivesse ares de relativamente novo, ficava automaticamente atribuído ao período posterior à Revolução, enquanto tudo o resto, manifestamente mais antigo, passava a ser situado numa época obscura chamada Idade Média. Afirmava-se que os séculos do capitalismo não tinham produzido nada de valor. Não se conseguia aprender História com a arquitectura, tal como ninguém podia aprendê-la nos livros. Estátuas, inscrições, lápides comemorativas, nomes de ruas — tudo quanto pudesse lançar alguma luz sobre o passado fora sistematicamente alterado.

— Ignorava ter sido uma igreja — disse.

— Ainda existem muitas — disse o velho —, embora sejam usadas para outros fins. Mas vejamos, como é que continuava a lengalenga? Ah! já sei!

Laranjas e limões prà gente, dizem os sinos de São Clemente
Três vinténs o copo de vinho, dizem os sinos de São Martinho...

e pronto, só me lembro desta parte. O vintém era uma moeda de cobre pequenina, parecida com o cêntimo.

— Onde ficava a Igreja de São Martinho?

— São Martinho? Ainda está de pé. Fica na Praça da Vitória, ao lado da galeria de arte. O edifício que tem uma espécie de pórtico triangular, com colunas na fachada e uma grande escadaria.

Winston conhecia bem o sítio. Estava transformado em museu, onde expunham todo o tipo de propaganda — miniaturas de bombas e fortalezas flutuantes, figuras em cera ilustrando atrocidades inimigas, e assim por diante.

— Chamava-se São Martinho dos Campos — acrescentou o velho —, mas não me lembro de haver nenhum campo para esses lados.

Winston não comprou a gravura. Teria sido ainda mais absurdo do que a aquisição do pisa-papéis, e seria impossível levá-la para casa, a menos que a tirasse da moldura. Mas deixou-se ali ficar uns minutos na conversa com o velho, cujo nome, segundo veio a descobrir, não era Weeks — como poderia inferir-se do letreiro à porta da loja —, mas Charrington. Pelos vistos, o Sr. Charrington era viúvo, tinha sessenta e três anos, trinta dos quais passados naquela loja. Durante todo esse tempo tencionara mudar o nome da tabuleta, mas nunca chegou a fazê-lo. Enquanto conversavam, a lengalenga meio esquecida continuou a ecoar na cabeça de Winston. Laranjas e limões prà gente, dizem os sinos de São Clemente, três vinténs o copo de vinho, dizem os sinos de São Martinho! Curioso, ao repetir para consigo aquelas palavras, tinha a ilusão de ouvir realmente o repicar dos sinos, sinos de uma Londres perdida que continuava algures a existir, esquecida e oculta. De todas essas torres-fantasma, parecia ouvi-los soar. E, todavia, tanto quanto se lembrava nunca na sua vida ouvira tocar um sino de igreja.

Despediu-se do Sr. Charrington e desceu a escada sozinho, para que o velho não o visse esquadrinhar a rua antes de transpor a porta. Decidira que, depois de deixar passar um tempo razoável — digamos um mês —, correria o risco de visitar de novo a loja. Talvez nem fosse mais perigoso do que falhar a um serão no Centro. A grande loucura fora ter voltado ali depois de adquirir o diário e sem saber se o dono da loja seria de confiança. Mas agora...

Sim, pensou de novo, havia de voltar. Compraria outras belas peças de tralha inútil, a gravura de São Clemente dos Dinamarqueses, tirá-la-ia da moldura e levá-la-ia para casa escondida debaixo do casaco. Havia de arrancar à memória do Sr. Charrington o resto do poema. Até o projecto louco de arrendar o quarto no andar de cima voltou a perpassar-lhe fugazmente pelo espírito. Durante talvez uns cinco segundos, a euforia tornou-o imprudente, e ele saiu para a rua sem sequer uma olhadela preliminar através da montra. Começara até a trautear, com melodia improvisada:

Laranjas e limões prà gente, dizem os sinos de São Clemente
Três vinténs o copo de vinho, dizem os...

Sentiu de súbito que o coração se lhe gelava e as tripas se lhe liquefaziam. Uma figura de fato-macaco azul vinha pelo passeio na direcção oposta, a menos de dez metros de distância. Era a rapariga do Departamento de Ficção, a rapariga morena. Tinha começado a escurecer, mas Winston não teve qualquer dificuldade em reconhecê-la. Ela olhou-o bem no rosto, e depois continuou a caminhar muito depressa, como se não o tivesse visto.

Durante alguns segundos Winston ficou de tal modo paralisado que não se conseguiu mexer. Depois virou à direita e afastou-se vagarosamente, não reparando logo que seguia na direcção errada. Fosse como fosse, uma questão estava esclarecida. Já não lhe restavam dúvidas: a rapariga andava a espiá-lo. Devia tê-lo seguido até ali, pois não era crível que por puro acaso passassem os dois na mesma noite pela mesma ruela obscura, a quilómetros de distância de qualquer dos bairros onde viviam os membros do Partido. Coincidência demasiado grande. Pouco importava se ela seria de facto agente da Polícia do Pensamento ou mera espia amadora impelida apenas pelo zelo. Bastava-lhe saber que ela o vigiava. Provavelmente vira-o também entrar no bar.

Caminhava com esforço. O bloco de vidro batia-lhe na coxa a cada passo, e ele esteve quase a tirá-lo do bolso para o deitar fora. Mas o pior de tudo foi a dor de barriga. Durante alguns minutos teve a sensação de que morreria se não chegasse rápido a uma retrete. Mas num bairro daqueles certamente não havia retretes públicas. Depois o espasmo passou, deixando atrás de si a dor surda.

A rua não tinha saída. Winston parou, ficou vários segundos a meditar no que havia de fazer, a seguir deu meia-volta e começou a percorrer a rua em sentido contrário. Ao fazer meia-volta lembrou-se de que a rapariga se cruzara com ele três minutos antes apenas, e que correndo provavelmente a alcançaria. Segui-la-ia até chegarem a um local sossegado, para aí lhe esmagar o crânio com uma pedra da calçada. Até o bloco de vidro que trazia no bolso serviria, devido ao peso. Mas abandonou de imediato o projecto, pois a simples ideia de fazer qualquer esforço físico era-lhe intolerável. Não se sentia capaz de correr, de desferir um golpe. Além disso, jovem e vigorosa como ela era, defender-se-ia. Pensou também em se precipitar para o Centro Comunitário e em ficar lá até à hora do fecho, de forma a ter um álibi para parte da noite. Também isso, impossível. Apoderara-se dele uma lassidão mortal. Só queria chegar depressa a casa para poder sentar-se e ficar tranquilo.

Passava das vinte e duas horas quando voltou ao apartamento. As luzes seriam desligadas na central às vinte e três e trinta. Foi à cozinha, bebeu uma chávena de chá quase cheia de gin Vitória. Depois dirigiu-se à mesa no nicho da sala, sentou-se e tirou o diário da gaveta. Mas não o abriu imediatamente. No telecrã uma voz metálica, de mulher, berrava uma canção patriótica. Ficou ali sentado a olhar para a capa marmoreada do livro, tentando sem êxito abstrair-se daquela voz.

Costumavam vir durante a noite buscar as pessoas, sempre de noite. Melhor seria um tipo matar-se antes de ser apanhado. E com certeza haveria quem o fizesse. Muitos desaparecimentos deviam ser afinal suicídios. Mas só uma coragem desesperada levaria alguém a matar-se num mundo onde as armas de fogo, bem como todos os venenos rápidos e seguros, eram absolutamente impossíveis de obter. Winston pensou com certo pasmo na inutilidade biológica da dor e do medo, na natureza traiçoeira do corpo humano, que fica sempre inerte no preciso instante em que deveria reagir. Ele podia ter reduzido ao silêncio a rapariga morena se tivesse agido com rapidez: mas justamente por causa do perigo extremo a que se expunha, perdera a capacidade de agir. Concluiu com surpresa que nos momentos de crise nunca se luta contra um inimigo exterior, mas sempre contra o próprio corpo. Apesar do gin, a dor surda na barriga não lhe permitia pôr as ideias em ordem. E o mesmo acontece, percebeu então, em todas as situações análogas, heróicas ou trágicas. No campo de batalha, na câmara de tortura, num navio prestes a ir ao fundo, as causas por que lutamos são sempre esquecidas, pois o corpo avoluma-se até ocupar o universo inteiro, e até quando não estamos paralisados pelo medo ou a gritar de dor, a vida é uma luta de todos os instantes contra a fome, o frio ou a insónia, contra uma dor de estômago ou uma dor de dentes.

Abriu o diário. Impunha-se-lhe escrever alguma coisa. A mulher do telecrã cantava outra canção. A voz dela cravava-se-lhe no cérebro como estilhaços de vidro, cortantes. Tentou pensar em O'Brien, por quem, ou para quem, o diário ia sendo escrito, mas em vez disso ocorreu-lhe o que aconteceria quando a Polícia do Pensamento o levasse. Não seria grave se o matassem logo. Estava destinado a ser morto. Mas antes da morte (ninguém falava de tais coisas, e no entanto toda a gente as sabia) tinha de se passar pelo ritual da confissão: o rastejar no chão a implorar misericórdia, o estalar dos ossos quebrados, os dentes partidos e os cabelos ensanguentados. Para quê suportar tudo isso, se o fim daria sempre no mesmo? Porque não encurtar alguns dias ou semanas a vida das pessoas? Ninguém conseguia evitar ser descoberto, e ninguém deixava de confessar. Quando alguém sucumbia, por uma vez que fosse, ao crimepensar, dentro em pouco estaria morto. Porquê, então, viver com o futuro envenenado por esse horror que nada alterava?

Tentou, desta vez com algum êxito, evocar a imagem de O'Brien. «Havemos de nos encontrar no lugar onde não há trevas», dissera ele. Winston sabia o que aquilo queria dizer, ou julgava sabê-lo. O lugar onde não havia trevas era o futuro sonhado, que ele nunca veria, mas que por antecipação podia partilhar misticamente. Mas a voz do telecrã a massacrar-lhe os ouvidos impedia-o de seguir o fio dos próprios pensamentos. Pôs um cigarro na boca. Metade do tabaco caiu-lhe logo na língua, esse pó amargo difícil de cuspir. O rosto do Grande Irmão tomou forma no seu espírito, substituindo o de O'Brien. Como fizera dias antes, tirou do bolso uma moeda, ficando a olhá-la. O rosto fitou-o de novo, sólido, calmo, protector: que espécie de sorriso se esconderia sob o bigode escuro? Como um sombrio dobre a finados, voltaram-lhe ao espírito as palavras:

GUERRA É PAZ
LIBERDADE É ESCRAVIDÃO
IGNORÂNCIA É FORÇA.

Segunda Parte

1

Estava-se a meio da manhã, e Winston saíra do cubículo para ir à casa de banho.

Uma figura solitária aproximava-se, vinda do outro extremo do longo corredor bem iluminado. Era a rapariga morena. Tinham passado quatro dias desde que a encontrara à porta da loja de velharias. Ao vê-la mais de perto reparou que trazia o braço direito ao peito, o que não se notava ao longe, pois a faixa que o envolvia era da mesma cor que o fato-macaco. Provavelmente, entalara a mão ao fazer girar os grandes caleidoscópios onde se «esboçavam» as intrigas dos romances. Acidente vulgar no Departamento de Ficção.

Separá-los-iam talvez uns quatro metros quando a rapariga tropeçou e caiu, quase desamparada. A queda arrancou-lhe um agudo grito de dor. Devia ter caído mesmo em cima do braço magoado. Winston estacou. A rapariga encontrava-se agora de joelhos. O seu rosto ficara de um tom amarelo leitoso, sobre o qual se destacava a boca, vermelha como nunca. Os olhos cravaram-se nos dele, com expressão suplicante, podendo ler-se aí mais medo do que dor.

Certa emoção estranha agitou o coração de Winston. Tinha à sua frente a inimiga que andava a tentar matá-lo, e à sua frente, também, um ser humano em sofrimento, talvez com um osso partido. Entretanto já avançara instintivamente para a ajudar. No preciso instante em que a vira cair sobre o braço ligado, fora como se sentisse a dor no seu próprio corpo.

— Magoaste-te? — disse.

— Não é nada. Foi o braço. Já passa.

Falou como se sentisse o coração vacilar. E a verdade é que se pusera muito pálida.

— Não partiste nada?

— Não, já estou bem. Doeu na altura, mas já passou.

Estendeu-lhe a mão boa, e ele ajudou-a a levantar-se. Recobrara em parte as cores, parecia estar muito melhor.

— Não é nada — repetiu rapidamente. — Foi só um mau jeito no pulso. Obrigada, camarada!

E dizendo isto, continuou na mesma direcção, com o seu passo enérgico, como se realmente não tivesse sido nada. O incidente não devia ter demorado mais de meio minuto. Não deixar transparecer no rosto os sentimentos era hábito que passara à categoria de instinto, e de resto aquilo acontecera mesmo em frente de um telecrã. Ainda assim, Winston sentira enorme dificuldade em não trair a sua surpresa momentânea, pois nos dois ou três segundos de ajuda à rapariga, ao pôr-se de pé, ela passara-lhe qualquer coisa para a mão. Sem dúvida fizera-o intencionalmente. Verificou ser um objecto pequeno e chato. Ao transpor a porta da casa de banho ele meteu-o no bolso, apalpando-o com as pontas dos dedos. Tratava-se de um bocado de papel dobrado em quatro.

No urinol, com mais alguns movimentos dos dedos, conseguiu desdobrá-lo. Obviamente devia conter qualquer recado. Por momentos sentiu-se tentado a fechar-se logo ali, numa das retretes, a lê-lo. Mas seria perfeita loucura, disso tinha a certeza. Lugar onde as pessoas podiam seguramente saber que os telecrãs permaneciam sob vigilância contínua, era precisamente aquele.

Voltou ao cubículo, sentou-se, atirou negligentemente o papel para o meio dos outros papéis em cima da secretária, pôs os óculos e puxou para si o falascreve. «Cinco minutos», disse para consigo, «cinco minutos, no mínimo!». O coração batia-lhe no peito com um ruído assustador. Felizmente o trabalho que o ocupava não passava de mera rotina, a rectificação de uma longa lista de números, coisa que não exigia grande atenção.

O que quer que estivesse escrito no papel devia ter sentido político. Tanto quanto se lhe deparavam os factos, havia duas possibilidades. Uma, de longe a mais provável, ser a rapariga agente da Polícia do Pensamento, exactamente como ele receara. Não sabia por que motivo a Polícia do Pensamento havia de escolher aquela forma de transmitir recados, talvez eles tivessem lá as suas razões. Aquele escrito no papel podia ser uma ameaça, uma intimação, uma ordem de suicídio, qualquer armadilha. Mas restava outra possibilidade, mais louca, e sempre a vir à tona, embora ele tentasse, em vão, expulsá-la do espírito. Era a mensagem não ter origem na Polícia do Pensamento, mas em alguma organização clandestina. Talvez afinal de contas a Fraternidade existisse! Talvez a rapariga fosse um dos seus membros! Ideia absurda, sem dúvida, mas viera-lhe ao espírito logo ao sentir na mão o pedaço de papel. Só alguns minutos mais tarde lhe ocorrera a outra explicação, a mais plausível. E ainda agora, apesar de a razão lhe dizer que a mensagem significava provavelmente a morte — ainda agora ele não acreditava nisso, e a louca esperança persistia, o coração batia-lhe com força, só a muito custo conseguiu evitar o tremor da voz ao murmurar os números no falascreve.

Enrolou os papéis relativos ao trabalho já terminado e meteu-os no tubo pneumático. Tinham passado oito minutos. Ajeitou os óculos no nariz, suspirou, e puxou para si outro maço de instruções de trabalho, com o papelinho em cima. Alisou-o com os dedos. Nele vinha escrito, numa letra grande e informe:

Amo-te.

Esteve durante alguns segundos tão atordoado que nem se lembrou de deitar para o buraco de memória o papel incriminador. E antes de o fazer, embora soubesse quão perigoso era demonstrar demasiado interesse, não resistiu a lê-lo uma segunda vez, só para ter a certeza de que as palavras realmente lá estavam.

Foi-lhe muito difícil trabalhar no resto da manhã. Pior ainda do que a obrigação de se concentrar numa série de tarefas insignificantes, era a necessidade de esconder do telecrã a sua agitação. Sentia-se com as entranhas a arder. O almoço na cantina, quente, apinhada, barulhenta, foi uma tortura. Acalentara a esperança de poder estar algum tempo sozinho durante a hora do almoço, mas quis o azar que o imbecil do Parsons viesse sentar-se a seu lado, com aquele fedor a suor que quase suplantava o cheiro metálico do guisado, a falar ininterruptamente acerca dos preparativos para a Semana do Ódio. Mostrou-se particularmente entusiasmado com um modelo da cabeça do Grande Irmão em pasta de papel, com dois metros de largura, que o pelotão de Vigias da filha estava a fazer para as comemorações. Mais irritante do que isso, no meio da algazarra geral, Winston mal conseguia ouvir Parsons, vendo-se constantemente obrigado a pedir-lhe que repetisse um ou outro dos seus comentários idiotas. Entreviu por instantes a rapariga, sentada a uma mesa no extremo oposto da sala, com duas outras jovens. Aparentemente ela não o viu, nem ele tornou a olhar naquela direcção.

A tarde foi mais suportável. Logo a seguir ao almoço chegou-lhe às mãos uma tarefa delicada e difícil, que o ocuparia por várias horas, obrigando-o a esquecer tudo o resto. Consistia em falsificar uma série de relatórios de produção feitos dois anos antes, de modo a lançar o descrédito sobre um destacado membro do Partido Interno, que caíra entretanto em desgraça. Era o género de trabalho em que Winston revelava maior competência. Durante mais de duas horas conseguiu por completo afastar do espírito a rapariga. Depois a recordação do rosto dela voltou, e com isso, o desejo furioso, intolerável, de estar sozinho. Enquanto não estivesse sozinho não conseguiria pensar naquela inesperada reviravolta. Nessa noite, porém, ia ao Centro Comunitário. Devorou na cantina outra refeição insípida, precipitou-se para o Centro, participou numa estúpida e solene «discussão de grupo», jogou duas partidas de ténis de mesa, emborcou vários copos de gin e assistiu, do princípio ao fim, a uma conferência de meia hora subordinada ao tema «As relações entre o Socing e o xadrez». A sua alma lutava contra o tédio, mas dessa vez não se sentiu tentado a fugir do serão no Centro. Ao ler aquelas palavras, *Amo-te*, crescera dentro dele o desejo de viver, e de repente parecera-lhe estúpido correr riscos inúteis. Só às vinte e três horas, já em casa, metido na cama — no escuro, onde se estava a salvo do telecrã desde que ficasse calado —, só então conseguiu pôr ordem nas ideias.

Punha-se um problema de ordem física a resolver: como entrar em contacto com a rapariga para combinar um encontro. De parte estava, pois, a ideia de que ela pudesse estar a preparar-lhe uma armadilha. Isso não, por causa da evidente agitação da jovem ao entregar-lhe o recado. Muito claramente ela mostrara-se morta de medo, e boas razões tinha. Também não lhe passou pela cabeça a ideia de repeli-la. Só tinham passado cinco noites desde que pusera a hipótese de lhe esmagar o crânio à pedrada, mas pouco importava. Pensou no corpo dela, jovem e nu, tal como o vira em sonhos. Convencera-se de que ela era tola, igual às outras todas, com a cabeça repleta de mentiras e ódio, o ventre cheio de gelo. Apoderou-se dele como que uma febre, ao pensar que podia perdê-la, que aquele corpo jovem e branco podia fugir-lhe! Temia que ela mudasse muito simplesmente de ideias se ele não entrasse rapidamente em contacto com ela. Mas os obstáculos físicos a um encontro surgiam enormes. Como tentar fazer um lance de xadrez depois de ter sido derrotado com xeque-mate. Para onde quer que se virasse, sempre o telecrã à frente. Na realidade, passaram-lhe pela cabeça, nos cinco minutos imediatos à leitura do bilhete, todas as formas possíveis de comunicar com ela; agora, com tempo para pensar, examinou-as uma a uma, como se alinhasse sobre a mesa uma série de instrumentos.

Obviamente, o tipo de encontro que se verificara nessa manhã não devia repetir-se. Se ela trabalhasse no Departamento de Arquivos seria bastante mais simples, mas ele apenas fazia uma muito vaga ideia da localização do Departamento de Ficção dentro do edifício do Ministério, e não tinha qualquer pretexto para lá ir. Se soubesse onde ela vivia, e a que horas largava o trabalho, arranjaria maneira de se cruzar com ela no caminho; só que tentar segui-la até casa era perigoso, pois implicava esperá-la nas imediações do Ministério, dando nas vistas. Quanto a mandar carta pelo correio, estava fora de causa. A prática de abrir todas as cartas enviadas nem sequer constituía segredo. Na realidade, quase ninguém enviava cartas. Para os recados que uma vez por outra se tornava necessário transmitir, havia postais impressos com longas listas de frases, e a pessoa riscava as que não interessavam. De resto, ele ignorava o nome da rapariga, quanto mais a morada. Por fim, chegou à conclusão de que o local mais seguro talvez fosse a cantina. Se conseguisse apanhá-la sozinha numa mesa, algures a meio da sala, não muito perto dos telecrãs, e com bastante burburinho à volta — e se essas condições se mantivessem durante, digamos, uns trinta segundos —, talvez se proporcionasse trocar algumas palavras.

Na semana seguinte a vida foi como um sonho sobressaltado. Logo no dia a seguir ela só apareceu na cantina quando ele ia a sair, já depois de ter soado o apito. Provavelmente tê-la-iam mudado de turno. Passaram um pelo outro sem se olharem sequer. No outro dia viu-a na cantina à hora do costume, mas com mais três raparigas e mesmo ao pé do telecrã. Depois, durante três pavorosos dias, não apareceu. Winston sentia o corpo e o espírito atormentados por uma sensibilidade intolerável, uma espécie de transparência, que transformava em pura agonia cada gesto, cada som, cada contacto, cada palavra ouvida ou pronunciada. Nem mesmo a dormir se libertava totalmente da imagem dela. Nesses dias não tocou no diário. O pouco alívio que encontrava cingia-se ao trabalho, possibilitando-lhe por vezes alhear-se de tudo durante dez minutos inteiros. Não tinha o menor indício quanto ao que pudesse ter acontecido à rapariga. Nem qualquer meio de se informar. Ela podia ter sido vaporizada, ter-se suicidado ou ter sido transferida para outro extremo da Oceânia: pior e mais provável que tudo, podia ter simplesmente mudado de ideias, decidindo evitá-lo.

No dia seguinte ela voltou a aparecer. Já não trazia o braço ao peito, apenas uma ligadura no pulso. Winston sentiu-se tão aliviado que não resistiu a olhá-la bem de frente durante vários segundos. No dia seguinte esteve quase a conseguir falar-lhe. Quando entrou na cantina estava ela sentada numa mesa bastante afastada da parede, completamente sozinha. Era cedo, e o refeitório não se encontrava muito cheio. A bicha avançou regularmente, até Winston estar quase junto ao balcão, depois ficou parada dois minutos, porque alguém lá à frente se queixava de não ter recebido a ração de sacarina. A rapariga continuava sozinha quando Winston pegou na bandeja, dirigindo-se à mesa. Aproximou-se, com ar indiferente, à procura de lugar com os olhos postos numa mesa adiante. Devia estar a uns três metros dela. Mais dois segundos, e pronto. Então uma voz atrás de si chamou: «Smith!» Fingiu não ouvir. «Smith!», repetiu a voz, agora alto. Não valia a pena. Deu meia-volta. Um rapaz louro, com cara de parvo, chamado Wilsher, que ele mal conhecia, convidava-o com um sorriso a sentar-se no lugar livre à sua mesa. Seria imprudente recusar. Depois de ter sido reconhecido, impossível ir sentar-se noutro lado com uma rapariga sozinha. Daria demasiado nas vistas. Sentou-se, sorrindo amigavelmente. O sorriso do rosto tolo e louro fez-se ainda mais radioso. Winston viu-se, numa alucinação, a desfazer aquela cara a golpes de picareta. A mesa da rapariga encheu-se minutos depois.

Mas ela devia tê-lo visto aproximar-se, e talvez tivesse percebido tudo. No dia seguinte Winston teve o cuidado de chegar cedo. E, com efeito, ela lá estava sentada, mais ou menos no mesmo sítio, e outra vez sozinha. À frente dele, na bicha, ia um homem baixinho, de movimentos rápidos, com ar de besouro, cara espalmada e olhinhos desconfiados. Ao afastar-se do balcão com a bandeja, Winston viu o homenzito avançar direito à mesa da rapariga. Perdeu de novo a esperança. Havia um lugar livre numa mesa mais adiante, mas algo no aspecto daquele indivíduo lhe dizia ser dos que prezam suficientemente o conforto para escolher a mesa menos ocupada. Com o coração gelado, Winston seguiu atrás dele. Se não apanhasse a rapariga sozinha, não adiantava. Nesse instante ouviu-se um enorme estrondo. O homenzito caiu de borco, a bandeja voara-lhe das mãos, e dois regos de sopa e café escorriam pelo chão. Ao levantar-se deitou um olhar rancoroso a Winston, desconfiando, evidentemente, de que este lhe passara uma rasteira. Paciência! Cinco segundos depois, com o coração aos pulos, Winston sentava-se à mesa da rapariga.

Evitou olhá-la. Poisou a bandeja e começou imediatamente a comer. Era vital falar já, antes que viesse mais alguém, mas nesse preciso instante apoderou-se dele um medo terrível. Tinha passado uma semana desde que ela o abordara. Entretanto, talvez tivesse mudado de ideias, por certo mudara de ideias! Impossível aquela história levá-lo a algum lado; coisas assim não acontecem na vida real. Winston teria desistido de lhe dirigir a palavra não fora ver Ampleforth, o poeta das orelhas peludas, vagueando pela sala com ar hesitante, à procura de lugar para sentar-se. À sua maneira distraída, Ampleforth gostava de Winston, e sentar-se-ia seguramente naquela mesa se desse por ele ali. Mal lhe restava um minuto para passar à acção. Tanto Winston como a rapariga comiam com gestos mecânicos. O prato era um guisado ralo, mais propriamente uma sopa, de feijão verde. Winston começou a falar, quase num sussurro. Nenhum dos dois ergueu os olhos; continuaram a levar a comida à boca nos seus gestos mecânicos, trocando, entre colheradas, as poucas palavras indispensáveis, em voz abafada e inexpressiva.

— A que horas sais do serviço?

— Dezoito e trinta.

— Onde é que nos podemos encontrar?

— Praça da Vitória, junto ao monumento.

— Há imensos telecrãs.

— Não faz mal, com aquela gente toda.

— Algum sinal?

— Não. Só vens ter comigo quando me vires com muita gente à volta. E não olhes para mim. Deixa-te só ficar por perto.

— A que horas?

— Dezanove.

— Está bem.

Ampleforth não viu Winston e sentou-se a outra mesa. Eles não tornaram a falar e, tanto quanto possível a duas pessoas sentadas diante uma da outra, não se olharam. A rapariga acabou rapidamente o almoço e levantou-se, enquanto Winston permaneceu algum tempo mais, a fumar um cigarro.

Winston chegou à Praça da Vitória antes da hora marcada. Vagueou em redor da base da enorme coluna estriada, no alto da qual a estátua do Grande Irmão, voltada para sul, mirava os céus onde vencera os aviões eurasiáticos (alguns anos antes dizia-se serem os aviões lestasiáticos) na Batalha da Pista Um. Na rua em frente via-se a estátua de um homem a cavalo que diziam representar Oliver Cromwell. Passavam cinco minutos da hora e a rapariga ainda não aparecera. De novo o terrível medo se apoderou de Winston. Ela não vinha, ela tinha mudado de ideias! Dirigiu-se lentamente para o lado norte da praça e foi com algum prazer que identificou a Igreja de São Martinho, cujos sinos, no tempo em que tinha sinos, apregoavam «Três vinténs o copo de vinho». Depois viu a rapariga junto à base do monumento, lendo ou fingindo ler o cartaz que subia em espiral pela coluna. Não era prudente aproximar-se dela enquanto não se juntassem ali mais pessoas. Havia telecrãs a toda a volta do pedestal. Mas nesse instante começou a ouvir-se, algures do lado esquerdo, um alarido de vozes e o barulho de veículos pesados. De um momento para o outro, quase toda a gente desatara a correr nessa direcção. A rapariga contornou rapidamente os leões, em redor do monumento, e juntou-se à multidão. Winston seguiu-a. Enquanto corria, depreendeu de alguns comentários gritados que ia a passar uma leva de prisioneiros eurasiáticos.

Já então a densa massa humana obstruía o lado sul da praça. Winston, que normalmente era o género de pessoa que tende a gravitar para a periferia de qualquer tipo de aglomeração, desta vez empurrou, acotovelou, abriu caminho até ao meio da multidão. Pouco depois viu a rapariga, quase ao alcance do seu braço estendido, mas obstruía a passagem um prole enorme e uma mulher quase tão grande como ele, presumivelmente a esposa, que pareciam formar impenetrável muralha de carne. Winston avançou de lado, e numa violenta arremetida conseguiu enfiar o ombro entre ambos. Por momentos teve a sensação de ir ficar triturado entre aquele par de ancas musculadas, mas depois lá passou a custo. Estava ao lado da rapariga. Ombro com ombro, olhavam os dois fixamente para diante.

Longa fila de camiões, com guardas de cara-de-pau armados de metralhadoras a cada canto, passava lentamente pela rua. Dentro dos camiões, de cócoras, muito apertados, viam-se uns homenzinhos amarelos, envergando uniformes rotos de cor esverdeada. Rostos tristes, mongólicos, olhavam para o exterior sem sombra de curiosidade. Ocasionalmente, quando um camião parava repentino, ouvia-se um tinir metálico: todos os prisioneiros traziam grilhetas. Passaram camiões e camiões de caras tristes. Winston, embora sabendo que eles ali estavam, só intermitentemente os via. O ombro da rapariga e o braço, até ao cotovelo, estavam encostados aos seus. Com a face dela ali tão perto quase lhe sentia o calor. Ela assumira logo o comando da situação, tal como na cantina. Começou a falar no mesmo tom inexpressivo, mal movendo os lábios, num fio de voz que o alarido e o barulho dos motores por pouco não abafavam.

— Estás-me a ouvir?

— Estou.

— Podes tirar a tarde de domingo?

— Posso.

— Então escuta com atenção. Tens de fixar isto. Vais até à estação de Paddington...

Com uma precisão militar que o assombrou, ela descreveu o trajecto que ele deveria seguir. Viagem de comboio durante meia hora; virar à esquerda, à saída da estação; dois quilómetros de estrada; uma cancela a que falta a trave de cima; um caminho através do campo; uma alameda com relva alta; um carreiro entre arbustos; uma árvore morta coberta de musgo. Era como se ela tivesse o mapa na cabeça.

— Consegues lembrar-te disto tudo?

— Consigo.

— Viras à esquerda, depois à direita, depois outra vez à esquerda. E falta a trave de cima na cancela.

— Está bem. A que horas?

— Por volta das quinze. Talvez tenhas de esperar. Vou lá ter por outro caminho. Tens a certeza de que te vais lembrar de tudo?

— Tenho.

— Então afasta-te de mim depressa.

Não precisava que ela lho dissesse. Mas, por enquanto, não conseguia sair do meio da multidão. Os camiões continuavam a passar, e aquela gente, insaciável, não se privava do espectáculo. A princípio, alguns apupos e assobios, mas apenas da parte dos membros do Partido que se encontravam no meio da turba, e mesmo esses em breve se calaram. Dominava o sentimento de simples curiosidade. Os estrangeiros, quer da Eurásia quer da Lestásia, eram como animais estranhos. As pessoas nunca tinham literalmente oportunidade de os ver senão na pele de prisioneiros, e mesmo enquanto prisioneiros, só de fugida. Também não se sabia que seria feito deles depois, à excepção dos poucos que eram enforcados como criminosos de guerra: os outros desapareciam apenas, provavelmente internados em campos de trabalhos forçados. As caras redondas, mongólicas, iam entretanto dando lugar a rostos de tipo mais europeu, sujos, barbudos e exaustos. Acima das maçãs do rosto cobertas de pêlos hirsutos, os seus olhos cravavam-se às vezes nos de Winston com estranha intensidade, para logo se desviarem. O desfile estava a chegar ao fim. No último camião, Winston viu um homem idoso, com o rosto numa amálgama de cabelo grisalho, de pé, os pulsos cruzados diante do corpo, como se estivesse habituado a tê-los algemados. Winston e a rapariga encontravam-se prestes a ter de separar-se. Mas no último instante, quando a multidão ainda os cercava, a mão dela procurou a dele, apertando-a fugazmente.

Este contacto nem dez segundos terá durado, e no entanto pareceu tão longo. Ele teve tempo de aprender de cor todos os pormenores da mão dela. Explorou-lhe os dedos compridos, as unhas bem feitas, a palma da mão endurecida pelo trabalho, com a sua fieira de calos, a carne macia da face interior do pulso. Depois de assim afagar aquela mão, soube que a reconheceria onde quer que a visse. Nesse mesmo instante ocorreu-lhe não saber a cor dos olhos da rapariga. Castanhos, provavelmente, mas por vezes as pessoas de cabelo escuro têm olhos azuis. Voltar-se para olhá-la seria loucura inconcebível. De mãos enlaçadas, invisíveis no meio dos corpos apinhados, olhavam ambos fixamente em frente, e em vez dos olhos da rapariga foram os do velho prisioneiro que fitaram tristemente Winston, por entre a massa de cabelos emaranhados.

2

Winston caminhava, espírito alerta, pela alameda mosqueada de luz e sombra, mergulhando em charcos dourados nos sítios onde os ramos se apartavam. Debaixo das árvores, à esquerda, o chão aparecia atapetado de flores, de campainhas.

O ar parecia acariciar-lhe a pele. Era dia 2 de Maio. Do fundo do bosque, ao longe, ouvia-se o arrulhar dos pombos.

Viera cedo. A viagem correra sem dificuldades; a rapariga mostrara-se tão experiente que ele sentia menos medo do que seria de esperar. Presumivelmente, ela fora capaz de encontrar um lugar seguro. Em geral, uma pessoa não podia considerar-se muito mais segura no campo do que em Londres. Não havia telecrãs, é claro, mas espreitava sempre o perigo dos microfones escondidos, que podiam captar as vozes, permitindo o seu reconhecimento; além disso, não era fácil fazer uma viagem sozinho sem dar nas vistas. Para distâncias inferiores a cem quilómetros não era preciso visto no passaporte, mas às vezes, nas estações, as patrulhas examinavam os documentos de qualquer membro do Partido que encontrassem, além de fazerem perguntas indiscretas. Desta vez, porém, não aparecera nenhuma patrulha, e no trajecto a pé desde a estação ele verificara, olhando cautelosamente para trás, que ninguém o seguia. O comboio vinha cheio de proles, o bom tempo dera-lhes vontade de gozar o dia. A carruagem, com bancos de madeira, onde fizera a viagem, repleta, excedia a lotação normal, uma única e enorme família com membros de todas as idades enchera-a, desde a bisavó desdentada ao bebé de um mês. Iam passar a tarde com os «parentes» do campo e além disso, como explicaram abertamente a Winston, iam arranjar alguma manteiga no mercado negro.

A alameda fez-se mais larga e instantes depois desembocou no carreiro de que ela lhe falara, um vulgar caminho de cabras cavado entre os arbustos. Não levava relógio, mas ainda não podiam ser quinze horas. As campainhas, no chão, eram tantas que se tornava impossível não as pisar. Ajoelhou e pôs-se a colher algumas, em parte para matar o tempo, impelido também pela vaga ideia de que gostaria de ter um ramo de flores para dar à rapariga quando se encontrassem. Juntara um grande ramo e ficou a inalar o cheiro delas, levemente enjoativo, quando um ruído atrás das suas costas o sobressaltou —

o estalido inconfundível de passos sobre ramos secos. Continuou a colher campainhas. Era o melhor que tinha a fazer. Podia ser a rapariga, mas também, possivelmente e afinal de contas, alguém o podia ter seguido. Olhar para trás mostraria indícios de culpa. Colheu outra e mais outra. Sentiu então que uma mão lhe tocava ao de leve no ombro.

Ergueu os olhos. Era a rapariga. Ela abanou a cabeça, num claro aviso para que continuasse calado, e depois afastou os arbustos tomando a dianteira, avançando rapidamente pela estreita vereda que conduzia ao bosque. Evidentemente ela já tinha passado por ali, pois evitava as zonas alagadiças como quem conhece bem o sítio. Winston seguiu-a, ainda com o ramo de flores na mão. A sua primeira sensação foi de alívio, mas ao ver esse corpo esguio e forte a caminhar diante de si, com a faixa encarnada cingida de forma a dar realce à curva das ancas, invadiu-o o peso da sua própria inferioridade. Mesmo agora, continuava a parecer-lhe perfeitamente plausível que ela desistisse quando se voltasse e olhasse bem para ele. O ar carregado de perfumes e o verde da folhagem intimidavam-no. Logo à saída da estação, o sol de Maio fizera-o sentir-se sujo e estiolado, uma planta de interior, com os poros cheios da poeira fuliginosa de Londres. Lembrou-se de que até àquele momento ela provavelmente nunca o vira ao ar livre, em plena luz do dia. Chegaram à árvore tombada, por ela referida. A rapariga deu um pulo por cima do tronco e enfiou pelo meio de um maciço de arbustos, onde aparentemente não se via qualquer passagem. Ao segui-la, Winston achou-se numa clareira natural, pequena depressão coberta de relva e circundada por árvores novas, mas já altas, que a isolavam por completo do exterior. A rapariga parou, voltando-se.

— Cá estamos — disse.

Ali estava diante dela, a vários passos de distância. Por enquanto não se atrevia a aproximar-se.

— Não quis dizer nada pelo caminho — continuou ela —, não fosse haver algum microfone escondido. Não me parece que haja, mas nunca se sabe. Corremos sempre o risco de essas bestas reconhecerem a nossa voz. Aqui, estamos seguros.

Ele continuava sem coragem para se aproximar.

— Estamos seguros? — repetiu, estupidamente.

— Estamos. Olha para as árvores. — Os pequenos freixos tinham brotado no lugar de antigas árvores abatidas, formando uma floresta de troncos, nenhum deles mais grosso do que um punho. — São todas tão pequenas que nem dariam para esconder microfones. Além disso, eu já aqui estive várias vezes.

Conversavam como se não tivessem nada para dizer. Entretanto ele aproximara-se um pouco mais da rapariga, ali de pé, muito direita, com um sorriso levemente irónico, como se perguntasse a si mesma qual o motivo para ele não passar logo à acção. O ramo das campainhas desfez-se pelo chão, em cascata. Dir-se-ia que as flores caíam por vontade própria. Ele pegou na mão dela.

— Acreditas — disse — que até este instante nunca soube a cor dos teus olhos? — Notou então serem castanhos, de um castanho bastante claro, com pestanas escuras. — E tu, agora que vês bem como eu sou, ainda consegues olhar para mim?

— Claro que consigo.

— Tenho trinta e nove anos. Tenho uma mulher de quem não me posso ver livre. Tenho varizes, cinco dentes postiços.

— Pouco me importa.

No instante seguinte, embora fosse difícil dizer por iniciativa de quem, ela caía nos braços dele. A princípio, sentiu-se incrédulo, nada mais do que isso. Aquele corpo jovem apertava-se de encontro ao seu, tinha junto à cara essa espessa cabeleira escura, e — sim! — ela erguera realmente o rosto e ele estava a beijar-lhe a boca, grande e vermelha. Passara-lhe os braços pelo pescoço e chamava-lhe querido, amor, adorado. Puxou-a para o chão, ela não oferecia a menor resistência, podia fazer-lhe o que quisesse. Mas a verdade é que não tinha qualquer sensação física, a não ser a do simples contacto. Tudo se resumia a incredulidade e orgulho. Estava feliz por aquilo ter podido acontecer, mas sem desejo físico. Era demasiado cedo, a juventude e a beleza dela tinham-no intimidado, ou então ele já se habituara a viver sem mulheres — não sabia explicar o que se passava. A rapariga soergueu-se e tirou a campainha do cabelo. Sentou--se encostada a ele, enlaçando-lhe a cintura.

— Não faz mal, meu querido. Não há pressa. Temos a tarde toda. Não achas isto um óptimo esconderijo? Descobri-o certa vez em que me perdi num passeio em grupo. Se vier alguém, nós ouvimo-lo a cem metros de distância.

— Como é que te chamas? — perguntou Winston.

— Julia. Eu já sei como tu te chamas. É Winston, Winston Smith.

— Como é que descobriste?

— Quer-me parecer que tenho mais jeito do que tu para descobrir essas coisas, querido. Conta-me lá, o que achavas de mim antes de eu te passar aquele bilhete?

Ele não sentiu a mínima tentação de lhe mentir. Constituía até, de certo modo, uma prova de amor começar por dizer-lhe o pior.

— Não te podia ver — disse. — Só me apetecia violar-te e assassinar-te de seguida. Há duas semanas pensei seriamente em esmagar-te a cabeça com uma pedra da calçada. Se queres saber, julguei que tinhas alguma ligação com a Polícia do Pensamento.

A rapariga riu, deliciada, tomando evidentemente tais palavras como um elogio à excelência do seu disfarce.

— Da Polícia do Pensamento? A sério que pensaste isso?

— Bem, talvez não tenha sido bem isso. Mas pelo teu ar... simplesmente por seres nova, fresca e saudável, percebes... achei que provavelmente...

— Achaste que eu era uma boa militante do Partido. Pura nas palavras e nos actos. Bandeiras, manifestações, palavras de ordem, desporto, passeios em grupo... essa treta toda. E presumiste que, tendo eu a mínima hipótese, te denunciaria como crimepensante para seres condenado à morte, não?

— Sim, mais ou menos isso. Muitas raparigas são assim, sabias?

— A culpa é desta merda — disse ela, soltando a faixa encarnada da Liga Juvenil Anti-Sexo e atirando-a para um ramo de árvore. Depois, como se o facto de ter levado as mãos à cintura lhe lembrasse alguma coisa, remexeu no bolso do fato-macaco, de onde tirou um chocolate. Partiu-o ao meio e deu metade a Winston. Ainda antes de lhe pegar, ele percebeu, pelo cheiro, que era um chocolate fora do comum. Era escuro e luzidio, embrulhado numa prata. O chocolate vulgar era pardacento, quebradiço, com um sabor indescritível a fumo de lixeira. Winston lembrava-se de já ter provado chocolate como o que ela acabara de lhe dar. O primeiro odor despertara nele uma lembrança pouco nítida, mas intensa e perturbadora.

— Onde é que arranjaste isto? — perguntou.

— No mercado negro — respondeu ela, em tom indiferente. — Realmente, à primeira vista, sou assim mesmo. Tenho jeito para o desporto. Fui chefe de pelotão nos Vigias. Faço trabalho voluntário para a Liga Juvenil Anti-Sexo, três noites por semana. As horas que eu tenho passado a colar aquelas porcarias pelas paredes de Londres! Estou sempre pronta a levar uma faixa nas manifestações. Ando de cara alegre e nunca falto às minhas obrigações. O importante é ir para onde vai o rebanho. É a única maneira de uma pessoa estar segura.

O primeiro bocado de chocolate tinha-se derretido na boca de Winston. Delicioso. Mas a tal recordação continuava a rondar-lhe as fronteiras da memória; algo profundamente sentido, mas impossível de reduzir à forma definida, como os objectos vistos pelo canto do olho. Afastou-a para longe, sabendo apenas tratar-se da lembrança de um gesto que gostaria de recuperar e não podia.

— És tão nova — disse. — Tens menos dez ou quinze anos do que eu. Que é que te atraiu num homem como eu?

— Foi qualquer coisa na tua cara. Resolvi arriscar. Tenho um certo jeito para descobrir as pessoas que não se enquadram no sistema. Assim que te vi, percebi que eras contra *eles*.

Eles, evidentemente, eram o Partido, e antes de mais o Partido Interno, do qual Julia falava com um ódio declarado e zombeteiro, que punha Winston pouco à vontade, embora soubesse estarem ali em segurança, ou na segurança possível. Outra coisa que o assombrou foi a linguagem grosseira por ela usada constantemente. Em princípio, um membro do Partido não praguejava, e o próprio Winston só muito raramente o fazia, pelo menos em voz alta. Julia, em contrapartida, parecia incapaz de se referir ao Partido, e em especial ao Partido Interno, sem utilizar o tipo de palavreado que se lia, rabiscado a giz, nas ruelas esconsas. Winston não achava mal. Tratava-se de um simples sintoma de revolta contra o Partido e contra a sua maneira de actuar, parecia-lhe uma reacção natural e saudável, como o espirro dos cavalos ao cheirarem feno podre. Saíram ambos da clareira e vaguearam de novo pela sombra mosqueada das árvores, enlaçados pela cintura sempre que o espaço lhes permitia caminharem lado a lado. Winston reparou como a cintura dela se mostrava muito mais flexível agora que tirara a faixa. Falavam num murmúrio, sem nunca erguer a voz. Fora da clareira, dizia Julia, melhor seria não fazer barulho. Pouco depois chegaram à orla do pequeno bosque. Ela deteve-o.

— Não saias para o campo aberto. Pode haver alguém de vigia. Aqui, entre as árvores, não há problema.

Estavam à sombra de uma aveleira. Os raios de sol, embora filtrados por inúmeras folhas, ainda lhes faziam arder o rosto. Winston olhou para o campo que se estendia à sua frente, e teve um curioso e lento sobressalto de reconhecimento. Conhecia de vista aquele sítio. Um prado antigo, comido pelos animais, atravessado pelo caminho sinuoso, com montículos de toupeira aqui e ali. Na sebe irregular, do outro lado, baloiçavam os ramos dos álamos quase imperceptivelmente, ao sabor da brisa, e as folhas agitavam-se, leves, em massas densas como cabelos de mulher. Por certo, não muito longe, embora não o visse, passava um regato com remansos verdes onde nadavam pequenos peixes.

— Não há um regato aqui perto? — segredou.

— Há, sim. É já no limite do campo seguinte. E tem peixes, uns peixes bem grandes. Vêem-se da margem, nos remansos sob os salgueiros, a darem à cauda.

— A Terra Dourada... quase — murmurou ele.

— A Terra Dourada?

— Oh, não é nada. É uma paisagem que eu vejo às vezes em sonhos.

— Olha! — segredou Julia.

Um tordo pousara num ramo, a menos de cinco metros de distância, quase à altura do rosto deles. Talvez os não tivesse visto. Estava ao sol, e eles à sombra. Abriu as asas, tornou a fechá-las cuidadosamente, inclinou a cabecita por instantes, fazendo uma espécie de vénia ao Sol, e irrompeu num canto torrencial. No silêncio da tarde, o volume do som surpreendia. Winston e Julia deixaram-se ali ficar, muito juntos, fascinados. A música continuava, minuto após minuto, com espantosas variações, sem nunca se repetir, como se o pássaro tivesse resolvido exibir o seu virtuosismo. Às vezes o bicho calava-se por segundos, abria e tornava a fechar as asas, enchendo de ar o peito sarapintado, e desatava de novo no seu canto. Winston olhava-o com vago respeito. Para quem cantaria o pássaro, para quê? Não se via nem companheira nem rival a assistir. O que o levara a pousar na orla do bosque e a encher de música o descampado? Perguntou-se a si próprio se não haveria, afinal, um microfone escondido ali por perto. Winston e Julia só tinham falado num sussurro, o microfone não podia ter captado as suas vozes, mas captaria com certeza o canto do tordo. Talvez no outro extremo do fio algum homenzinho com ar de besouro estivesse atento, à escuta — a escutar *aquilo*. Mas a pouco e pouco o jorro de música afastou do seu espírito todas as especulações. Como uma espécie de líquido que se derramasse sobre toda a sua pessoa, misturado com os raios solares coados pela folhagem. Parou de pensar, para sentir apenas. A cintura da rapariga, na curva do seu braço, quente e macia. Puxou-a para si de modo a tê-la junto ao peito; dir-se-ia que o corpo dela se fundia no seu. Tudo o que as mãos dele tocavam era dúctil como água. As bocas uniram-se num beijo muito diferente dos beijos hirtos pouco antes trocados. Ao afastarem os rostos um do outro, ambos suspiraram profundamente. O pássaro assustou-se e fugiu, num estrépito de asas.

Winston colou-lhe os lábios ao ouvido:

— *Agora* — segredou.

— Aqui não — respondeu ela, também num sussurro. — Vamos para o esconderijo. É mais seguro.

Rapidamente, fazendo estalar um ou outro ramo seco, dirigiram-se de novo para a clareira. Quando se viram no meio do círculo de árvores novas, ela parou e voltou-se para ele. Estavam os dois ofegantes, mas o sorriso voltara a surgir nas comissuras dos lábios de Julia. Ficou por instantes a fitá-lo, depois procurou com os dedos o fecho do fato-macaco. E foi, sim, quase como no sonho de Winston. Ela despiu-se praticamente com tanta presteza como ele imaginara, e quando atirou a roupa para o chão foi com aquele gesto magnífico que parecia aniquilar uma civilização inteira. O seu corpo branco cintilava ao sol. Mas só decorridos alguns segundos ele o olhou; tinha os olhos presos àquele rosto sardento, ao leve sorriso atrevido. Ajoelhou diante dela e pegou-lhe nas mãos.

— Já fizeste isto alguma vez?

— Claro que já fiz. Centenas de vezes. Bem, dezenas, pelo menos.

— Com membros do Partido?

— Sim, sempre com membros do Partido.

— Do Partido Interno?

— Não, com esses javardos não. Mas muitos deles também *haveriam* de gostar, se tivessem oportunidade. Não são tão santos como se fazem.

O coração dele deu um pulo. Ela fizera aquilo dezenas de vezes: oxalá tivessem sido centenas, milhares. Tudo quanto sugerisse corrupção enchia-o sempre de louca esperança. Quem sabe, talvez o Partido estivesse podre por dentro, talvez o seu culto do esforço e da abnegação não passasse de simples máscara a esconder a iniquidade. Estivera na sua mão infectá-los a todos com lepra ou sífilis, com que prazer o faria! Tudo o que pudesse corrompê-los, enfraquecê-los, miná-los! Puxou-a para baixo, fazendo-a ajoelhar à sua frente.

— Escuta. Quanto mais homens tiveres possuído, maior o meu amor por ti. Percebes?

— Percebo perfeitamente.

— Odeio a pureza, odeio a virtude! Só desejo que não haja no mundo uma única alma virtuosa. Quero toda a gente corrupta até à medula.

— Bem, nesse caso, devo ser a pessoa ideal para ti. Sou corrupta até à medula.

— Gostas de fazer isto? Quero dizer, mesmo que não fosse comigo? Gostas da coisa em si?

— Adoro!

Era precisamente o que ele queria ouvir. Não o mero amor humano, mas o instinto animal, o simples desejo indiscriminado: essa força que havia de destruir o Partido. Deitou-a na relva, entre as campainhas espalhadas. Desta vez nada o impediu. Pouco depois, o arquejar serenava, os peitos retomavam a sua oscilação normal, e com agradável sensação de moleza tombaram cada um para seu lado, sonolentos. Winston estendeu a mão para o fato-macaco, tapando o corpo de Julia. Quase instantaneamente deixaram-se dormir durante cerca de meia hora.

— Winston foi o primeiro a acordar. Sentou-se, ficou a olhar aquele rosto sardento, ainda tranquilamente adormecido, apoiado na palma da mão. À excepção da boca, não podia dizer-se que Julia fosse bela. Observando-a com atenção, descobriam-se-lhe algumas rugas à volta dos olhos. O cabelo curto e escuro era extraordinariamente espesso e macio. Winston lembrou-se de que ainda não sabia nem o apelido dela, nem onde morava.

Esse corpo jovem e forte, agora indefeso no sono, despertou nele sentimentos de piedade e protecção. Mas já não conseguia experimentar a ternura descuidada que sentira debaixo da aveleira, enquanto o tordo cantava. Afastou para o lado o fato-macaco, pondo a descoberto o flanco alvo e macio. Antigamente, pensou, um homem olhava para o corpo de uma rapariga, achava-o desejável, e pronto. Mas agora já não podia haver amor puro ou puro desejo. Nenhuma emoção era pura, pois em tudo se infiltrara o medo e o ódio. O enlace dos seus dois corpos fora uma batalha, o clímax uma vitória. Um golpe contra o Partido. Um acto político.

3

— Podemos voltar aqui outra vez — disse Julia. — Geralmente não há perigo em usar duas vezes o mesmo esconderijo. Mas só daqui a um mês ou dois, claro.

Logo ao acordar, a atitude dela modificou-se. Vigilante e prática, vestiu-se, enrolou a faixa vermelha à volta da cintura, preparando os detalhes do regresso a casa. Parecia quase natural deixar esse assunto ao seu cuidado. Ela possuía, manifestamente, a astúcia prática que faltava a Winston, e pelos vistos, graças a um sem-número de passeios em grupo, conhecia os campos dos arredores de Londres ao pormenor. O trajecto que lhe indicou era completamente diferente do que ele tomara para chegar ali, e desembocava numa outra estação de comboio. «Nunca devemos voltar para casa pelo caminho por onde viemos», disse, como quem enuncia um importante princípio geral. Partiria primeiro ela, Winston só meia hora depois.

Indicou-lhe também um sítio onde poderiam encontrar--se, após o trabalho, daí a quatro dias. Certa rua dos bairros mais pobres, num mercado ao ar livre, geralmente apinhado e barulhento. Ela andaria a passear por entre as bancas, fingindo procurar atacadores ou linha para costura. Se achasse não haver perigo, assoar-se-ia quando ele se aproximasse: caso contrário, deveria passar por ela como se não a conhecesse. Contudo, com um pouco de sorte, no meio da multidão teriam oportunidade de conversar um quarto de hora e combinar novo encontro.

— Agora tenho de ir — disse ela, assim que ele decorou as instruções. — Não posso chegar depois das dezanove e trinta. Ainda hoje devo fazer duas horas de trabalho para a Liga Juvenil Anti-Sexo, distribuir folhetos ou coisa parecida. Não é uma gaita? Escova-me, se não te importas. Tenho folhas no cabelo? Tens a certeza? Então adeus, amor, adeus!

Atirou-se-lhe aos braços, beijou-o quase com violência, e logo a seguir abriu caminho por entre as árvores e desapareceu no bosque, praticamente sem ruído. Winston continuava sem saber apelido ou morada dela. Mas não tinha importância, pois era impensável eles alguma vez poderem encontrar--se em casa ou trocar sequer correspondência.

Aconteceu, no entanto, que nunca mais voltaram à clareira do bosque. No mês de Maio só houve mais uma ocasião em que fizeram amor. Noutro esconderijo que Julia conhecia, o campanário de uma igreja em ruínas, numa zona quase deserta, onde trinta anos antes caíra a bomba atómica. Bom esconderijo, depois de se lá chegar, se bem que o percurso fosse muito perigoso. A partir daí, só puderam encontrar--se na rua, cada noite em sítios diferentes e nunca além de meia hora. Geralmente na rua era possível, até certo ponto, conversar. Caminhando pelos passeios apinhados, sempre um adiante do outro e sem nunca se olharem, desenvolviam estranhas conversas intermitentes, que iam e vinham como a luz de um farol, subitamente interrompidas pela aproximação de qualquer uniforme do Partido ou pela proximidade dos telecrãs, depois retomadas, volvidos minutos, a meio de uma frase, e abruptamente suspensas no local combinado para se separarem. Depois continuadas, quase sem preliminares, no dia seguinte. Julia parecia bastante habituada a este tipo de conversa, a que chamava «falar a prestações». Tinha também a surpreendente capacidade de falar sem mexer os lábios. Durante quase um mês de encontros diários, uma única vez conseguiram beijar-se. Iam a descer em silêncio uma ruela estreita (Julia nunca abria a boca quando saíam das ruas principais), ouviu-se um estrondo ensurdecedor, a terra tremeu, o céu ficou negro, e Winston deu por si estendido no chão, ferido e apavorado. Um míssil devia ter caído ali muito perto. Reparou no rosto de Julia, a alguns centímetros do seu, lívido, branco como a cal. Até os lábios estavam brancos. Morta! Apertou-a contra o peito e descobriu que estava a beijar um rosto vivo e quente. Encheu-se-lhe a boca de pó. Ambos tinham a cara coberta de espessa camada de caliça.

Houve noites em que chegaram ao ponto de encontro e tiveram de passar um pelo outro sem sequer trocarem um sinal, ou porque aparecera a patrulha ao virar da esquina, ou porque um helicóptero pairava sobre as suas cabeças. Mesmo que não fosse tão perigoso, não deixaria de ser difícil terem tempo para encontros. Winston trabalhava sessenta horas por semana, Julia mais horas ainda, e os dias livres variavam consoante as exigências do serviço e raramente coincidiam. Além disso, Julia quase nunca tinha uma noite inteiramente livre. Passava uma quantidade de tempo incrível em conferências e manifestações, a distribuir folhetos da Liga Juvenil Anti-Sexo, a pintar faixas para a Semana do Ódio, a fazer colectas para as campanhas de fundos, ou noutras actividades do género. Valia a pena, dizia ela; era a melhor camuflagem. Quando uma pessoa respeitava pequenas regras, podia infringir as grandes. Ela até convenceu Winston a hipotecar mais uma noite, inscrevendo-se como trabalhador voluntário numa fábrica de munições, como faziam alguns zelosos membros do Partido. E assim, uma noite por semana, Winston passava quatro horas de paralisante tédio a aparafusar pequenas peças de metal que, calculava ele, seriam componentes de detonadores para bombas, numa oficina mal iluminada, cheia de correntes de ar, onde o ruído das marteladas afinava penosamente pela música dos telecrãs.

Quando se encontraram na torre da igreja conseguiram colmatar as falhas das suas conversas fragmentárias. Foi numa tarde escaldante. O ar quente e parado, no pequeno compartimento quadrado por cima dos sinos, tinha um cheiro intenso a excrementos de pombo. Ficaram horas a conversar, sentados no chão coberto de pó e lascas de madeira; levantavam-se de vez em quando para espreitar pelas frestas a ver se não vinha ninguém.

Julia tinha vinte e seis anos. Vivia numa residência com outras trinta raparigas («Sempre a gramar aquele cheiro a mulherio! Já não posso ver mulheres à minha frente!», comentou ela num à-parte) e trabalhava, tal como Winston adivinhara, nas máquinas de escrever romances do Departamento de Ficção. Gostava do trabalho, que consistia principalmente em assegurar o funcionamento e a manutenção de um motor eléctrico potente e complicado. Não era «grande cabeça», mas gostava de usar as mãos e tinha jeito para máquinas. Sabia descrever todo o processo de composição de um romance, desde a directiva geral, emanada da Comissão de Planeamento, até aos retoques finais introduzidos pela Equipa de Revisão. Mas o produto acabado não lhe interessava. Não votava qualquer predilecção à leitura, segundo disse. Para ela, os livros não passavam de artigos que era necessário produzir, tal como era necessário produzir compotas ou atacadores.

Não recordava nenhum facto anterior ao início dos anos sessenta, e conhecera somente uma pessoa que falava imenso da época precedente à Revolução, o avô, que desaparecera tinha ela oito anos. Na escola, capitaneara a equipa de hóquei, obtendo o troféu de ginástica dois anos consecutivos. Fora chefe de pelotão nos Vigias e secretária de divisão na Liga da Juventude, antes de aderir à Liga Juvenil Anti-Sexo. Sempre gozara de excelente fama. Tinham-na até escolhido (sinal infalível de boa reputação) para trabalhar na Pornosec, subsecção do Departamento de Ficção que produzia pornografia barata para os proles. Contou a Winston que a secção era conhecida, entre os que nela trabalhavam, por «Depósito do Lixo». Julia passara lá um ano, dando o seu contributo para a produção de livrinhos que eram metidos em embalagens seladas e com títulos do género *Histórias de Espancamentos* ou *Uma Noite num Colégio de Raparigas*, destinados a ser vendidos a jovens proletários convictos de estarem a adquirir algo ilegal.

— Como é que são esses livros? — perguntou Winston, curioso.

— Oh, perfeito lixo. E chatos que se fartam. Só há seis enredos diferentes, mas misturam-nos uns com os outros, para variar. Claro, estive sempre só nos caleidoscópios. Nunca fiz parte da Equipa de Revisão. Não sou dada a literaturas, meu querido... nem mesmo literatura dessa.

Winston soube então, com surpresa, que todos os funcionários da Pornosec, excepto chefes de departamento, eram raparigas. Devido à seguinte teoria: os homens, cujos instintos sexuais são menos controláveis do que os das mulheres, correriam maior perigo de se deixarem corromper pelo lixo que lhes passasse pelas mãos.

— Eles nem sequer gostam de ter lá mulheres casadas — acrescentou Julia. As raparigas, em princípio, são todas tão puras! Bem, pelo menos eis aqui uma que não é.

Tivera a sua primeira aventura aos dezasseis anos, com um membro do Partido de sessenta, que viria mais tarde a suicidar-se para não ser preso.

— E foi o melhor que ele fez — disse Julia —, senão tinha-lhes confessado o meu nome. — Desde então, muitos outros houvera. A vida, a seus olhos, resumia-se a algo muito simples.

A gente quer divertir-se; «eles», ou seja, o Partido, fazem o possível por nos impedir; a gente desrespeita as regras sempre que pode. Parecia achar igualmente natural que «eles» quisessem privar as pessoas de todos os prazeres e que, por seu lado, as pessoas evitassem ser apanhadas. Odiava o Partido, e dizia-o da maneira mais crua, mas as críticas feitas não tinham alcance geral. A doutrina do Partido só lhe interessava quando interferia na sua vida pessoal. Winston reparou que ela não empregava termos de novilíngua, excepto os que já haviam entrado na linguagem corrente. Julia nunca ouvira falar da Fraternidade, e recusava-se a crer na sua existência. Toda e qualquer tentativa de revolta organizada contra o Partido, fatalmente votada ao fracasso, afigurava-se-lhe pura estupidez. A atitude inteligente consistia em infringir as regras e continuar vivo. Winston perguntou vagamente a si próprio quantos mais como ela haveria na geração dos jovens — gente que crescera já no mundo da Revolução, sem conhecer mais nada, vendo o Partido como coisa tão inalterável como o céu, esquivando-se ao seu autoritarismo como coelhos a fugirem do cão, em vez de se revoltarem.

Nunca discutiram a possibilidade de casamento. Demasiado remota para ser posta à consideração. Era inimaginável que alguma comissão pudesse sancioná-lo, mesmo havendo maneira de Winston se livrar da esposa, Katharine. Nem em sonhos tal eventualidade seria plausível.

— Como era a tua mulher? — perguntou Julia.

— Era... conheces em novilíngua a palavra *bompensante*? Quero dizer, naturalmente ortodoxa, incapaz de maus pensamentos?

— Não, não conhecia a palavra, mas conheço bem esse tipo de gente.

Winston começou a contar-lhe a história da vida conjugal, mas curiosamente ela parecia já saber quase tudo. Foi ela que, como se a tivesse visto ou sentido, descreveu a rigidez do corpo de Katharine assim que ele lhe tocava, e o modo como acabava por empurrá-lo com toda a força, mesmo quando o cingia nos braços. Com Julia, não custava falar daquelas coisas. De resto, Katharine já deixara de ser uma recordação dolorosa, tendo-se tornado apenas desagradável.

— Seria capaz de a ter suportado, não fora uma coisa — disse Winston. E falou-lhe da cerimónia frígida que Katharine o obrigava a repetir todas as semanas, sempre no mesmo dia. — Ela detestava aquilo, mas nada a fazia desistir. Chamava à coisa... adivinha só, se és capaz!

— O nosso dever para com o Partido — disse Julia prontamente.

— Como é que sabes?

— Também fui à escola, querido. Conversas sobre sexo uma vez por mês para maiores de dezasseis anos. E no Movimento da Juventude. Passam anos a matraquear-nos os ouvidos com isso. Imagino que dê resultado, na maior parte dos casos. Mas nunca se sabe; as pessoas são tão hipócritas...

Pôs-se a discorrer sobre o assunto. Com Julia, todos os caminhos iam dar à sua própria sexualidade. Sempre que, por uma razão ou por outra, se abordava o tema, ela revelava grande perspicácia. Ao contrário de Winston, compreendera o sentido oculto do puritanismo sexual do Partido. Não se tratava apenas de o instinto sexual criar um mundo próprio à margem do controlo do Partido, devendo por isso ser destruído, se possível. O mais importante residia no facto de a privação sexual provocar uma desejável histeria, podendo esta ser transformada em ímpeto guerreiro e em culto do chefe. Julia punha a questão do seguinte modo:

— Quando fazes amor estás a gastar energia; e a seguir sentes-te bem e estás-te lixando para o resto. Eles não suportam que uma pessoa se sinta assim. Querem que estejamos sempre cheios de energia. Toda esta treta de andar cá e lá a dar vivas e a agitar bandeiras é simplesmente a forma que o sexo toma quando azeda. Se uma pessoa se sentir bem na sua pele, como é que há-de ficar excitada com o Grande Irmão e os Planos Trienais e os Dois Minutos do Ódio e as outras tretas que eles inventam?

Realmente, pensou Winston. Ali estava a relação directa e íntima entre castidade e ortodoxia política. De facto, como poderiam manter-se nos níveis desejados o medo, o ódio e a louca credulidade que o Partido exigia dos seus membros, a não ser reprimindo um instinto poderoso e utilizando-o como força propulsora? O impulso sexual era perigoso para o Partido, o Partido conseguira usá-lo em seu proveito. Com o instinto parental a manobra fora semelhante. A família não podia ser totalmente abolida, por isso as pessoas eram até incitadas a gostar dos filhos, quase à velha maneira. As crianças, em contrapartida, iam sendo sistematicamente viradas contra os pais e ensinadas a espiá-los e a denunciar os seus desvios. A família convertera-se, afinal, numa extensão da Polícia do Pensamento. Dispositivo mediante o qual cada indivíduo acabava dia e noite rodeado de informadores que o conheciam na intimidade.

Voltou bruscamente a pensar em Katharine. Katharine tê-lo-ia sem dúvida alguma denunciado à Polícia do Pensamento, se não fosse demasiado estúpida a aperceber-se da heterodoxia das suas opiniões. Mas o que realmente o fez lembrar-se dela nesse instante foi o calor sufocante da tarde a cobrir-lhe a testa de suor. Pôs-se a contar a Julia aquilo que sucedera, ou antes, o que nem chegara a suceder, noutra tórrida tarde de Verão, onze anos antes.

Winston e Katharine estavam então casados havia três ou quatro meses. Acabavam de se perder num passeio em grupo algures no Kent. Só tinham ficado para trás um ou dois minutos, na encruzilhada seguinte não tomaram a direcção certa e, pouco depois, viram-se obrigados a parar, junto de uma antiga pedreira de calcário. Um precipício de uns dez ou vinte metros, com grandes pedregulhos lá em baixo. Não havia ninguém a quem pudessem perguntar o caminho. Ao perceberem que estavam perdidos Katharine ficou extremamente nervosa. Afastar-se do grupo barulhento, instantes que fosse, dava-lhe a sensação de mau procedimento. Queria voltar depressa ao ponto de partida e procurar na outra direcção. Mas nesse momento Winston reparou nuns tufos de prímulas que brotavam das fendas da falésia, lá em baixo. Num desses tufos, de duas cores, o magenta e a cor de tijolo nasciam aparentemente da mesma raiz. Nunca tinha visto nada assim, e chamou Katharine para lho mostrar.

— Olha, Katharine! Olha aquelas flores. Aquele tufo quase lá no fundo. Já reparaste que são de duas cores diferentes?

Apesar de já ter começado a afastar-se, voltou atrás, a contragosto, por instantes. Debruçou-se até sobre a falésia para ver as flores. Winston encontrava-se um pouco mais atrás, passou-lhe o braço pela cintura para a suster. Nesse momento ocorreu-lhe estarem completamente sós. Nem vivalma nas redondezas, nenhuma folha bulia, nenhum pássaro desperto. Num sítio daqueles o risco de haver microfones escondidos era ínfimo, e mesmo que houvesse um microfone, só captaria rumores. Àquela hora quente, à hora mais sonolenta da tarde. O sol queimava, Winston sentia o suor a escorrer pela cara. E passou-lhe pela cabeça...

— Porque é que não lhe deste um bom empurrão? — perguntou Julia. — Eu cá dava.

— Pois davas, minha querida. Eu também, fora eu a pessoa que sou hoje. Ou talvez desse... não tenho a certeza.

— Estás arrependido de não a ter empurrado?

— Estou. Bem feitas as contas, foi uma pena.

Permaneciam sentados lado a lado no chão poeirento do campanário. Ele puxou-a para si. Julia pousou a cabeça no seu ombro, e o cheiro agradável dos cabelos dela sobrepôs-se ao dos excrementos de pombo. Tão nova, pensou Winston; ainda esperava algo da vida, não percebia que atirar uma pessoa incómoda para um precipício nada resolveria.

— No fundo, vinha a dar no mesmo — disse ele.

— Então porque é que estás arrependido de não a teres empurrado?

— Simplesmente porque prefiro o positivo ao negativo. Neste jogo que estamos a jogar não temos hipótese de vencer. Há formas de fracassar melhores do que outras, só isso.

Sentiu-a encolher os ombros, manifestando discordância. Contradizia-o sempre que ele falava assim. Recusava como lei da natureza que o indivíduo saísse sempre derrotado. Até certo ponto, não tinha dúvidas de, ela própria, estar condenada, de que mais tarde ou mais cedo a Polícia do Pensamento havia de a apanhar, e matá-la, mas outra parte do seu espírito cria, apesar de tudo, ser possível construir um mundo secreto onde se pudesse viver livremente. Bastava sorte, astúcia e coragem. Ela não entendia essa obstrução da felicidade, e que a única vitória residia num futuro remoto, muito depois da morte de ambos; que a partir do momento em que alguém declarasse guerra ao Partido mais valia considerar-se como um cadáver.

— Nós somos os mortos — disse ele.

— Ainda não estamos mortos — replicou Julia, prosaicamente.

— Fisicamente, ainda não. Seis meses, um ano... cinco anos, talvez. Sinto medo da morte. Tu és nova, talvez tenhas mais medo do que eu. Claro que vamos adiá-la enquanto pudermos. Mas pouca diferença faz. Enquanto o ser humano for humano, vida e morte são uma e a mesma coisa.

— Oh, deixa-te disso! Com quem é que preferes dormir, comigo ou com um esqueleto? Não gostas de estar vivo? Não gostas de sentir: Isto sou eu, isto é a minha mão, a minha perna, sou real, sou sólido, estou vivo! Não gostas *disto*?

Voltou-se e apertou o peito contra o dele. Winston sentiu-lhe os seios, maduros mas rijos, por baixo do fato-macaco. Dir-se-ia que aquele corpo derramava no dele um pouco da sua juventude e vigor.

— Gosto, pois.

— Então pára de falar na morte. E agora escuta, meu querido, temos de combinar o próximo encontro. Acho que podemos voltar àquele sítio no bosque. Já lhe demos bom descanso. Só que desta vez tens de ir por outro caminho. Tenho tudo planeado. Apanhas o comboio… olha, o melhor é fazer um esboço.

Prática, como sempre, Julia traçou um pequeno quadrado no pó e, com um raminho dos ninhos dos pombos, desenhou um mapa no chão.

4

Winston percorreu com os olhos o modesto quartinho por cima da loja do Sr. Charrington. Junto à janela, a cama enorme estava feita, com cobertores esburacados e um travesseiro sem fronha. Ouvia-se o tiquetaque do relógio antigo, com o seu mostrador de doze horas, sobre o rebordo da lareira. No canto, em cima da mesa de abrir, brilhava suavemente na semiobscuridade o pisa-papéis de vidro que comprara na última visita.

Na lareira, via-se um velho fogareiro a petróleo, uma frigideira e duas chávenas, tudo fornecido pelo Sr. Charrington. Winston acendeu o lume, pôs água a aquecer na sertã. Trouxera consigo um envelope cheio de café Vitória e alguns comprimidos de sacarina. Os ponteiros do relógio marcavam sete e vinte: na realidade, eram dezanove e vinte. Ela chegaria às dezanove e trinta.

Loucura, que loucura, repetia-lhe o coração: uma loucura consciente, gratuita, suicida. De todos os crimes que um membro do Partido podia cometer, eis o mais difícil de ocultar. A ideia começara por lhe pairar na cabeça sob a forma de uma visão, com o pisa-papéis a espelhar-se na superfície da mesa de abrir. Conforme Winston previra, o Sr. Charrington alugara-lhe o quarto sem pôr dificuldades. Ficou manifestamente satisfeito com a meia dúzia de dólares que o negócio lhe renderia. E não se mostrou chocado nem se permitiu a mínima atitude de familiaridade ofensiva quando percebeu que Winston queria o quarto para receber uma mulher. Pelo contrário, pôs-se a olhar para o vazio e a falar em termos gerais, com tamanha delicadeza que quase parecia ter-se tornado invisível. A privacidade, disse ele, constituía um bem precioso. Toda a gente gostava de ter um lugar onde pudesse estar sozinho de vez em quando. E se obtinham um lugar assim, a mais elementar cortesia das outras pessoas que sabiam disso impunha-lhes que não falassem do assunto a ninguém. Acrescentou até (e dir-se-ia que ao dar tal informação quase se esfumou no ar) que a casa tinha duas saídas, sendo a segunda pelo pátio das traseiras, dando para um beco.

Debaixo da janela, alguém cantava. Winston espreitou para o exterior, escondido atrás da cortina de musselina. O sol de Junho ainda ia alto no céu, e no pátio ensolarado, lá em baixo, uma mulher disforme, sólida como uma coluna normanda, de vigorosos braços vermelhos e com avental de serapilheira atado à cintura, ia e vinha entre um alguidar e o estendal da roupa, pendurando uma série de panos brancos, quadrados, que Winston identificou como sendo fraldas. Quando não tinha a boca cheia de molas, cantava numa potente voz de contralto:

Foi um caprich'entre mil,
Passou com'um dia d'Abril,
Mas um olhar, uma palavra, o que não me fizeram sonhar!
Ai o meu coração me vieram roubar!

Havia semanas que aquela canção se ouvia em todas as ruas de Londres. Tratava-se de uma das inúmeras cantigas que uma subsecção do Departamento de Música publicara para uso dos proles. As letras dessas canções eram compostas, sem qualquer espécie de intervenção humana, num aparelho denominado «versificador». Mas a mulher cantava tão melodiosamente que fazia soar aquele chorrilho de banalidades de forma quase agradável. Winston ouvia a mulher cantar, os sapatos dela a arrastarem-se nas lajes, os gritos das crianças na rua, ao longe o ténue ruído do tráfego, e no entanto a sala parecia curiosamente silenciosa, graças à ausência do telecrã.

Loucura, loucura, loucura!, tornou a pensar. Inconcebível que pudessem frequentar aquele sítio por mais de meia dúzia de semanas sem serem apanhados. Mas a tentação de possuírem um esconderijo realmente deles, facilmente acessível e dentro de casa, fora demasiado forte. Durante algum tempo, depois da visita ao campanário, não conseguiram combinar encontros. O horário de trabalho tinha sido drasticamente aumentado, num contributo para a organização da Semana do Ódio. Ainda faltava mais de um mês, mas os gigantescos e complexos preparativos que a celebração exigia vinham sobrecarregando toda a gente com horas extraordinárias. Por fim lá conseguiram ter os dois uma tarde livre no mesmo dia. Decidiram-se pela clareira do bosque. Na véspera, à noite, encontraram-se fugazmente na rua. Como sempre, Winston mal olhou para Julia, no meio da multidão, mas ao mirá-la de relance achou-a mais pálida do que o costume.

— Nada feito — murmurou Julia assim que lhe pareceu não haver perigo. — Amanhã não posso.

— O quê?

— Amanhã à tarde. Não posso ir.

— Porquê?

— Oh, a razão do costume. Desta vez começou mais cedo.

Ele sentiu, por momentos, profunda raiva. Ao longo daquele mês, depois de a conhecer, a natureza do seu desejo modificara-se. A princípio pouca sensualidade autêntica havia nele. Da primeira vez, só tinham feito amor graças ao mero esforço da vontade. Mas a partir da segunda vez tudo mudara. O cheiro do cabelo de Julia, o sabor da boca, o calor da pele, dir-se-ia tudo isto viver agora dentro dele, ou no ar que o envolvia. Ela tornara-se uma necessidade física, uma coisa que ele não apenas queria, mas a que achava ter direito. Quando ela lhe disse que não podia ir, sentiu-se roubado. Nesse preciso instante a multidão empurrou-os um para o outro, acidentalmente, as mãos de ambos encontraram-se. Ela apertou-lhe as pontas dos dedos, num gesto que parecia pedir-lhe, não desejo, mas afecto. Winston pensou que quando um homem vivia com uma mulher, aquele motivo de frustração talvez fosse um acontecimento normal, recorrente; e invadiu-o uma repentina ternura, como nunca antes sentira por ela. Desejou que fossem marido e mulher, com dez anos de vida em comum. Desejou ir passear com ela pelas ruas, tal como naquele momento, mas sem medo, a falar de coisas triviais e a fazer compras para a casa. Desejou acima de tudo que tivessem um sítio onde estar juntos, a sós, sem se sentirem obrigados a fazer amor sempre que se encontrassem. Não foi logo aí, mas no dia seguinte, que lhe ocorreu a ideia de alugar o quarto do Sr. Charrington. Quando sugeriu o plano a Julia, ela concordou com inesperada prontidão. Sabiam ambos a loucura em que se metiam. Era como se dessem, de sua livre vontade, um passo para a sepultura. Sentado à espera na beira da cama, voltou a pensar nos subterrâneos do Ministério do Amor. Curioso, como esse horror predestinado ia e vinha, ora ocupando ora abandonando a consciência. Mas estava lá, inscrito no tempo futuro, precedendo a morte tão inexoravelmente como 99 precede 100. Impossível evitá-lo, talvez fosse possível adiar: todavia, em vez disso, o homem decide de quando em quando, num acto consciente e voluntário, encurtar o lapso de tempo que o separa do fim.

Ouviu passos rápidos nas escadas. Julia irrompeu no quarto. Trazia o saco da ferramenta, de grossa lona castanha, com que ele já várias vezes a vira no Ministério. Winston chegou-se a ela para a abraçar, mas ela soltou-se logo, em parte porque ainda não pousara o saco.

— Um segundo — disse. — Deixa-me só mostrar-te o que tenho aqui. Trouxeste a porcaria desse café Vitória? Já calculava. Podes guardá-lo, que não vai ser preciso. Olha aqui.

Pôs-se de joelhos, abriu o saco despejando no chão as chaves-inglesas e a chave de fendas que vinham por cima do resto. No fundo do saco, escondidos, vários pacotes muito bem embrulhados. O primeiro que passou a Winston tinha uma consistência estranha, no entanto vagamente familiar. Estava cheio de uma substância pesada, semelhante a areia, que cedia à pressão dos dedos quando se apertava o papel.

— É açúcar, não é? — perguntou ele.

— Açúcar verdadeiro. Não é sacarina, é açúcar. E tenho aqui um pão, pão branco, como deve ser, em vez da porcaria do costume. E um frasco de compota. E uma lata de leite… Mas olha só! Repara na minha coroa de glória. Tive de o embrulhar num bocado de serapilheira, porque…

Ela não precisava de dizer porque é que o tinha embrulhado. O aroma espalhava-se já pelo quarto, um aroma vivo, intenso, autêntica emanação da sua primeira infância, ainda hoje sentido aqui e acolá, vindo de um corredor antes de alguém fechar a porta, ou propagando-se misteriosamente numa rua apinhada, por instantes presente e logo de novo perdido.

— É café — murmurou —, café autêntico.

— É café do Partido Interno. Tenho aqui um quilo inteirinho — disse ela.

— Como é que conseguiste arranjar tudo isto?

— São tudo coisas do Partido Interno. Não há nada que esses porcos não tenham, nada. Mas claro que os empregados de mesa, os criados, essa gente toda, vão roubando quanto podem, e… olha, também tenho um pacotinho de chá.

Winston pusera-se de cócoras ao lado dela. Rasgou um canto do pacote.

— Chá verdadeiro. Não são folhas de silva.

— Ultimamente tem havido muito chá. Conquistaram a Índia, ou lá o que foi — disse ela vagamente. — Mas escuta, querido. Agora quero que te vires de costas para mim durante três minutos. Vai sentar-te do lado de lá da cama. Não te chegues muito à janela. E não te voltes enquanto eu não disser.

Winston pôs-se a olhar, distraído, através da cortina de musselina. No pátio, a mulher dos braços vermelhos continuava a andar cá e lá, entre o alguidar e o estendal. Tirou mais duas molas da boca e cantou com profundidade e emoção:

Dizem qu'o tempo cur'òs inganos,
Dizem que tudo se pode esquecer;
Mas risos e lágrimas, ò fim de tantos anos,
'Inda me deixam o coração a doer.

Pelos vistos, sabia de cor toda aquela canção piegas. A voz subia, pairava na atmosfera suave da tarde de Verão, muito melodiosa, carregada de certa melancolia feliz. Ficava-se com a impressão de que ela se daria por satisfeita se a tarde de Junho fosse infinita e o monte de roupa inesgotável, e que podia passar ali mil anos a pendurar fraldas e a cantar baboseiras. Winston achou curioso o facto de nunca ter ouvido nenhum membro do Partido a cantar sozinho, espontaneamente. Fazê-lo, seria considerado pouco ortodoxo, excentricidade perigosa, assim como falar sozinho. Talvez as pessoas só sentissem vontade de cantar quando atingiam o cúmulo da fome.

— Já te podes virar — disse Julia.

Ele voltou-se, e por instantes quase não a reconheceu. Esperava, afinal, vê-la nua. Mas ela não estava nua. A transformação que se operara era muito mais surpreendente. Tinha pintado o rosto.

Devia ter ido à socapa a uma loja do bairro proletário comprar um estojo completo de maquilhagem. Tinha os lábios muito vermelhos, as faces cobertas de *rouge*, pó-de-arroz no nariz; e até um toque qualquer debaixo dos olhos, a realçá-los. A pintura não estava lá muito bem feita, mas o nível de exigência de Winston também não era muito elevado. Nunca antes vira ou imaginara uma mulher do Partido com a cara cheia de cosméticos. A aparência melhorara surpreendentemente. Com umas simples pinceladas de cor nos sítios certos, tornara-se não só mais bonita, como, acima de tudo, muito mais feminina. O cabelo curto e o fato-macaco arrapazado ainda sublinhavam mais o efeito. Ao tomá-la nos braços, invadiu-o uma onda de essência sintética de violetas. Lembrou-se da semiobscuridade de uma certa cozinha, numa cave, e da boca cavernosa de uma mulher. O mesmo perfume da outra; só que agora isso não parecia ter importância.

— E perfume, também! — exclamou ele.

— Sim, meu querido, perfume também. E sabes o que vou fazer para a próxima? Em algum lado irei arranjar um vestido como deve ser, um vestido de mulher, em vez destas malfadadas calças. E hei-de pôr meias de seda e sapatos de salto alto! Neste quarto hei-de ser mulher, e não a camarada do Partido.

Tiraram os dois a roupa e deitaram-se na enorme cama de mogno. Pela primeira vez, ele despia-se todo em presença dela. Até agora sentira demasiada vergonha do próprio corpo, pálido e franzino, com varizes salientes nas barrigas das pernas e a mancha pardacenta no tornozelo. Não havia lençóis, porém o cobertor era fino e macio, e ambos se surpreenderam com o tamanho e a elasticidade da cama.

— Deve estar cheia de percevejos, mas que é que interessa?! — disse Julia.

Nessa época nunca se viam camas de casal, a não ser nas casas dos proles. Winston ainda dormira uma vez por outra em camas assim, quando rapaz; Julia nunca, tanto quanto conseguia lembrar-se.

Pouco depois adormeceram. Quando Winston acordou, os ponteiros do relógio indicavam quase nove. Não se mexeu, porque Julia dormia ainda, com a cabeça aninhada na curva do braço dele. A maior parte da maquilhagem dela passara para a cara dele, ou para o travesseiro, mas uma leve mancha de rouge realçava-lhe ainda a beleza das maçãs do rosto. Um raio amarelado de sol poente projectou-se aos pés da cama, iluminando a lareira, onde a água, na sertã, fervia em cachão. Lá em baixo, no pátio, a mulher parara de cantar, mas ouviam-se, vindos da rua, débeis gritos de crianças. Winston perguntou-se se no passado abolido seria uma experiência normal um homem e uma mulher despidos estarem assim deitados na cama, ao fresco da tarde de Verão, fazendo amor quando lhes apetecia, falando do que lhes apetecia, não sentindo a menor obrigação de se levantarem, simplesmente ali deitados, escutando os ruídos tranquilos provenientes do exterior. Mas não, impossível ter havido um tempo em que tais coisas parecessem vulgares. Julia acordou, esfregou os olhos e soergueu-se, apoiando-se no cotovelo, para espreitar o fogareiro.

— Metade da água já se evaporou — disse. — Vou-me levantar e fazer café num instante. Temos uma hora. A que horas cortam a luz no teu apartamento?

— Vinte e três e trinta.

— Lá na residência é às vinte e três. Mas a gente tem de entrar mais cedo, porque… Eh! Vai-te embora, bicho nojento!

Debruçou-se de repente para fora da cama, apanhou um sapato do chão e atirou-o com força para o canto, com um gesto arrapazado, exactamente como quando atirara o dicionário a Goldstein, naquela manhã, durante os Dois Minutos do Ódio.

— O que era? — perguntou ele, surpreendido.

— Uma ratazana. Vi-a deitar o nariz de fora ali ao fundo, no rodapé. Há ali um buraco. Mas já lhe preguei um valente susto.

— Ratazanas! — murmurou Winston. — Neste quarto!

— Aparecem em todo o lado — disse Julia com indiferença, voltando a deitar-se. — Até na cozinha lá da residência. Certos bairros de Londres, então, encontram-se infestados delas. Sabias que atacam as crianças? É verdade, atacam. Em muitas destas ruas as mulheres não se atrevem a deixar os bebés sozinhos, nem por dois minutos. São aquelas grandes, castanhas, as perigosas. E o mais horrível é que os animalejos…

— *Cala-te!* — pediu Winston, cerrando os olhos com força.

— Meu amor! Estás mesmo pálido. O que foi? Metem-te assim tanto nojo?

— É a coisa mais horrível do mundo… ratazanas! Ela encostou-se a ele, apertando-o com os braços e as pernas como para o reconfortar com o calor do corpo. Ele não abriu logo os olhos. Tivera por instantes a sensação de mergulhar uma vez mais no pesadelo que se repetia de tempos a tempos na sua vida, quase sempre igual. Encontrava-se diante de um muro de trevas, e do lado de lá havia qualquer coisa insuportável, demasiado pavorosa para poder ser enfrentada. No sonho, a sensação mais forte era sempre a de se enganar a si próprio, pois, no fundo, sabia o que estava atrás do muro de trevas. Com um esforço mortal, como o de arrancar um pedaço do próprio cérebro, até poderia trazer essa coisa à luz do dia. Acordava sempre sem haver descoberto do que se tratava: mas isso estava de algum modo ligado ao que Julia estava a dizer quando ele a interrompera.

— Desculpa, não é nada. Somente, não gosto de ratazanas.

— Não te rales, querido, não vamos deixar esses bichos nojentos andarem por aí. Vou tapar o buraco com um bocado de serapilheira antes de irmos embora. E da próxima trago gesso e tapo tudo como deve ser.

O instante negro do pânico passara. Ligeiramente envergonhado, Winston recostou-se no leito. Julia pôs-se de pé, vestiu o fato-macaco, fez café. Emanava da caçarola um aroma tão forte e inebriante que fecharam a janela, não fosse alguém senti-lo na rua e começar a fazer perguntas. Melhor do que o sabor do café era a textura sedosa que o açúcar lhe dava, coisa que Winston quase esquecera após anos e anos de sacarina. Com uma mão no bolso e a fatia do pão com compota na outra, Julia ia vagueando pelo quarto, espreitando com indiferença a estante, explicando a melhor maneira de consertar a mesa de abrir, deixando-se cair na velha poltrona para ver se era confortável, e examinando, com alguma tolerância bem-humorada, o absurdo relógio de doze horas. Trouxe o pisa-papéis até junto da cama, onde a luz permitia vê-lo melhor. Winston tirou-lho das mãos, fascinado, como sempre, pelo brilho suave do vidro, que fazia lembrar água da chuva.

— Que achas que isso é? — perguntou Julia.

— Não acho que seja nada... quero dizer, não me parece que alguma vez tenha tido qualquer utilidade. Por isso é que gosto dele. Um bocadinho de História que eles se esqueceram de truncar. Uma mensagem de há cem anos... Só que nós não sabemos lê-la.

— E aquele quadro ali — apontou Julia com o queixo a gravura na parede oposta —, também terá cem anos?

— Mais. Talvez duzentos, sabemos lá. Hoje em dia é impossível descobrir a idade das coisas.

Ela foi olhar o quadro mais de perto.

— Foi aqui que o estuporzinho pôs o nariz de fora — disse, batendo com a biqueira do sapato no rodapé, mesmo por baixo da gravura. — Que edifício é este? Já vi isto em algum lado.

— É uma igreja, ou pelo menos era. Chamava-se São Clemente dos Dinamarqueses. — Voltou a lembrar-se do fragmento de lengalenga que o Sr. Charrington lhe ensinara, e acrescentou, nostálgico: — «Laranjas e limões prà gente, dizem os sinos de São Clemente!»

Para seu grande espanto, Julia prosseguiu:

— «Três vinténs o copo de vinho, dizem os sinos de São Martinho, pagas tu ou dividimos ao meio, dizem os sinos de Old Bailey...» Já não me lembro de como continua. Só sei que acaba assim: «Aqui vem uma vela prò caminho alumiar, aqui vem um machado prà cabeça te cortar.»

Soava a um santo-e-senha. Mas ainda devia haver outro verso depois dos «sinos de Old Bailey». Talvez fosse possível desenterrá-lo da memória do Sr. Charrington, com um pouco de esforço.

— Quem te ensinou isso? — perguntou Winston.

— O meu avô. Costumava dizer-me isto quando eu era pequena. Foi vaporizado tinha eu oito anos... para todos os efeitos, desapareceu. Sempre gostava de saber o que é um limão — acrescentou, a despropósito. — Laranjas já vi. São uns frutos redondos, amarelos, com a casca bastante grossa.

— Eu lembro-me de como eram os limões — disse Winston. — Havia muitos, nos anos cinquenta. Tão azedos que só de os cheirar uma pessoa até rangia os dentes.

— Aposto que é só bicharia atrás deste quadro — disse Julia. — Um dia destes tiro-o daqui e dou-lhe uma boa limpeza. Devem ser quase horas de irmos embora, não? Vou ter de tirar esta pintura toda. Que chatice! Depois limpo-te a cara, estás cheio de batom.

Winston só se levantou daí a minutos. Começara a escurecer no quarto. Voltou-se para o lado da luz e ficou deitado a contemplar o pisa-papéis de vidro. O que constituía para ele inesgotável motivo de interesse não residia no fragmento de coral mas no interior do próprio vidro. Havia nele uma tal profundidade e, contudo, era quase tão transparente como o ar. Como se a superfície do vidro fosse a abóbada celeste, envolvendo um mundo minúsculo com a sua atmosfera inviolada. Tinha a sensação de poder entrar nesse mundo, de estar afinal dentro dele, com a cama de mogno e a mesa de abrir, o relógio, a gravura e o próprio pisa-papéis. O pisa-papéis era o quarto onde se encontrava, e o coral, as vidas dele e de Julia, imóveis, numa espécie de eternidade, no coração do cristal.

5

Syme levara sumiço. Uma bela manhã, não veio trabalhar: alguns tipos mais levianos comentaram a sua ausência. No dia seguinte já ninguém tocou no assunto. No terceiro dia, Winston dirigiu-se ao vestíbulo do Departamento de Arquivos para dar uma vista de olhos ao painel informativo. Uma das folhas afixadas incluía a lista dos membros da Comissão de Xadrez, de que Syme fazia parte. A lista estava quase na mesma — nada fora riscado —, mas tinha um nome a menos. Bastava isso. Syme deixara de existir: nunca tinha existido.

Fazia um calor sufocante. No labiríntico Ministério, com salas sem janelas, o ar condicionado mantinha a temperatura normal; na rua, o asfalto queimava os pés, e o fedor do metro à hora de ponta era pavoroso. Os preparativos para a Semana do Ódio avançavam agora a todo o vapor, o pessoal dos Ministérios fazia horas extraordinárias. Organizavam-se marchas, comícios, paradas militares, conferências, exposições de figuras de cera, projecções de filmes, programas de telecrã; era preciso montar palanques, fazer efígies, inventar palavras de ordem, escrever canções, pôr boatos a circular, falsificar fotografias. A secção de Julia, no Departamento de Ficção, interrompera a produção de romances e debitava agora uma série de panfletos cheios de enormidades. Winston, para além do trabalho normal, ficava todos os dias longas horas a passar em revista números antigos do *Times*, alterando e embelezando notícias destinadas a serem citadas em discursos. A altas horas da noite, quando os bandos de proles desordeiros andavam pelas ruas, a cidade tinha um ar curiosamente febril. Os mísseis caíam com mais frequência, e às vezes ouviam-se, ao longe, enormes explosões, inexplicáveis, e acerca das quais corriam os mais desvairados boatos.

A nova canção estribilho da Semana do Ódio (justamente intitulada *Canção do Ódio*) já estava composta e passavam-na constantemente nos telecrãs. Ritmo selvagem, de latido. Não merecia propriamente o nome de música, lembrava mais o rufar de pandeiretas. Entoada por centenas de vozes, ao som de botas a bater no chão em compasso de marcha, coisa de susto. Os proles tinham-na adoptado, e nas ruas, até de madrugada, a canção competia com outra ainda em voga: *Foi um Capricho entre Mil*. Os filhos dos Parsons tocavam-na a toda a hora do dia e da noite, até já ninguém poder ouvi-los, servindo-se de um pente e de um bocado de papel higiénico. Os serões de Winston continuavam cada vez mais ocupados. Equipas de voluntários, organizadas por Parsons, preparavam a rua para a Semana do Ódio, cosendo faixas, pintando cartazes, fixando paus de bandeira nos telhados, estendendo acrobaticamente arames de um lado ao outro da rua para pendurar bandeirolas. Parsons anunciava, com orgulho, que só as

Mansões Vitória ostentariam quatrocentos metros de faixas e bandeiras coloridas. Estava no seu elemento natural e sentia-se feliz como um passarinho. O calor e o trabalho manual até lhe tinham dado pretexto para passar o serão de calções e camisa aberta. Víamo-lo em toda a parte ao mesmo tempo, a empurrar, a puxar, a serrar, a martelar, a improvisar, a animar toda a gente com exortações e espírito de camaradagem, a destilar de cada prega do corpo uma autêntica reserva inesgotável de suor fedorento.

Surgira então por toda a cidade de Londres um novo cartaz. Sem qualquer legenda, representava simplesmente a figura monstruosa de um soldado eurasiático, com três ou quatro metros de altura, avançando, o rosto mongólico inexpressivo e enormes botifarras, metralhadora apontada à altura da anca. O cano da arma, ampliado pelo efeito da perspectiva, parecia sempre dirigido para quem o olhava, fosse de que ângulo fosse. A imagem, colada em todos os espaços livres de todas as paredes, excedia até, em número, os cartazes do Grande Irmão. Os proles, normalmente apáticos em relação à guerra, viam-se incitados a um dos seus acessos cíclicos de frenesi patriótico. Como que para se harmonizarem com o clima geral, os mísseis matavam agora mais pessoas do que habitualmente. Um deles caiu numa sala de cinema apinhada, em Stepney, sepultando entre os escombros várias centenas de vítimas. Toda a população do bairro saiu à rua num longo cortejo fúnebre que levou horas a desfilar; afinal, uma manifestação de indignação. Outra bomba caiu num baldio usado como parque infantil, e dúzias de crianças pereceram, feitas em pedaços. Mais manifestações de raiva, Goldstein queimado em efígie, centenas de exemplares do cartaz do soldado eurasiático foram arrancadas e lançadas às chamas e, na confusão, pilhadas diversas lojas; depois correu o boato de que havia espiões a telecomandar as bombas, e um casal de idade, de origem estrangeira suspeita, viu a casa incendiada, morrendo sufocados no fogo.

No quarto por cima da loja do Sr. Charrington, quando conseguiam lá ir, Julia e Winston afastavam os cobertores e deitavam-se lado a lado na cama, junto à janela aberta, inteiramente nus, para se sentirem um pouco mais frescos. A ratazana não voltara a aparecer, mas os percevejos, com o calor, iam-se multiplicando assustadoramente. Eles, porém, não pareciam importar-se. Sujo ou limpo, aquele quarto era o paraíso. Assim que ali chegavam polvilhavam tudo com pimenta, obtida no mercado negro, despiam-se e faziam amor com os corpos suados; depois adormeciam, e ao acordar já os percevejos se tinham recomposto e perfilavam-se para o contra-ataque.

Quatro, cinco, seis — sete vezes se encontraram durante o mês de Junho. Winston perdera o hábito de beber gin a toda a hora. Já não sentia necessidade de o fazer. Estava mais gordo, a úlcera varicosa melhorara, deixando apenas uma mancha castanha na pele acima do tornozelo, e os acessos de tosse matinais também desapareceram. A vida deixara de ser intolerável, nunca mais tivera vontade de fazer carctas ao telecrã ou de praguejar em altos berros. Agora, com aquele esconderijo seguro, quase uma casa, não lhes custava tanto só poderem encontrar-se raramente e por poucas horas. Importava mais a existência daquele quarto por cima da loja de velharias; saberem que os esperava, inviolado, valia quase tanto como lá estar. O quarto era um mundo, um refúgio do passado onde sobreviviam animais extintos. O Sr. Charrington, pensou Winston, outro animal extinto. Winston costumava ficar uns minutos na conversa com ele, antes de subir para o quarto. Aparentemente o velho poucas vezes, ou nunca, saía de casa, e além disso, pelos vistos, quase não tinha clientes. Levava uma vida de fantasma entre a loja acanhada e sombria e a ainda mais acanhada cozinha nas traseiras, onde preparava as refeições, e que continha, entre outras coisas, um gramofone incrivelmente antigo com uma enorme corneta. Parecia satisfeito com as conversas. Vagueando por entre bugigangas sem valor, com aquele grande nariz, óculos de lentes grossas, os ombros curvados metidos no casaco de veludo, dava sempre a vaga impressão de ser mais coleccionador do que comerciante. Num entusiasmo cansado, apontava este ou aquele objecto (a rolha de um frasco de porcelana, a tampa pintada de uma caixa de rapé já partida, um medalhão de pechisbeque contendo madeixas de cabelo de alguma criança morta há muito tempo), nunca pedindo a Winston que o comprasse, simplesmente que o admirasse. Conversar com ele era escutar a melodia de uma velha caixinha de música. Desenterrava dos recantos da memória novos fragmentos de lengalengas esquecidas. Uma falava de vinte e quatro gralhas, outra de uma vaca que perdera um chifre, outra ainda da morte do pobre Cock Robin. «Pensei que isto talvez lhe interessasse», dizia risonho, a desculpar-se, de cada vez que recitava novo fragmento. Mas nunca se lembrava de mais do que dois ou três versos de cada lengalenga.

Tanto Winston como Julia sabiam — em certo sentido nunca conseguiam esquecê-lo — que aquilo que agora lhes estava a acontecer não podia durar muito. Nas alturas em que a morte iminente lhes parecia tão palpável como a cama onde se deitavam, então agarravam-se mutuamente com uma espécie de sensualidade desesperada, almas condenadas saboreando os últimos instantes de prazer cinco minutos antes de soar a fatal hora. Mas havia também alturas em que se sentiam possuídos pela ilusão não apenas de segurança, mas também de permanência. Enquanto estivessem ali nenhum mal lhes poderia acontecer. Difícil e perigoso era chegar lá, mas o quarto em si representava um santuário. Era como quando Winston olhara para o âmago do pisa-papéis, com a sensação de ser possível penetrar naquele mundo de vidro, e de que uma vez lá dentro poderia fazer-se parar o tempo. Tanta vez alimentaram sonhos de evasão. A sorte estaria sempre com eles, prolongariam aquela intriga, inexoravelmente, até morrerem de morte natural. Ou então morreria Katharine, e mediante subtis manobras Winston e Julia conseguiriam casar-se. Ou suicidar-se-iam juntos. Ou desapareceriam, modificando-se a tal ponto que ninguém os reconhecesse, aprenderiam a falar com o sotaque dos proles, arranjariam emprego numa fábrica e passariam a vida escondidos numa ruela obscura.

Nada daquilo fazia sentido, ambos estavam cientes disso. Na realidade, não havia fuga possível. Nem tencionavam sequer pôr em prática o único plano praticável: o suicídio. Aguentar dia após dia, semana após semana, prolongando um presente sem futuro, parecia um instinto irreprimível, à semelhança dos pulmões, que inspiram sempre mais uma vez enquanto há ar.

Às vezes conjecturavam sobre a possibilidade de se empenharem na revolta activa contra o Partido, mas sem fazerem ideia de como dar o primeiro passo. Ainda que a mirabolante Fraternidade existisse realmente, subsistia o problema de entrar em contacto com ela. Winston falou a Julia da estranha intimidade que existia, ou parecia existir, entre ele próprio e O'Brien, e do impulso que o tentava a ir ter com O'Brien, anunciar-se inimigo do Partido e pedir-lhe ajuda. Curiosamente, Julia não achou esta iniciativa uma ousadia impossível. Habituara-se a avaliar as pessoas pela fisionomia, pelo que lhe pareceu natural que Winston considerasse O'Brien digno de confiança baseando-se apenas na intensidade de um simples olhar. Além disso, para ela, seguramente toda a gente, ou quase toda a gente, odiava em segredo o Partido, e violaria as regras se julgasse possível fazê-lo sem risco. Recusava-se, porém, a acreditar que existisse ou pudesse vir a existir uma oposição ampla e organizada. Essas histórias do Goldstein e do seu exército clandestino não passavam, segundo ela, de um monte de tretas que o Partido inventara para servir os seus próprios interesses, nas quais as pessoas tinham de fingir acreditar. Vezes sem conta, em comícios do Partido e manifestações espontâneas, ela exigira, berrando a plenos pulmões, a execução de pessoas cujos nomes ignorara até então e em cujos alegados crimes ela tão-pouco acreditava. Por ocasião dos julgamentos públicos participava nos destacamentos da Liga da Juventude que rodeavam o tribunal, de manhã à noite, gritando regularmente «Morte aos traidores!». Durante os Dois Minutos do Ódio excedia sempre toda a gente nos insultos com que mimoseava Goldstein. E, no entanto, a sua ideia acerca de Goldstein e das doutrinas que supostamente representava tinha muito pouca consistência. Crescera depois da Revolução e era demasiado jovem para se lembrar das batalhas ideológicas dos anos cinquenta e sessenta. Um movimento político independente ia além do que a sua imaginação conseguia conceber. Além de que o Partido era invencível. Existiria sempre e haveria sempre de ser igual a si próprio. A única hipótese de revolta cingia-se à desobediência secreta ou, se tanto, a actos isolados de violência, como matar alguém ou fazer explodir instalações.

Sob certos aspectos, Julia mostrava-se mais perspicaz do que Winston e muito menos permeável à propaganda do Partido. Certa vez em que ele, a propósito de qualquer outra coisa, se referira à guerra contra a Eurásia, ela surpreendera-o afirmando tranquilamente que, em sua opinião, não havia guerra nenhuma. Os mísseis que todos os dias caíam sobre Londres deviam ser provavelmente lançados pelo próprio governo da Oceânia, «só para meter medo às pessoas». Ideia que nunca passara pela cabeça de Winston. Julia despertara também nele certa inveja ao dizer-lhe que durante os Dois Minutos do Ódio o seu grande problema era conseguir não desatar a rir às gargalhadas. Mas só punha em causa os ensinamentos do Partido quando estes de algum modo a afectavam na sua vida pessoal. Muitas vezes dispunha-se a aceitar a mitologia oficial, simplesmente porque a diferença entre verdade e mentira não lhe parecia importante. Acreditava, por exemplo, como aprendera na escola, que cabia ao Partido o invento do avião. (Winston recordava-se de que nos seus tempos de escola, no fim dos anos cinquenta, o Partido ainda só afirmava ter inventado o helicóptero: doze anos depois, quando Julia foi à escola, já se dizia inventor do avião; mais uma geração e chegaria à máquina a vapor.) E quando Winston lhe disse haver aviões antes de ele próprio ter nascido, e até muito antes da Revolução, o facto não despertou nela o menor interesse. Afinal de contas, interessava a quem o invento do avião? Já ficou bastante mais chocado ao descobrir, num comentário de passagem, que ela se esquecera de que quatro anos antes a Oceânia combatia contra a Lestásia, estando em paz com a Eurásia. Era verdade que ela via toda a guerra como uma impostura; mas aparentemente nem reparara que o nome do inimigo tinha mudado. «Julguei que tínhamos estado sempre em guerra com a Eurásia», disse, vagamente. Winston sentiu arrepios. A invenção do avião remontava a uma data muito anterior ao nascimento dela; agora a reviravolta na guerra acontecera apenas quatro anos antes, já ela atingira a idade adulta. Discutiram talvez durante um quarto de hora. Finalmente conseguiu que ela recuasse no tempo até evocar indistintamente os factos correctos dessa guerra. Contudo, a questão continuou a parecer-lhe irrelevante. «O que é que isso interessa?», retorquiu, impaciente. «É sempre o raio de uma guerra atrás de outra, a gente já sabe que as notícias são todas aldrabadas.»

Às vezes ele falava-lhe do Departamento de Arquivos e das falsificações vergonhosas que aí cometia. Tais coisas não pareciam horrorizá-la. A Julia não se lhe abria um abismo debaixo dos pés ao pensar na conversão de mentiras em verdades. Contou-lhe a história de Jones, Aaronson e Rutherford e do importante papelinho que lhe passara pelas mãos. Ela não ficou especialmente impressionada. A princípio, nem entendeu o que estava em questão.

— Eram teus amigos? — perguntou.

— Não, não os conhecia. Eram membros do Partido Interno. Além disso, muito mais velhos do que eu. Eram homens da velha guarda, de antes da Revolução. Só os conheci de vista, vi-os meia dúzia de vezes.

— Então qual é o teu problema? Não há para aí gente a morrer todos os dias?

Tentou fazê-la compreender.

— Isto foi um caso excepcional. O problema não é só eles terem sido mortos. Não percebes que o passado, incluindo já o dia de ontem, foi completamente abolido? Se em algum lado esse passado subsiste, é a meia dúzia de objectos sólidos que ele se resume, sem qualquer palavra a eles ligada, como aquele bloco de vidro que ali está. Já nada sabemos, literalmente, acerca da Revolução ou dos anos anteriores à Revolução. Todos os documentos foram destruídos ou falsificados, todos os livros reescritos, todos os quadros pintados de novo, todas as ruas, estátuas e edifícios rebaptizados, as datas foram alteradas. E este processo avança, dia após dia, minuto após minuto. A História parou. Nada existe a não ser um presente sem fim em que o Partido tem sempre razão. Eu *sei*, claro, que o passado foi falsificado; só que nunca terei a possibilidade de o provar, mesmo sendo eu o autor da falsificação. Depois da coisa feita, não resta o menor indício. A única prova fica na minha memória, e nunca tenho a certeza de que algum outro ser humano partilhe as minhas recordações. Só dessa vez, em toda a minha vida, tive em meu poder a prova real, concreta, *depois* do acontecimento, anos depois.

— E de que é que te serviu isso?

— Não serviu de nada, porque a deitei fora ao fim de uns minutos. Mas se hoje acontecesse a mesma coisa, guardava o papel.

— Olha, eu não! — disse Julia. — Estou disposta a correr riscos, mas só se for por alguma coisa que valha a pena, não é cá por recortes de jornais velhos. Se tivesses guardado o papel, que é que podias ter feito com ele?

— Talvez não pudesse ter feito grande coisa. Mas tratava-se de uma prova. Podia ter semeado a dúvida aqui e ali, partindo do princípio de que teria coragem para o mostrar a alguém. Não acredito que haja hipótese de alterar o que quer que seja durante o nosso tempo de vida. Mas podemos imaginar pequenos focos de resistência a nascer aqui e ali... pequenos grupos de pessoas que se organizam, que vão crescendo a pouco e pouco, deixando talvez até um testemunho, de forma que a próxima geração possa partir do ponto em que nós ficámos.

— Quero lá saber da próxima geração, querido. O que me interessa somos *nós*.

— Só és rebelde da cintura para baixo — afirmou ele.

Para ela, o dito soava extremamente espirituoso, e apertou Winston nos braços, encantada.

Os meandros da doutrina do Partido não lhe despertavam o mínimo interesse. Sempre que ele começava a falar dos princípios do Socing, do duplopensar, da mutabilidade do passado, da negação da realidade objectiva, e se punha a usar palavras de novilíngua, ela mostrava-se entediada e confusa, dizendo não ligar a essas coisas. Já se sabia que eram tudo balelas, por isso de que servia estar alguém a ralar-se? Sabia quando aplaudir e quando apupar, e chegava! Quando ele insistia em falar sobre tais assuntos, ela ganhara o hábito desconcertante de adormecer. Era capaz de adormecer a qualquer hora e em qualquer posição. Conversando com ela, Winston percebeu a facilidade em exibir uma aparente ortodoxia sem se ter a menor noção do que era a ortodoxia. De certo modo, a visão que o Partido fomentava do mundo e das coisas impunha-se com maior êxito às pessoas incapazes de a compreender. Podia-se levá-las a aceitar as mais flagrantes violações da realidade, porque nunca viam claramente a enormidade do que se lhes pedia, nem se interessavam suficientemente pela vida pública para se aperceberem do que estava a acontecer. Graças à falta de entendimento, conservavam saúde de espírito. Engoliam tudo e mais alguma coisa, e o que engoliam não lhes fazia mal, pois não deixava atrás de si o menor resíduo, como grãos de milho entram e saem pelo corpo de um pássaro sem serem digeridos.

6

Acontecera finalmente. A mensagem esperada chegara. Parecia-lhe que passara toda a vida à espera de que aquilo sucedesse.

Caminhava pelo comprido corredor do Ministério, ia quase a chegar ao sítio onde Julia lhe passara o bilhete para a mão, quando reparou que vinha mesmo atrás de si alguém mais corpulento do que ele. O indivíduo, quem quer que fosse, tossicou, preparando-se claramente para lhe dirigir a palavra. Winston estacou abruptamente e voltou-se: O'Brien.

Estavam enfim frente a frente, e só tinha vontade de fugir. O coração batia-lhe com violência. Sentia-se incapaz de falar. O'Brien, porém, não parou, pousando por instantes a mão amigável no braço de Winston, de forma a caminharem agora os dois lado a lado. Abriu a conversa naquele seu tom peculiar de cortesia grave, que o distinguia da maior parte dos membros do Partido Interno.

— Ando há algum tempo para te falar — disse. — Li outro dia, no *Times*, um dos teus artigos em novilíngua. Tu nutres certo interesse académico pela novilíngua, não é verdade?

Winston recobrara em parte o autodomínio.

— Não propriamente académico. Sou um simples amador. Não é a minha especialidade. Nunca estive ligado ao trabalho de construção da língua.

— Mas escreve-la com muita elegância — disse O'Brien. — Não sou eu o único a pensar assim. Ainda recentemente falei sobre isso com um amigo teu, esse sim, sem dúvida alguma, um especialista. Neste momento não consigo lembrar-me do nome dele.

O coração de Winston teve novo e doloroso sobressalto. Impossível que aquilo não fosse referência a Syme. Mas Syme não estava apenas morto: fora abolido, era uma *impessoa*. Qualquer referência identificável ao seu nome seria mortalmente perigosa. A observação de O'Brien pretendia obviamente ser um sinal, uma mensagem cifrada. Ao partilharem um pequeno acto de crimepensar, tornavam-se os dois cúmplices. Tinham caminhado lentamente pelo corredor, mas agora O'Brien parara. Com a simpatia estranhamente desarmante que sempre conseguia pôr nesse gesto, ajeitou os óculos no nariz. Depois prosseguiu:

— O que eu quero realmente dizer é o seguinte: reparei que tinhas usado no artigo duas palavras obsoletas. De facto, só muito recentemente se tornaram obsoletas. Já viste a décima edição do Dicionário de Novilíngua?

— Não — respondeu Winston. — Julguei que ainda não tinha sido publicada. No Departamento de Arquivos ainda usamos a nona.

— A décima edição só vai sair daqui a uns meses, julgo eu. Mas já foram distribuídos alguns exemplares. Eu tenho um. Talvez te interessasse dar uma vista de olhos, não?

— Gostaria muito, sim — disse Winston, percebendo imediatamente aonde aquilo ia levar.

— Algumas das últimas alterações são extremamente engenhosas. A redução do número de verbos, por exemplo... acho que é o aspecto que mais te vai interessar. Deixa cá ver; e se eu mandasse alguém entregar-te o dicionário? Mas receio esquecer-me, como invariavelmente me sucede com esse tipo de incumbências. Talvez seja melhor passares tu por minha casa a buscá-lo, à hora que te convier? Espera. Vou-te dar a morada.

Diante de um telecrã, com ar distraído, O'Brien procurou em dois dos bolsos do fato-macaco, acabando por encontrar um caderninho revestido a pele e um lápis dourado. Sem se afastarem do telecrã, e numa posição tal que quem estivesse no terminal poderia ler o que escreva, rabiscou uma morada, arrancou a folha e estendeu-a a Winston.

— Costumo estar em casa à noite — disse. — Se não estiver, o criado entrega-te o dicionário.

E foi-se embora, deixando o papel na mão de Winston, que desta vez não precisava de o esconder. Ainda assim, pôs-se a decorá-lo atentamente, e horas depois lançou-o no buraco de memória, juntamente com vários outros.

Tinham conversado durante dois minutos, no máximo. O episódio só podia significar uma coisa: tratava-se do melhor estratagema para pôr Winston ao corrente da morada de O'Brien. Estratagema necessário, pois além da pergunta directa não havia meio de descobrir o endereço das pessoas. Não existiam quaisquer listas, telefónicas ou outras. «Se alguma vez quiseres vir ter comigo, é aqui que me encontras», dissera-lhe O'Brien. Talvez ele até deixasse uma mensagem escondida no dicionário. De qualquer modo, confirmava-se: a conspiração com que Winston sonhara existia, e ele conseguira entrar na sua órbita.

Tarde ou cedo, sabia que viria a cumprir os desígnios de O'Brien. Talvez logo no dia seguinte, talvez daí a muito tempo — ignorava quando, ao certo. O sucedido era apenas o culminar de um processo iniciado anos antes. O primeiro passo resumia-se a um pensamento involuntário e secreto, o segundo fora a decisão de dar início ao diário. Passara do pensamento à palavra, e agora da palavra à acção. O último passo seria qualquer coisa ainda por acontecer no Ministério do Amor. Estava decidido. O fim estava já contido no princípio. Mas era assustador; ou, mais exactamente, um antegosto da morte. Era como estar, agora, um pouco menos vivo. Ainda durante a conversa com O'Brien, quando o sentido daquelas palavras se tornara para si evidente, sentiu o corpo percorrido por uma espécie de calafrio gelado. A impressão de penetrar na atmosfera húmida de um túmulo; e nada lhe adiantava sempre ter sabido que o túmulo existia, à sua espera.

7

Winston acordara com os olhos rasos de lágrimas. Julia virou-se na cama, sonolenta, chegando-se a ele, murmurou algo como: «O que é que foi?»

— Sonhei... — começou Winston, mas calou-se logo. Era tão complicado explicar por palavras. Primeiro, o sonho propriamente dito, depois, uma recordação, que se lhe ligava, insinuante no espírito, segundos após o despertar.

Deixou-se ficar deitado, cerrando os olhos, ainda embrenhado na atmosfera do sonho. Sonho amplo, luminoso, onde toda a sua vida parecia estender-se defronte dele, como uma paisagem numa tarde de Verão, depois da chuva. Acontecera tudo dentro do pisa-papéis, a superfície de vidro era a abóbada celeste, e no interior da abóbada, uma luz clara e suave inundava as coisas, permitindo ver a distâncias intermináveis. Um gesto abarcava o sonho — em certo sentido o sonho consistia, afinal, precisamente nesse gesto —, um movimento que sua mãe fizera com o braço, repetido trinta anos mais tarde pela judia que vira num filme a tentar proteger o rapazinho das balas, antes de o helicóptero os aniquilar a ambos.

— Sabes que até este instante — disse Winston — eu estava convencido de ter assassinado a minha mãe?

— E porquê assassiná-la? — perguntou Julia, meio a dormir.

— Não assassinei. Pelo menos fisicamente.

Recordara no sonho a última imagem da mãe, e nos momentos imediatos ao despertar viera-lhe à memória o conjunto de pequenos factos que completavam a cena. Uma recordação talvez deliberadamente banida da consciência durante muitos anos. Não sabia a data certa de quando aquilo acontecera, mas tinha seguramente mais de dez ou doze anos.

O pai havia desaparecido algum tempo antes; quanto tempo antes, escapava-lhe. Lembrava-se melhor da situação caótica e instável que então se vivia: os acessos regulares de pânico, por ocasião dos ataques aéreos, com toda a gente a correr, a abrigar-se nas estações do metro, montes de entulho por toda a parte, proclamações ininteligíveis afixadas a cada esquina, os bandos de rapazes, todos com camisas iguais, as enormes bichas à porta das padarias, as intermitentes rajadas de metralhadora, lá longe... e, acima de tudo, o facto de nunca haver comida bastante. Lembrava-se das longas tardes com outros miúdos, a remexerem nos latões redondos do lixo e nas lixeiras, à cata de talos de couve, cascas de batata, às vezes até côdeas de pão duro de que raspavam cuidadosamente as cinzas; e também a espera pelos camiões que faziam sempre o mesmo trajecto com o transporte de comida para o gado, e que os solavancos provocados pelos buracos do caminho faziam às vezes deixar cair ração.

Quando o pai de Winston desapareceu, a mãe não deu sinais nem de surpresa nem de violento desgosto, embora se operasse nela uma mudança repentina. Parecia ter perdido toda a vitalidade. Era evidente, até mesmo para Winston, que ela estava à espera de algo que sabia inevitável. Fazia tudo o que era preciso — cozinhava, lavava, cosia, fazia a cama, varria o chão, recolhia as cinzas da lareira — sempre muito devagar, curiosamente sem o mínimo gesto supérfluo, como um manequim a mexer-se por si próprio. Dir-se-ia ser a inércia o estado natural do seu corpo grande e bem modelado. Passava horas esquecidas sentada na cama, quase imóvel, embalando a irmãzinha de Winston, miúda enfezadita, doente, muito calada, com dois ou três anos, a magreza dera-lhe um ar simiesco ao rosto. Só muito raramente tomava Winston nos braços e o apertava contra si durante muito tempo, sem dizer nada. Ele percebia, apesar da escassa idade e do seu egoísmo, que isso se relacionava com a tal coisa nunca mencionada e prestes a acontecer.

Lembrava-se do quarto onde viviam, escuro, com cheiro a bafio, onde a cama de colcha branca ocupava quase o espaço todo. O fogareiro a gás na lareira, o armário para guardar a comida, e no patamar, cá fora, uma pia de loiça castanha que dava serventia a vários quartos. Não esquecera o corpo escultural da mãe curvado sobre o fogareiro, mexendo os cozinhados na caçarola. E acima de tudo, a fome, que continuamente sentia, e as batalhas renhidas e sórdidas à hora das refeições. Atormentava a mãe pedindo-lhe vezes sem conta mais comida, gritava enfurecido com ela (tinha até presente o som da própria voz, que começara a mudar prematuramente e às vezes engrossava de maneira estranha), ou, nesses esforços para obter mais do que o seu quinhão, recorria a uma choraminguice patética. E a mãe, sempre disposta a dar-lhe mais do que o seu quinhão. Achava natural ser ele, «o rapaz», a receber a dose maior; mas invariavelmente, por muito que lhe desse, ele exigia mais. Em todas as refeições ela lhe pedia que não fosse egoísta, que se lembrasse da irmã doente que também precisava de comer; não servia de nada. Ele gritava de fúria quando ela parava de o servir, tentava tirar-lhe das mãos a caçarola e a concha, roubava comida do prato da irmã. Sabia muito bem que estava a matar à fome as duas, mas não conseguia conter-se; sentia mesmo que estava no seu direito. No seu ventre, a fome clamorosa parecia tudo justificar. Entre as refeições, se a mãe não estivesse atenta, pilhava constantemente as magras provisões da prateleira.

Uma vez foi distribuída ração de chocolate. Havia semanas, senão mesmo meses, que não distribuíam tal coisa. Recordou perfeitamente aquele precioso bocadinho de chocolate. Uma barra de duas onças (nesse tempo ainda se falava em onças) para repartir pelos três. Claro que deveria ser dividida em três partes iguais. De súbito, como quem ouve uma voz alheia, Winston ouviu-se a si próprio bradando pelo chocolate todo. A mãe disse-lhe para não ser ganancioso, o que desencadeou longa e dilacerante discussão, em que os dois acabaram por voltar ao ponto de partida, aos gritos, gemidos, lágrimas, recriminações, regateios. A irmãzinha, agarrada à mãe com ambas as mãos, tal e qual uma cria de macaco, fitava-o por cima do ombro, de olhos melancólicos. Por fim, a mãe partiu três quartos do chocolate para Winston, dando o resto à irmã. A menina agarrou o seu bocado e olhou-o, triste, talvez sem saber o que era aquilo. Winston observou-a por instantes. Depois, num pulo repentino e ágil, arrebatou-lhe o chocolate da mão e saiu porta fora.

— Winston, Winston! — gritou a mãe. — Volta para aqui! Dá o chocolate à tua irmã!

Parou, sem voltar atrás. Viu os olhos ansiosos da mãe cravados no seu rosto. Nesse instante, ocorreu a tal coisa que não sabia o que era mas estava prestes a acontecer. A irmã, sentindo-se roubada, soltara um gemido. A mãe aconchegou-a no braço, contra o peito. Algo naquele gesto disse a Winston que a irmã ia morrer. Virou costas e fugiu escada abaixo, com o chocolate a derreter-se-lhe nos dedos.

Nunca mais tornou a ver a mãe. Depois de devorar o chocolate sentiu-se um tanto ou quanto envergonhado, e vagueou pelas ruas durante várias horas, até que a fome o trouxe de volta a casa. Quando aí chegou, a mãe tinha desaparecido. Já nessa altura isso começava a ser vulgar. Nada desaparecera do quarto, a não ser a mãe e a irmã. Não haviam levado roupas, nem mesmo o sobretudo da mãe. Até hoje Winston desconhecia se a sua mãe teria morrido. Era perfeitamente possível que a tivessem mandado apenas para um campo de trabalhos forçados. Quanto à irmã, pode ter sido recolhida, como veio a suceder a Winston, em alguma colónia para crianças desalojadas (os Centros de Recuperação, que proliferaram na sequência da guerra civil); ou talvez tivesse sido mandada para o campo de trabalho com a mãe, ou simplesmente abandonada num sítio qualquer, até à morte.

O sonho continuava bem nítido no seu espírito, em particular aquele gesto do braço, envolvente e protector, como que a resumir todo o seu significado. Veio-lhe ao espírito um outro sonho, que tivera dois meses antes. A imagem exacta de como a mãe se sentava na velha cama coberta por uma colcha branca, com a filha agarrada, aparecera-lhe, mas sentada num navio naufragado, lá muito em baixo, afundando-se mais e mais a cada instante, sem deixar de olhar para ele através das águas escuras.

Contou a Julia a história do desaparecimento da mãe. Sem abrir os olhos, Julia virou-se na cama, procurando a posição mais confortável.

— Nessa altura devias ser uma bestinha feroz — disse Julia com indiferença. — As crianças são todas umas bestas.

— Pois são. Mas o que interessa na história...

Pelo ritmo da respiração, tornou-se-lhe evidente que ela estava prestes a adormecer outra vez. Winston gostaria de poder continuar a falar da mãe. Não lhe parecia, pelas recordações, que tivesse sido uma mulher excepcional, e menos ainda uma mulher inteligente; no entanto, possuíra certa nobreza, certa pureza, simplesmente porque a conduta por que se regia era apenas de carácter pessoal. Os sentimentos eram bem os seus, as circunstâncias exteriores não conseguiam modificá-los. Nunca lhe passaria a ela pela cabeça que um acto deixasse de fazer sentido apenas por ser inútil. Quando se amava alguém, amava-se e pronto, e quando não havia mais nada para dar, dava-se amor. Quando a menina ficou sem chocolate, a mãe apertou-a nos braços. De nada serviu, nada veio alterar, não fazia nascer mais chocolates, não evitava a morte da filha nem a sua própria morte; mas parecia-lhe natural fazer aquilo. A refugiada do barco também resguardara o rapazinho com o braço, protecção tão eficaz contra as balas como uma folha de papel. A coisa mais terrível que o Partido fizera às pessoas fora convencê-las de que meros impulsos, meros sentimentos eram irrelevantes, ao mesmo tempo que as privava de todo e qualquer domínio sobre o mundo material. Uma vez nas garras do Partido, aquilo que a pessoa sentisse ou não, o que fizesse ou se coibisse de fazer, era literalmente indiferente. De qualquer modo as pessoas levavam sumiço e nunca mais se ouvia falar delas ou dos seus actos. Era-se rasurado para sempre do curso da História. Contudo, duas gerações antes isso não teria tido uma importância tão vital, uma vez que alterar a História não fazia parte dos desígnios dos homens e das mulheres de então. Eles regiam-se pela lealdade pessoal, nunca a punham em causa. O que contava, acima de tudo, eram as relações entre indivíduos, ou qualquer gesto perfeitamente inútil; um abraço, uma lágrima, uma palavra dita a um moribundo, possuíam valor em si mesmos. Ocorreu-lhe subitamente que os proles permaneciam nesse estádio. Não eram fiéis a um partido, a um país ou a uma ideia, eram fiéis uns aos outros. Pela primeira vez na vida, não sentiu desprezo pelos proles nem os encarou simplesmente como a força inerte que no futuro se ergueria para a vida regenerando o mundo. Os proles continuavam humanos. Não tinham endurecido por dentro. Conservavam as emoções primitivas que ele próprio só reaprenderia mediante um esforço consciente. E ao pensar isto, lembrou-se, aparentemente sem qualquer ligação, de ter visto semanas antes aquela mão caída na rua e que a atirara para a sarjeta, ao pontapé, como se de um talo de couve se tratasse.

— Os proles são seres humanos — disse em voz alta. — Nós não somos humanos.

— Não somos porquê? — perguntou Julia, que tornara a acordar.

Winston meditou por instantes.

— Já pensaste — disse — que o melhor que nós tínhamos a fazer seria sair daqui antes de ser demasiado tarde e de nunca mais nos voltarmos a ver?

— Já, meu querido, já pensei nisso várias vezes. Mas não penses que o farei.

— Temos tido sorte, mas a sorte esgota-se. Tu és nova. Tens um ar normal e inocente. Se te afastares de gente como eu, ainda podes viver cinquenta anos.

— Não. Já pensei em tudo. O que tu fizeres, eu também faço. E não estejas tão desanimado. Não me falta jeito para continuar viva.

— Podemos estar juntos durante mais seis meses, um ano... não há maneira de o saber. No fim, acabaremos certamente cada qual para seu lado. Calculas como vai ser? A partir do momento em que nos deitem a mão, nada haverá, literalmente nada, que possamos fazer um pelo outro. Se eu confessar, eles fuzilam-te; se resistir a confessar, fuzilam-te na mesma. Nada do que eu possa dizer ou fazer, ou abster-me de dizer, suspenderá sequer por cinco minutos a hora da tua morte. Nenhum de nós saberá se o outro está vivo ou morto. Ficaremos reduzidos à mais absoluta impotência. A única coisa que conta é não nos trairmos um ao outro, embora nem isso altere seja o que for.

— Se estás a falar das confissões — disse ela —, podes ter a certeza de que nós também vamos confessar. Toda a gente confessa, sempre. Não há nada a fazer. Eles torturam as pessoas.

— Não estou a falar de confissões. Confessar não é trair. O que eu faça ou diga não conta: só os sentimentos contam. Se eles pudessem obrigar-me a deixar de te amar... isso, sim, seria uma verdadeira traição.

Julia meditou.

— Eles não podem fazer isso — disse, por fim. — É a única coisa que eles não conseguem. Podem-nos obrigar a dizer tudo, *tudo* o que entenderem... mas não nos podem fazer acreditar no que dissermos. Dentro de nós eles não entram.

— Pois não — disse Winston, um pouco mais esperançado. — Pois não; lá isso é verdade. Dentro de nós eles não entram. Se pudermos *sentir* que vale a pena continuarmos a ser humanos, mesmo que isso não traga quaisquer consequências, significa que os vencemos.

Pensou no telecrã, nos ouvidos sempre à escuta. Espiavam as pessoas dia e noite, mas mesmo assim, se se conservasse o sangue-frio, conseguia-se ludibriá-los. Por muito clarividentes que fossem, nunca resolveriam o enigma de saber quais os pensamentos dos outros seres humanos. Talvez não fosse bem assim, depois de uma pessoa lhes cair nas mãos. Ninguém sabia o que se passava dentro do Ministério do Amor, mas dava para adivinhar: torturas, drogas, delicados instrumentos que registavam as reacções nervosas do preso, esgotamento gradual pela privação do sono, pelo isolamento e pelos interrogatórios constantes. Factos, em todo o caso, tornava-se inviável ocultá-los. Eles podiam reconstituí-los procedendo a averiguações, ou arrancá-los ao preso com torturas. Mas se o objectivo, em vez de ser continuar vivo, for continuar a ser-se humano, então, bem vistas as coisas, tudo o mais que diferença faria? Eles não podem alterar os sentimentos... aliás, nem nós próprios poderíamos alterá-los, mesmo que quiséssemos. Podiam pôr a nu, com todo o pormenor, quanto houvéramos feito, dito ou pensado; mas o mais fundo do coração, cujo funcionamento até para nós constitui um mistério, há-de ser sempre inexpugnável.

8

Tinham conseguido, finalmente tinham conseguido!

Na sala onde se encontravam, comprida e suavemente iluminada, do telecrã apenas um débil murmúrio, a alcatifa azul-escura era tão espessa e macia que dava a impressão de se caminhar sobre veludo. No extremo oposto da sala, O'Brien sentava-se a uma mesa, mesmo por baixo do candeeiro com abajur verde, com pilhas de papéis à direita e à esquerda. Nem se dignara erguer os olhos quando o criado os mandou entrar, a Julia e a Winston.

O coração de Winston batia com tanta força que não se sentia capaz de dizer palavra. Tinham-se decidido, finalmente tinham-se decidido, só conseguia pensar nisso. O simples facto de ir ali constituía já uma temeridade, e terem chegado juntos, então, fora perfeita loucura, muito embora tivessem vindo por caminhos diferentes, encontrando-se apenas à porta de O'Brien. Entrar num sítio daqueles exigia grande dose de coragem. Raramente alguém tinha oportunidade de ver por dentro as residências dos membros do Partido Interno, ou sequer de entrar no bairro onde eles viviam. Toda a atmosfera do enorme prédio de apartamentos, todos aqueles espaços amplos e luxuosos, os cheiros inabituais a boa comida e o bom tabaco, os elevadores silenciosos e incrivelmente rápidos, subindo e descendo num movimento deslizante, os criados de casaco branco a correrem de um lado para o outro — tudo o intimidava. Embora tivesse um pretexto para ali estar, assaltava-o a cada passo o receio de algum guarda fardado de preto aparecer ao virar da esquina a pedir-lhe os documentos e a pô-lo na rua. O criado de O'Brien, porém, mandara-os entrar sem a mínima hesitação. Homem baixinho, de cabelo escuro e casaco branco, com o rosto anguloso, completamente inexpressivo, poderia bem ser chinês. O corredor por onde os conduziu tinha o chão revestido de alcatifa macia, paredes forradas a papel bege e rodapés brancos, tudo imaculadamente limpo. Até isso era intimidante. Winston jamais vira um corredor cujas paredes não estivessem encardidas devido ao contacto de corpos humanos.

O'Brien tinha nas mãos uma tira de papel e parecia estudá-la atentamente. O seu rosto enérgico, inclinado de tal forma que Winston e Julia lhe viam o perfil do nariz, respirava ao mesmo tempo força e inteligência. Durante uns vinte segundos, ainda esteve ali sentado sem se mexer. Depois, puxou para si o falascreve e debitou uma mensagem no jargão híbrido dos Ministérios:

> Itens um vírgula cinco vírgula sete aprovados plenamente ponto sugestão contida item seis duploextra ridícula tendências crimepensantes cancelar ponto improsseguir construção anterreceber estimativas mais completas despesas gerais maquinaria ponto fim mensagem.

Levantou-se então da cadeira com ar decidido e aproximou-se deles sem ruído, pois o tapete abafava-lhe os passos. A atmosfera oficial parecia ter-se escoado em parte pelo falascreve juntamente com as palavras de novilíngua, mas a expressão de O'Brien mostrava-se mais carrancuda do que de costume, como se lhe desagradasse ser assim incomodado. Ao terror de Winston vieram juntar-se laivos de banalíssimo embaraço.

Muito possivelmente cometera tão-só um estúpido erro. Na realidade, que provas tinha ele de que O'Brien fosse um conspirador político? Nenhuma, excepto um olhar mais penetrante e um único comentário equívoco; para além disso, apenas secretos devaneios, baseados em sonhos. Nem sequer podia fingir que viera buscar o dicionário, pois nesse caso a presença de Julia ficava sem justificação. Ao passar pelo telecrã, O'Brien lembrou-se subitamente de uma coisa. Parou, dirigiu-se à parede e carregou num interruptor. Após um estalido seco, a voz calou-se.

Da boca de Julia saiu-lhe o breve som de um guincho de surpresa. Winston, apesar do pânico, ficou tão admirado que não se conseguiu conter:

— Podes desligá-lo! — disse.

— Sim — disse O'Brien —, nós podemos desligá-lo. Temos esse privilégio.

Agora diante deles, a silhueta sólida dominava-os a ambos, e a expressão do rosto permanecia indecifrável. Aguardava, com o mesmo ar severo, que Winston falasse; mas de quê? Continuava a ser perfeitamente concebível que O'Brien não passasse de um homem ocupado, perguntando a si próprio, com irritação, por que motivo tinham vindo interrompê-lo. Ninguém falava. Desligado o telecrã, reinou na sala um silêncio sepulcral. Os segundos iam passando, desmesuradamente longos. Só a muito custo Winston continuava a fitar O'Brien. Mas de repente, o rosto carrancudo abriu-se naquilo que talvez fosse o começo de um sorriso. No seu gesto característico, O'Brien ajeitou os óculos no nariz.

— Falo eu, ou falas tu? — perguntou.

— Falo eu — disse Winston prontamente. — Aquela coisa está mesmo desligada?

— Sim, está tudo desligado. Estamos sós.

— Nós viemos aqui porque...

Calou-se por momentos, apercebendo-se pela primeira vez de como eram vagos os seus motivos. Ignorando, de facto, que espécie de ajuda obteria de O'Brien, não achava fácil dizer porque estava ali. Continuou, sentindo que as palavras iam parecer pouco convincentes e pretensiosas:

— Estamos convencidos de que existe uma conspiração, uma organização secreta a trabalhar contra o Partido, e pensamos que tu fazes parte dela. Queremos entrar na organização e trabalhar para ela. Somos inimigos do Partido. Não acreditamos nos princípios do Socing. Somos crimepensantes. E também somos adúlteros. Conto-te isto para ficarmos à tua mercê. Se quiseres que aprofundemos o compromisso, estamos ao teu dispor.

Calou-se e espreitou por cima do ombro, com a impressão de que a porta se abrira. E, realmente, o criado de rosto amarelo acabava de entrar sem bater. Winston reparou na bandeja, que ele trazia com uma garrafa de cristal e copos.

— O Martin é dos nossos — disse O'Brien, impassível. — Traz cá as bebidas, Martin. Pousa-as aí na mesa redonda. Temos cadeiras que cheguem? Nesse caso, o melhor é sentarmo-nos e termos a nossa conversa confortavelmente instalados. Traz também uma cadeira para ti, Martin. Já sabes do que se trata. Durante os próximos dez minutos podes deixar de ser criado.

O homenzinho sentou-se, perfeitamente à vontade, sem no entanto perder o seu ar de criado, o ar de um lacaio a quem foi concedido um privilégio. Winston observou-o de soslaio. Ocorreu-lhe que o homem passava a vida inteira a representar um papel, devia pois parecer-lhe perigoso abandonar, mesmo que por instantes, a sua personalidade fictícia. O'Brien pegou na garrafa de cristal pelo gargalo e encheu os copos com um líquido vermelho escuro. Aquilo despertou em Winston vagas reminiscências de uma imagem que vira, havia muitos anos, em alguma parede ou tapume: uma enorme garrafa feita de luzes eléctricas, que regularmente se inclinava para derramar o conteúdo num copo. Vista de cima, a bebida parecia quase negra, mas na garrafa de cristal brilhava como um rubi. Tinha um cheiro agridoce. Winston viu Julia pegar no copo e cheirá-lo, com franca curiosidade.

— Chama-se vinho — disse O'Brien com um ligeiro sorriso. — Já ouviram falar com certeza, pelo menos nos livros. Duvido que vá parar algum ao Partido Externo. — O rosto tomou de novo a expressão solene, quando ergueu o copo: — Acho apropriado começarmos por fazer um brinde. Ao nosso Chefe: Emmanuel Goldstein!

Winston pegou no copo com certa avidez. O vinho era coisa de que já lera várias descrições e com que muitas vezes sonhara. Tal como o pisa-papéis em vidro ou as lengalengas meio esquecidas do Sr. Charrington, o vinho pertencia ao passado romântico desaparecido, aos tempos de antanho, como gostava de lhes chamar em secretos pensamentos. Sem saber porquê, sempre pensara que o vinho tinha um sabor extremamente doce, como a compota de amora, e efeito imediatamente inebriante. Mas afinal, ao engolir o conteúdo do copo, ficou francamente desapontado. Na verdade, ao fim de tantos anos a beber gin, mal conseguia sentir o paladar do vinho. Pousou o copo vazio.

— Então Goldstein sempre existe? — perguntou.

— Existe, sim senhor, e está vivo. Onde, não sei dizer.

— E a conspiração... a organização? Existe realmente? Não é invenção da Polícia do Pensamento?

— Não, existe mesmo. A Fraternidade. Vocês nunca hão-de saber muito mais acerca da Fraternidade, senão que existe e que pertencem a ela. Daqui a pouco falaremos disso. — Olhou o relógio de pulso. — Mesmo para um membro do Partido Interno, é imprudente ter o telecrã desligado durante mais de meia hora. Vocês não deviam ter vindo juntos, terão de sair à vez. Tu, camarada — inclinou a cabeça na direcção de Julia —, sairás primeiro. Temos cerca de vinte minutos. Compreenderão com certeza que tenho de começar por vos perguntar certo número de coisas. Em termos gerais, que é que vocês estão dispostos a fazer?

— Tudo quanto formos capazes — disse Winston.

O'Brien voltara-se um pouco na cadeira, de modo a ficar de frente para Winston. Praticamente ignorou Julia, tendo por certo que Winston falava também em nome dela. Por um instante fechou as pálpebras, e começou a fazer perguntas em voz baixa, inexpressivo, como se aquilo fosse uma rotina, um catecismo, e ele próprio já conhecesse a maior parte das respostas.

— Estão dispostos a perder a vida?

— Sim.

— Estão dispostos a cometer assassínios?

— Sim.

— A cometer actos de sabotagem que poderão causar a morte de centenas de inocentes?

— Sim.

— A trair a vossa pátria em favor de potências estrangeiras?

— Sim.

— Estão dispostos a enganar, falsificar, fazer chantagem, corromper o espírito das crianças, distribuir drogas que provoquem dependência, fomentar a prostituição, espalhar doenças venéreas... a fazer tudo o que seja susceptível de desmoralizar e enfraquecer o poder do Partido?

— Sim.

— Se, por exemplo, os nossos interesses de algum modo exigissem que se atirasse ácido sulfúrico à cara de uma criança... vocês estariam dispostos a fazer isso?

— Sim.

— Estão dispostos a perder a vossa identidade e a viver o resto da vida como empregados de mesa ou estivadores?

— Sim.

— Estão dispostos a suicidar-se, se e quando nós o ordenarmos?

— Sim.

— Estão dispostos, os dois, a separar-se e a não se tornarem a ver?

— Não! — interveio Julia.

Winston teve a sensação de que decorrera imenso tempo antes de responder. Julgou, até, que perdera a fala. A língua movia-se sem emitir sons, formando primeiro sílabas inarticuladas, depois outras, vezes sem conta. Só depois de a ter proferido soube ao certo que palavra se preparava para dizer.

— Não — confirmou ele, por fim.

— Fizeram bem em mo dizer — anuiu O'Brien. — Nós precisamos de saber tudo.

Voltou-se para Julia numa voz um pouco mais expressiva:

— Não sei se entendeste que, mesmo no caso de ele sobreviver, poderá ser sob a aparência de uma pessoa diferente? Podemos ver-nos obrigados a dar-lhe nova identidade. Feições, gestos, a forma das mãos, a cor do cabelo... até a voz poderá ter de ser alterada. E também tu poderás ter-te, entretanto, transformado noutra pessoa. Os nossos cirurgiões conseguem modificar as pessoas a ponto de as pôr irreconhecíveis. Às vezes é necessário. Às vezes até chegamos a amputá-las.

Winston não se conteve sem deitar outra olhadela de soslaio ao rosto mongólico de Martin. Nenhuma cicatriz à vista. Julia empalidecera, de forma que se notavam mais as sardas, mas continuou a fitar corajosamente O'Brien. Murmurou qualquer coisa como um assentimento.

— Muito bem. Assunto encerrado.

O'Brien pegou numa cigarreira de prata, de cima da mesa, e ofereceu cigarros aos outros, tirando para si próprio também um cigarro, depois levantou-se e começou a andar lentamente de cá para lá. Talvez pensasse melhor de pé. Os cigarros eram excelentes, muito grossos e compactos, enrolados num papel invulgarmente sedoso. O'Brien consultou de novo o relógio de pulso.

— É melhor voltares para a copa, Martin. Daqui a um quarto de hora ligo o telecrã. Vê bem a cara destes camaradas antes de te ires embora. Hás-de vir a contactá-los. Eu talvez não.

Exactamente como fizera à porta, antes de os mandar entrar, o homenzinho perscrutou-lhes o rosto com os olhos escuros. Nem a mínima sombra de cordialidade na sua atitude. Memorizava as feições deles, mas não se sentia nele qualquer interesse, ou então não o demonstrava. Winston pensou que um rosto sintético talvez fosse incapaz de mudar de expressão. Sem dizer uma única palavra e sem se despedir com um gesto sequer, Martin saiu, fechando silenciosamente a porta atrás de si. O'Brien ia de um lado para o outro, com uma mão no bolso do fato-macaco preto, o cigarro na outra.

— Têm de compreender — disse — que a vossa luta vai ser uma luta cega. Vocês irão agir sempre às cegas. É receber ordens, e obedecer, sem cuidarem de saber porquê. Mais tarde, hei-de mandar-vos um livro que denuncia a verdadeira natureza da sociedade em que vivemos e qual a estratégia para a destruirmos. Quando tiverem lido o livro, serão membros de pleno direito da Fraternidade. Mas quanto à relação entre os objectivos gerais por que lutamos e as tarefas imediatas do momento, nada saberão nunca. Digo-vos que a Fraternidade existe, mas não posso dizer se tem cem membros ou dez milhões. O vosso conhecimento individual da organização nunca vos permitirá dizer que os nossos efectivos ultrapassem a dúzia. Vocês terão três ou quatro contactos, renovados à medida que os fizerem desaparecer. Como fui eu o vosso primeiro contacto, mantê-lo-emos. As ordens que receberem virão da minha parte. Se houver necessidade de contactar convosco, será por intermédio do Martin. Quando finalmente forem apanhados, vocês confessarão. É inevitável. Só que muito pouco saberão, para confessar, além dos vossos próprios actos. Impossível trair mais que quatro ou cinco pessoas sem importância. Provavelmente, nem a mim hão-de trair. Nessa altura posso já ter morrido, ou ter-me-ei já transformado noutro. Com uma cara diferente.

Continuou a andar cá e lá no tapete macio. Apesar da corpulência, os movimentos tinham nele alguma graça invulgar, que se manifestava até no simples gosto de enfiar a mão no bolso ou pegar no cigarro. A impressão que infundia não era tanto de força como de uma lucidez irónica. Por muito a sério que falasse, não se mostrava curto de vistas como tantos fanáticos. Ao falar de assassínios, suicídios, doenças venéreas, membros amputados e operações plásticas, o seu ar era ligeiramente trocista. A voz parecia dizer: «Inevitável tudo isto; somos obrigados a fazê-lo, sem vacilar. Mas não é o que faremos quando a vida for de novo coisa que valha a pena ser vivida.» Do coração de Winston brotou uma onda de admiração, quase de veneração por O'Brien. Esquecera, por momentos, essa longínqua figura de O'Brien. Ao olhar-lhe os ombros robustos e o rosto de traços rudes, tão feio e no entanto tão civilizado, era impossível acreditar que ele pudesse vir a ser derrotado. Sentia-se não haver estratagema a que ele não fosse capaz de ripostar, nem perigo que não conseguisse prever. Até Julia parecia impressionada. Deixara o cigarro apagar-se e escutava atentamente. O'Brien prosseguiu:

— Decerto já vos chegaram aos ouvidos boatos acerca da Fraternidade. Conceberam, certamente, a vossa imagem pessoal da organização. Provavelmente imaginaram um vasto mundo clandestino de conspiradores, reunindo-se secretamente em caves, escrevinhando mensagens nas paredes, reconhecendo-se uns aos outros através de um código ou de gestos especiais. Nada disso existe. Os membros da Fraternidade não têm qualquer meio de se reconhecerem uns aos outros, e é impossível que algum deles saiba a identidade de mais de meia dúzia de correligionários. Nem mesmo o próprio Goldstein, se porventura caísse nas mãos da Polícia do Pensamento, lhe poderia fornecer a lista completa, ou informações que permitissem obter tal lista. Semelhante lista não existe. A Fraternidade não pode ser destruída, porque não é uma organização no sentido habitual do termo. A sua coesão assenta apenas numa coisa: uma ideia, uma ideia indestrutível. Nunca haverá nada que vos ampare, excepto essa ideia. Nem camaradagem, nem qualquer espécie de apoios. Nós nunca ajudamos os nossos membros. No máximo, quando se torna absolutamente necessário reduzir alguém ao silêncio, conseguimos às vezes fazer passar uma lâmina para dentro da cela do preso. Vocês terão de se habituar a viver sem resultados nem esperança. Trabalharão durante algum tempo, serão apanhados, confessarão e morrerão. São estes os únicos resultados visíveis. Convençam-se de que é improvável virem a ocorrer mudanças perceptíveis durante a vossa vida. Nós somos os mortos. A nossa única vida autêntica está no futuro. Viveremos essa vida como uma mão-cheia de pó e estilhaços de ossos. Mas ninguém sabe quando virá esse futuro. Até pode ser daqui a mil anos. De momento, nada podemos fazer senão alargar a pouco e pouco os espaços de saúde mental. Impossível agir colectivamente. Só podemos difundir o nosso conhecimento indivíduo a indivíduo, geração após geração. Contra a Polícia do Pensamento, não existe alternativa.

Calou-se, consultou pela terceira vez o relógio.

— São quase horas de ires, camarada — disse para Julia. — Espera. A garrafa ainda está meia.

Encheu os copos e ergueu o seu, pegando-lhe pelo pé.

— A que havemos de brindar desta vez? — perguntou, com a sua leve ponta de ironia. — À destruição da Polícia do Pensamento? À morte do Grande Irmão? À humanidade? Ao futuro?

— Ao passado — disse Winston.

— Sim, o passado é que importa — concordou O'Brien com gravidade.

Esvaziaram os copos; instantes depois, Julia levantou-se para sair. O'Brien tirou uma pequena caixa de cima de um armário, estendeu-lhe uma pastilha branca, e mandou-a metê-la na boca. Muito importante, disse, ela não sair dali a cheirar a vinho: os ascensoristas reparavam em tudo. Assim que a porta se fechou, O'Brien pareceu esquecer a existência de Julia. Deu alguns passos, parou.

— Ainda há que combinar pormenores — disse. — Imagino que tenhas esconderijo, ou não?

Winston falou-lhe do quarto por cima da loja do Sr. Charrington.

— Para já, serve. Mais tarde arranjaremos outra coisa. Tens de mudar de esconderijo com frequência. Entretanto, mandar-te-ei um exemplar *do livro* — Winston reparou que mesmo O'Brien pronunciava a palavra como se estivesse em itálico — ... do livro de Goldstein, claro, assim que seja possível. Talvez só consiga arranjá-lo dentro de dias. Não existem muitos, como deves calcular. A Polícia do Pensamento apanha-os e destrói-os quase ao mesmo ritmo a que nós os produzimos. Mas pouco importa. O livro é indestrutível. Mesmo que desaparecesse o último exemplar, nós conseguiríamos reproduzi-lo quase palavra por palavra. Costumas levar alguma pasta para o trabalho? — perguntou.

— Sim, geralmente levo.

— Como é?

— Preta, muito velha. Com duas fivelas.

— Preta, duas fivelas, muito velha... está bem. Brevemente (não posso precisar a data) uma das tuas instruções de trabalho, durante a manhã, há-de vir gralhada e tu terás de pedir que a repitam. No dia seguinte vais para o trabalho sem a pasta. E nesse mesmo dia, na rua, um homem vai-te tocar no braço e dizer: «Creio que deixaste cair a pasta.» A pasta que ele te entregar há-de conter o exemplar do livro de Goldstein. Deves devolvê-lo catorze dias depois.

Calaram-se por instantes.

— Tens de te ir embora daqui a dois minutos — disse O'Brien. — Havemos de nos encontrar... se alguma vez tornarmos a ver-nos...

Winston ergueu os olhos para ele.

— No lugar onde não há trevas? — perguntou, hesitante.

O'Brien fez que sim com a cabeça, sem surpresa aparente.

— No lugar onde não há trevas — repetiu, como se tivesse reconhecido a alusão. — Bom, há alguma coisa que queiras dizer antes de saíres? Algum recado? Alguma pergunta?

Winston meditou. Não se lembrava de mais nenhuma pergunta a fazer; e ainda menos sentia vontade de proferir grandes verdades altissonantes. Em vez de O'Brien ou da Fraternidade, veio-lhe ao espírito uma espécie de imagem compósita em que se confundiam o quarto escuro onde a mãe passara os últimos dias de vida e o quartinho por cima da loja do Sr. Charrington, com o pisa-papéis de vidro e a gravura em metal emoldurada a pau-rosa. Disse então, quase a despropósito:

— Conheces por acaso uma lengalenga que começa assim: «Laranjas e limões prà gente, dizem os sinos de São Clemente»?

De novo O'Brien fez que sim e, com uma espécie de gravidade cortês, completou a estrofe:

Laranjas e limões prà gente, dizem os sinos de São Clemente,
Três vinténs o copo de vinho, dizem os sinos de São Martinho,
Pagas tu ou dividimos ao meio, dizem os sinos de Old Bailey,
Pago eu quando for rico, dizem os sinos de Shoreditch.

— Tu sabes o último verso! — exclamou Winston.

— É verdade, sei o último verso. E agora, tenho muita pena, mas chegou o momento de te ires embora. Espera. Deixa-me dar-te também uma pastilha destas.

Quando Winston se levantou, O'Brien estendeu-lhe a mão, e apertou a de Winston com tanta força que por pouco não lhe esmagava os ossos. À porta, Winston voltou-se, mas O'Brien parecia ter já começado a esquecer-se da sua pessoa. Aguardava, com a mão no interruptor do telecrã. Winston viu ainda, atrás de O'Brien, a secretária com o candeeiro de abajur verde, o falascreve, os cestos de rede cheios de papéis. Assunto encerrado. Daí a trinta segundos já O'Brien estaria de novo concentrado no seu trabalho, de grande importância para o Partido, que eles tinham vindo interromper.

9

Winston sentia-se gelatinoso de cansaço. Gelatinoso, era a palavra exacta. Viera-lhe espontaneamente à cabeça. Dir-se-ia ter o corpo não apenas mole como gelatina, mas translúcido. Sentia que se levantasse a mão à altura dos olhos veria passar a luz através dela. Tinham-lhe sugado o sangue todo e a linfa naquela gigantesca orgia de trabalho, deixando apenas uma frágil estrutura de nervos, ossos e pele. Todas as sensações pareciam amplificadas. O fato-macaco arranhava-lhe os ombros, o asfalto dava-lhe comichão nos pés, até o gesto de abrir e fechar a mão constituía um esforço que lhe punha as articulações a ranger.

Trabalhara mais de noventa horas em cinco dias. E toda a gente no Ministério fora obrigada ao mesmo. Acabara, agora não tinha literalmente nada que fazer, nenhuma tarefa imposta pelo Partido, até à manhã seguinte. Podia passar seis horas no esconderijo e mais nove na cama. Muito devagar, ao brando sol da tarde, subiu uma rua suja em direcção à loja do Sr. Charrington, olhos bem abertos, não fosse aparecer alguma patrulha, embora estivesse quase irracionalmente convicto de que nessa tarde não corria perigo. A pesada pasta que levava batia-lhe no joelho a cada passo, deixando-lhe a perna dormente. Lá dentro ia *o livro*, em seu poder desde há seis dias e que ainda não abrira — a bem dizer, nem sequer olhara para ele.

No sexto dia da Semana do Ódio, depois dos desfiles, dos discursos, dos gritos, dos cânticos, das bandeiras, dos cartazes, dos filmes, das figuras de cera, do rufar dos tambores e dos toques de clarim, do fragor das botas nas paradas militares, do ranger das lagartas dos tanques, do rugido de inúmeros aviões, dos tiros de canhão — depois de seis dias de tudo isso, com o grande orgasmo prestes a atingir o clímax e o ódio geral à Eurásia a desencadear tal delírio que a multidão teria certamente esquartejado, pudesse deitar-lhes a mão, os dois mil criminosos de guerra eurasiáticos que iam ser publicamente enforcados no último dia dos festejos — nesse preciso momento, pois, fora anunciado que a Oceânia afinal não estava em guerra com a Eurásia. A Oceânia estava em guerra com a Lestásia. A Eurásia era aliada.

Ninguém deu, evidentemente, por que tivesse havido qualquer alteração. Tomava-se mero conhecimento, de forma brusca e por toda a parte ao mesmo tempo, de que o inimigo era a Lestásia e não a Eurásia. Winston encontrava-se numa manifestação numa praça do centro de Londres quando isso sucedeu. Era noite, os projectores banhavam os rostos brancos e as bandeiras vermelhas com uma luz espectral. A praça, cheia de gente, vários milhares de pessoas, incluindo uma mole humana constituída por perto de mil crianças em uniforme dos Vigias, exibia um palanque engalanado a vermelho, onde o orador do Partido Interno arengava à multidão. Homem magro, baixinho, de braços desproporcionadamente compridos e grande crânio calvo, com algumas madeixas ralas a esvoaçar. Aquele pequeno Rumpelstiltskin, com o rosto contorcido pelo ódio, segurava numa das mãos a haste do microfone, enquanto a outra, enorme, no extremo do braço ossudo, arranhava ameaçadoramente o ar sobre a cabeça. A voz, que os amplificadores tornavam metálica, lançava aos quatro ventos um infindável catálogo de atrocidades, massacres, deportações, pilhagens, violações, torturas de prisioneiros, bombardeamentos de civis, propaganda mentirosa, agressões injustas, tratados desrespeitados. Era quase impossível ouvi-lo sem se ficar, ao primeiro impacto, convencido e, depois, louco de raiva. De tempos a tempos a fúria da multidão transbordava e a voz do orador submergia num rugido de feras brotando incontivelmente de milhares de gargantas. Os berros mais selvagens vinham do grupo dos jovens pioneiros. Vinte minutos de discurso tinham decorrido, quando um mensageiro subiu ao estrado e passou um papel para a mão do orador, que o desenrolou, lendo-o sem interromper o discurso. Nada na sua voz nem na sua atitude se modificou, nem no conteúdo do que proferia, mas de um momento para o outro os nomes já eram diferentes. Sem a mínima explicação, uma onda de entendimento percorreu a assistência. A Oceânia estava em guerra contra a Lestásia! No instante seguinte foi tremenda a agitação. Faixas e cartazes que enfeitavam a praça, tudo errado! Mais de metade representava as caras erradas.

Sabotagem! Andava ali mão dos agentes de Goldstein! Houve um interlúdio tumultuoso durante o qual os cartazes foram arrancados das paredes, as bandeiras rasgadas e pisadas. Os Vigias realizavam verdadeiras proezas de agilidade, trepando aos telhados, cortando as faixas presas às chaminés. E volvidos dois ou três minutos, tudo terminara. O orador, ainda agarrado ao microfone, de ombros curvados, a mão livre a arranhar os ares, retomou de imediato o discurso. Mais um minuto, e os gritos ferozes de raiva voltavam a irromper da multidão. O Ódio continuava exactamente como antes; só o alvo mudara.

Impressionava Winston, agora, ao recordar a cena, o facto de o orador ter mudado o discurso literalmente a meio de uma frase, sem qualquer pausa, e mesmo sem qualquer atropelo à sintaxe. Na altura tivera outras coisas com que se preocupar. Entre a confusão, quando toda a gente arrancava cartazes, um homem, a que nunca vira a cara, batera-lhe no ombro, dizendo: «Desculpa, parece-me que deixaste cair a pasta.» Winston pegara na pasta com ar distraído, silencioso. Vários dias iam passar antes que tivesse oportunidade de a abrir. No instante em que a manifestação terminou, dirigiu-se, sem tardar, ao Ministério da Verdade, embora fossem quase vinte e três horas. Todo o pessoal do Ministério fizera o mesmo. As ordens transmitidas pelos telecrãs, convocando toda a gente aos seus postos de trabalho, já praticamente nem eram necessárias.

A Oceânia combatia a Lestásia: a Oceânia combatera sempre a Lestásia. Grande parte da literatura política dos últimos cinco anos ficava, pois, completamente obsoleta. Relatórios e documentos de toda a espécie, jornais, livros, panfletos, filmes, fitas gravadas, fotografias — havia que rectificar tudo a uma velocidade-relâmpago. Embora não tivesse sido emitida qualquer directiva nesse sentido, sabia-se que os chefes do departamento exigiriam que dentro de uma semana não subsistisse em parte alguma a menor referência à guerra contra a Eurásia, ou à aliança com a Lestásia. Trabalho extenuante, até porque as operações que implicava não podiam ser chamadas pelos devidos nomes. No Departamento de Arquivos toda a gente trabalhava agora dezoito horas em vinte e quatro, com dois intervalos de três horas para dormir. Trouxeram-se colchões das caves, e instalaram-nos em todos os corredores; as refeições compunham-se de sanduíches e café Vitória, servidos em carrinhos pelos funcionários da cantina. De cada vez que Winston parava para gozar um dos seus períodos de sono, procurava não deixar trabalho por fazer sobre a secretária, e de cada vez que voltava, de rastos, ao seu lugar, com os olhos remelosos e doridos, logo descobria que nova montanha de cilindros de papel cobrira a secretária como uma avalanche, quase sepultando o falascreve e transbordando para o chão. Assim, a primeira tarefa consistia sempre em juntá-los num molho mais ou menos arrumado, ou nem sequer espaço teria para trabalhar. E o pior de tudo era que o trabalho nem por sombras se resolvia mecanicamente. Muitas vezes bastava substituir um nome por outro, mas qualquer notícia com mais pormenores exigia atenção e engenho. E dependia de conhecimentos muito razoáveis de Geografia o transferir a guerra de uma parte do mundo para outra.

No terceiro dia doíam-lhe insuportavelmente os olhos, e os seus óculos tinham de ser limpos a cada dois minutos. Era como confrontar-se com uma tarefa física violentíssima, qualquer coisa que ele devesse recusar mas que estivesse neuroticamente empenhado em cumprir. Embora nem restasse tempo para pensar nisso, pouco lhe importava o facto de cada palavra murmurada ao falascreve e cada traço do lápis de tinta serem perfeitas aldrabices. Desejava tanto como qualquer outro funcionário do Departamento que a falsificação fosse correcta. Na manhã do sexto dia, o débito dos cilindros abrandou. Durante longa meia hora, não saiu nada do tubo; depois mais um cilindro, e, finalmente, nada. O ritmo do trabalho ia afrouxando quase simultaneamente em toda a parte. Um suspiro profundo e como que secreto percorreu todo o Departamento. Fora realizado um grande feito, que nunca poderia ser mencionado. Nenhum ser humano jamais conseguiria demonstrar, com base em provas documentais, que houvera qualquer guerra contra a Eurásia. Às doze horas em ponto chegou o anúncio inesperado de que todos os trabalhadores do Ministério entravam de folga até à manhã do dia seguinte. Winston, levando consigo a pasta que continha o livro, e que guardara entre os pés enquanto trabalhava ou debaixo do corpo enquanto dormia, foi a casa, fez a barba e por pouco não adormeceu no banho, embora a água estivesse apenas tépida.

Com as articulações a estalar quase voluptuosamente, subiu a escada da loja do Sr. Charrington. Apesar do cansaço, perdera o sono. Abriu a janela, acendeu o fogareiro encardido e pôs água a aquecer numa caçarola para fazer café. Julia devia chegar daí a pouco; entretanto, eis ali o livro. Sentou-se na poltrona vacilante e abriu as correias da pasta.

Tratava-se de um grosso volume preto, com encadernação artesanal, sem qualquer nome ou título na capa. Os caracteres de imprensa também pareciam ligeiramente irregulares. As folhas apresentavam-se gastas nos bordos, e eram de fácil manuseio, como se o livro tivesse andado por bastantes mãos. Na página de rosto lia-se o seguinte:

TEORIA E PRÁTICA
DO COLECTIVISMO OLIGÁRQUICO
por
Emmanuel Goldstein

Winston começou a ler:

Capítulo I
Ignorância é Força

Desde que há documentos escritos, e provavelmente já desde o fim do Neolítico, existem no mundo três categorias de pessoas: a Alta, a Média e a Baixa. Estes grupos têm-se subdividido das mais diversas formas, foram-lhes atribuídos variados nomes, e a sua proporção numérica, bem como as atitudes recíprocas, variaram de época para época; a estrutura fundamental da sociedade, porém, nunca se modificou. Mesmo depois das maiores convulsões, das mudanças aparentemente mais irreversíveis, acabou sempre por restabelecer-se idêntico modelo, tal como um giroscópio volta sempre ao ponto de equilíbrio por muito bruscamente que o desloquem nesta ou naquela direcção.

Os objectivos destes três grupos são absolutamente inconciliáveis...

Winston suspendeu a leitura, sobretudo para saborear o facto de *estar a ler*, confortavelmente instalado e em segurança. Encontrava-se sozinho: nem telecrã, nem ouvido colado ao buraco da fechadura, nem o impulso nervoso de espreitar por cima do ombro ou de tapar a página com a mão. A suave aragem do Verão afagava-lhe o rosto. Algures, ao longe, gritos dc crianças, amortecidos pela distância: no interior do quarto não se ouvia qualquer som, excepto o zumbido de insecto do relógio. Winston afundou-se na poltrona e pôs os pés sobre a guarda da lareira. Era a felicidade absoluta, era a eternidade. De súbito, como fazemos às vezes com um livro de que sabemos ir ler e reler cada palavra, abriu-o num sítio diferente, no Capítulo III. Leu:

Capítulo III
Guerra é Paz

A divisão do mundo em três grandes super-estados era um acontecimento perfeitamente previsível, e foi de facto previsto, ainda antes de meados do século XX. Com a absorção da Europa pela Rússia e do Império Britânico pelos Estados Unidos, duas ou três grandes potências actuais ficaram desde logo efectivamente constituídas. A terceira, a Lestásia, só surgiu como unidade distinta após mais uma década de lutas confusas. As fronteiras entre os três super-estados são arbitrárias em alguns pontos, e noutros flutuam conforme as vicissitudes da guerra, mas de um modo geral coincidem com as linhas geográficas. A Eurásia abrange toda a parte norte dos continentes europeu e asiático, de Portugal ao estreito de Bering. A Oceânia abrange as américas, as ilhas do Atlântico, incluindo as Ilhas Britânicas, a Australásia e a parte meridional da África. A Lestásia, mais pequena do que as outras duas potências e com uma fronteira ocidental menos definida, abrange a China e os países a sul da China, o arquipélago japonês e uma porção bastante grande, embora flutuante, da Manchúria, da Mongólia e do Tibete.

Numa ou noutra combinação, estes três super-estados estão permanentemente em guerra, e assim tem sido nos últimos vinte e cinco anos. A guerra, porém, já não é essa luta desesperada e devastadora das primeiras décadas do século XX. É um combate de objectivos limitados entre contendores sem capacidade para se destruírem uns aos outros, nem causa material para se digladiarem ou qualquer divergência ideológica genuína a separá-los. Isto não significa que a forma de conduzir a guerra, ou a atitude dominante em relação a ela, se tenham tornado menos sangrentas ou mais cavalheirescas. Muito pelo contrário, a histeria guerreira afigura-se permanente e universal em todos os países, e actos como violações, pilhagens, massacres de crianças, escravidão de populações inteiras, represálias sobre prisioneiros, incluindo mergulhá-los em água a ferver ou enterrá-los vivos, são considerados normais e até meritórios, desde que cometidos pelas tropas do próprio país e não pelo inimigo. Em termos materiais, porém, a guerra envolve um número restrito de pessoas, sobretudo peritos sujeitos a treino intensivo, e provoca um número relativamente pequeno de baixas. Os combates, quando os há, têm lugar nas vagas fronteiras que o homem da rua só muito imprecisamente consegue localizar, ou em torno das fortalezas flutuantes que defendem pontos estratégicos das rotas marítimas. Nos grandes centros da civilização, a guerra manifesta-se apenas pela escassez constante de bens de consumo e pela explosão ocasional de bombas, que podem causar largas dezenas de mortos. De facto, a natureza da guerra mudou. Em rigor, o que mudou foi a ordem de importância das razões pelas quais se faz a guerra. Determinadas motivações, já em certa medida presentes nas grandes guerras do início do século XX, tornaram-se entretanto dominantes e são hoje conscientemente reconhecidas como fundamento das grandes decisões.

Para compreendermos a natureza da guerra actual — pois, apesar do realinhamento que se verifica de tantos em tantos anos, é sempre da mesma guerra que se trata — temos de admitir, em primeiro lugar, que ela nunca será decisiva. Nenhum dos três super-estados pode ser definitivamente conquistado, mesmo mediante a aliança dos outros dois. O equilíbrio de forças atingiu um ponto elevado, e as defesas naturais de cada uma das potências são formidáveis. À Eurásia, protege-a a imensidão do seu território, a Oceânia tem as barreiras naturais do Atlântico e do Pacífico, a Lestásia resguarda-se na fecundidade e na diligência dos seus habitantes. Em segundo lugar, deixou de existir, do ponto de vista material, qualquer móbil para o confronto. Com a criação de economias fechadas em que a produção e o consumo são interdependentes, desapareceu a luta pelos mercados, que constituía uma das principais causas das guerras anteriores, ao mesmo tempo que a posse das matérias-primas deixou de ser uma questão de vida ou de morte. Cada um dos três super-estados tem, à partida, um território tão vasto que encontra nele praticamente todas as matérias-primas de que necessita. Uma vez que as guerras visam objectivos económicos imediatos, resta concluir ter esta guerra origem no aumento da mão-de-obra. Entre as fronteiras dos super-estados, e sem alguma vez cair definitivamente em poder de qualquer deles, há um quadrilátero irregular cujos vértices são Tânger, Brazzaville, Darwin e Hong Kong; esta área alberga quase um quinto da população terrestre. É pela posse destas regiões densamente povoadas, e pela calote glaciar do Pólo Norte, que as três potências se batem continuamente. Na prática, nunca nenhuma delas consegue controlar a totalidade da área disputada. Maiores ou menores parcelas vão constantemente mudando de mãos, a possibilidade de capturar este ou aquele fragmento através de traições repentinas é que dita as incessantes mudanças de aliado.

Todos os territórios em disputa contêm minérios valiosos, e alguns produzem matérias vegetais indispensáveis, como a borracha, que nos climas frios tem de ser obtida sinteticamente, por métodos demasiado caros. Mas, acima de tudo, eles dispõem de uma inesgotável reserva de mão-de-obra. A potência que controlar a África Equatorial, ou os países do Médio Oriente, ou o Sul da Índia, ou o arquipélago da Indonésia, disporá desde logo de dezenas ou centenas de milhões de servos laboriosos e mal pagos. Os habitantes dessas zonas, reduzidos mais ou menos abertamente ao estatuto de escravos, passam continuamente de conquistador para conquistador, e são consumidos, literalmente, como carvão ou petróleo, na corrida para produzir mais armamento, para conquistar mais território, para controlar mais força de trabalho, para produzir mais armamento, para conquistar mais território, e assim por diante num ciclo infindável. Sublinhe-se que a luta nunca chega a transpor os limites das zonas em disputa. As fronteiras da Eurásia oscilam entre a bacia do Congo e o litoral norte do Mediterrâneo; as ilhas do Índico e do Pacífico são sucessivamente conquistadas e reconquistadas, ora pela Oceânia, ora pela Lestásia; na Mongólia, a linha divisória entre a Eurásia e a Lestásia nunca é estável; na zona polar, as três potências afirmam as suas pretensões sobre territórios imensos que na realidade se encontram praticamente desabitados e inexplorados. Contudo, o equilíbrio de forças mantém-se sempre mais ou menos igual, e o território que constitui o núcleo de cada super-estado permanece inviolado. Além disso, não se pode dizer que a força de trabalho dos povos explorados da zona equatorial seja verdadeiramente indispensável à economia mundial. Ela nada acrescenta à riqueza do planeta, pois todo esse trabalho serve exclusivamente fins bélicos, e o objectivo de cada guerra resume-se sempre a ficar em melhores condições de empreender outra guerra. Com o seu trabalho, as populações escravas permitem a aceleração do ritmo da guerra permanente. Contudo, se elas não existissem, a estrutura da sociedade mundial e o processo pelo qual essa sociedade se reproduz não seriam substancialmente diferentes.

O objectivo principal da guerra moderna (segundo os princípios do *duplopensar*, este objectivo é e não é simultaneamente reconhecido pelos cérebros dirigentes do Partido Interno) consiste em consumir os produtos da máquina sem subir o nível de vida. Desde o final do século XIX, o problema de saber como utilizar os bens de consumo excedentários manteve-se latente na sociedade industrial. Hoje em dia, quando poucos seres humanos dispõem de alimentos em quantidade suficiente, esse problema está muito longe de ser premente, e talvez não o fosse mesmo sem a acção constante de processos artificiais de destruição. O mundo de hoje é pobre, faminto e devastado, em comparação com o mundo que existia antes de 1914, e mais ainda se o compararmos com o futuro imaginário antevisto pelas pessoas dessa época. No início do século XX, a visão de uma sociedade futura incrivelmente rica, ociosa, organizada e eficiente — um mundo cintilante e asséptico, de vidro, aço e betão imaculadamente branco — fazia parte das concepções de quase todos os indivíduos cultos. A ciência e a tecnologia desenvolviam-se então a uma velocidade inacreditável, parecia pois natural concluir que continuariam a desenvolver-se. Tal não veio a acontecer, em parte devido ao empobrecimento causado pela longa série de guerras e revoluções, e em parte porque o progresso científico e técnico assentava no hábito empírico do pensamento, e este não podia sobreviver numa sociedade severamente arregimentada. No seu conjunto, o mundo está hoje num ponto mais primitivo do que há cinquenta anos. Registaram-se avanços em certas áreas atrasadas, aperfeiçoaram-se diversos dispositivos, todos eles ligados à guerra e à vigilância policial, mas cessaram em grande medida a experimentação e as invenções, além de que os estragos da guerra nuclear da década de cinquenta nunca foram totalmente reparados. Todavia, subsistem ainda os perigos inerentes à máquina. A partir do momento em que a máquina entrou em cena, tornou-se evidente para todas as cabeças pensantes que desaparecera a necessidade da dura labuta humana, e com ela, em grande medida, a da desigualdade entre os homens. Se a máquina tivesse sido deliberadamente utilizada para esse fim, a fome, o excesso de trabalho, a falta de higiene, o analfabetismo e a doença poderiam ter desaparecido em poucas gerações. E, de facto, mesmo sem ser usada com esse propósito, apenas por uma espécie de processo automático — ao produzir riqueza por vezes impossível de não distribuir —, a máquina elevou grandemente o nível de vida da maioria dos homens durante cerca de cinquenta anos, entre o final do século XIX e o início do século XX.

Mas tornou-se igualmente claro que o aumento global da riqueza ameaçava destruir a sociedade hierárquica — e isso, num certo sentido, constituía, só por si, a destruição desta. Num mundo onde toda a gente trabalhasse poucas horas, não sofresse de falta de comida, vivesse em habitações com frigorífico e casa de banho e tivesse automóvel ou mesmo avião, as formas mais óbvias e talvez mais importantes de desigualdade teriam desaparecido. No dia em que a riqueza se generalizasse, ela deixaria de conferir distinção. Sem dúvida, em abstracto, seria viável uma sociedade onde a *riqueza*, no sentido da posse de bens e luxos, fosse equitativamente distribuída, e ao mesmo tempo o *poder* continuasse nas mãos de uma pequena casta privilegiada. Mas na prática tal sociedade não poderia manter-se estável por muito tempo. De facto, se todos tivessem igual acesso ao lazer e à segurança, a grande maioria dos seres humanos, que normalmente vivem embrutecidos pela pobreza, instruir-se-iam e aprenderiam a pensar pela sua própria cabeça; a partir daí, cedo ou tarde concluiriam que a minoria privilegiada não desempenhava qualquer função, e acabariam com ela. A longo prazo, a organização hierárquica da sociedade só seria viável assentando de novo na pobreza e na ignorância. Regressar ao passado agrícola, como alguns pensadores do início do século XX sonharam, era impraticável. Contrariava a tendência para a mecanização, que se tornara quase instintiva em todo o mundo, e além disso qualquer país industrialmente atrasado ficava militarmente à mercê, acabando por vir a ser dominado, directa ou indirectamente, pelos seus rivais mais avançados.

Também não resultava satisfatório manter as massas na pobreza restringindo a produção de bens. Foi o que aconteceu, em geral, na fase final do capitalismo, aproximadamente entre 1920 e 1940. Deixou-se estagnar a economia de muitos países, suspendeu-se o cultivo da terra, não se investiu nos equipamentos de base, grandes grupos da população foram privados de trabalho e mantidos no limiar da sobrevivência, a expensas da caridade do Estado. Mas também isto provocava uma situação de fraqueza militar e, sendo as privações infligidas manifestamente desnecessárias, a revolta tornava-se inevitável. O problema residia em descobrir como manter em funcionamento as engrenagens da indústria sem aumentar a riqueza efectiva do mundo. Impunha-se assim produzir bens, mas sem os distribuir. E, na prática, o único meio de o conseguir era a guerra permanente.

A essência da guerra é a destruição, não necessariamente de vidas humanas, mas do produto do trabalho humano. A guerra prefigura a forma ideal de despedaçar, lançando na estratosfera ou afundando nos abismos marinhos, produtos que, de outro modo, poderiam servir para dar às massas um conforto excessivo, e por conseguinte, a longo prazo, torná-las excessivamente lúcidas. Mesmo que o armamento não chegue a ser de facto destruído, o seu fabrico, ainda assim, ocupa, na prática, forças de trabalho sem nada produzir que possa ser consumido. Uma fortaleza flutuante, por exemplo, encerra em si o trabalho necessário para produzir várias centenas de cargueiros. Ao fim de algum tempo será desmantelada, por obsoleta, sem nunca ter trazido a quem quer que fosse o menor benefício material; e com novo e gigantesco esforço constrói-se outra fortaleza flutuante. Em princípio, o esforço de guerra está planeado de forma a absorver todo e qualquer excedente que possa ainda subsistir depois de satisfeitas as necessidades mais elementares da população. Efectivamente, as necessidades da população são sempre subestimadas, do que resulta a escassez crónica de metade dos bens essenciais; mas isto é visto também como uma vantagem. É política deliberada que mesmo os mais favorecidos se mantenham pouco acima do limiar da pobreza, porque a escassez generalizada aumenta a importância dos pequenos privilégios, sublinhando as distinções entre os vários grupos. Pelos padrões do início do século XX, até um membro do Partido Interno leva uma vida austera e laboriosa. Não obstante, os poucos luxos de que beneficia — apartamento espaçoso e bem mobilado, textura mais agradável da roupa, melhor qualidade dos alimentos, das bebidas e do tabaco, dois ou três criados ao seu serviço, automóvel ou helicóptero particular — situam-no num mundo à parte daquele em que vive um membro do Partido Externo, e os membros do Partido Externo diferenciam-se por idênticas vantagens relativamente às massas oprimidas a que chamamos «proles». O clima social é o de uma cidade sitiada, onde a posse de um naco de carne de cavalo marca a diferença entre ricos e pobres. Ao mesmo tempo, a consciência de se estar em guerra, e por conseguinte em perigo, faz surgir como condição natural e inevitável da sobrevivência a entrega de todo o poder a uma pequena casta.

A guerra, como se verá, não só leva a cabo a destruição necessária como o faz de forma psicologicamente aceitável. Em princípio, seria simples gastar o excesso de mão-de-obra do mundo construindo templos e pirâmides, abrindo buracos e tornando a tapá-los, ou até produzindo grandes quantidades de bens para a seguir lhes deitar fogo. Mas isso apenas criaria a base económica, e não a base emocional de uma sociedade hierárquica. O que aqui está em causa não é tanto o moral das massas, cuja atitude é irrelevante desde que trabalhem sem descanso, mas o moral do próprio Partido. Até do mais humilde membro do Partido se espera que seja competente, industrioso, e mesmo, dentro de certos limites muito restritos, que seja inteligente; mas será também necessário que ele seja um fanático ignorante e crédulo, dominado pelo medo, pelo ódio, pela adulação e pelo triunfalismo orgiástico. Por outras palavras, é imperioso que manifeste a mentalidade adequada ao estado de guerra. Pouco importa que essa guerra esteja ou não realmente em curso, e, dado ser impossível qualquer triunfo decisivo, tão-pouco importa que ela corra bem ou mal. Basta que o estado de guerra exista. O desintegrar da inteligência que o Partido exige dos seus membros, e que mais facilmente se obtém num clima de guerra, atingiu proporções quase universais, e quanto mais se sobe na hierarquia, mais acentuado se torna. Precisamente no Partido Interno, são notórios a histeria de guerra e o ódio ao inimigo. Na sua qualidade de administrador, um membro do Partido Interno tem muitas vezes conhecimento de quais as notícias de guerra falsas, e pode até muitas vezes aperceber-se de que toda a guerra é uma fraude, de que ela ou nem sequer ocorre, ou serve objectivos que estão longe de ser os declarados; só que essa consciência facilmente se deixa neutralizar pela técnica do *duplopensamento*. Nenhum membro do Partido Interno vacila, por instantes que seja, na sua crença mística de que a guerra *é* real, e de que o seu desfecho será fatalmente a vitória, fazendo da Oceânia senhora absoluta do mundo inteiro.

Todos os membros do Partido Interno acreditam, como se de um dogma de fé se tratasse, nesta vitória futura, alcançável quer mediante a conquista gradual de territórios, consolidando uma preponderância esmagadora, quer mediante a descoberta de novas armas que deixem o inimigo sem resposta. A procura dessas armas prossegue sem tréguas, e configura uma das poucas actividades a que a inteligência inventiva ou especulativa ainda se entrega. Na Oceânia dos dias de hoje, a Ciência, na antiga acepção da palavra, quase deixou de existir. Em novilíngua não há nenhum termo equivalente a «Ciência». O método empírico, em que se baseiam todos os avanços científicos do passado, opõe-se aos princípios fundamentais do Socing. E mesmo o progresso tecnológico, só se dá quando os seus frutos possam de algum modo ser utilizados na limitação da liberdade humana. Em todas as artes úteis, o mundo ou parou ou retrocedeu. Os campos são arados com charruas puxadas por cavalos, enquanto os livros são escritos pelas próprias máquinas. Mas em domínios de importância vital — como sejam, no fundo, a guerra e as investigações policiais — a abordagem empírica continua a ser incentivada, ou pelo menos tolerada. Os dois objectivos do Partido consistem em conquistar toda a superfície da Terra e extinguir de uma vez por todas qualquer possibilidade de pensamento independente. Existem, portanto, dois grandes problemas que preocupam o Partido. O primeiro é encontrar forma de descobrir, abusivamente, o que está a pensar outro ser humano, o segundo é conseguir matar várias centenas de milhões de pessoas em segundos, sem aviso prévio. No que toca à subsistência da investigação científica, a tal se resume o seu objecto. O cientista actual, ou é um misto de psicólogo e inquisidor, estudando com a minúcia própria da ciência o significado das expressões faciais, dos gestos e das inflexões da voz, e testando os efeitos reveladores das drogas, da terapia de choque, da hipnose e da tortura física; ou é um químico, um físico ou um biólogo, interessado apenas nos ramos da sua especialidade relevantes para a supressão da vida. Nos vastos laboratórios do Ministério da Paz e nas estações experimentais escondidas nas florestas do Brasil, no deserto australiano ou nas ilhas perdidas do Antárctico, as equipas de peritos trabalham infatigavelmente. Alguns dedicam-se simplesmente ao planeamento logístico de guerras futuras; outros concebem bombas gigantescas, explosivos cada vez mais potentes, blindagens impenetráveis; outros procuram obter novos gases mais mortíferos, ou venenos solúveis susceptíveis de serem produzidos em quantidades tais que destruam a vegetação de continentes inteiros, ou estirpes de micróbios patogénicos imunes a todos e quaisquer anticorpos; outros tentam produzir um veículo que consiga abrir caminho debaixo da terra como os submarinos debaixo de água, ou um avião tão autónomo da base como um barco à vela; outros exploram possibilidades ainda mais remotas, como a de modificar a orientação dos raios solares através de lentes suspensas no espaço, a milhares de quilómetros de altitude, ou a de provocar terramotos e maremotos artificiais canalizando calor a partir do centro da Terra.

Mas nenhum destes projectos chega alguma vez a realizar-se, e nenhum dos três super-estados ganha avanço significativo sobre os restantes. Notável é as três potências já possuírem, na bomba atómica, uma arma muito mais poderosa do que qualquer das suas actuais pesquisas os levem a descobrir. Embora o Partido, como é seu hábito, reclame a paternidade do invento, as bombas atómicas apareceram na década de quarenta, e foram usadas em grande escala cerca de dez anos mais tarde. Nessa época despejaram-se várias centenas de bombas sobre os grandes centros industriais, em particular na Rússia Europeia, na Europa Ocidental e na América do Norte. Isso convenceu os grupos dominantes de todos os países de que mais algumas bombas atómicas significariam o fim da sociedade organizada, e consequentemente o do seu próprio poder. A partir daí, embora nunca se tenha chegado a selar, ou sequer a sugerir, qualquer acordo, suspenderam os lançamentos. Todas as três potências continuam simplesmente a produzir bombas atómicas e a armazená-las para algum momento decisivo, que todas esperam vir a ter, mais cedo ou mais tarde. E entretanto a arte da guerra permaneceu quase estacionária nos últimos trinta ou quarenta anos. Os helicópteros são mais usados do que antes, os bombardeiros foram em grande medida ultrapassados pelos projécteis autopropelidos, e o frágil couraçado móvel deu lugar à quase invulnerável fortaleza flutuante. De resto, poucos progressos houve. O tanque, o submarino, o torpedo, a metralhadora, e até a espingarda e a granada de mão, continuam a ser usados. E apesar dos massacres constantes noticiados na imprensa e nos telecrãs, as batalhas desesperadas das últimas guerras, onde centenas de milhares ou mesmo milhões de homens morriam em poucas semanas, não se repetiram.

Nenhum dos três super-estados tenta hoje qualquer manobra que implique o risco de séria derrota. Quando se empreende alguma operação em larga escala, trata-se geralmente de ataques-surpresa contra o próprio aliado. A estratégia que as três potências seguem, ou fingem seguir, nunca varia. Através de uma combinação de acções militares, negociações e actos de traição no momento oportuno, o plano resume-se a conquistar um círculo de bases em torno do estado rival, para logo de seguida assinar um pacto de amizade com esse rival, mantendo com ele relações pacíficas durante certo número de anos, até lhe dissipar a desconfiança. Durante esse tempo fica em aberto a possibilidade de serem instalados, nos pontos estratégicos, foguetões carregados de bombas atómicas, finalmente disparadas em simultâneo, com efeitos tão devastadores que será impossível qualquer espécie de retaliação. É, então, o momento azado de assinar um pacto de amizade com a outra potência mundial, de modo a preparar nova ofensiva. Escusado será dizer que um plano assim não passa de uma fantasia irrealizável. Além disso, nunca se combate fora das zonas disputadas entre o Equador e o Pólo Norte: ninguém empreende qualquer invasão do território inimigo. Assim se explica o facto de as fronteiras entre os super-estados serem em alguns pontos perfeitamente arbitrárias. À Eurásia, por exemplo, seria fácil conquistar as Ilhas Britânicas, que geograficamente fazem parte da Europa, e em contrapartida a Oceânia poderia fazer avançar as suas fronteiras até ao Reno ou mesmo até ao Vístula. Mas isto violaria um princípio que, embora nunca formulado, todas as partes respeitam: o da integridade das culturas. Se a Oceânia conquistasse as zonas outrora conhecidas como França e Alemanha, teria de exterminar aí os habitantes, tarefa fisicamente muito difícil, ou então assimilar uma população de cerca de cem milhões de indivíduos, que, em matéria de desenvolvimento técnico, se situam aproximadamente ao mesmo nível que a Oceânia. O problema é idêntico para os três super-estados. Torna-se absolutamente indispensável à sua estrutura que não haja quaisquer contactos com estrangeiros, excepto, num grau muito limitado, prisioneiros de guerra e escravos de cor. Mesmo o aliado oficial do momento é visto com a mais negra desconfiança. Além dos prisioneiros de guerra, o cidadão comum da Oceânia nunca vê cidadãos da Eurásia ou da Lestásia, e está proibido de aprender línguas estrangeiras. Se lhe permitissem contactar com estrangeiros acabaria por descobrir que são criaturas semelhantes a si, e que a maior parte de quanto ouviu dizer acerca deles é falso. Abrir-se-ia uma brecha no mundo fechado em que vive, e o medo, o ódio e o fanatismo, pilares do seu moral, poderiam evaporar-se. Por conseguinte, todas as partes se apercebem de que, seja qual for a frequência com que a Pérsia, o Egipto, Java ou Ceilão mudam de mãos, as fronteiras fundamentais, essas, nunca devem ser atravessadas senão por bombas.

Subjacente a tudo isto, existe um facto que, não sendo nunca mencionado em voz alta por ninguém, está tacitamente reconhecido e preside à base de toda a actuação das potências, a saber: as condições de vida nos três super-estados são sensivelmente idênticas. Na Oceânia a filosofia dominante chama-se Socing, na Eurásia, Neobolchevismo, e na Lestásia tem um nome chinês geralmente traduzido por Culto da Morte, mas a que talvez fosse mais correcto chamar Obliteração do Eu. O cidadão da Oceânia não tem qualquer hipótese de acesso aos princípios das outras duas filosofias. Ensinam-no a execrá-las como bárbaros ultrajes à moral e ao senso comum. E, na realidade, as três filosofias mal se diferenciam umas das outras, além de nada distinguir os sistemas sociais que cimentam. Por toda a parte vigora igual estrutura em pirâmide, igual culto do chefe semidivino, igual economia, tendo por motor e objectivo a guerra permanente. Daqui decorre que aos três super-estados não só lhes está vedado conquistarem-se uns aos outros, como também não adviria qualquer vantagem disso. Pelo contrário, enquanto prosseguir o conflito amparar-se-ão uns aos outros, como um braçado de espigas em equilíbrio. E, como sempre, os grupos dominantes das três potências têm e não têm, simultaneamente, consciência do que estão a fazer. Dedicam a vida inteira à conquista do mundo, mas ao mesmo tempo reconhecem ser preciso a guerra prolongar-se eternamente, sem vitória. Entretanto, o facto da ausência do perigo de conquista torna possível a negação do real, característica basilar do Socing e dos outros sistemas de pensamento rivais. Deve-se repetir aqui o que dissemos atrás, ou seja, ao tornar-se contínua, a guerra mudou radicalmente de natureza.

No passado, a guerra era, quase por definição, qualquer coisa que tarde ou cedo chegaria ao fim, resultando geralmente numa vitória ou numa derrota inequívoca. No passado, a guerra constituía, além disso, um dos principais instrumentos de manutenção das sociedades humanas em contacto com a realidade material. Todos os governantes, de todas as épocas, procuraram impor aos seguidores uma falsa visão do mundo, mas não podiam dar-se ao luxo de alimentar ilusões prejudiciais à eficiência militar. Enquanto a derrota implicava perda de independência, ou quaisquer outras consequências indesejáveis, as medidas contra a derrota eram drásticas. Os factos materiais não podiam ser ignorados. Na filosofia, na religião, na ética ou na política, dois e dois poderiam dar cinco; mas quando se tratava de desenhar armas ou algum avião, dois e dois tinham de dar quatro. As nações menos eficientes acabavam sempre um dia por ser conquistadas, e a luta pela eficiência surgia como inimiga das ilusões. Além disso, a eficiência obrigava a ser-se capaz de aprender com o passado e a ter uma ideia bastante exacta do que então acontecera. Evidentemente que a imprensa e os livros de História sempre foram parciais e tendenciosos, mas seria impossível proceder a falsificações como as hoje praticadas. A guerra assegurava solidamente a lucidez e, no que toca às classes dominantes, talvez até mais do que tudo o resto. Quando as guerras se ganhavam ou perdiam nenhuma classe dominante se furtava de todo às responsabilidades.

Desde que a guerra se tornou literalmente contínua, deixou também de ser perigosa. Quando a guerra é contínua, desaparecem os imperativos militares. Até o progresso técnico pode parar e os factos palpáveis serem negados ou ignorados. Como vimos, continuam ainda a realizar-se, com objectivos bélicos, investigações a que damos o nome de científicas, e no fundo não passam de simples devaneios, cuja ausência de resultados visíveis não constitui problema. A eficiência — mesmo a eficiência militar — já não é necessária. Nada é eficiente na Oceânia, além da Polícia do Pensamento. Uma vez que todos os super-estados são invencíveis, cada qual forma, na realidade, um universo independente, em cujo interior podem desenvolver-se, sem risco, quase todos os tipos de perversão mental. A realidade só exerce a sua pressão por via dos imperativos da vida quotidiana — a necessidade de uma pessoa comer e beber, de se vestir e de se abrigar, de não tomar veneno nem saltar das janelas dos últimos andares, e outras coisas do género. Continua a existir distinção entre vida e morte, entre prazer físico e dor física; mas essa é a única distinção que subsiste. Privado do contacto com o mundo exterior e com o passado, o cidadão da Oceânia comporta-se como um homem no espaço interestelar, sem meios de saber se está de cabeça para baixo ou para cima. Os governantes de tais estados são absolutos, mais absolutos do que alguma vez o puderam ser os faraós ou os césares. Por conveniência, vêem-se na contingência de evitar que morra à fome mais do que um certo número de seguidores, e a manterem-se no mesmo baixo nível de técnica militar que os seus rivais; mas uma vez atingido este mínimo, são livres de moldar a realidade, dando-lhe a forma que entenderem.

A guerra, por conseguinte, se a avaliarmos pelos padrões das guerras anteriores, não passa de uma impostura. Como nos combates entre certos ruminantes, cujos chifres estão implantados de tal forma que nunca lhes permitem ferir-se entre si. Porém, embora irreal, a guerra não perdeu sentido. Absorve o excedente de bens de consumo e ajuda a manter essa atmosfera mental indispensável a qualquer sociedade hierárquica. A guerra, como veremos, é hoje questão puramente interna. No passado, os grupos dominantes de todos os países, se bem que capazes de reconhecer os interesses comuns, limitando, por isso mesmo, o seu poder destruidor, lutavam realmente entre si, e o vencedor espoliava sempre o vencido. Nos nossos dias, já não lutam uns contra os outros. A guerra trava-se entre cada um dos grupos dominantes contra as suas próprias populações, consistindo o objectivo da guerra não em fazer ou impedir conquistas territoriais, mas sim em manter intacta a estrutura da sociedade. A própria palavra «guerra» se tornou, portanto, enganadora. Será provavelmente correcto dizermos que, ao passar a contínua, a guerra deixou de existir. A excepcional pressão que ela exerceu sobre os seres humanos da era neolítica ao início do século XX, desapareceu, foi substituída por algo muito diferente. O efeito seria quase o mesmo se os três super-estados, em vez de se digladiarem, concordassem em coexistir numa paz perpétua, em segurança no interior das suas fronteiras. Pois também nesse caso seriam universos estanques, para sempre libertos da influência moderadora do perigo exterior. Uma paz efectivamente permanente resulta igual à guerra permanente. Eis, pois — embora a grande maioria dos membros do Partido apenas lhe dê um sentido superficial —, o significado profundo da divisa do Partido: *Guerra é Paz.*

Winston parou de ler por momentos. Algures, muito ao longe, a deflagração de uma bomba. Sentia-se feliz por estar ali sozinho com o livro proibido, numa sala sem telecrã: isso não se desvanecera. A solidão e a segurança manifestavam-se nele como sensações físicas, de certo modo confundindo-se com o cansaço do seu corpo, a moleza da cadeira, o contacto da leve brisa a afagar-lhe o rosto. O livro fascinava-o ou, mais precisamente, tranquilizava-o. Num certo sentido, não lhe trazia nada de novo, mas isso era parte do seu fascínio. Afinal afirmava tudo quanto ele próprio teria dito, se conseguisse pôr no papel algumas ideias dispersas. Era o produto de um espírito semelhante ao seu, mas incomensuravelmente mais capaz, mais sistemático, menos tolhido pelo medo. Winston percebeu que os livros melhores são justamente os que nos dizem aquilo que já sabemos. Acabava de voltar ao Capítulo I quando ouviu os passos de Julia na escada; levantou-se logo da cadeira para a receber. Ela pousou no chão o saco castanho das ferramentas e caiu-lhe nos braços. Passara mais de uma semana sem se verem.

— Já tenho *o livro* — disse Winston, quando desfizeram o abraço.

— Ai sim? Óptimo — disse ela, sem manifestar grande interesse, e quase a seguir pôs-se de joelhos diante do fogareiro a preparar o café.

Decorrera meia hora quando, na cama, voltaram ao assunto. A tarde, algo fresca, obrigou-os a taparem-se com a colcha. Lá em baixo, o som familiar das cantigas e dos pés a arrastar na laje. A mulher corpulenta, de braços vermelhos, que Winston vira na sua primeira visita, era quase um adereço daquele pátio. Aparentemente, não havia hora do dia em que não andasse cá e lá, entre o alguidar e o estendal, ora amordaçando-se com molas da roupa, ora irrompendo em alegre cantoria. Julia deitara-se de lado e parecia prestes a adormecer. Ele estendeu a mão para o livro, caído no chão, e encostou-se à cabeceira da cama.

— Temos de o ler — disse. — Tu também. Todos os membros da Fraternidade têm de o ler.

— Lê tu — sugeriu ela, com os olhos fechados. — Lê em voz alta. É a melhor maneira. Assim podes-mo ir explicando à medida que lês.

Os ponteiros do relógio marcavam as seis, ou seja, as dezoito. Tinham três ou quatro horas à sua frente. Winston apoiou o livro nos joelhos e começou a ler:

Capítulo I

Ignorância é Força

Desde que há documentos escritos, e provavelmente já desde o fim do Neolítico, existem no mundo três categorias de pessoas: a Alta, a Média e a Baixa. Estes grupos têm-se subdividido das mais diversas formas, foram-lhes atribuídos variados nomes, e a sua proporção numérica, bem como as atitudes recíprocas, variaram de época para época; a estrutura fundamental da sociedade, porém, nunca se modificou. Mesmo depois das maiores convulsões, das mudanças aparentemente mais irreversíveis, acabou sempre por restabelecer-se idêntico modelo, tal como um giroscópio volta sempre ao ponto de equilíbrio por muito bruscamente que o desloquem nesta ou naquela direcção.

— Julia, estás acordada? — disse Winston.

— Claro, meu amor, estou a ouvir. Continua. É óptimo.

Os objectivos destes três grupos são absolutamente inconciliáveis. O objectivo da classe Alta consiste em permanecer onde está; o objectivo da Média, em trocar de posição com a Alta. O objectivo da classe Baixa, quando algum objectivo tem — pois a característica persistente da classe Baixa resume-se a ser de tal modo oprimida pela dureza do trabalho, que só de vez em quando toma consciência daquilo que é exterior à sua vida quotidiana —, consiste em abolir todas as distinções, criando uma sociedade onde todos os homens sejam iguais. E assim, ao longo da História, se repete vezes sem conta uma luta, nas suas grandes linhas sempre a mesma. Passam-se longos períodos em que a classe Alta se julga firme no poder, surgindo logo um momento em que os seus elementos perdem a confiança uns nos outros, ou a capacidade de governar com eficiência, ou ambas as coisas. São então destronados pela classe Média, que, no seu fingimento de estar a empreender a luta pela liberdade e pela justiça, consegue o apoio da Baixa. Mas mal atinge os seus objectivos, a classe Média volta a empurrar a Baixa para a antiga servidão, e converte-se ela própria em Alta. Ao fim de algum tempo, nova classe Média se formou, a partir de um dos outros grupos, ou de ambos, e tudo recomeça. Das três categorias, só a Baixa nunca consegue, ainda que temporariamente, atingir os seus objectivos. Seria exagero dizer que ao longo da História não tenha havido certo progresso material. Mesmo hoje em dia, no actual período de declínio, o ser humano vive, em média, materialmente melhor do que vivia há alguns séculos. Mas nenhum acréscimo de riqueza, nenhum abrandamento dos costumes, nenhuma reforma ou revolução fizeram recuar um milímetro sequer a desigualdade humana. Do ponto de vista da classe Baixa, as mudanças históricas pouco mais representam que a mudança de nome dos chefes.

Já no final do século XIX, a recorrência deste modelo se tornara evidente para muitos observadores. Surgiram então escolas de pensadores que interpretaram a História como um processo cíclico, procurando demonstrar que a desigualdade era uma das leis inalteráveis da vida humana. Tal doutrina, naturalmente, nunca deixou de ter adeptos, mas o modo como está hoje apresentada representa uma mudança significativa. Antigamente, a necessidade de sociedades hierarquicamente organizadas consignava uma doutrina específica da classe Alta. Quem a pregava eram, por um lado, os reis e aristocratas e, por outro, grupos parasitários como os sacerdotes e os advogados, adoçando-a, regra geral, com promessas de compensação num mundo imaginário além-túmulo. A classe Média, enquanto lutou pelo poder, recorreu sempre a termos como liberdade, justiça, fraternidade. Mais recentemente, porém, o conceito de fraternidade humana começou a ser tomado de assalto por grupos que não se encontravam ainda em posições de chefia, mas esperavam ocupá-las muito em breve. No passado, a classe Média fazia revoluções sob a bandeira da igualdade, a fim de instaurar novas tiranias logo que as antigas caíam. Os grupos médios recentes, em contrapartida, proclamaram antecipadamente a sua tirania. O socialismo, teoria do início do século XIX, e que constituiu o último elo de uma cadeia de pensamento que remonta às revoltas de escravos da Antiguidade, mostrou--se ainda fortemente impregnado do utopismo antigo. Mas em cada uma das tendências do socialismo, que apareceram a partir de 1900, esse objectivo de instaurar a liberdade e a igualdade foi sendo descaradamente posto de parte. Os novos movimentos que surgiram em meados do século — o Socing na Oceânia, o Neobolchevismo na Eurásia e o Culto da Morte (como geralmente é conhecido) na Lestásia — tinham o propósito consciente de perpetuar a não-liberdade e a desigualdade. Estes novos movimentos desenvolveram-se, evidentemente, a partir dos mais antigos, cujos nomes procuraram manter e a cuja ideologia sempre prestaram homenagem, embora por mera formalidade. Mas o objectivo de todos eles cingia-se a deter o progresso e a imobilizar a História num determinado ponto. O velho movimento pendular devia ocorrer uma vez mais, e depois parar. Como de costume, a classe Alta foi destronada pela Média, que logo se converteu em Alta; mas desta vez, mediante uma estratégia consciente, a classe Alta criaria condições de permanência.

As novas doutrinas surgiram, em parte, devido à acumulação do conhecimento histórico e ao desenvolvimento do sentido histórico, que antes do século XIX mal existia ainda. O movimento cíclico da História era agora inteligível, ou parecia sê-lo; e, sendo inteligível, mostrava-se também susceptível de ser alterado. Mas a principal causa subjacente a esta evolução foi que, desde o início do século XX, a igualdade humana se tornara tecnicamente possível. Não deixara de ser verdadeira a desigualdade dos homens nos seus talentos inatos, e as funções correspondiam a especialidades de forma a favorecer determinados indivíduos em detrimento de outros; mas as distinções de classe e as grandes diferenças de riqueza tinham-se tornado obsoletas. Nas épocas anteriores, as distinções de classe eram não apenas inevitáveis como até desejáveis. A desigualdade surgia como preço da civilização. Com o desenvolvimento da produção mecanizada, no entanto, as coisas mudaram de figura. Mesmo sendo necessário os seres humanos continuarem a executar diferentes tipos de tarefas, tornou-se desnecessário viverem em diferentes níveis sociais ou económicos. Por conseguinte, do ponto de vista dos grupos mais recentes que se preparavam para tomar o poder, a igualdade humana já não era um ideal a perseguir, mas sim um perigo a evitar. Primitivamente, quando uma sociedade justa e pacífica não se afigurava efectivamente possível, fora mais fácil acreditar nela. A ideia do paraíso terrestre onde os homens viveriam em perfeita fraternidade, sem leis e sem a canga do trabalho bruto, povoara durante milhares de anos a imaginação humana. Esta visão chegara até a exercer algum fascínio sobre os grupos que realmente beneficiavam de cada mudança histórica. Os herdeiros das revoluções francesa, inglesa e norte-americana acreditaram até certo ponto nos seus próprios discursos acerca dos direitos do homem, da liberdade de expressão, da igualdade perante a lei, e assim por diante, o que influenciou de certa maneira a sua conduta. Todavia, na quarta década do século XX já todas as grandes correntes do pensamento político se tinham tornado autoritárias. O paraíso terrestre viu-se no descrédito no preciso momento em que se afigurava exequível. Todas as novas teorias políticas, fosse qual fosse o seu nome, defendiam um regresso à hierarquia e à arregimentação. E, no endurecimento geral de posições que se instalou por volta de 1930, certas práticas abandonadas, em alguns casos havia já centenas de anos — prisões sem julgamento, utilização dos prisioneiros de guerra como escravos, execuções públicas, recurso à tortura para obter confissões, reféns, deportação de populações inteiras —, não só voltaram a ser moeda corrente como foram toleradas e até defendidas por pessoas ditas esclarecidas e progressistas.

Só ao fim de uma década de guerras nacionais, guerras civis, revoluções e contra-revoluções em todas as zonas do mundo é que o Socing e as doutrinas rivais surgiram como teorias políticas plenamente desenvolvidas. Mas elas já haviam sido prefiguradas pelos vários sistemas genericamente chamados totalitários, surgidos nas décadas precedentes, evidenciando desde logo as grandes linhas de força do mundo que viria a emergir do caos. Não menos evidente se tornara também o tipo de gente que dominaria tal mundo. A nova aristocracia compunha-se, na sua grande maioria, de burocratas, cientistas, técnicos, dirigentes sindicais, publicitários, sociólogos, professores, jornalistas e políticos profissionais. Esta gente, oriunda da classe média assalariada e dos escalões superiores da classe trabalhadora, fora moldada e amalgamada pelo mundo estéril da indústria monopolista e dos governos centralizados. Tratava-se de indivíduos que, em comparação com os seus pares de épocas anteriores, se mostravam menos avarentos, menos sujeitos à tentação do luxo, mais ávidos de poder puro e, acima de tudo, conscientes do que estavam a fazer e mais decididos a esmagar toda e qualquer oposição. Esta última diferença é crucial. Comparadas com as actuais, todas as tiranias do passado foram tímidas e ineficazes. Os grupos dominantes, até certo ponto, sempre se deixaram contaminar pelas ideias liberais, e permitiam que inúmeros domínios escapassem ao seu controlo, contentando-se em tomar apenas em consideração actos explícitos, sem se interessarem pelo que pensavam os seus subordinados. Pelos padrões actuais, até a Igreja Católica da Idade Média foi tolerante. Explica-se isto em parte pelo facto de no passado nenhum governo ter capacidade para manter os cidadãos sob vigilância constante. A invenção da imprensa, no entanto, tornou mais fácil manipular a opinião pública, e o cinema e a rádio levaram ainda mais longe o processo. Com o desenvolvimento da televisão, e os avanços técnicos que tornaram possível a emissão e a recepção simultâneas através do mesmo aparelho, a vida privada acabou. Cada cidadão, ou pelo menos cada cidadão suficientemente importante para valer a pena ser vigiado, pode ser mantido vinte e quatro horas debaixo dos olhos da polícia e sob a influência da propaganda oficial, com todos os outros canais de comunicação cortados. A possibilidade de impor a todos os indivíduos não só obediência absoluta à vontade do Estado, mas também uma absoluta uniformidade de opinião, existe agora pela primeira vez.

Após o período revolucionário dos anos 50 e 60, a sociedade reagrupou-se, uma vez mais, em Alta, Média e Baixa. Mas a nova classe Alta, ao invés de todas as predecessoras, não agiu por instinto: sabia o que precisava de fazer para salvaguardar a sua posição. Já tinha percebido que a única base segura para a oligarquia é o colectivismo. A riqueza e os privilégios são mais fáceis de defender quando possuídos em conjunto. A chamada «abolição da propriedade privada», que teve lugar em meados do século, representou, na realidade, a concentração da propriedade num menor número de mãos do que anteriormente: apenas com a diferença de os novos proprietários serem um grupo, em vez de um aglomerado de indivíduos singulares. Individualmente, nenhum membro do Partido possui o que quer que seja, excepto os seus pertences pessoais. Colectivamente, o Partido possui tudo quanto existe na Oceânia, porque tudo controla e dispõe da produção como bem entende. Nos anos que se seguiram à Revolução, conseguiu ocupar quase sem opositores esta posição dominante, porque todo o processo foi apresentado como um acto de colectivização. Sempre se partira do princípio de que quando a classe capitalista fosse expropriada nasceria fatalmente o socialismo: e, inegavelmente, os capitalistas tinham sido expropriados. Fábricas, minas, casas, transportes — tudo lhes fora tirado: e uma vez que tais coisas deixavam de ser propriedade privada, depreendia-se que eram propriedade pública. O Socing, que se desenvolveu a partir do antigo movimento socialista e herdou a sua fraseologia, pusera efectivamente em prática o ponto fundamental do programa socialista — com o resultado, antecipadamente previsto e desejado, de a desigualdade económica ter acabado por se tornar permanente.

Mas os problemas ligados à perpetuação de uma sociedade hierárquica são mais profundos. Só há quatro maneiras de um grupo dominante perder o poder. Ou é vencido do exterior, ou governa de modo tão pouco eficiente que as massas acabam na revolta, ou permite que se forme uma classe Média forte e descontente, ou perde a confiança em si próprio e a vontade de governar. Causas que não agem isoladamente e, regra geral, todas as quatro se conjugam em maior ou menor escala. Uma classe dominante capaz de se defender contra todas elas permaneceria eternamente no poder. Em última análise, o factor determinante reside na atitude mental da própria classe dominante.

A partir de meados do nosso século, o primeiro perigo, de facto, desapareceu. Cada uma das três potências em que se divide hoje o mundo é invencível, e só poderia deixar de o ser mediante lentas mudanças demográficas, o que qualquer governo dotado de amplos poderes facilmente consegue evitar. O segundo perigo também é apenas teórico. As massas nunca se revoltam por iniciativa própria, e nunca se revoltam somente devido à opressão. Com efeito, ao escamotear-se-lhes os termos de comparação deixam de se aperceber de que são sequer oprimidas. As recorrentes crises económicas do passado foram absolutamente desnecessárias, e nem se permite hoje que ocorram, embora possam ocorrer e ocorrem de facto outras perturbações igualmente importantes, sem que daí advenham quaisquer consequências políticas, pois não existem meios de expressar o descontentamento. Quanto ao problema do excesso de produção, latente na nossa sociedade desde os primórdios da mecanização, está solucionado através do dispositivo da guerra permanente (ver Capítulo III), método também extremamente útil para manter no devido tom o moral das populações. Do ponto de vista dos nossos actuais governantes, por conseguinte, os únicos perigos reais resumem-se à formação de algum novo grupo de gente capaz, subaproveitada e faminta de poder, e à difusão do liberalismo e do cepticismo nas suas próprias fileiras. Ou seja, trata-se de um problema educacional. Questão de moldar permanentemente a consciência tanto do grupo dirigente como do grupo executivo mais vasto, que se situa imediatamente abaixo do primeiro. Quanto à consciência das massas, basta influenciá-la pela negativa.

A partir deste pano de fundo, qualquer pessoa poderia deduzir, se a desconhecesse, a estrutura global da sociedade oceânica. No vértice da pirâmide, o Grande Irmão. O Grande Irmão é infalível e todo-poderoso. Considera-se que cada êxito, cada realização, cada vitória, cada descoberta científica, toda a sabedoria, toda a felicidade e toda a virtude derivam directamente da sua chefia e da sua inspiração. Nunca ninguém viu o Grande Irmão. É um rosto nos cartazes, uma voz no telecrã. Podemos estar razoavelmente certos de que nunca morrerá, e já começa hoje a ser bastante incerta a data em que nasceu. O Grande Irmão prefigura a forma sob a qual o Partido decidiu apresentar-se ao mundo. A sua função consiste em ser um pólo aglutinador do amor, do medo e da veneração, sentimentos mais fáceis de nutrir por um indivíduo do que por uma organização. Abaixo do Grande Irmão, vem o Partido Interno, cujos efectivos estão limitados a seis milhões, ou seja, menos de dois por cento da população da Oceânia. Abaixo do Partido Interno, surge o Partido Externo, que, se definirmos o primeiro como o cérebro do Estado, pode com justeza ser comparado às mãos desse mesmo Estado. Abaixo dele, só as massas sem voz a que geralmente chamamos «proles», e que representam perto de oitenta e cinco por cento da população. Nos termos da nossa anterior classificação, os proles são a categoria Baixa: pois a população escrava das zonas equatoriais, que passa constantemente das mãos de conquistador para conquistador, não constitui um elemento permanente nem indispensável da estrutura.

Em princípio, pertencer a qualquer destes três grupos não é hereditário. Um filho de membros do Partido Interno não nasce, em teoria, para o Partido Interno. A admissão a qualquer dos dois ramos do Partido faz-se através de exame, a que cada indivíduo se sujeita ao atingir os dezasseis anos. Também não existe qualquer espécie de discriminação racial, nem hegemonia marcante desta ou daquela província sobre as outras. Encontram-se judeus, negros, sul-americanos de puro sangue índio nos mais altos cargos do Partido, os próprios administradores de cada região são escolhidos entre os habitantes da respectiva região. Não há nenhum território da Oceânia cujos habitantes tenham a sensação de serem colonizados, ou governados a partir de uma capital distante. A Oceânia não tem capital, e ninguém conhece o paradeiro do chefe supremo. Salvo no facto de ter o inglês como *língua franca* e a novilíngua como idioma oficial, em nada mais se apresenta centralizada. Os seus governantes não estão ligados entre si por laços de sangue, mas pela adesão a uma doutrina comum. Pode constatar-se que a nossa sociedade é estratificada, e muito rigidamente estratificada, sobre aquilo que à primeira vista parecem ser linhagens hereditárias. Há uma mobilidade muito menor entre os vários grupos do que houve durante o período capitalista, ou mesmo durante a era pré-industrial. Entre os dois ramos do Partido existe certo intercâmbio, mas apenas o estritamente necessário para garantir que os fracos sejam excluídos do Partido Interno e que os membros mais ambiciosos do Partido Externo sejam neutralizados mediante o acesso à hierarquia superior. Os proletários, esses, na prática, não têm a mínima hipótese de entrar para o Partido. Os mais dotados de entre eles, que poderiam vir a gerar focos de descontentamento, são detectados pela Polícia do Pensamento e simplesmente eliminados. Mas este estado de coisas não será necessariamente permanente, nem é questão de princípio. O Partido não forma uma classe no velho sentido do termo. Não se propõe transmitir o poder aos seus próprios descendentes, enquanto tais; e se não houvesse outro meio de manter no topo da escala as pessoas mais capazes, estaria perfeitamente disposto a recrutar uma nova geração nas fileiras do proletariado. Nos anos decisivos, o facto de o Partido não ser um corpo hereditário contribuiu bastante para neutralizar a oposição. Os socialistas da velha guarda, treinados para lutar contra uma coisa chamada «privilégios de classe», partiam do princípio de que aquilo que não é hereditário não pode ser permanente. Não viam que a continuidade da oligarquia não precisa necessariamente de ser física; nem constituía para esses socialistas motivo de reflexão que as aristocracias hereditárias sempre tivessem tido vida curta, ao passo que organizações adoptivas como a Igreja Católica chegaram por vezes a durar séculos ou milénios. A essência do princípio oligárquico não reside na transmissão de pai para filho, mas na permanência de uma certa visão do mundo e certo estilo de vida, que os mortos impõem aos vivos. Um grupo dominante só é dominante enquanto conserva a capacidade de designar os seus sucessores. O importante para o Partido não é perpetuar o sangue mas perpetuar-se a si próprio. Não interessa saber *quem* detém o poder, conquanto a estrutura hierárquica se mantenha.

Todas as convicções, hábitos, gostos, emoções e atitudes mentais que caracterizam a nossa época servem afinal para alimentar a mística do Partido e impedir que se torne perceptível a verdadeira natureza da sociedade actual. Neste momento não é viável qualquer forma de revolta física, nem mesmo um esboço preliminar de revolta. Dos proletários, nada há que temer. Abandonados à sua sorte, continuarão geração após geração, século após século, a trabalhar, a procriar e a morrer, não apenas sem qualquer ímpeto de revolta, como sem sequer capacidade de perceberem que o mundo poderia ser diferente. Só poderiam tornar-se perigosos se o progresso tecno-industrial obrigasse a dar-lhes mais instrução; mas, uma vez que a rivalidade militar e comercial perdeu toda a sua importância, o nível de instrução popular entrou em declínio. As opiniões que as massas possam ou não ter são encaradas com a maior indiferença. Pode dar-se-lhes toda a liberdade intelectual, porque não têm intelecto. Em contrapartida, num membro do Partido, não se pode tolerar qualquer desvio de opinião, por ínfimo que seja, nem mesmo nas questões mais comezinhas.

Um membro do Partido vive do berço à cova sob o olhar da Polícia do Pensamento. Até quando está sozinho nunca tem a certeza de estar sozinho. Onde quer que se encontre, acordado ou a dormir, a trabalhar ou a descansar, no banho ou na cama, pode vir a ser inspeccionado sem aviso e sem dar por isso. Nada daquilo que faz é indiferente. Amizades, divertimentos, a atitude para com a mulher e os filhos, a expressão do rosto quando está sozinho, palavras que murmure durante o sono, movimentos característicos do corpo, tudo vai sendo ciosamente observado. Fatalmente acaba por se lhe detectar não apenas qualquer delito de facto cometido, como excentricidades, mesmo a mais insignificante, qualquer alteração nos hábitos ou tique nervoso que possa sugerir sintomas de luta interior. O membro do Partido não tem liberdade de escolha, seja em que domínio for. Contudo, os seus actos não são regulamentados por leis ou por códigos de conduta explicitamente formulados. Na Oceânia não existem leis. Os pensamentos e actos que, quando descobertos, significam morte certa nunca foram formalmente proibidos, e as incessantes purgas, detenções, torturas, prisões e vaporizações não são infligidas para punir crimes que tenham realmente sido cometidos; previnem antes, pela eliminação, a simples hipótese de alguém poder vir a cometer um crime num futuro mais ou menos longínquo. Pretende-se que um membro do Partido tenha, além das opiniões certas, também os instintos certos. Muitas das convicções e atitudes que lhe são exigidas nunca chegam a ser claramente explicitadas, nem poderiam sê-lo sem pôr a nu as contradições inerentes ao Socing. Se for pessoa naturalmente ortodoxa (em novilíngua, um *bompensante*), saberá em todas as circunstâncias, sem raciocinar sequer, qual a convicção acertada ou a emoção desejável. De qualquer maneira, o elaborado treino mental a que foi sujeito na infância, e que gira em torno dos termos de novilíngua *pára-crime*, *pretobranco* e *duplopensar*, privou-o quer da disposição, quer da capacidade para pensar aprofundadamente seja sobre que assunto for.

Espera-se de qualquer membro do Partido que não tenha sentimentos pessoais nem quebras de entusiasmo. Pretende-se que viva num frenesi contínuo de ódio aos inimigos estrangeiros e aos traidores internos, de euforia pelas vitórias e de auto-aviltamento ante o poder e a sabedoria do Partido. O descontentamento advindo da sua vida miserável e insatisfatória encontra-se deliberadamente canalizado para o exterior e dissipado através de dispositivos como os Dois Minutos do Ódio, e as especulações que poderiam dar origem a atitudes cépticas ou rebeldes são antecipadamente sufocadas numa disciplina interior precocemente adquirida. O primeiro e mais simples estádio dessa disciplina, que pode ser ensinado até mesmo a crianças de tenra idade, chama-se em novilíngia *pára-crime*. *Pára-crime* significa a faculdade de parar, como por instinto, no limiar de qualquer pensamento perigoso. Inclui a faculdade de não captar certas analogias, de omitir erros de lógica, de não compreender argumentos elementares se forem hostis ao Socing, e de sentir enfado ou repulsa por qualquer raciocínio susceptível de tomar um rumo herético. *Pára-crime*, em resumo, significa estupidez protectora. Mas a estupidez não basta. Muito pelo contrário, a ortodoxia, no pleno sentido do termo, exige dos indivíduos um domínio tão completo dos seus próprios processos mentais como o que um contorcionista tem do corpo. A sociedade oceânica assenta, em última análise, na convicção de que o Grande Irmão é todo-poderoso e o Partido é infalível. Mas como na realidade nem um é todo-poderoso nem o outro é infalível, torna-se necessária, a todo o instante, certa flexibilidade infatigável na abordagem dos factos. Aqui, a palavra-chave é *pretobranco*. Como tantas outras palavras de novilíngua, também esta tem dois sentidos antagónicos. Aplicada a um opositor, significa o hábito de afirmar despudoradamente que o preto é branco, contrariando a evidência dos factos. Aplicada a um membro do Partido, designa a lealdade diligente em afirmar que o preto é branco quando a disciplina do Partido assim o exige. Mas significa também a capacidade de *acreditar* que o preto é branco, e mais ainda, de *saber* que o preto é branco, e esquecer que alguma vez se tenha pensado o contrário. Isto implica a constante alteração do passado, só possível pelo sistema de pensamento que na verdade abarca tudo o resto, e que se designa em novilíngua pela palavra *duplopensar*.

A alteração do passado tornou-se necessária por dois motivos, um dos quais subsidiário, constituindo, por assim dizer, uma medida cautelar. Em boa parte por não ter padrões de comparação, este motivo subsidiário deve-se ao facto de os membros do Partido tolerarem as suas actuais condições de vida, à semelhança dos proletários. Eles têm de ser isolados do passado, da mesma forma que os isolam dos países estrangeiros, pois só assim podem acreditar que vivem melhor do que os antepassados e que o nível médio de conforto material sobe constantemente. Mas o motivo de longe mais importante para o reajustamento do passado está na necessidade de salvaguardar a infalibilidade do Partido. Não é apenas questão de actualizar discursos, estatísticas e documentos de todo o tipo, de forma a demonstrar que as previsões do Partido sempre estiveram certas. Importa também nunca reconhecer qualquer mudança de doutrina ou de alinhamento político. Porque mudar de ideias, ou mesmo de política, denota fraqueza. Se, por exemplo, a Eurásia ou a Lestásia (tanto faz uma como outra) é hoje o inimigo, então esse país tem de ter sido sempre inimigo. E se os factos dizem o contrário, então há que alterar os factos. E assim a História vai sendo constantemente reescrita. Esta falsificação quotidiana do passado, levada a cabo pelo Ministério da Verdade, é tão indispensável à estabilidade do regime como o trabalho de repressão e vigilância levado a cabo pelo Ministério do Amor.

A mutabilidade do passado é o dogma central do Socing. Afirma-se que os acontecimentos passados não possuem existência objectiva, sobrevivendo tão-só nos documentos escritos e na memória dos homens. O passado restringe-se àquilo que merecer o consenso dos documentos e das memórias. E como o Partido exerce absoluto controlo sobre toda a documentação e um controlo igualmente absoluto sobre o espírito dos seus militantes, conclui-se que o passado é aquilo que o Partido entender. Conclui-se também que, embora alterável, o passado nunca foi alterado em nenhum caso concreto. É que uma vez reescrito, tomando a forma num dado momento considerada conveniente, a nova versão daí resultante passa a *ser* o passado, e deixa de poder ter existido algum dia um passado diferente. Este princípio permanece válido até quando, como frequentemente sucede, urge alterar radicalmente o mesmo acontecimento várias vezes ao longo de um ano. O Partido detém sempre a verdade absoluta, e obviamente o absoluto não pode nunca ter sido diferente do que é agora. Como veremos, o controlo do passado depende acima de tudo do adestramento da memória. Assegurar que todos os documentos escritos estão de acordo com a ortodoxia do momento acaba por ser um mero acto mecânico. Mas também é necessário *recordar* que os acontecimentos se deram da maneira pretendida. E se for necessário uma pessoa reajustar as recordações ou falsificar documentos escritos, então tornar-se-á também necessário que *esqueça* aquilo que fez. Truque fácil de aprender, semelhante à aprendizagem de qualquer outra técnica mental. A maioria dos membros do Partido aprende-o, a começar por quantos sejam não apenas ortodoxos mas, acima de tudo, inteligentes. Em velhilíngua chama-se a isto, com a maior franqueza, «controlo da realidade». Em novilíngua chama-se-lhe *duplopensar*, se bem que o *duplopensar* abranja ainda muitas outras coisas.

Duplopensar significa a capacidade de albergar no espírito simultaneamente duas convicções contraditórias, aceitando-as a ambas. O intelectual do Partido sabe em que sentido deve alterar as suas recordações; sabe, por conseguinte, que malabarismos faz com a realidade; mas, recorrendo ao *duplopensar*, convence-se ao mesmo tempo de que a realidade não está a ser violada. Este processo tem de ser consciente, ou não seria levado a cabo com suficiente precisão, mas também inconsciente, ou acarretaria um sentimento de falsidade e portanto de culpa. O duplopensar é a pedra de toque do Socing, uma vez que a atitude fundamental do Partido consiste em recorrer à fraude consciente, mantendo ao mesmo tempo a firmeza de propósitos que acompanha a honestidade absoluta. Dizer mentiras deliberadas, nelas acreditando com sinceridade; esquecer qualquer facto que se haja tornado incómodo, para depois, quando de novo necessário, o arrancar ao esquecimento enquanto for preciso e nunca por mais tempo; negar a existência da realidade objectiva continuando a levar em conta a realidade negada — tudo isto é absolutamente indispensável. Até mesmo para se usar a palavra *duplopensar* há que recorrer ao *duplopensar*. Pois quando se emprega essa palavra está-se a reconhecer implicitamente a falsificação da realidade; com novo acto de *duplopensar* apaga-se esta consciência, e assim por diante, indefinidamente, com a mentira sempre um passo à frente da verdade. Em última análise, foi através do *duplopensar* que o Partido conseguiu — e tanto quanto sabemos, poderá continuar a conseguir por milhares de anos — deter o curso da História.

Todas as oligarquias do passado perderam o poder quer por se terem ossificado, quer por terem aos poucos amolecido. Ou se tornavam estúpidas e arrogantes, e deixavam de se adaptar à evolução das circunstâncias, sendo derrubadas; ou se tornavam liberais e cobardes, e faziam concessões em vez de recorrerem à força, sendo igualmente derrubadas. Digamos que a sua queda tanto podia atribuir-se à consciência como à inconsciência. A grande proeza do Partido reside em ter engendrado um sistema de pensamento com ambas as condições a existirem simultaneamente. Nenhuma outra base intelectual permitiria que o domínio do Partido se eternizasse. Para governar e continuar a governar, é preciso ter-se força para desagregar o sentido da realidade. Porque o segredo da governação consiste em combinar a crença na nossa própria infalibilidade com a capacidade de aprender com os erros cometidos.

Escusado será dizer que os mais subtis praticantes do *duplopensar* se encontram entre os que inventaram o *duplopensar* e sabem que se trata de um vasto sistema de batota mental. Na nossa sociedade, aqueles que têm um conhecimento mais exacto dos acontecimentos são também os que estão longe de ver o mundo tal como é. Regra geral, quanto maior a capacidade de compreender, maior a ilusão; quanto maior a inteligência, menor a saúde mental. Ilustração clara de um tal princípio, vemo-la na histeria guerreira, que aumenta de intensidade à medida que se sobe na escala social. Aqueles cuja atitude perante a guerra está mais próxima de ser racional são os povos escravizados dos territórios em disputa. Para eles a guerra apresenta-se simplesmente como uma calamidade ininterrupta que arrasta os seus corpos de um lado para o outro num maremoto. É-lhes completamente indiferente saber qual dos contendores vai ganhar. Sabem que qualquer mudança de senhores só significa que continuarão a fazer para os novos amos o mesmo trabalho que antes faziam, e que estes os tratarão da mesma forma que os anteriores. Os trabalhadores ligeiramente mais favorecidos, a quem chamamos «proles», têm da guerra uma consciência apenas intermitente. Quando necessário, pode-se incitá-los a verdadeiros frenesis de medo e ódio, mas entregues a si próprios conseguem esquecer durante longos períodos a guerra em curso. É nas fileiras do Partido, principalmente do Partido Interno, que se encontra o verdadeiro entusiasmo bélico. Quem mais firmemente acredita na conquista do mundo são os que a sabem impossível. Esta curiosa conjugação de opostos — conhecimento e ignorância, cinismo e fanatismo — configura uma das principais características distintivas da sociedade oceânica. A ideologia oficial mostra-se fértil em contradições, mesmo não havendo qualquer razão prática que as justifique. Assim, o Partido rejeita e avilta os princípios originalmente defendidos pelo movimento socialista, mas fá-lo em nome do socialismo. Prega um desprezo pela classe trabalhadora sem paralelo nos últimos séculos, mas veste os seus militantes com o uniforme outrora próprio dos trabalhadores manuais, e que por isso mesmo foi adoptado pelo Partido. Mina sistematicamente a solidariedade da família, mas trata o chefe por um nome que apela directamente ao sentimento da lealdade familiar. Até os nomes dos quatro ministérios governamentais patenteiam certa espécie de despudor na sua deliberada inversão dos factos. O Ministério da Paz trata da guerra, o Ministério da Verdade, das mentiras, o Ministério do Amor, da tortura, e o Ministério da Riqueza trata da fome. Contradições nada acidentais, e que nem resultam de banal hipocrisia: são exercícios deliberados de *duplopensar*. Pois só apaziguando as contradições se pode conservar indefinidamente o poder. Não existe outro meio de quebrar o antigo ciclo. Se se pretende impedir para sempre a igualdade humana — se a classe Alta, como lhe chamámos, quer manter-se permanentemente no seu posto —, então a atmosfera mental dominante deve ser de loucura controlada.

Mas há outra questão que até agora praticamente ignorámos. Vejamos: qual *o motivo* para evitar a igualdade humana? Partindo do princípio de que a mecânica do processo ficou correctamente descrita, qual o motivo deste enorme e bem calculado esforço para deter a História num determinado ponto do tempo?

Eis-nos, pois, ante o segredo fundamental. Como vimos, a mística do Partido, nomeadamente do Partido Interno, assenta no *duplopensar*. Porém, ainda mais fundo, há o motivo original, o instinto nunca posto em causa, que levou, em primeiro lugar, à tomada do poder, dando depois origem ao *duplopensar*, à Polícia do Pensamento, à guerra contínua e a todos os outros instrumentos necessários. Motivo que consiste realmente...

Winston deu pelo silêncio como quem se apercebe de um novo som. Julia pareceu-lhe muito quieta havia algum tempo. Deitada de lado, nua da cintura para cima, com a cara apoiada na mão, a madeixa de cabelos escuros caía-lhe sobre os olhos. O seu peito subia e descia lentamente, a um ritmo regular.

— Julia?

Não obteve resposta.

— Julia, estás acordada?

Nada. Dormia. Winston fechou o livro, pousou-o cuidadosamente no chão e puxou a colcha para cima, tapando ambos.

Pensou então que ainda não desvendara o último segredo. Percebia *como*; mas ainda não percebia *porquê*. O Capítulo I, tal como o Capítulo III, nada lhe dissera, afinal, que ele não soubesse; apenas sistematizara conhecimentos que já possuía. Mas depois de o ler ficou mais seguro de não estar louco. Estar em minoria, mesmo sendo uma minoria de um só, não era sinal de loucura. Havia a verdade e havia a mentira, e quem se agarrasse à verdade, nem que fosse contra o mundo inteiro, não passaria a ser louco por isso. Um raio amarelo de sol poente entrou, oblíquo, pela janela, betendo-lhe na almofada. Winston fechou os olhos. O sol na cara e o macio corpo da rapariga encostado ao seu davam-lhe a repousante sensação de força e confiança. Estava em segurança, tudo corria pelo melhor. Adormeceu a murmurar: «A saúde mental não é uma questão estatística», sentindo que esta frase continha uma profunda sabedoria.

10

Quando acordou teve a impressão de haver dormido durante muito tempo, mas uma olhadela ao relógio antiquado revelou-lhe serem apenas vinte e trinta. Deixou-se ainda dormitar um pouco; depois, subiu do quintal a voz do costume, cantando a plenos pulmões:

Foi um caprich'entre mil,
Passou com'um dia d'Abril,
Mas um olhar, uma palavra, o que não me fizeram sonhar!
Ai o meu coração me vieram roubar!

A cantiga piegas parecia manter a popularidade. Ainda se ouvia por toda a parte. Sobrevivera à própria Canção do Ódio. Julia acordou com o barulho, espreguiçou-se voluptuosamente e saiu da cama.

— Tenho fome — disse. — Vou fazer café... Gaita! O fogareiro apagou-se, a água está fria. — Pegou no fogareiro e agitou-o. — Acabou-se o petróleo.

— O velho Charrington deve ter algum, espero; podemos pedir-lhe.

— Tem graça, eu tinha-me certificado de que estava cheio. Vou-me vestir — acrescentou Julia. — Parece que arrefeceu.

Winston levantou-se e também se vestiu. A voz incansável continuou a cantar:

Dizem qu'o tempo cur'òs inganos,
Dizem que tudo se pode esquecer;
Mas risos e lágrimas, ò fim de tantos anos
'Inda me deixam o coração a doer!

Enquanto apertava o cinto do fato-macaco, aproximou-se da janela. O sol devia ter-se escondido atrás das casas, pois já não brilhava no pátio. As lajes estavam molhadas como se alguém acabasse de as lavar, e o céu dava a impressão de também ter sido lavado, tão fresco e claro se via o azul entre as chaminés. Infatigável, a mulher andava cá e lá, rolhando e desrolhando a boca, cantando e emudecendo, pendurando fraldas e mais fraldas, sempre cada vez mais fraldas. Winston interrogou-se sobre se a mulher não seria lavadeira de profissão ou simplesmente escrava de vinte ou trinta netos. Julia viera até junto dele, contemplavam ambos, com algum fascínio, a silhueta corpulenta lá em baixo. Ao ver a mulher na sua atitude característica, braços grossos erguidos para a corda da roupa, garupa possante espetada para trás como uma égua, Winston achou-a, pela primeira vez, bela. Nunca antes lhe passara pela cabeça que o corpo de uma mulher de cinquenta anos, monstruosamente inchado por gravidezes e depois endurecido, maltratado pelo trabalho até ficar com a textura áspera de um nabo velho, pudesse ser belo. Mas era-o, de facto; e afinal de contas, pensou ele, porque não? O corpo sólido, sem contornos, semelhante a um bloco de granito, e a pele vermelha, rugosa, estavam para o corpo de qualquer rapariga como o fruto da roseira está para a rosa. Porque é que o fruto havia de ser menos prezado do que a flor?

— É belíssima — murmurou.

— Com aquelas ancas, de certeza que não passa numa porta com um metro de largura — disse Julia.

— Faz parte do estilo de beleza dela — retorquiu Winston.

Passou o braço pela flexível cintura de Julia. Da anca ao joelho, o flanco dela colava-se a si. Dos seus dois corpos nunca nasceria um filho. Era a única coisa que jamais poderiam fazer. O segredo de ambos só podia ser transmitido de boca em boca, de espírito para espírito. À mulher do pátio faltava-lhe espírito, tinha apenas braços fortes, um coração caloroso e o ventre fértil. Winston tentou imaginar quantos filhos teria ela dado à luz. Uns quinze ou mais, se calhar. Tivera o seu florescimento passageiro, talvez um ano de beleza, como as rosas bravas; depois inchara de repente, fruto fertilizado, tornando-se rude, vermelha e áspera, e a partir daí a vida dela fora lavar, esfregar, passajar, cozinhar, varrer, polir, remendar, esfregar, lavar, primeiro para os filhos, a seguir para os netos, ao longo de trinta anos, sem interrupção. E no fim disto tudo, ainda cantava. A veneração mística que Winston lhe devotava confundia-se estranhamente com o aspecto do céu claro e sem nuvens, espraiando-se por trás das chaminés, até ao infinito. E pensar ele que o céu era igual para toda a gente, tanto na Eurásia e na Lestásia como ali. E as pessoas, debaixo desse céu, eram também muito parecidas — por toda a parte, no mundo inteiro, centenas de milhares de milhões de pessoas assim, pessoas ignorando a existência umas das outras, separadas por muralhas de ódio e mentira, e no entanto quase iguais —, pessoas que nunca aprenderam a pensar mas que iam acumulando no coração, no ventre e nos músculos a força que um belo dia subverteria o mundo. Se alguma esperança havia, estava nos proles! Sem ter lido *o livro* até ao fim, Winston calculou que devia ser essa a mensagem profunda de Goldstein. O futuro aos proles pertencia. Mas poderia ele ter a certeza de que, quando soasse a hora deles, o mundo que construíssem lhe seria, a ele, Winston Smith, menos estranho do que o mundo do Partido? Certamente que sim, porque ao menos seria um mundo mentalmente são. Onde haja igualdade pode haver saúde mental. Aconteceria mais cedo ou mais tarde: a força transmutar-se-ia em consciência. Os proles eram imortais, impossível duvidar, bastava olhar para aquela imagem de valentia, lá em baixo no pátio. Haveria de chegar a hora de eles despertarem. Até isso acontecer, ainda que decorressem mil anos, sobreviveriam como pássaros, contra ventos e marés, transmitindo de corpo para corpo a vitalidade que o Partido não partilhava nem podia extinguir.

— Lembras-te — perguntou ele — do tordo que cantou para nós, naquele primeiro dia, na orla do bosque?

— Não foi para nós que ele cantou — disse Julia. — Cantou para se ouvir a si próprio. Ou nem isso. Cantou, simplesmente.

Os pássaros cantavam, os proles cantavam, o Partido não cantava. No mundo inteiro, em Londres e em Nova Iorque, em África e no Brasil, ou nas misteriosas terras proibidas de além-fronteiras, nas ruas de Paris e de Berlim, nas aldeias da imensa planície russa, nos bazares da China e do Japão — por toda a parte se erguia a mesma figura sólida, invencível, tornada disforme pelo trabalho e pelos partos, labutando do berço à cova, ainda e sempre a cantar. Daquelas ancas robustas só podia nascer um dia uma raça de seres conscientes. A eles, o futuro; Winston e Julia eram os mortos. Embora pudessem partilhar desse futuro, desde que mantivessem vivo o espírito assim como mantinham o corpo, e espalhassem a doutrina secreta de que dois e dois são quatro.

— Nós somos os mortos — disse.

— Nós somos os mortos — repetiu Julia obedientemente.

— Vocês são os mortos — disse uma voz metálica atrás deles.

Separaram-se em sobressalto. Winston sentiu que se lhe gelavam as entranhas. Via nos olhos de Julia o branco do íris. A cara dela adquirira um tom amarelo leitoso. A mancha de rouge que ainda lhe avivava as maçãs do rosto sobressaía agora violentamente, como se não estivesse em contacto com a pele por baixo.

— Vocês são os mortos — repetiu a voz metálica.

— Vem detrás do quadro — sussurrou Julia.

— Vem detrás do quadro — disse a voz. — Deixem-se ficar exactamente onde estão. Não se mexam enquanto não vos derem ordem para isso.

Ia começar, ia finalmente começar! Não havia nada a fazer senão ficar ali quietos, olhando-se nos olhos. Desatar a correr, fugir de casa antes que fosse demasiado tarde — tal ideia nem lhes passou pela cabeça. Impensável desobedecer à voz metálica vinda da parede. Ouviu-se um estalido, como se alguém tivesse aberto um ferrolho, e um estrondo de vidros partidos. A gravura caíra ao chão, revelando o telecrã escondido atrás.

— Agora podem ver-nos — disse Julia.

— Agora podemos ver-vos — disse a voz. — Ponham-se no meio da sala. Costas com costas. Mãos na nuca. Não toquem um no outro.

Eles não se tocavam, e no entanto Winston julgou sentir o corpo de Julia a tremer. Ou talvez fosse apenas o seu próprio corpo que tremia. Ainda conseguiu evitar que os dentes batessem, mas os joelhos escapavam-lhe completamente ao controlo. Ouviu-se um tropel de botas lá em baixo, dentro e fora da casa. O pátio devia estar cheio de homens. Arrastavam qualquer coisa pelo chão de pedra. O canto da mulher cessara abruptamente. Ouviu-se um barulho metálico prolongado, algo rolou, talvez o alguidar da roupa tivesse sido atirado para um canto, e a seguir, grande confusão de gritos furiosos que acabou num uivo de dor.

— A casa está cercada — disse Winston.

— A casa está cercada — repetiu a voz.

Ouviu Julia cerrar os dentes.

— Acho melhor despedirmo-nos — disse ela.

— É melhor despedirem-se — disse a voz. E a seguir, outra voz muito diferente, uma voz fina, culta, que Winston teve a sensação de já ter ouvido antes, acrescentou:

— E a propósito, já que falamos no assunto, «Aqui vem uma vela prò caminho alumiar, aqui vem um machado prà cabeça te cortar»!

Atrás de Winston, um estrondo de coisas a cair sobre a cama. Tinham encostado uma escada à janela, rebentando vidros e caixilho. Alguém subia por ali. Ouviu-se um tropel de botas nos degraus. O quarto encheu-se de homens robustos, de uniformes negros, botas ferradas e bastões na mão.

Winston já não tremia. Nem os olhos se atrevia mexer. Uma única coisa importava agora: ficar quieto, ficar quieto e não lhes dar pretexto para o agredirem! Um homem com a queixada lustrosa de pugilista, onde a boca não passava de uma simples greta, estacou diante dele a baloiçar pensativamente o bastão entre o indicador e o polegar. Winston cruzou os olhos com os dele. A sensação de nudez, ali com as mãos na nuca, rosto e corpo descobertos, era quase intolerável. O homem mostrou a ponta da língua, branca, lambeu o lugar onde deveriam ser os lábios e voltou as costas aos dois. Ouviu-se outro estrondo. Alguém pegara no pisa-papéis de vidro e o desfizera contra a pedra da lareira.

O fragmento de coral, minúscula voluta cor-de-rosa, como as rosas de açúcar dos bolos, rolou pelo tapete. Tão pequeno, pensou Winston, que coisa tão pequena, afinal! Soou atrás de si um grito e um baque, e apanhou um violento pontapé no tornozelo, que quase o fez perder o equilíbrio. Um dos homens dera um murro no plexo solar de Julia, fazendo-a dobrar-se em dois como uma régua de carpinteiro. Ela estrebuchava no chão, sem conseguir respirar. Winston nem se atrevia a virar a cabeça um milímetro, mas às vezes o rosto de Julia, lívido e arquejante, surgia no seu campo de visão. Mesmo no meio do pânico, teve a impressão de sentir aquela dor no seu próprio corpo, a dor medonha, apesar de tudo menos urgente do que a luta para recobrar o fôlego. Conhecia-a bem: aquela dor terrível, lancinante, desde o início, mas que não podia ser logo sofrida, porque acima de tudo, urgia respirar. A seguir, dois dos homens agarraram-na pelos ombros e pelos joelhos e levaram-na para fora do quarto como uma saca de batatas. Winston entreviu por instantes a cara de Julia virada para baixo, amarela e contorcida, de olhos fechados, e ainda com uma mancha de rouge em cada face; e foi a derradeira imagem que teve dela.

Deixou-se ficar absolutamente imóvel. Para já, ninguém lhe batera. Começaram a assolar-lhe o espírito pensamentos que nasciam como por iniciativa própria, mas perfeitamente desprovidos de interesse. Pensou para consigo se teriam apanhado o Sr. Charrington. Tentou adivinhar o que teriam feito à mulher do pátio. Sentiu enorme vontade de urinar, o que o surpreendeu, porque o tinha feito apenas duas ou três horas antes. Reparou no relógio da lareira, que marcava as nove, ou seja as vinte e uma. Mas pareceu-lhe haver demasiada luz. Não deveria estar já a escurecer às vinte e uma horas de uma noite de Agosto? Interrogou-se se Julia e ele não se teriam afinal enganado nas horas, dormindo mais de doze horas, julgando serem vinte e trinta quando na realidade eram já oito e meia da manhã seguinte. Mas não levou mais longe o raciocínio. Não via nisso o mínimo interesse.

Ouviram-se no corredor outros passos, mais ligeiros. O Sr. Charrington entrou no quarto. A atitude dos homens de uniforme negro tornou-se então mais humilde. Algo mudara também no aspecto do Sr. Charrington. Reparou logo nos fragmentos do pisa-papéis.

— Apanhem-me esses cacos — ordenou rapidamente.

Um dos homens curvou-se, obedecendo. O sotaque *cockney* desaparecera: Winston percebeu repentinamente a quem pertencia a voz que ouvira momentos antes no telecrã. O Sr. Charrington trazia ainda o casaco velho de veludo, mas o cabelo, anteriormente quase branco, estava agora preto. Além disso, não tinha óculos. Deitou a Winston um único olhar penetrante, como para confirmar a sua identidade, e não tornou a prestar-lhe atenção. Era ainda possível reconhecê-lo, mas já não se tratava da mesma pessoa. O seu corpo mostrava-se direito, parecia agora mais alto. A cara sofrera pequenas modificações, que, no entanto, o transformavam radicalmente. As sobrancelhas negras, menos cerradas, as rugas tinham desaparecido, como se toda a configuração do rosto se tivesse alterado; até o nariz parecia mais curto. Era o rosto vigilante e frio de um homem dos seus trinta e cinco anos. Winston apercebeu-se de estar, pela primeira vez na vida, segundo o seu conhecimento, diante de um membro da Polícia do Pensamento.

Terceira Parte

1

Não sabia onde estava. Presumivelmente no Ministério do Amor; impossível saber ao certo.

Tinham-no fechado numa cela de tecto alto, sem janelas, com paredes de azulejos brancos, brilhantes. Lâmpadas invisíveis inundavam-na de uma luz fria, e ouvia-se um zumbido ininterrupto que ele deduziu estar relacionado com o sistema de ventilação. Um banco, ou prateleira, apenas com a largura suficiente para uma pessoa se sentar, corria à volta das paredes, só interrompido pela porta e, diante da porta, a sanita sem tampo de madeira. Quatro telecrãs, um em cada parede.

Sentia uma dor surda na barriga. Sentia-a desde que o tinham atirado para dentro da carrinha fechada que o trouxera até ali. E tinha fome também, uma fome corrosiva, doentia. Nas últimas talvez vinte e quatro horas, talvez trinta e seis, não comera. Continuava sem saber, e provavelmente nunca saberia, se tinha sido preso de manhã ou durante a noite. E desde aí não lhe tinham dado de comer.

Sentara-se, tão imóvel quanto possível, no banco estreito, com as mãos cruzadas sobre os joelhos. Já aprendera a estar imóvel. Se fizesse qualquer movimento brusco gritavam-lhe do telecrã. Mas a ânsia de comer começava a dominá-lo. O que mais queria no mundo era um bocado de pão. Tinha a ideia de que trouxera no bolso do fato-macaco umas migalhas de pão. Possivelmente — pois de vez em quando parecia sentir algo a fazer-lhe cócegas na perna — talvez lá tivesse um bom pedacito de côdea. Por fim, a tentação venceu o medo; meteu a mão no bolso.

— Smith! — berrou a voz no telecrã. — 6079 W. Smith! Nas celas, nada de mãos nos bolsos!

Pôs-se outra vez muito quieto, mãos cruzadas nos joelhos. Antes de o trazerem para ali, estivera noutro sítio, provavelmente uma prisão vulgar ou um local de detenção temporária utilizado pelas patrulhas. Perdera conta ao tempo que lá tinha estado; pelo menos algumas horas; sem relógio e sem a luz do dia, tornava-se difícil medir o tempo. O sítio era barulhento e malcheiroso. Puseram-no numa cela parecida com aquela onde agora se encontrava, mas imunda e sempre cheia de gente, por vezes dez ou até quinze pessoas. A maioria, criminosos de delito comum; mas também alguns presos políticos. Deixara-se ficar sentado, em silêncio, comprimido entre corpos sujos, demasiado absorto no seu medo e na dor de barriga para que se interessasse por aquilo que o rodeava, mas ainda assim reparando na enorme diferença de atitude entre os presos do Partido e os restantes. Os presos do Partido conservavam-se calados, apavorados, enquanto os criminosos comuns não pareciam respeitar nada nem ninguém. Insultavam os guardas aos berros, resistiam violentamente quando lhes confiscavam os pertences, escreviam palavrões no chão, comiam coisas trazidas à socapa que iam tirando de misteriosos esconderijos por baixo da roupa, e até mandavam calar o telecrã quando este tentava restabelecer a ordem. Por outro lado, alguns mantinham boas relações com os guardas, pois tratavam-nos pelas alcunhas, tentando convencê-los a passarem-lhes cigarros pelo postigo. Os guardas, por seu lado, também os tratavam com certa indulgência, mesmo quando se viam obrigados a dar-lhes uns safanões. Falava-se muito dos campos de trabalhos forçados, para onde quase todos os presos contavam ser mandados. Winston concluiu que a vida nos campos seria suportável, desde que se tivesse bons contactos e se soubesse mexer os cordelinhos. Havia subornos, favoritismos e negociatas de toda a espécie, homossexualidade e prostituição, havia até uma bebida alcoólica clandestina destilada a partir das batatas. Os lugares de confiança só caíam nas mãos dos criminosos de delito comum, especialmente bandidos e assassinos profissionais, que formavam uma espécie de aristocracia. Todo o trabalho sujo cabia aos políticos.

O vaivém constante de presos de toda a espécie não parava: traficantes de droga, ladrões, salteadores, vendedores do mercado negro, bêbados, prostitutas. Alguns bêbados, de tão violentos, obrigavam os outros presos a conjugar esforços para os dominar. Uma criatura disforme, um destroço de mulher dos seus sessenta anos, com enormes seios flácidos e espessas madeixas de cabelo branco despenteado pela luta, entrou na cela, a berrar e a espernear, trazida por quatro guardas que a seguravam pelas extremidades dos membros. Tiraram-lhe as botas, com que ela tentava atingi-los, e atiraram-na para cima de Winston, quase lhe quebrando os fémures. A mulher endireitou-se e, antes de eles saírem, lançou-lhes um sonoro «filhos da puta!». Depois, reparando não estar sentada numa superfície plana, deslizou dos joelhos de Winston para o banco.

— 'Sculpa lá, queridinho — disse. — Eu não me qu'ria sentar em cima de ti, aqueles sacanas é que m'atiraram. Não sabem ter maneiras c'uma senhora, é o que é. — Calou-se, deu uma palmada no peito e arrotou. — Perdão — disse —, mas não me 'tou a sentir lá muito bem.

Inclinou-se para a frente e vomitou com abundância no chão.

— Já 'tou melhor — e encostou-se à parede, com os olhos fechados. — Cá por mim o melhor é não guardar nada cá dentro. Quando cai mal no estômago, é lançar tudo fora, o mais depressa possível.

Retemperada, voltou-se para ver melhor Winston, e aparentemente simpatizou logo com ele. Passou-lhe o braço enorme pelos ombros puxando-o para si, lançando-lhe no rosto sucessivas baforadas de cerveja e vomitado.

— Com'é que te chamas, queridinho? — perguntou.

— Smith — disse Winston.

— Smith? — disse a mulher. — Tem piada, eu também sou Smith. Já viste — acrescentou, muito sentimental — qu'eu podia ser tua mãe?

E podia, pensou Winston. Tinha mais ou menos a idade e o físico certos para isso, as pessoas deviam mudar bastante, ao fim de vinte e cinco anos num campo de trabalhos forçados.

Mais ninguém dirigira palavra a Winston. Era surpreendente até que ponto os criminosos comuns ignoravam os presos do Partido. Chamavam-lhes «os políticos», com uma espécie de desprezo distante. Os presos do Partido, por seu lado, pareciam aterrados ante a ideia de falarem com quem quer que fosse, nomeadamente uns com os outros. Só uma vez, quando duas presas do Partido ficaram por momentos sentadas lado a lado no banco, é que ele conseguiu ouvir algumas palavras segredadas à pressa no meio do burburinho das vozes; em particular, uma referência a certa coisa chamada «Sala 101», que não compreendeu o que poderia ser.

Tinham-no trazido para a nova cela faria talvez duas ou três horas. A moinha na barriga não desaparecia, ora melhorava, ora piorava, e os pensamentos dilatavam-se-lhe ou contraíam-se em conformidade. Quando piorava, Winston pensava unicamente na dor, e na sua ânsia de comer. Quando melhorava, o pânico invadia-o. Por momentos antevia com tamanha clareza o que ia acontecer-lhe, que ficava com o coração aos pulos e a respiração suspensa. Podia sentir as pancadas dos bastões nos cotovelos e as botas ferradas a esmagar-lhe as canelas; via-se a rastejar pelo chão, implorando misericórdia aos gritos, por entre dentes partidos. Mal pensava em Julia. Não conseguia concentrar o pensamento nela. Amava-a e não a trairia; mas isso constituía apenas um facto, indiscutível como as leis da aritmética. Mas não sentia esse amor por ela, e quase nem se interrogava sobre o que lhe estaria a acontecer. Mais vezes pensava em O'Brien, vagamente esperançado. O'Brien devia saber que ele tinha sido preso. Dissera que a Fraternidade nunca tentava salvar os seus membros. Excepto a lâmina; eles enviariam a lâmina quando pudessem.

Seriam talvez necessários cinco segundos antes que os guardas se precipitassem cela adentro. A lâmina feri-lo-ia com uma espécie de frieza escaldante, e os próprios dedos ficariam cortados até ao osso. Tudo estava dependente do seu corpo dorido, que se encolhia, trémulo, ante a perspectiva de mais dores. Ignorava ao certo se usaria a lâmina, mesmo tendo oportunidade. Era mais natural existir momento a momento, aceitar cada dez minutos de vida, mesmo sabendo que a seguir viria a tortura.

Às vezes tentava calcular o número de azulejos das paredes da cela. Não devia ser difícil, mas de facto perdia-lhes sempre a conta, num ou noutro ponto. Mais frequentemente esforçava-se por adivinhar as horas, e onde estaria. A dado momento tomava-o a convicção de lá fora ser dia claro, e logo a seguir, de ser noite cerrada. Percebeu instintivamente que naquele lugar as luzes nunca se apagavam. Esse lugar sem trevas: via agora por que motivo O'Brien reconhecera a alusão. No Ministério do Amor não havia janelas. A sua cela tanto podia situar-se no centro do edifício como junto a alguma das paredes exteriores; podia estar dez pisos abaixo do nível do solo ou trinta pisos acima. Deslocou-se mentalmente dentro da sala, tentando determinar, a partir das sensações do corpo, se estaria nas alturas do céu ou nas profundezas do subsolo.

Ouviu, vindo de fora, o som de botas a marchar. A porta de aço abriu-se com um ruído metálico. A figura impecável de um jovem oficial, de uniforme negro, revestido, da cabeça aos pés, de couro lustroso, e cujo rosto pálido e rectilíneo era como uma máscara de cera, transpôs altivamente o limiar. Fez um sinal aos guardas do lado de fora, mandando-os fazer entrar o preso que traziam. O poeta Ampleforth foi empurrado para dentro da cela, cambaleante. A porta voltou a fechar-se com o mesmo ruído.

Ampleforth esboçou um ou dois movimentos vacilantes, para um lado e para o outro, como se imaginasse ter de transpor outra porta, e depois começou a vaguear de cá para lá na cela. Ainda não dera pela presença de Winston. Os seus olhos turvos cravavam-se na parede, cerca de um metro acima da cabeça de Winston. Não trazia sapatos; dedos grandes, sujos, saíam-lhe pelos buracos das meias. Estaria também há vários dias sem se barbear. Os pêlos ralos cobriam-lhe a cara até às maçãs do rosto, dando-lhe um ar de rufião, que condizia mal com o seu enorme corpo franzino e com os gestos nervosos.

Winston despertou um pouco da letargia. Não podia deixar de falar com Ampleforth, mesmo correndo o risco de lhe gritarem pelo telecrã. Era até possível que fosse Ampleforth o portador da lâmina.

— Ampleforth — disse.

Não veio nenhum grito do telecrã. Ampleforth parou, algo surpreendido. Fitou Winston, observando-o demoradamente.

— Ah, Smith! — disse. — Também tu!

— Porque é que te prenderam?

— Para te ser franco... — sentou-se com dificuldade no banco oposto ao de Winston. — Só existe um crime, não é verdade?

— E tu cometeste-o?

— Pelos vistos, cometi.

Levou a mão à testa, comprimiu por instantes as têmporas, como se tentasse recordar alguma coisa.

— Acontece — começou em tom vago —, só me consigo lembrar dum caso... um caso possível. Imprudência minha, não haja dúvida. Estávamos a trabalhar na edição definitiva dos poemas de Kipling. E eu deixei a palavra «Deus» no fim de um verso. Não pude fazer nada! — acrescentou, quase indignado, erguendo a cabeça para fitar Winston. — Foi-me impossível modificar o verso. A rima era «meus»[2]. Dei voltas à cabeça durante vários dias. *Não há* rima alternativa.

A expressão do rosto modificou-se-lhe. Desapareceram todos os sinais de contrariedade, e por momentos pareceu

2 Em inglês, a rima é entre «God» (Deus) e «rod» (vara). Ampleforth comenta: «Do you realize that there are only twelve rhymes to "rod" in the entire language?» (Sabias que só há doze palavras que rimam com «rod» em toda a língua inglesa?) Uma vez que isto é manifestamente falso no caso de «meus» optou-se por suprimir a frase na tradução. (*N. da T.*)

quase satisfeito. Certo calor intelectual, a alegria do pedante que descobriu um facto inútil, irradiava por entre a sujidade e a barba hirsuta.

— Já alguma vez te ocorreu — disse — que toda a história da poesia inglesa foi determinada pelo facto de a língua inglesa ser muito pobre em rimas?

Não, essa ideia nunca ocorrera a Winston. E, na circunstância, não a achou especialmente importante ou de interesse.

— Sabes as horas? — perguntou.

Ampleforth tornou a ficar espantado.

— Nem penses nisso. Prenderam-me... talvez há dois dias, talvez três. — Os seus olhos percorreram as paredes, como se sentisse a vaga esperança de encontrar algures uma janela. — Aqui não há distinção entre a noite e o dia. Não vejo como se possa medir o tempo.

Durante alguns minutos, continuaram aquela conversa sem rumo; depois, sem razão aparente, um berro do telecrã fê-los calar. Winston pôs-se imóvel, as mãos cruzadas. Ampleforth, demasiado alto para se sentar confortavelmente no banco estreito, mexia-se a todo o momento, apertando entre as mãos ossudas ora um joelho, ora outro. O telecrã intimou-o a ficar quieto. O tempo ia passando. Vinte minutos, uma hora: muito difícil calcular. Ouviram-se de novo botas lá fora. As entranhas de Winston contraíram-se. Em breve, muito em breve, talvez daí a cinco minutos, talvez já, esse barulho de botas anunciava ter chegado a sua vez.

A porta abriu-se. O jovem oficial de rosto frio entrou na cela. Num gesto breve apontou para Ampleforth.

— Sala 101 — proferiu.

Ampleforth lá foi, marchando desajeitadamente entre os guardas, rosto vagamente perturbado, mas sem compreender o que o esperava.

Julgou passar-se muito tempo. A dor na barriga de Winston recrudescera. O seu espírito andava em círculo, sempre nos mesmos trilhos, como uma bola caída vezes sem conta numa imutável sequência de buracos. Só tinha seis pensamentos. A dor de barriga; um bocado de pão; o sangue e os gritos; O'Brien; Julia; a lâmina. Sentiu novo espasmo nas entranhas; as botas pesadas aproximavam-se. Quando a porta se abriu, uma corrente de ar trouxe consigo um forte cheiro a suor ressequido. Parsons entrou na cela. Vinha de calções caqui e camisa desportiva.

Desta vez Winston ficou tão admirado que se esqueceu da sua própria desgraça.

— *Tu* aqui! — exclamou.

Parsons deitou a Winston um olhar onde não se vislumbrava nem interesse nem surpresa, apenas aflição. Começou a andar, nervoso, de um lado para o outro, manifestamente incapaz de ficar quieto. De cada vez que esticava os joelhos roliços, via-se que tremiam. Os seus olhos tinham uma expressão exorbitada, fixa, como se não conseguisse desviá-los de um ponto longínquo.

— Porque é que te prenderam?

— Crimepensar! — disse Parsons, quase a desfazer-se em lágrimas. O tom da voz traduzia ao mesmo tempo o total reconhecimento das suas culpas e uma espécie de horror incrédulo ante a ideia de semelhante palavra poder aplicar-se à sua pessoa. Parou diante de Winston e começou a interrogá-lo ansiosamente:

— Eles não me vão fuzilar, pois não, meu velho? Não iam matar uma pessoa que não fez nada de mal, só pensou coisas... e isso, quem o pode evitar? Eu sei que eles nos fazem um julgamento justo. Oh, tenho a maior confiança neles! Decerto conhecem a minha ficha, não achas? *Tu* conheces-me bem. Nunca fui mau tipo, à minha maneira. Não sou grande cabeça, já se sabe, mas sempre me empenhei. Tentei dar o meu melhor pelo Partido, ou não? Achas que não me safo duns cinco anos? Talvez dez? Um tipo como eu até pode ser bastante útil num campo de trabalhos forçados. Não vão fuzilar-me por ter descarrilado uma única vez, pois não?

— És culpado?

— Claro que sou culpado! — exclamou Parsons, deitando uma olhadela subserviente ao telecrã. — Ou achas que o Partido ia prender um homem inocente? — A cara de sapo de Parsons mostrou-se um pouco mais calma, adquiriu até a vaga expressão de menino de coro. — O crimepensar é terrível, meu velho — disse em tom sentencioso. — É uma insídia. Consegue apanhar-nos sem darmos conta. Sabes como é que me apanhou a mim? A dormir! Sim, autêntico. Andei eu a trabalhar no duro, esforçando-me por cumprir a minha parte, e nunca me apercebi de que tivesse na cabeça algo mau. Vai daí, desatei a falar em sonhos. Sabes o que é que me ouviram dizer?

Baixou a voz, como quem se visse obrigado, por motivos de ordem médica, a dizer uma obscenidade.

— «Abaixo o Grande Irmão!» Sim, eu disse isso! Disse-o várias vezes, ao que parece. Aqui entre nós, meu caro, ainda bem que me apanharam antes de a coisa ir mais longe. Sabes o que vou dizer quando for chamado a depor no tribunal? Vou dizer: «Obrigado, obrigado por me terem salvo antes que fosse demasiado tarde.»

— Quem é que te denunciou? — inquiriu Winston.

— A minha filhita — disse Parsons, com um certo orgulho doloroso. — Escutou pelo buraco da fechadura. Ouviu o que eu disse, e no dia seguinte foi logo contar às patrulhas. Nada mal para uma catraia de sete anos, hã? Não lhe guardo rancor por isso. Antes pelo contrário; orgulho-me dela. Aliás, mostra bem como a pus no caminho certo.

Deu mais alguns passos nervosos para cá e para lá, deitando olhares ansiosos à sanita. De repente, baixou os calções.

— Desculpa lá, meu velho. Não posso mais. É da espera.

Sentou o volumoso traseiro na borda da sanita. Winston cobriu a cara com as mãos.

— Smith! — berrou a voz do telecrã. — 6079 W. Smith! Destapa a cara. Nada de caras escondidas nas celas.

Winston destapou a cara. Parsons serviu-se da sanita, ruidosa e abundantemente. Verificou-se depois que o cano estava entupido, e a cela ficou horas a fio com esse cheiro abominável.

Parsons foi levado dali. Outros presos vieram e partiram misteriosamente. Uma presa foi enviada para a «Sala 101», Winston reparou como ela se encolheu mudando ao mesmo tempo de cor ao ouvir aquelas palavras. Chegou uma altura em que, a ser manhã quando o trouxeram para ali, então agora seria de tarde; a ser de tarde, então seriam altas horas da noite. Havia seis presos na cela, homens e mulheres. Todos sentados, imóveis. Diante de Winston, um homem sem queixo, com dentes saídos, cujo rosto lembrava o focinho de um grande roedor inofensivo. As suas bochechas, gordas e mosqueadas, eram tão balofas que custava a crer que não armazenassem pequenas reservas de comida. Os olhos, cinzento pálido, saltitavam timidamente de rosto em rosto, desviando-se à pressa quando se cruzavam com os de alguém.

A porta abriu-se e entrou outro preso, cujo aspecto deixou Winston momentaneamente arrepiado. Homem vulgar, de aparência insignificante, engenheiro talvez, ou técnico de qualquer coisa. Mas o que causava espanto era a magreza do seu rosto. Uma autêntica caveira. Devido a tal magreza, a boca e os olhos sobressaíam, desproporcionadamente grandes, dir-se-ia uns olhos cheios de ódio assassino, implacável, por alguém ou alguma coisa.

Sentou-se no banco, esse homem, a pouca distância de Winston. Winston não quis voltar a olhá-lo, mas a imagem daquele rosto torturado, esquelético, mantinha-se tão viva no seu espírito como se a tivesse diante dos olhos. Subitamente, percebeu o que se passava. O homem ia morrer à fome. Essa ideia pareceu ocorrer a quase todos os presentes, ao mesmo tempo. Uma ligeira onda de agitação percorreu todo o banco dos presos. Os olhos do homem sem queixo pousavam constantemente no homem escaveirado, para logo se desviarem, envergonhados, e a seguir voltarem a cravar-se nele, movidos por uma atracção irresistível. Pouco depois começou a mexer-se no lugar. Finalmente levantou-se, atravessou a cela, cambaleante, procurando qualquer coisa no bolso do fato-macaco, e, com ar embaraçado, estendeu ao homem um naco de pão negro.

Do telecrã veio um rugido furioso, ensurdecedor. O homem sem queixo recuou num salto. O outro cruzara rapidamente as mãos atrás das costas, como para demonstrar ao mundo inteiro que recusara a oferta.

— Bumstead! — rugiu a voz. — 2713 J. Bumstead! Larga o bocado de pão!

O homem sem queixo deixou-o cair.

— Deixa-te ficar onde estás — disse a voz. — Vira-te para a porta. Não te mexas.

O homem sem queixo obedeceu. As suas enormes bochechas flácidas tremiam incontrolavelmente. A porta abriu-se num ruído metálico. Quando o jovem oficial entrou, ao afastar-se para o lado, surgiu atrás de si um guarda baixo e entroncado, com braços e ombros enormes. Postou-se diante do homem sem queixo e depois, a um gesto do oficial, desferiu um tremendo golpe, servindo-se de todo o peso do corpo, em cheio na boca do homem. Foi tamanha a força, que o outro pareceu ficar suspenso por instantes no ar. O corpo bateu no outro extremo da cela, de encontro à base da sanita. Ali ficou caído alguns segundos, como que atordoado, com um fio de sangue escuro a sair-lhe do nariz e da boca. Soltou um débil guincho ou gemido, aparentemente inconsciente. Depois rolou pelo chão e ergueu-se, trôpego, apoiando-se nas mãos e nos joelhos. No meio de um jorro de sangue e saliva, caíram-lhe da boca as duas metades da dentadura.

Os presos permaneceram muito quietos, de mãos cruzadas sobre os joelhos. O homem sem queixo arrastou-se para o seu lugar. De um dos lados da cara, a carne começava a escurecer. A boca inchara, transformando-se numa massa informe, cor de cereja, com um buraco negro no meio. De vez em quando pingava-lhe sangue no peito do fato-macaco. Os olhos cinzentos continuavam a errar de rosto em rosto, mais envergonhados do que nunca, como se procurasse descobrir até que ponto os outros o desprezavam devido àquela humilhação.

A porta abriu-se. Com um pequeno gesto o oficial apontou para o homem escaveirado.

— Sala 101 — disse.

Winston sentiu que alguém ao seu lado começara a arquejar e fizera um movimento brusco. O homem atirara-se para o chão, de joelhos, mãos postas.

— Camarada! Camarada oficial! — gritou. — Não precisas de me levar para esse sítio! Eu não vos disse já tudo? Que é que querem saber mais? Não há nada que eu não esteja disposto a confessar, nada! Basta dizerem-me o quê, e eu confesso logo. Escrevam, que eu assino... assino tudo! A Sala 101 é que não!

— Sala 101 — repetiu o oficial.

O rosto do homem, já muito pálido, tornou-se de uma tal cor que Winston nunca julgara possível ver num rosto: nitidamente, sem margem para dúvida, verde.

— Façam de mim o que quiserem! — berrou o homem. — Há semanas que me estão a matar à fome. Acabem comigo, deixem-me morrer. Fuzilem-me. Enforquem-me. Condenem-me a vinte e cinco anos de cadeia. Quem mais querem que denuncie? Dêem-me o nome, e eu digo o que vocês quiserem. Não me importa quem seja, nem o que lhe possam fazer. Tenho mulher e três filhos. O mais velho ainda não fez seis anos. Podem pegar neles e degolá-los à minha frente, ficarei quietinho a olhar, sem fazer nada. Mas a Sala 101 é que não!

— Sala 101 — disse o oficial.

O homem, desvairado, olhou à volta, como se alimentasse a esperança de pôr outra vítima no seu lugar. Os seus olhos detiveram-se no rosto esmurrado do homem sem queixo. Estendeu o braço descarnado.

— Deviam levá-lo a ele, não a mim! — gritou. — Vocês não imaginam o que ele disse depois de lhe terem batido. Dêem-me uma oportunidade e eu conto tudo, palavra por palavra. *Ele* é que está contra o Partido, não eu! — Os guardas avançaram. A voz do homem elevou-se num uivo. — Vocês não ouviram o que ele disse! — repetiu. — O telecrã estava avariado. *Ele* é que vos interessa. Levem-no a ele, não me levem a mim!

Os dois guardas atarracados iam a curvar-se para lhe pegarem pelos braços. Mas nesse preciso instante ele atirou-se para o chão da cela agarrando-se a uma das pernas de ferro do banco. Irrompera num uivo inarticulado, como um animal. Os guardas agarraram-no para o obrigarem a soltar-se, mas ele resistiu com incrível energia. Estiveram talvez uns vinte segundos a puxá-lo. Os presos continuavam imóveis, mãos cruzadas nos joelhos, olhando fixamente em frente. O uivo cessou; o homem já não tinha forças para mais nada além de se segurar. Depois, ouviu-se um grito diferente. O pontapé de um dos guardas partira-lhe os dedos das mãos. Obrigaram-no a pôr-se de pé.

— Sala 101 — disse o oficial.

O homem foi levado para fora da cela, cambaleante, de cabeça baixa, afagando a mão partida, já sem qualquer vontade de resistir.

Passou muito tempo. Se fosse meia-noite quando levaram o homem escaveirado, seria agora manhã; se tivesse sido de manhã, seria agora de tarde. Winston encontrava-se sozinho, completamente só, havia várias horas. O sofrimento de ficar sentado no banco estreito era tal que ele muitas vezes se levantava para caminhar pela cela, sem que o telecrã o admoestasse. O bocado de pão lá continuava no mesmo sítio onde o homem sem queixo o deixara cair. A princípio só com enorme esforço conseguira não olhar, mas ao fim de algum tempo a sede sobrepôs-se à fome. Esse sabor desagradável na boca pastosa. O zumbido constante e a luz branca, sempre igual, provocavam nele como que uma tontura, a sensação de vazio dentro da cabeça. Levantava-se, pois já não suportava mais dores nos ossos, tornava logo a sentar-se, porque se sentia tão zonzo que nem se aguentava de pé. Sempre que conseguia controlar um pouco tais sensações físicas, o terror voltava. Às vezes, com uma esperança cada vez mais ténue, pensava em O'Brien e na lâmina de barbear. Era concebível que a lâmina viesse escondida na comida, se é que iam dar-lhe de comer. Pensava também em Julia, embora só vagamente. Ela estaria algures a sofrer, provavelmente muito mais do que ele. Nesse mesmo instante talvez estivesse a gritar de dor. Pensou: «Pudesse eu salvar Julia duplicando o meu próprio sofrimento, seria capaz de o fazer? Sim, era capaz.» Mas aquilo não passava de uma decisão intelectual, tomada por via da obrigação de dever tomá-la. Não era uma decisão sentida. Naquele lugar, ninguém conseguia sentir nada senão a dor e a antevisão da dor. Além disso, quando estivesse realmente a sofrê-la, seria possível desejar, qualquer que fosse o motivo, que a sua própria dor aumentasse? Pergunta para a qual ainda não tinha resposta.

As botas aproximavam-se de novo. A porta abriu-se. O'Brien entrou.

Winston levantou-se de um salto. O choque daquele encontro fê-lo perder toda a prudência. Pela primeira vez em muitos anos esqueceu-se da presença do telecrã.

— Também te apanharam! — exclamou.

— Apanharam-me há muito tempo — disse O'Brien com uma leve ironia quase contrafeita. Desviou-se para o lado. Atrás dele surgiu um guarda de peito largo, empunhando um bastão negro e comprido.

— Tu já sabias, Winston — disse O'Brien. — Não estejas a iludir-te. Tu sabias. Sempre soubeste.

Sim, via agora que sempre o soubera. Mas não havia tempo para pensar nisso. Só tinha olhos para o bastão nas mãos do guarda. Podia abater-se sobre qualquer sítio: o alto da cabeça, a ponta da orelha, o braço, o cotovelo...

O cotovelo! Winston caíra de joelhos, quase paralisado, agarrando com a outra mão o cotovelo atingido. Tudo explodira num clarão amarelo. Inconcebível, inconcebível que um único golpe pudesse provocar tamanha dor! O clarão dissipou-se e ele pôde ver os outros dois a olhá-lo. O guarda ria-se das suas contorções. Pelo menos a tal dúvida encontrara resposta. Nunca se podia desejar, fosse por que motivo fosse, um acréscimo de dor. Da dor só havia uma coisa a desejar: que parasse. Nada no mundo tão terrível como a dor física. Perante a dor não há heróis, não há heróis, pensou ele e tornou a pensar, enquanto se contorcia no chão, agarrando-se inutilmente ao braço esquerdo dorido.

2

Encontrava-se deitado numa coisa que lhe deu a impressão de ser uma cama de campanha, excepto que era mais alta e que ele estava preso a ela, de forma a não se mexer. Incidia-lhe no rosto uma luz, ao que lhe pareceu, mais forte do que o habitual. O'Brien, de pé à sua beira, observava-o atentamente. Do lado oposto da cama viu um homem de bata branca, com uma seringa hipodérmica na mão.

Mesmo depois de ter aberto os olhos, só a pouco e pouco foi tomando consciência daquilo que o rodeava. Teve a impressão de vir à superfície naquele quarto, oriundo de um mundo bem diferente, espécie de mundo subaquático muito longínquo. Quanto tempo passara nesse mundo, não sabia. Desde o momento em que o haviam prendido, nunca mais vira trevas ou luz do dia. Além disso, as recordações dele não eram contínuas. Alturas houvera em que a consciência, mesmo aquela consciência que se tem durante o sono, cessara por completo, renascendo depois de um intervalo em branco. Mas se os intervalos se estendiam por dias, semanas ou segundos apenas, não havia meio de o saber.

Com a primeira pancada no cotovelo o pesadelo começara. Viria mais tarde a perceber que tudo quanto então acontecera se limitava ao preâmbulo, um interrogatório de rotina a que submetiam quase todos os presos. Longa lista de crimes —

espionagem, sabotagem, e outros que tais — tinha toda a gente obrigatoriamente de confessar. Mera formalidade, a confissão, embora a tortura fosse real. Não conseguia lembrar-se de quantas vezes fora espancado, nem quanto tempo tinham durado os espancamentos. Havia sempre cinco ou seis homens de uniforme negro que se atiravam a ele em grupo. Às vezes com os punhos, outras vezes com bastões ou com barras de aço, outras ainda com as botas. A certa altura rebolava pelo chão, tão sem vergonha como um animal, contorcendo o corpo em todos os sentidos, num esforço incessante e desesperado para se esquivar aos pontapés, conseguindo apenas com isso levar mais pontapés ainda, nas costelas, na barriga, nos cotovelos, nas canelas, nas virilhas, nos testículos, na base da espinha. Noutras alturas aquilo atingia um ponto em que a brutalidade dos guardas já não lhe parecia sequer cruel, perversa ou menos imperdoável do que a sua própria incapacidade de perder os sentidos. Noutras alturas descontrolava-se a pontos de desatar aos gritos, implorando misericórdia, ainda antes do espancamento; aí, bastava ver um punho a preparar-se para o esmurrar, confessava logo um vasto rol de crimes reais ou imaginários. Noutras alturas, em que decidia nada confessar, cada palavra acabava por lhe ser arrancada entre gemidos de dor; ou então tentava debilmente chegar a um compromisso, dizendo para consigo: «Eu confesso, mas não já. Tenho de aguentar até a dor ser insuportável. Mais três pontapés, mais dois pontapés, e digo-lhes o que eles quiserem.» Às vezes espancavam-no até não se ter de pé, e depois atiravam-no como um saco de batatas sobre o empedrado da cela, deixando-o recuperar durante algumas horas, e a seguir levavam-no para ser espancado outra vez. Havia também períodos mais longos de recuperação. Só tinha deles uma vaga memória, porque os passava quase sempre a dormir ou numa espécie de torpor. Recordava-se de uma cela com catre de tábuas, uma espécie de prateleira a sair da parede, da bacia de lata com água para se lavar, das refeições de sopa quente, pão e, às vezes, café. Lembrava-se do barbeiro carrancudo que viera rapar-lhe o queixo e aparar-lhe o cabelo, e de uns homens eficientes e insensíveis, de bata branca, que lhe tomavam o pulso, verificavam os reflexos, reviravam as pálpebras, apalpavam o corpo todo com dedos rudes, à procura de ossos fracturados, e lhe espetavam seringas no braço para o pôr a dormir.

Os espancamentos tornaram-se mais raros, passando a constituir sobretudo uma ameaça, um horror a que Winston podia ser devolvido a todo o momento, mal as suas respostas fossem insatisfatórias. Agora os inquisidores já não eram rufias de uniforme negro, mas intelectuais do Partido, homenzinhos rotundos, de gestos vivos e óculos cintilantes, que o interrogavam por turnos, ao longo de períodos — cálculo seu, pois não podia saber ao certo — de dez ou doze horas ininterruptas. Estes novos inquisidores sujeitavam-no a dores físicas constantes, embora ligeiras; mas não constituía a dor o seu principal meio de obter resultados. Esbofeteavam-no, torciam-lhe as orelhas, puxavam-lhe o cabelo, obrigavam-no a estar de pé só numa perna, impediam-no de urinar, apontavam-lhe para os olhos luzes fortíssimas até as lágrimas lhe correrem pela cara abaixo; porém, o objectivo de tudo isso cingia-se apenas a humilhá-lo e a privá-lo da capacidade de raciocínio e argumentação. A grande arma dos inquisidores baseava-se no interrogatório sem tréguas, que se prolongava horas a fio, passando-lhe rasteiras, armando-lhe ciladas, distorcendo tudo quanto dissesse, a cada passo acusando-o de mentiras e contradições, até ele desatar a chorar, ou de vergonha, ou de esgotamento nervoso. Não raro, conseguiam fazê-lo chorar meia dúzia de vezes numa única sessão. Quase todo o tempo insultavam-no aos berros e, a cada hesitação, ameaçavam entregá-lo de novo aos guardas; mas de repente mudavam de tom, chamavam-lhe camarada, faziam-lhe apelos em nome do Socing e do Grande Irmão e perguntavam-lhe compungidamente se mesmo agora não lhe restava suficiente lealdade ao Partido para o levar a desejar desfazer o mal que fizera.

Quando tinha os nervos arrasados, ao fim de horas e horas de interrogatórios, até este apelo o punha a chorar desalmadamente. No fundo, as vozes insistentes conseguiam desfazê-lo mais completamente do que as botas e os punhos dos guardas. Passou a ser tão-somente uma boca que dizia, uma mão que assinava tudo quanto lhe era exigido. A sua única preocupação consistia em descobrir que queriam eles que confessasse, e depois confessá-lo rapidamente, antes que recomeçassem os maus-tratos. Confessou ter assassinado membros eminentes do Partido, distribuído panfletos sediciosos, desviado dinheiros públicos, vendido segredos militares, participado em todo o tipo de sabotagens. Confessou ser, desde 1968, um espião a soldo do governo lestasiático. Confessou-se crente religioso, admirador do capitalismo, pervertido sexual. Confessou que assassinara a mulher, embora soubesse, assim como o deviam saber os homens que o interrogavam, que ela ainda estava viva. Confessou ter-se mantido durante anos em contacto pessoal com Goldstein e que fora membro de uma organização clandestina de que faziam parte quase todos os seres humanos seus conhecidos. Tornava-se mais fácil confessar tudo e denunciar toda a gente. Além disso, num certo sentido, era tudo verdade. Verdadeiramente fora inimigo do Partido, e aos olhos do Partido não se fazia distinção entre o pensamento e a acção.

Havia também recordações de outra natureza. Recortavam-se-lhe, desconexas, no espírito, como quadros iluminados no meio da treva.

A cela tanto podia ser clara como escura, pois nada via senão dois olhos. Ouvia, perto de si, o tiquetaque lento e regular de um instrumento qualquer. Os olhos cresciam, tornavam-se cada vez mais luminosos. De repente, Winston como que se desprendeu da cadeira, a pairar, e mergulhou naqueles olhos, que o tragavam.

Tinham-no amarrado a uma cadeira rodeada de mostradores, sob essa luz ofuscante. Um homem de bata branca examinava os mostradores. Lá fora, alguém se aproximava, batendo com os tacões das botas no chão. A porta abria-se com ruído metálico. O oficial com cara de figura de cera entrava, seguido por dois guardas.

— Sala 101 — dizia o oficial.

O homem da bata branca nem se voltava. Também não olhava para Winston; só lhe interessavam os mostradores.

Winston ia a rebolar pelo gigantesco corredor, com um quilómetro de largo, cheio de luz esplendorosa, dourada, a rir às gargalhadas e a confessar crimes, em altos gritos. Confessava tudo, mesmo coisas que conseguira ocultar durante a tortura. Contava toda a história da sua vida a uma assistência já dele conhecida. Acompanhavam-no os guardas, os outros inquisidores, os homens de bata branca, O'Brien, Julia, o Sr. Charrington, todos, a rebolar pelo corredor e a rir às gargalhadas. Algo terrível, inscrito no futuro, fora misteriosamente evitado, não chegando a acontecer. Corria tudo bem, acabara o sofrimento, os mais ínfimos pormenores da vida dele tinham sido desvendados, compreendidos, perdoados.

Soerguia-se do catre de tábuas, em sobressalto, com a impressão de ter ouvido a voz de O'Brien. Ao longo do interrogatório, embora nunca lograsse vê-lo, tivera constantemente a sensação de O'Brien estar à sua beira, mesmo no limite do seu raio de visão. O'Brien dirigia tudo. Mandava os guardas atirarem-se a Winston e impedia-os de o matarem. Decidia quando é que Winston devia gritar de dor, quando devia ser deixado em paz, quando devia comer, quando devia dormir, quando deviam injectar-lhe as drogas no braço. Fazia perguntas e sugeria as respostas. O'Brien era o torcionário, o protector, o inquisidor, o amigo. E certa vez — Winston esquecera se fora num sono induzido pelas drogas, se no sono normal ou mesmo num momento de vigília — uma voz segredara-lhe ao ouvido: «Não te preocupes. Winston; estás à minha guarda. Há sete anos que velo por ti. Agora, chegou o momento decisivo. Vou-te salvar, vou fazer de ti um ser perfeito.» Não teve a certeza de se tratar da voz de O'Brien; todavia, não duvidou ser a mesma voz que lhe dissera: «Havemos de nos encontrar no lugar onde não há trevas», naquele outro sonho, sete anos atrás.

Não se lembrava do fim do interrogatório. Após um período de escuridão, a cela, ou sala, onde agora se encontrava começou gradualmente a materializar-se à sua volta. Sentiu-se deitado de costas, na posição quase horizontal, sem se poder mexer. O corpo tinha sido amarrado em todos os pontos essenciais. Até a nuca estava presa, embora não percebesse como. O'Brien olhava-o gravemente, com alguma tristeza. Assim visto de baixo, esse rosto parecia rude e gasto, com grandes olheiras e rugas de cansaço, do nariz até ao queixo. Seria mais velho do que Winston pensara; talvez tivesse uns quarenta e oito ou cinquenta anos. A mão dele pousava sobre um mostrador com uma alavanca em cima e números a toda a volta.

— Eu disse-te — começou O'Brien — que se nos encontrássemos outra vez seria aqui.

— Disseste — respondeu Winston.

Sem qualquer espécie de aviso, além do pequeno gesto da mão de O'Brien, uma vaga de dor percorreu o corpo de Winston. Dor terrível, e ele não podia ver o que lhe acontecia, embora tivesse a sensação de estarem a infligir-lhe lesões fatais. Ignorava se aquilo estava realmente a acontecer, ou se era apenas um efeito electricamente induzido; sentiu, no entanto, o corpo a deformar-se, as articulações a desconjuntarem-se lentamente. Apesar de as dores lhe terem perlado a testa de suor, o pior de tudo foi o medo de que a coluna vertebral não aguentasse. Cerrou os dentes e respirou fundo, pelo nariz, procurando manter-se calado o máximo de tempo possível.

— Estás com medo — disse O'Brien, observando-lhe o rosto — de que alguma coisa se parta de um momento para o outro. O teu grande receio é que seja a coluna. Tens uma imagem mental nítida das vértebras a separarem-se e do líquido raquidiano a escorrer para fora delas. Estás a pensar nisso, não é, Winston?

Winston não respondeu. O'Brien puxou para si a alavanca do mostrador. A vaga de dor recuou quase tão depressa como viera.

— Não passámos do quarenta — disse O'Brien. — Como vês, os números do mostrador vão até cem. Não te esqueças, durante a nossa conversa, que posso infligir-te dor a qualquer momento e com a intensidade que eu entender. Se mentires, se tentares esquivar-te seja de que maneira for, ou mesmo se desceres abaixo do teu nível de inteligência habitual, vais ver que te ponho logo a gritar de dor. Percebeste?

— Percebi — respondeu Winston.

A atitude de O'Brien tornou-se um pouco menos severa. Ajeitou pensativamente os óculos, deu alguns passos de um lado para o outro. Quando recomeçou a falar, foi num tom amável e paciente. Tinha ar de médico, ou professor, ou padre até, mais interessado em explicar e convencer do que em punir.

— Se estou a ter este trabalho todo contigo, Winston, é porque tu mereces. Sabes perfeitamente qual o teu problema. Já o sabes há anos, embora tenhas sempre lutado contra essa ideia. Sofres de perturbações mentais. Tens deficiências de memória. Há factos reais de que não te consegues lembrar, e julgas lembrar-te de outros que nunca aconteceram. Felizmente, o mal tem cura. Só não te curaste porque nunca quiseste. Basta um pequeno esforço de vontade que nunca te dispuseste a fazer. E sei perfeitamente como ainda agora te agarras à tua doença, convencido de não ser um mal, mas uma virtude. Vejamos um exemplo. Neste momento, contra que potência está a Oceânia em guerra?

— Quando fui preso, a Oceânia estava em guerra com a Lestásia.

— A Lestásia. Muito bem. E a Oceânia sempre esteve em guerra com a Lestásia, não é verdade?

Winston respirou fundo. Abriu a boca para falar, mas não falou. Não conseguia tirar os olhos do mostrador.

— A verdade, por favor, Winston. A *tua* verdade. Diz-me aquilo de que julgas lembrar-te.

— Lembro-me de que até uma semana antes de eu ser preso não estávamos em guerra com a Lestásia. Pelo contrário, éramos aliados. A guerra era contra a Eurásia, e já durava há quatro anos. Antes disso...

O'Brien interrompeu-o com um aceno da mão.

— Outro exemplo — disse. — Há alguns anos tiveste uma alucinação extremamente grave. Convenceste-te de que três homens, três ex-membros do Partido, de seus nomes Jones, Aaronson e Rutherford (homens executados por traição e sabotagem, depois de terem feito uma confissão detalhada) não eram culpados dos crimes que sobre eles recaíam. Convenceste-te de que tinhas visto a prova documental indesmentível de que as confissões deles seriam falsas. A alucinação relacionou-se com determinada fotografia. Convenceste-te de tê-la tido nas mãos. Uma fotografia semelhante a esta.

Entre os dedos de O'Brien surgia uma tira comprida de papel, um recorte de jornal. Durante uns cinco segundos Winston teve-a no seu campo de visão. Essa fotografia, que ele não tinha quaisquer dúvidas em identificar. Era a fotografia. Era outro exemplar da fotografia de Jones, Aaronson e Rutherford, em representação do Partido em Nova Iorque, que por acaso lhe viera parar às mãos onze anos antes, e que ele destruíra imediatamente. Teve-a por um instante apenas diante dos olhos, depois tornou a perdê-la de vista. Mas tinha-a visto, sem dúvida que a vira! Fez um esforço desesperado, dilacerante, para soltar-se da cintura para cima. Não conseguiu mover-se um centímetro sequer, em nenhum sentido. Esquecera-se até do mostrador. Só queria voltar a ter a fotografia nas mãos, ou pelo menos a vê-la.

— A fotografia existe! — gritou.

— Não — disse O'Brien.

Atravessou a sala. Na parede oposta havia um buraco de memória. O'Brien levantou a grade. Longe dos olhos do mundo, o frágil papelinho rodopiava na corrente de ar quente e desfazia-se num clarão de labaredas. O'Brien afastou-se da parede.

— Cinzas — disse. — Nem sequer cinzas identificáveis. Poeira. Não existe. Nunca existiu.

— Existiu, sim! Ainda existe! Existe na memória. Eu lembro-me. Tu lembras-te.

— Não me lembro de nada — disse O'Brien.

Winston sentiu que lhe caía o coração aos pés. Era assim o duplopensar. Invadiu-o uma sensação de impotência absoluta. Se pudesse ter a certeza de O'Brien estar a mentir, não daria grande importância ao assunto. Mas afigurava-se-lhe perfeitamente possível O'Brien ter mesmo esquecido a fotografia. E se assim fosse, também já teria esquecido que dissera não se lembrar, e esquecido o acto de esquecer. Como ter a certeza de aquilo não ser um simples artifício? Talvez aquela desagregação lunática da mente pudesse ocorrer afinal: e essa ideia esmagou-o.

O'Brien observava-o, pensativo. Mais do que nunca assumia aquele ar de professor consagrando o melhor dos seus esforços a uma criança caprichosa mas promissora.

— Há uma divisa do Partido que diz respeito ao controlo do passado — disse. — Repete-a, se fazes favor.

— «Quem controla o passado controla o futuro: quem controla o presente controla o passado» — repetiu Winston, obediente.

— «Quem controla o presente controla o passado» — disse O'Brien, acenando lenta e aprovadoramente com a cabeça. — Na tua opinião, Winston, o passado tem existência real?

De novo se abateu sobre Winston a mesma sensação de impotência. Espreitou furtivamente para o mostrador. Não só não sabia se era «sim» ou «não» a resposta que o salvaria da dor, como ignorava qual das duas alternativas era para si verdadeira.

O'Brien sorriu.

— Não és metafísico, Winston — disse. — Até hoje, nunca tinhas reflectido no que significa a palavra «existir». Vou repetir a pergunta, mas de forma mais precisa. O passado existe concretamente, no espaço? Existe algures um lugar, um mundo de objectos sólidos, onde o passado esteja ainda a acontecer?

— Não.

— Então onde é que o passado existe, se é que existe?

— Nos arquivos. Está registado, por escrito.

— Nos arquivos. E mais?

— Na memória. Na memória dos homens.

— Na memória. Ora muito bem. Nós, o Partido, controlamos todos os arquivos e controlamos todas as memórias. Portanto, controlamos o passado, ou não?

— Mas como é que podem impedir as pessoas de se lembrarem das coisas! — exclamou Winston, voltando a esquecer-se, por momentos, do mostrador. — Isso não depende da vontade. É exterior a nós próprios. Como é que se pode controlar a memória? Vocês não controlaram a minha!

O'Brien voltou aos seus modos ríspidos. Pousou a mão no mostrador.

— Enganas-te — disse —, quem não a controlou foste *tu*. E foi isso que te trouxe aqui. Estás aqui porque te falta humildade, autodisciplina. Nunca quiseste aceitar o acto de submissão, que é o preço da saúde mental. Preferiste ser louco, ser uma minoria de um só. Apenas a mente disciplinada grangeia a realidade, Winston. Julgas que a realidade é uma coisa objectiva, externa, que existe por si própria. Julgas também que a natureza da realidade é evidente. Quando, numa das tuas alucinações, visionas alguma coisa, concluis que toda a gente vê o mesmo que tu. Mas eu digo-te, Winston, a realidade não é exterior. A realidade existe no espírito humano, e em mais parte nenhuma. Não no espírito individual, que pode cometer erros, e que para todos os efeitos é perecível: só existe no espírito do Partido, colectivo e imortal. O que o Partido consagrar como verdade, *é* verdade. Impossível ver a realidade excepto através dos olhos do Partido. É isto que tu tens de reaprender, Winston. Só o conseguirás mediante um acto de autodestruição, um esforço da vontade. Tens de te humilhar para voltares à sanidade de espírito.

Calou-se por instantes, como para dar às palavras o tempo de fazerem efeito.

— Lembras-te — prosseguiu — de escreveres no teu diário que «Liberdade é a liberdade de dizer que dois e dois são quatro»?

— Lembro-me — confirmou Winston.

O'Brien ergueu a mão esquerda, com a palma voltada para si, o polegar escondido e os outros quatro dedos esticados.

— Quantos dedos tenho aqui, Winston?

— Quatro.

— E se o Partido disser que não são quatro mas cinco, quantos são?

— Quatro.

A palavra terminou num grito de dor. O ponteiro do mostrador fora até aos cinquenta e cinco. O corpo de Winston cobrira-se de suores. O ar dilacerava-lhe os pulmões ao entrar, e tornava a sair em profundos gemidos que nem cerrando os dentes conseguia evitar. O'Brien olhava-o, ainda com os quatro dedos esticados. Puxou a alavanca em sentido contrário. Desta vez a dor só abrandou ligeiramente.

— Quantos dedos, Winston?

— Quatro.

O ponteiro foi aos sessenta.

— Quantos dedos, Winston?

— Quatro! Quatro! Como é que eu posso dizer outra coisa! Quatro!

O ponteiro devia ter subido outra vez, Winston nem olhou. O rosto rude e severo e os quatro dedos preenchiam todo o seu campo de visão. Os dedos erguiam-se diante dos seus olhos como pilares, enormes, desfocados, e parecendo vibrar, mas não havia dúvida de que eram quatro.

Quantos dedos, Winston?

— Quatro! Pára, pára! Como podes ser capaz de continuar com isto! Quatro! Quatro!

— Quantos dedos, Winston?

— Cinco! Cinco! Cinco!

— Não, Winston, não vale a pena. Estás a mentir. Ainda achas que são quatro. Quantos dedos, por favor?

— Quatro! Cinco! Quatro! Os que tu quiseres. Mas pára, pára com a dor!

Deu por si sentado na cama, com o braço de O'Brien à volta dos ombros. Talvez tivesse perdido os sentidos por alguns segundos. As correias que lhe prendiam o corpo tinham sido desapertadas. Sentia muito frio, tremia incontrolavelmente, os dentes batiam, corriam-lhe lágrimas pela cara abaixo. Por momentos agarrou-se a O'Brien como uma criança, estranhamente reconfortado com aquele braço forte a apertar-lhe os ombros. Tinha a impressão de O'Brien ser o seu protector, de que a dor era uma coisa vinda de fora, com outra origem, e O'Brien preservá-lo-ia dela.

— Aprendes devagar, Winston — disse brandamente O'Brien.

— Que posso eu fazer? — soluçou Winston. — Como é que posso não ver o que tenho diante dos olhos? Dois e dois são quatro.

— Às vezes, Winston. Outras vezes são cinco. Outras, três. Outras ainda são as três coisas ao mesmo tempo. Tens de te esforçar mais. O caminho para a sanidade mental não é fácil.

Deitou Winston na cama. As correias à volta do corpo tornaram a ser apertadas, mas a dor desvanecera-se e o tremor cessara, deixando-o simplesmente fraco e gelado. O'Brien chamou com um aceno de cabeça o homem de bata branca, ali imóvel, desde o início. O homem inclinou-se e examinou atentamente os olhos de Winston, tomou-lhe o pulso, encostou-lhe o ouvido ao peito, deu umas pancadinhas aqui e ali; depois, voltando-se para O'Brien, acenou afirmativamente.

— Outra vez — disse O'Brien.

A dor percorreu o corpo de Winston. O ponteiro devia estar nos setenta, setenta e cinco. Desta vez fechara os olhos. Sabia que os dedos ainda lá estavam, quatro dedos. Já só importava continuar vivo, a todo o custo, até passar o espasmo. Nem sabia se estava ou não a gritar. A dor tornou a abrandar. Abriu os olhos. O'Brien fizera recuar a alavanca.

— Quantos dedos, Winston?

— Quatro. Acho que são quatro. Se eu conseguisse, via cinco. Estou a tentar ver cinco.

— Que é que queres: convencer-me de que vês cinco, ou vê-los realmente?

— Quero vê-los mesmo.

Talvez o ponteiro estivesse nos oitenta, nos noventa. Winston só intermitentemente se lembrava do motivo por que lhe era infligida aquela dor. Por trás das pálpebras cerradas, uma floresta de dedos parecia vogar numa espécie de dança, aproximando-se e afastando-se, desaparecendo atrás uns dos outros e voltando a aparecer. E ele procurava contá-los, sem se lembrar porquê. Só sabia ser impossível contá-los, e que isto se devia, de alguma maneira, à misteriosa identidade entre cinco e quatro. A dor voltou a atenuar-se. Quando abriu os olhos, continuava a ver a mesma coisa. Inúmeros dedos, como árvores dançantes, vogavam em todas as direcções, cruzando--se e tornando a cruzar-se. Fechou de novo os olhos.

— Quantos dedos te estou a mostrar, Winston?

— Não sei. Não sei. Se me tornas a fazer o que agora fizeste, eu morro. Quatro, cinco, seis... sinceramente, não sei.

— Estás melhor — disse O'Brien.

Uma agulha espetou-se no braço de Winston. Quase instantaneamente, um calor reconfortante, delicioso, invadiu-lhe o corpo todo. Quase esquecera a dor. Abriu os olhos, fitando O'Brien com gratidão. Ao ver aquela face rude, sulcada de rugas, tão feia e tão inteligente, deu-se uma reviravolta no seu coração. Se pudesse mexer-se teria estendido a mão para a pousar no braço de O'Brien. Nunca a afeição que lhe tinha fora tão profunda como naquele momento, e não apenas por ter interrompido o seu sofrimento. Voltava à sua antiga sensação de que, no fundo, tanto fazia saber se O'Brien era amigo ou inimigo. Com O'Brien podia-se falar. Talvez uma pessoa preferisse ser compreendida e amada. O'Brien torturara-o até ao limiar da loucura, e, seguramente, dentro em breve condená-lo-ia à morte. Mas isso não tinha importância. Num certo sentido, mais profundo do que a amizade, eles eram íntimos: embora as palavras talvez nunca viessem a ser efectivamente pronunciadas, existia algures um lugar onde poderiam encontrar-se e conversar. O'Brien olhava-o com uma expressão em que se adivinhava ter-lhe ocorrido exactamente o mesmo pensamento. Quando voltou a falar, fê-lo com a ligeireza de uma conversa amena.

— Sabes onde estás, Winston? — perguntou.

— Não sei, mas calculo. No Ministério do Amor.

— Sabes há quanto tempo aqui estás?

— Não, não sei. Dias, semanas, meses... acho que já lá vão meses.

— E porque será que, em tua opinião, nós trazemos as pessoas para aqui?

— Para as obrigar a confessar.

— Não, não é por isso. Tenta lá outra vez.

— Para as castigar.

— Não! — exclamou O'Brien. A voz alterara-se-lhe muitíssimo, de súbito o seu rosto ficara simultaneamente severo e animado. — Não! Não apenas para te extorquir uma confissão, nem para te castigar. Queres que te diga por que motivo te trouxemos para aqui? Para te curar! Para fazer de ti uma pessoa sã de espírito! Conseguirás entender, Winston, que nenhuma das pessoas que trazemos para aqui sai das nossas mãos sem estar curada? Nós não estamos interessados nesses estúpidos crimes que cometeste. O Partido não se interessa pelos actos declarados: o que nos importa é o pensamento. Não nos limitamos a destruir os inimigos; nós modificamo-los. Entendes o que quero dizer com isto?

Inclinara-se sobre Winston. O rosto parecia enorme, de tão próximo, e horrivelmente feio, visto de baixo. Além disso, dominava-o uma espécie de exaltação, um frenesi tresloucado. Uma vez mais, Winston sentia o coração apertado. Se possível, enterrar-se-ia ainda mais na cama. Convenceu-se de que O'Brien se preparava para carregar na alavanca, por pura demência. Nesse instante, porém, O'Brien virou-lhe as costas. Deu um ou dois passos para cá e para lá. Depois prosseguiu, já menos veemente:

— Tens de compreender uma coisa: neste lugar não há mártires. Já deves ter lido algo sobre as perseguições religiosas do passado. Na Idade Média havia a Inquisição. Foi um fracasso. Propôs-se erradicar a heresia, e acabou por perpetuá-la. Por cada hereje que queimava na fogueira, surgiam milhares de outros. E porquê? Porque a Inquisição matava os inimigos às claras, e matava-os antes de eles se terem arrependido. Os homens morriam por se recusarem a abandonar as suas verdadeiras crenças. Naturalmente, toda a glória ia para a vítima e toda a vergonha para o inquisidor que a queimava. Mais tarde, no século XX, vieram os chamados totalitarismos. Vieram os nazis alemães e os comunistas russos. Os russos perseguiram a heresia com mais crueldade ainda do que a Inquisição. E julgaram ter aprendido com os erros do passado; pelo menos sabiam evitar fazer mártires. Antes de submeterem as vítimas ao julgamento público, aplicavam-se encarniçadamente a destruir nelas a dignidade. Arrasavam esses homens pelas torturas e pelo isolamento até eles se transformarem em destroços servis e desprezíveis, confessando aquilo que os mandavam confessar, cobrindo-se de infâmia, acusando-se mutuamente e escudando-se uns nos outros, implorando misericórdia. E no entanto, ao fim de poucos anos, volta a suceder a mesma coisa. Os mortos converteram-se em mártires e a sua degradação foi esquecida. Uma vez mais, porquê? Em primeiro lugar, porque as confissões extorquidas eram obviamente falsas. Nós não cometemos erros desses. Aqui todas as confissões são verdadeiras. Nós tornamo-las verdadeiras. E, acima de tudo, não permitimos que os mortos se ergam contra nós. Deves desistir de pensar que a posteridade te vai vingar, Winston. A posteridade jamais ouvirá falar de ti. Vamos suprimir-te totalmente do curso da História. Vamos transformar-te em gás e lançar-te na atmosfera. Nada restará de ti: nem nome num registo, nem qualquer recordação na memória dos vivos. Serás aniquilado, quer no passado, quer no futuro. Nunca terás existido.

«Então para quê este trabalho de me torturarem?», pensou Winston, com azedume. O'Brien estacou como se Winston tivesse formulado tal pensamento em voz alta. A cara grande e feia aproximou-se de si, olhos semicerrados.

— Estás a pensar — disse — que se nós tencionamos destruir-te tão completamente, se nada do que possas dizer ou fazer alterará o que quer que seja, então porque nos damos ao trabalho de te interrogar primeiro? Estavas a pensar nisto, não estavas?

— Sim — respondeu Winston.

O'Brien esboçou um sorriso.

— Tu és uma peça com defeito, Winston. És a nódoa que tem de ser limpa. Não te disse agora mesmo que somos diferentes dos perseguidores do passado? Não nos contentamos com a obediência negativa, nem mesmo com a mais abjecta das submissões. Quando finalmente te renderes a nós, vai ser por tua livre e espontânea vontade. Nós não aniquilamos o herege por ele nos resistir: enquanto nos resiste, nunca o aniquilamos. Convertemo-lo, conquistamos todos os recessos do seu espírito, damos-lhe forma nova. Destruímos nele o mal e as ilusões; trazemo-lo para o nosso lado, não em aparência, mas realmente, de alma e coração. Fazemos dele um dos nossos, antes de o matarmos. É-nos intolerável que sobreviva no mundo qualquer pensamento erróneo, por muito secreto e impotente que seja. Mesmo no momento da morte, não permitiremos o menor desvio. Antigamente o herege ia para a fogueira ainda no estado de heresia, proclamando-a, exultando nela. Até a vítima das purgas conseguia levar encerrada no crânio a chama da revolta enquanto caminhava pelo corredor, à espera do tiro que a abateria. Mas nós tornamos o cérebro perfeito antes de o trespassarmos com uma bala. O mandamento do antigo despotismo cingia-se a «Tu não farás»; o mandamento dos totalitarismos, a «Tu farás». O nosso mandamento é «*Tu és*». Nenhuma das pessoas que trazemos para cá se ergue contra nós. Toda a gente sai daqui purificada. Até esses três miseráveis traidores que em tempos julgaste inocentes (Jones, Aaronson e Rutherford), até eles acabaram por ceder. Eu participei pessoalmente nos interrogatórios. Vi-os irem-se abaixo a pouco e pouco, vi-os gemer, rastejar, soluçar... e no fim já não restava dor ou medo, mas puro arrependimento. Quando saíram das nossas mãos não passavam de invólucros vazios. Nada tinham lá dentro, excepto tristeza pelas suas acções, e amor ao Grande Irmão. Impressionava ver como o amavam. Suplicavam que os fuzilássemos depressa, para poderem morrer enquanto neles o espírito ainda estivesse puro.

A voz tornara-se-lhe quase sonhadora. A exaltação e o entusiasmo tresloucado continuavam a transparecer-lhe no rosto. «Ele não está a fingir», pensou Winston, «não é nenhum hipócrita; ele acredita mesmo em tudo quanto diz». O que mais o esmagava era a consciência da sua própria inferioridade intelectual. Olhava aquela silhueta pesada, e no entanto graciosa, que caminhava cá e lá, entrando e saindo do seu campo de visão. O'Brien era um ser superior a ele, sob todos os aspectos. Winston não manifestara ideia, nem nunca isso lhe seria possível, que O'Brien muito antes não tivesse conhecido, examinado e rejeitado. O espírito dele *continha* o espírito de Winston. E como tal, não seria O'Brien eventualmente louco? Ele, Winston, é que devia ser louco. O'Brien estacou a olhá-lo. A voz adquirira outra vez um tom severo:

— Não imagines que te safas, Winston, por mais completamente que te rendas. Quem se transviou uma vez nunca é poupado. E mesmo que decidíssemos deixar-te viver até morreres de morte natural, nunca nos escaparias. O que te acontecer aqui será para sempre. Vê se entendes isso desde já. Havemos de te esmagar a tal ponto que se torne impossível voltares atrás. Vão acontecer-te coisas de que não poderás recompor-te, nem que vivesses mil anos. Jamais voltarás a ser capaz de sentir as mais vulgares emoções humanas. Tudo morrerá dentro de ti. Nem serás capaz de voltar a sentir amor, nem amizade, nem alegria de viver, nem vontade de rir, nem curiosidade, nem coragem, nem integridade. Ficarás oco. Havemos de te espremer até ao vazio, e depois encher-te-emos com a nossa própria substância.

Calou-se, fez um sinal ao homem de bata branca. Winston apercebeu-se do pesado aparelho que lhe traziam para junto da cabeça. O'Brien sentou-se ao lado da cama, de forma a ter o rosto quase ao nível do de Winston.

— Três mil — disse, dirigindo-se, por sobre a cabeça de Winston, ao homem da bata branca.

Duas almofadinhas macias, ligeiramente húmidas, vieram colar-se às têmporas de Winston. Estremeceu. De novo a dor, uma nova espécie de dor. O'Brien pousou a mão na dele, num gesto tranquilizador, quase afectuoso.

— Desta vez não dói — disse. — Olha bem para os meus olhos.

Nesse instante houve uma explosão devastadora, ou algo parecido, embora ele não tivesse a certeza quanto ao barulho. Viu, isso sem dúvida, um clarão ofuscante. Winston não estava ferido, apenas prostrado. Embora deitado, quando aquilo aconteceu, teve a curiosa sensação de ter sido a explosão a fazê-lo cair de costas. Um golpe tremendo, apesar de indolor, estendera-o ao comprido. E alguma coisa, dentro da sua cabeça, acontecera. Quando os olhos tornaram a ver com nitidez, lembrou-se de quem era e de onde estava, reconheceu o rosto que o fitava; mas instalara-se algures um grande vazio, como se lhe tivessem extraído um bocado do cérebro.

— Isto não demora nada — disse O'Brien. — Olha bem para os meus olhos. Com que país está a Oceânia em guerra?

Winston reflectiu. O significado da palavra Oceânia não lhe era estranho, e sabia que ele próprio era cidadão da Oceânia. Lembrava-se também da Eurásia e da Lestásia; mas não sabia quem guerreava contra quem. Na verdade, perdera a noção de estar em curso alguma guerra.

— Não me lembro.

— A Oceânia está em guerra com a Lestásia. Já te lembras, agora?

— Lembro-me, sim.

— A Oceânia sempre esteve em guerra com a Lestásia. Desde o início da tua vida, desde que o Partido existe, desde o princípio da História, a guerra decorreu sem interrupção, sempre a mesma guerra. Lembras-te disso?

— Lembro-me.

— Há onze anos, criaste uma lenda acerca de três homens que foram condenados à morte por traição. Afirmaste ter visto um papel, prova da inocência deles. Esse papel nunca existiu. Foste tu que o inventaste, e depois acabaste por acreditar na sua existência. Mas agora já te lembras do preciso momento em que o inventaste. Lembras-te, não é verdade?

— Lembro-me.

— Ainda há pouco te mostrei os dedos da minha mão. Viste cinco. Lembras-te?

— Lembro-me.

O'Brien estendeu os dedos da mão esquerda, escondendo o polegar.

— Estão aqui cinco dedos. Vês cinco dedos?

— Vejo.

E viu-os, de facto, fugazmente, antes de se operar no seu espírito a mudança do cenário. Viu cinco dedos, cinco dedos perfeitos, sem a mínima deformidade. Depois tudo voltou ao normal, e o velho medo, o ódio e a perplexidade tornaram a invadi-lo. Mas tivera momentos — ignorava por quanto tempo, talvez uns trinta segundos — de certeza luminosa, em que cada nova sugestão de O'Brien viera preencher o vazio, transformando-se em verdade absoluta, dois e dois tanto poderiam ser então três como cinco, se necessário. Tal estado de espírito só se desvanecera segundos antes de O'Brien baixar a mão; mas, embora não conseguisse recriá-lo, Winston recordava-o como uma experiência intensa de um período da sua vida em que tivesse sido, na realidade, alguém diferente.

— Percebes agora — disse O'Brien — que pelo menos é possível.

— Sim — disse Winston.

O'Brien levantou-se com um ar satisfeito. À sua esquerda, Winston viu o homem da bata branca abrir uma ampola e puxar o êmbolo da seringa. O'Brien voltou-se para Winston, sorrindo. Quase como dantes, ajeitou os óculos ao nariz.

— Lembras-te de teres escrito no teu diário — disse — que pouco importava eu ser amigo ou inimigo, pois ao menos era pessoa capaz de te compreender e com quem poderias falar? Tinhas razão. Gosto de falar contigo. O teu espírito atrai-me. Parece-se com o meu, com a pequena diferença de que tu és louco. Antes de darmos por encerrada a sessão, podes fazer-me perguntas, se quiseres.

— As que eu quiser?

— As que tu quiseres. — Viu os olhos de Winston cravados no mostrador. — Está desligado. Qual é a tua primeira pergunta?

— O que é que fizeram à Julia? — quis saber Winston.

O'Brien tornou a sorrir.

— Traiu-te, Winston. Imediatamente... sem reservas. Raramente vi uma pessoa passar-se tão depressa para o nosso lado. Agora, mal a reconhecias. Toda aquela rebeldia, aquele jeito para mentir, aquela loucura, aquela mente suja que ela tinha... tudo isso desapareceu. Conversão perfeita, um caso digno de registo.

— Vocês torturaram-na?

O'Brien não respondeu.

— Outra pergunta — disse.

— O Grande Irmão existe?

— Claro que existe. O Partido existe. O Grande Irmão é a encarnação do Partido.

— Mas existe da mesma maneira que eu existo?

— Tu não existes — disse O'Brien.

De novo Winston se sentiu invadido pela sensação de impotência. Conhecia, ou julgava-se capaz de imaginar, os argumentos que provavam a sua própria inexistência; argumentos insensatos, não passando de mero jogo de palavras. Pois não era logicamente absurda a proposição «Tu não existes»? Mas de que servia dizê-lo? Encolheu-se mentalmente ao pensar nos argumentos loucos, irrefutáveis, com que O'Brien o demoliria.

— Eu penso que existo — disse numa voz cansada. — Tenho consciência da minha própria identidade. Nasci e hei-de morrer. Tenho braços e pernas. Ocupo determinado ponto no espaço. Nenhum outro objecto sólido pode ocupar o mesmo ponto ao mesmo tempo. Nesse sentido, existe o Grande Irmão?

— Isso não tem a menor importância. Ele existe.

— O Grande Irmão vai morrer um dia?

— Claro que não. Como é que ele poderia morrer? Outra pergunta.

— A Fraternidade existe?

— Isso, Winston, é coisa que nunca hás-de saber. Se decidirmos libertar-te quando acabarmos de tratar de ti, mesmo que vivas até aos noventa anos, nunca saberás se a resposta a essa pergunta é sim ou não. Enquanto viveres, esse enigma ficará por se resolver na tua cabeça.

Winston calou-se. O seu peito arquejou um pouco mais depressa. Ainda não fizera a pergunta que lhe viera à cabeça em primeiro lugar. Tinha de a fazer, e no entanto era como se a língua não quisesse articulá-la. O'Brien arvorava no rosto uma expressão vagamente divertida. Até o brilho dos óculos parecia exprimir ironia. Ele sabe, pensou repentinamente Winston, ele sabe o que eu vou perguntar! Ao mesmo tempo, as palavras irromperam-lhe dos lábios:

— Que há na Sala 101?

A expressão do rosto de O'Brien não se alterou. Respondeu com secura:

— Tu sabes o que há na Sala 101. Toda a gente sabe.

Fez com o dedo um sinal ao homem de bata branca. A sessão chegara sem dúvida ao fim. A agulha espetou-se no braço de Winston, que mergulhou quase instantaneamente num sono profundo.

3

— Existem três estádios na tua reintegração — disse O'Brien. — Saber, compreender e aceitar. Chegou a altura do segundo estádio.

Como sempre, Winston estava deitado. Mas agora as correias já não o apertavam tanto. Ainda o prendiam à cama, podia no entanto mexer um pouco os joelhos, virar a cabeça e levantar os braços a partir do cotovelo. Também o mostrador já não constituía um terror tão grande. Se raciocinasse com a presteza exigida, evitaria a dor: só perante a estupidez O'Brien puxava a alavanca. Passavam-se às vezes sessões inteiras sem ele utilizar o aparelho. Não conseguia lembrar-se de quantas sessões já tinha havido. Todo o processo parecia estender-se por um período indefinidamente longo — de várias semanas, possivelmente — e os intervalos entre as sessões tanto podiam ser de dias como apenas de uma ou duas horas.

— Aí deitado — disse O'Brien — muitas vezes tens perguntado a ti próprio, e até já me perguntaste a mim, porque é que o Ministério do Amor perde tanto tempo e trabalho contigo. Já quando estavas em liberdade uma questão te intrigava e que é fundamentalmente a mesma. Compreendes a mecânica da sociedade, mas não consegues compreender os motivos que a justificam. Lembras-te de teres escrito no teu diário «Eu compreendo *como*; só não compreendo *porquê*»? Foi quando pensaste no «porquê» que duvidaste da tua saúde de espírito. Leste *o livro*, o livro de Goldstein, ou pelo menos parte dele. Revelou-te alguma coisa que não soubesses já?

— Tu também o leste? — perguntou Winston.

— Escrevi-o. Ou melhor, colaborei na sua redacção. Nenhum livro é escrito por uma só pessoa, como sabes.

— E é verdade o que diz o livro?

— Como descrição, é. O programa que propõe é, porém, absurdo. A acumulação secreta do saber, o crescimento gradual do número de indivíduos esclarecidos... e, por fim, a revolta proletária e a derrota do Partido. Tu próprio adivinhaste que o livro diria isso mesmo. É perfeitamente absurdo. Os proletários jamais se revoltarão, nem daqui a mil anos, nem daqui a um milhão. Não têm essa capacidade. Não preciso de te dizer porquê: tu já sabes. Se alguma vez alimentaste o sonho de uma insurreição violenta, deves abandoná-lo. Não há maneira de derrubar o Partido. O domínio do Partido é eterno. Toma isso como ponto de partida dos teus raciocínios.

Aproximou-se mais da cama.

— Eterno! — repetiu. — Voltemos agora à questão do «como» e do «porquê». Tu compreendes relativamente bem *como* é que o Partido se mantém no poder. Agora diz-me *porque* será que nos agarramos ao poder. Quais são os nossos motivos? Porque é que havemos de querer o poder? Vá lá, fala! — insistiu, ao ver que Winston se mantinha calado.

Apesar disso, decorreram alguns segundos antes de Winston decidir falar. Invadira-o uma profunda sensação de cansaço. O clarão difuso e louco do entusiasmo voltara a iluminar o rosto de O'Brien. Winston sabia antecipadamente o que ele ia dizer. Que o Partido não pretendia o poder para benefício próprio, mas sim para o bem da maioria. Que ambicionava o poder porque a grande massa dos homens se compunha de criaturas fracas e cobardes, incapazes de suportar a liberdade e de encarar a verdade, sendo imperioso aos seres mais fortes governá-las e sistematicamente enganá-las. Que a humanidade tinha de escolher entre a liberdade e a felicidade e que, para o grosso dela, a felicidade se apresentava como preferível. Que o Partido era o eterno guardião dos fracos, uma seita dedicada, fazendo o mal para que daí adviesse o bem, sacrificando a sua própria felicidade à dos outros. E o mais terrível, pensou Winston, o mais terrível consistia em que, quando O'Brien o dissesse, ele acreditaria. Isto transparecia-lhe no rosto. Não escapava nada a O'Brien. Mil vezes superior a Winston, O'Brien sabia como era o mundo na realidade, em que degradação vivia a grande massa dos seres humanos, e por meio de que mentiras e barbaridades os mantinha o Partido nesse estado. Tinha compreendido tudo, ponderado tudo, e isso não alterava o que quer que fosse: os fins últimos tudo justificavam. Que podes tu fazer, pensou Winston, contra um louco mais inteligente, que ouve os teus argumentos com imparcialidade e depois se limita a persistir na sua loucura?

— Vocês governam-nos para o nosso próprio bem — disse sem convicção. — Acreditam que os seres humanos são incapazes de se governarem a si próprios, e por isso…

Deu um estremeção, e por pouco não soltou um grito. Uma onda de dor atravessara-lhe o corpo. O'Brien carregara na alavanca até ao trinta e cinco.

— Que estupidez, Winston, que estupidez! Nem parece tua uma resposta dessas.

Puxou a alavanca para trás, prosseguindo:

— Agora digo-te eu qual a resposta à minha pergunta. É a seguinte: o Partido busca o poder exclusivamente por amor ao poder. Não nos interessa o bem dos outros: somente o poder. Nem riqueza, nem luxo, nem longevidade, nem felicidade: só o poder, o poder puro. Já vais perceber o que significa «poder puro». Nós somos diferentes de todas as oligarquias do passado, porque sabemos o que estamos a fazer. Todas as outras, mesmo as mais parecidas com a nossa, provaram ser cobardes e hipócritas. Os nazis alemães e os comunistas russos aproximaram-se muito de nós nos métodos, mas nunca tiveram a coragem de admitir os seus próprios motivos. Fingiam, talvez até acreditassem, terem tomado o poder a contragosto e por um período de tempo limitado, e que logo ao virar da esquina havia um paraíso onde os seres humanos poderiam ser livres e iguais. Nós não somos assim. Sabemos que ninguém toma o poder com o intuito de o deixar. O poder não é um meio, é um fim. Não se instaura uma ditadura para se salvaguardar uma revolução; faz-se a revolução para se instaurar a ditadura. O objectivo da perseguição é a perseguição; o da tortura é a tortura; o do poder, o poder. Começas agora a entender-me?

Winston ficou impressionado, tal como já antes ficara, com o cansaço que se espelhava no rosto de O'Brien. Rosto forte, carnudo, brutal, cheio de inteligência e de uma espécie de paixão controlada ante a qual se sentia indefeso; mas um rosto cansado. Com grandes olheiras, a pele das faces flácida. O'Brien inclinou-se para ele, aproximando deliberadamente o rosto gasto.

— Estás a pensar — disse — que eu tenho um rosto velho e cansado. Estás a pensar que eu falo de poder, e nem sequer consigo evitar a ruína do meu próprio corpo. Será que não entendes, Winston, que o indivíduo não passa de uma célula? O cansaço da célula é o vigor do organismo. Porventura morres quando cortas as unhas?

Afastou-se da cama e começou novamente a andar de um lado para o outro, com a mão no bolso.

— Somos os sacerdotes do poder — disse. — Deus é o poder. Mas por enquanto para ti o poder é apenas uma palavra. Já é tempo de começares a ter uma ideia do que significa o poder. A primeira coisa a perceberes é que o poder é colectivo. O indivíduo só adquire poder na medida em que deixa de ser um indivíduo. Conheces o lema do Partido: «Liberdade é Escravidão». Já alguma vez te ocorreu que é reversível? Escravidão é Liberdade. Sozinho, livre, o ser humano acaba sempre derrotado. E tem de ser assim, porque cada ser humano está condenado a morrer, o que constitui o maior de todos os fracassos. Mas se o homem for capaz de aceitar uma submissão total, absoluta, se for capaz de fugir à sua própria identidade, se for capaz de se fundir no Partido a pontos de *ser* o Partido, então será omnipotente e imortal. A segunda coisa que tens de perceber é que o poder é poder sobre os seres humanos. Sobre o corpo, claro, mas acima de tudo sobre o espírito. O poder sobre a matéria (sobre a realidade exterior, como tu dirias) não é importante. O nosso domínio sobre a matéria tornou-se já absoluto.

Por instantes Winston ignorou o mostrador. Fez um esforço violento para se sentar, e só conseguiu torcer dolorosamente o corpo.

— Mas como é que vocês podem dominar a matéria? — explodiu Winston. — Nem sequer dominam o clima, ou a lei da gravidade. Além de haver a doença, a dor, a morte...

O'Brien fê-lo calar-se com um gesto.

— Dominamos a matéria porque dominamos o espírito. A realidade está no interior do crânio. Vais aperceber-te disso a pouco e pouco, Winston. Não há nada que não possamos fazer. Invisibilidade, levitação... tudo. Eu poderia flutuar no ar como uma bola de sabão, se quisesse. E se não o faço é porque o Partido não quer. Tens de pôr de parte essas ideias do século dezanove acerca das leis da Natureza. Nós fazemos as leis da Natureza.

— Não fazem, não! Nem sequer são senhores do planeta. A Eurásia, e a Lestásia? Ainda não as conquistaram.

— Não importa. Havemos de as conquistar, quando nos convier. E mesmo que isso não venha a acontecer, que diferença faz? Podemos isolar-nos delas, e é como se não existissem. A Oceânia é o mundo.

— Mas até o mundo não passa de um grão de pó. E o homem é minúsculo, indefeso! Há quanto tempo existe? Durante milhões de anos a Terra foi desabitada.

— Absurdo! A Terra é tão velha como o homem e não mais do que ele. Como poderia ser mais velha? Nada existe senão através da consciência humana.

— Mas as rochas estão cheias de ossos de animais extintos. Mamutes, mastodontes, répteis enormes, que viveram aqui muito antes de o homem sonhar sequer em existir.

— Já alguma vez viste algum desses ossos, Winston? Claro que não. Os biólogos do século XIX inventaram-nos. Antes do homem nada existia. Depois do homem, se alguma vez ele vier a desaparecer, nada haverá. Fora do homem, não há nada.

— Mas todo o Universo nos é exterior. Olha as estrelas! Algumas delas estão a um milhão de anos-luz de distância. Encontram-se fora do nosso alcance, para sempre.

— O que são as estrelas? — perguntou O'Brien com indiferença. — Estilhaços de fogo a alguns quilómetros de distância. Poderíamos lá chegar se quiséssemos. Ou poderíamos apagá-las. A Terra é o centro do Universo. O Sol e as estrelas giram à volta dela.

Winston fez outro movimento convulsivo. Desta vez não disse nada. O'Brien prosseguiu como se respondesse a uma objecção formulada:

— Claro que, para certos efeitos, tudo isto deixa de ser verdade. Quando navegamos no oceano, ou prevemos um eclipse, torna-se muitas vezes conveniente supor que a Terra gira em redor do Sol e que as estrelas estão a milhões de quilómetros de distância. E daí? Pensas que não somos capazes de criar um sistema astronómico dual? As estrelas podem estar perto ou longe, conforme nos convenha. Pensas que os nossos matemáticos não conseguem dar conta do recado? Já te esqueceste do duplopensar?

Winston voltou a encolher-se na cama. Dissesse o que dissesse, a resposta pronta esmagava-o como uma cacetada.

E no entanto sabia, *sabia* ter razão. Essa convicção de que nada existe fora do espírito humano — tinha de haver com certeza meios de demonstrar como era falsa. Não fora ela, há muito tempo, denunciada como falaciosa? Até tinha um nome, que ele esquecera. O'Brien olhou para ele e os lábios contraíram-se-lhe num leve sorriso.

— Já te disse, Winston, que a metafísica não é o teu forte. A palavra de que estás a tentar lembrar-te é «solipsismo». Só que estás enganado. Não se trata de solipsismo. Solipsismo colectivo, se quiseres. Mas isso é diferente; na verdade, é o oposto. E tudo isto não passa de dissertação — acrescentou, já noutro tom. — O poder autêntico, o poder pelo qual temos de lutar noite e dia, não é o poder sobre as coisas, mas sobre os homens. — Calou-se, voltando a assumir por instantes o semblante de mestre-escola a interrogar um aluno promissor: — Como é que um homem afirma o seu poder sobre outro, Winston?

Winston reflectiu.

— Fazendo-o sofrer — disse.

— Exactamente. Fazendo-o sofrer. A obediência não basta. A menos que sofra, como posso eu ter a certeza de que obedeceu à minha vontade e não à dele? O poder consiste em infligir dor e humilhação. O poder consiste em desagregar a mente humana para a reconstituir sob uma forma nova, sob a forma que entendermos dar-lhe. Começas agora a ver que tipo de mundo estamos a criar? Precisamente o oposto das estúpidas utopias hedonistas que os antigos reformadores imaginaram. Um mundo de medo, traição e tortura, mundo onde se pisa e se é pisado, mundo que se tornará *mais* impiedoso, e não menos, à medida que se for aperfeiçoando. O progresso, neste nosso mundo, será um progresso no sentido de cada vez maior sofrimento. As antigas civilizações afirmavam basear-se no amor ou na justiça. A nossa baseia-se no ódio. Não haverá lugar para outras emoções além do medo, da raiva, da humilhação e do triunfo. Tudo o mais será por nós destruído.

Tudo! Já hoje estamos a liquidar hábitos mentais que sobreviveram dos tempos anteriores à Revolução. Cortámos os laços entre filhos e pais, entre homem e homem, entre homem e mulher. Já ninguém se atreve a confiar na própria mulher, no filho ou nos amigos. E no futuro suprimiremos esposas e amigos. Os filhos serão tirados às mães à nascença, como se tiram os ovos às galinhas. O instinto sexual também será suprimido. A procriação transformar-se-á numa formalidade anual, como a renovação dos cartões de racionamento. Aboliremos o orgasmo. Os neurologistas já estão a estudar o assunto. Não restará lealdade, senão a lealdade ao Partido. Nem amor, senão o amor pelo Grande Irmão. Nem riso, senão o riso da vitória sobre um inimigo aniquilado. Nem arte, literatura ou ciência. Quando formos omnipotentes, dispensaremos a ciência. Desaparecerá a distinção entre beleza e fealdade. Não haverá curiosidade, nem o gozo de viver. Todos os prazeres que possam fazer concorrência ao Partido serão destruídos. Mas haverá sempre (nunca te esqueças disto, Winston), haverá sempre a embriaguez do poder, cada vez mais intensa, cada vez mais subtil. Sempre, a todo o momento, a emoção da vitória, a sensação de esmagar um inimigo indefeso. Se queres uma imagem do futuro, pensa numa bota a pisar um rosto humano. Para sempre.

Fez uma pausa, como se esperasse de Winston alguma reacção. Winston tentava de novo enterrar-se mais na cama. Não conseguia dizer nada, tinha o coração gelado. O'Brien prosseguiu:

— E não te esqueças de que isto é para sempre. Há-de lá estar sempre esse rosto para ser pisado. O herege, o inimigo da sociedade, estará sempre presente, para ser de novo derrotado e humilhado. Tudo aquilo por que passaste desde que caíste nas nossas mãos, tudo isso vai continuar, vai tornar-se ainda pior. A vigilância policial, as traições, as prisões, a tortura, as execuções e os desaparecimentos nunca acabarão. Será um mundo tanto de terror como de triunfo. Quanto mais poderoso o Partido, menos tolerante há-de ser; quanto mais ténue a oposição, mais cerrado o despotismo. Goldstein e as suas heresias viverão para sempre. Todos os dias, a todo o instante, serão derrotados, desacreditados, ridicularizados, cobertos de escarros; e no entanto subsistirão sempre. A peça de teatro que para ti representei durante sete anos há-de ser representada vezes sem conta, geração após geração, sob formas cada vez mais subtis. Havemos de ter sempre o hereje aqui à nossa mercê, gritando de dor, arrasado, desprezível... e por fim completamente arrependido, salvo de si próprio, rojando-se aos nossos pés de livre vontade. É esse o mundo que estamos a preparar, Winston. Um mundo de vitórias sobre vitórias, triunfos sobre triunfos: assédio constante, constante, constante, ao âmago do poder. Vejo que começas a perceber como será esse mundo. Mas por último não te limitarás a perceber. Aceitá-lo-ás, saudá-lo-ás, passarás a fazer parte dele.

Winston recompusera-se o suficiente para conseguir falar:

— Não podem! — disse debilmente.

— Que queres dizer com esse comentário, Winston?

— Não podem criar um mundo como o que acabas de descrever. É um sonho. É impossível.

— Porquê?

— É impossível fundar uma civilização sobre o medo, o ódio e a crueldade. Nunca poderia durar.

— Porque não?

— Não teria vitalidade. Desintegrar-se-ia. Suicidar-se-ia.

— Que disparate. Estás convencido de que o ódio é mais esgotante do que o amor. Porque havia de ser assim? E se fosse, que diferença faria? Imagina só que decidimos consumir-nos mais depressa. Imagina que aceleramos o ritmo da vida humana a pontos de os homens ficarem senis aos trinta anos. Mesmo isso, que diferença faria? Não percebes que a morte do indivíduo não é a morte? O Partido é imortal.

Como de costume, aquela voz reduzira Winston à impotência. Além disso, ele receava que, ao persistir naquela discordância, O'Brien tornasse a puxar a alavanca. Contudo, não conseguiu ficar calado. Debilmente, sem argumentos, sem nada a que se apoiasse senão o horror indistinto pelo que O'Brien acabava de dizer, voltou ao ataque.

— Não sei... não me interessa. Vocês hão-de falhar. Alguma coisa irá vencer-vos. A vida há-de vencer-vos.

— Nós controlamos a vida, Winston, a todos os níveis. Tu imaginas que existe uma coisa chamada natureza humana que vai ficar indignada com o que fazemos, virando-se contra nós. Mas nós criamos a natureza humana. Os homens são infinitamente maleáveis. Se voltaste à tua antiga ideia de que os proletários ou os escravos se hão-de erguer para nos derrubar, tira daí o sentido. Eles estão impotentes, como animais. A humanidade é o Partido. Os outros situam-se fora... são irrevelantes.

— Não me interessa. Hão-de acabar por vos vencer. Tarde ou cedo vão ver o que vocês realmente são e hão-de acabar convosco.

— Vês algum indício de que isso possa acontecer? Ou razão para que aconteça?

— Não. Acredito que vai ser assim. *Sei* que vocês vão fracassar. Qualquer coisa no Universo... não sei, um espírito, um princípio... invencível.

— Acreditas em Deus, Winston?

— Não.

— Então qual é esse princípio que nos derrotará?

— Não sei. O espírito do Homem.

— E tu consideras-te um homem?

— Sim.

— Se és homem, Winston, serás o último. A tua raça extinguiu-se; somos nós os herdeiros. Já percebeste que estás *sozinho*? Fora da História, inexistente. — A expressão de O'Brien mudou, e disse asperamente: — Consideras-te moralmente superior a nós, com as nossas mentiras e a nossa crueldade?

— Sim, considero-me superior.

O'Brien calou-se. Duas outras vozes começaram a falar. Ao fim de uns segundos Winston reconheceu uma delas como sendo a sua. Era uma gravação da conversa que tivera com O'Brien na noite em que se alistara na Fraternidade. Ouviu-se a si mesmo prometer que roubaria, mentiria, falsificaria, mataria, fomentaria o consumo de drogas e a prostituição, espalharia doenças venéreas, atiraria vitríolo à cara de crianças. O'Brien fez um pequeno gesto de impaciência, como se achasse escusada aquela demonstração. Depois rodou um botão e as vozes calaram-se.

— Levanta-te dessa cama — disse.

As correias estavam desapertadas. Winston pôs os pés no chão, ficando de pé, a cambalear.

— És o último homem, o guardião do espírito humano. Vais ver-te tal como és. Tira a roupa.

Winston desapertou o cordel que servia de cinto ao fato-macaco. O fecho de correr sumira-se havia muito. Não se lembrava de alguma vez se ter despido completamente desde que fora preso. Por baixo do fato-macaco, o corpo envolto em trapos imundos, amarelados, mal se percebendo serem os restos da roupa interior. Ao deixá-los cair no chão viu um espelho tripartido no extremo oposto da sala. Aproximou-se, estacou de repente. Saíra-lhe da boca um grito involuntário.

— Vá lá — disse O'Brien. — Põe-te entre as abas do espelho. Poderás então ver-te de frente e também de lado.

Winston estacara assustado. Um ser curvado, pardacento, esquelético vinha ao seu encontro. Com um aspecto só por si de meter medo, e não apenas pelo facto de saber tratar-se da sua própria pessoa. Aproximou-se mais do espelho. A cara da criatura parecia projectar-se para diante, devido à postura curvada do corpo. Uma cara infeliz, de presidiário, com a testa saliente a prolongar-se pelo crânio calvo, nariz adunco, maçãs do rosto descarnadas, acima das quais brilhavam uns olhos vigilantes e ferozes. Tinha as faces sulcadas de rugas, a boca encovada. Sem dúvida, era a sua cara, mas parecia-lhe ter mudado muito mais do que ele mudara por dentro. As emoções nela gravadas eram diferentes das que sentia. Ficara parcialmente calvo. A princípio julgou-se também grisalho, mas afinal apenas a pele do crânio estava cinzenta. À excepção das mãos e do rosto, tinha o corpo todo cinzento de sujidade antiga, entranhada. Aqui e ali, sob a porcaria, viam-se cicatrizes vermelhas das feridas; junto ao tornozelo, a úlcera varicosa era uma massa inflamada com a pele a cair, às escamas. Mas o que realmente o assustou foi a magreza do corpo. O tórax, com as costelas à vista, pouco mais largo era que um esqueleto; as pernas tinham mirrado tanto que os joelhos se apresentavam mais grossos do que as coxas. Percebia agora por que motivo O'Brien o mandara ver-se também de lado. Impressionante, a curvatura da espinha. Os ombros magros, descaídos para a frente, formando uma cavidade no peito, e o pescoço escanzelado parecia dobrado ao meio sob o peso do crânio. Se lhe perguntassem, afirmaria ser o corpo de um homem de sessenta anos, sofrendo de qualquer doença maligna.

— Várias vezes pensaste — disse O'Brien — que a minha cara, a cara de um membro do Partido Interno, tem um ar velho e cansado. O que achas agora da tua?

Agarrou o ombro de Winston, fê-lo dar meia-volta, de forma a ficar de frente para si.

— Olha só para o teu estado! — continuou. — Olha para a imundície que te cobre o corpo. Olha a sujidade entre os teus dedos dos pés. Repara nessa nojenta ferida infectada na perna. Sabes que cheiras mal como um bode? Provavelmente já nem dás por isso. Olha como estás magro. Vês? Com o polegar e o indicador consigo envolver o teu bíceps. Podia partir-te o pescoço como se fosse uma cenoura. Sabes que perdeste vinte e cinco quilos desde que vieste parar às nossas mãos? Até o cabelo te está a cair às mãos-cheias. Olha! — Pôs a mão na cabeça de Winston e arrancou-lhe um grande punhado de cabelo. — Abre a boca. Restam nove, dez, onze dentes. Quantos tinhas quando aqui chegaste? E os poucos que sobram estão a abanar. Olha só!

Agarrou com os dedos, energicamente, um dos poucos incisivos que restava a Winston. Uma dor aguda percorreu-lhe o maxilar. O'Brien arrancara o dente pela raiz, e atirou-o para um canto da cela.

— Estás a apodrecer. Estás a cair aos bocados. Que é que tu és? Um monte de lixo. Ora vira-te lá e olha outra vez para o espelho. Vês essa coisa aí à tua frente? É o último homem. Se tu és um homem, então é isso a humanidade. Agora torna a vestir-te.

Winston começou a vestir-se com gestos lentos e hirtos. Antes não tinha dado por quão magro e fraco estava. Uma única ideia lhe agitava o espírito: a de que devia estar ali há mais tempo do que supunha. Depois, de repente, ao pendurar no corpo aqueles farrapos miseráveis, invadiu-o um sentimento de compaixão pelo seu corpo arruinado. Sem se dar conta do que fazia, deixou-se cair num pequeno banco junto à cama e desatou a chorar. Tinha a perfeita consciência da sua fealdade, da sua falta de graça, feixe de ossos coberto de roupa interior imunda, sentado a chorar sob aquela luz branca e crua: não conseguiu conter-se. O'Brien pôs-lhe a mão no ombro, num gesto quase afectuoso.

— Isto não vai durar sempre — disse. — Podes sair desta situação quando quiseres. Tudo depende de ti.

— A culpa é tua! — soluçou Winston. — Tu é que me reduziste a este estado.

— Não, Winston, não fui eu, foste tu. Isto é aquilo que tu aceitaste quando te ergueste contra o Partido. Esse primeiro acto continha tudo. Não aconteceu nada que não tivesses previsto.

Fez uma pausa, prosseguindo:

— Nós espancámos-te, Winston. Demos cabo de ti. Já viste como tens o corpo? O teu espírito está em idêntico estado. Não me parece que te possa restar grande dose de orgulho. Levaste pontapés, foste chicoteado e insultado, gritaste de dor, rebolaste no chão, em cima do teu próprio sangue e do vomitado. Choramingaste, imploraste misericórdia, traíste tudo e todos. Consegues imaginar uma única forma de degradação por que não tenhas passado?

Winston parara de chorar, embora as lágrimas continuassem a correr-lhe pela cara. Ergueu os olhos para O'Brien.

— Não traí a Julia — afirmou.

O'Brien fitou-o, pensativo.

— Pois não — disse —, não; absolutamente verdade. Não traíste a Julia.

A estranha veneração de Winston por O'Brien, e que nada parecia capaz de destruir, voltou a inundar-lhe o coração. Como ele era inteligente, pensou, como era inteligente! O'Brien entendia sempre tudo quanto se lhe dissesse. Qualquer outra pessoa teria respondido prontamente que ele traíra Julia, sim senhor. E, realmente, havia alguma coisa que não lhe tivessem arrancado sob tortura? Contara-lhes tudo acerca dela, os seus hábitos, o carácter, o passado; confessara até ao pormenor mais trivial tudo o que acontecera nos encontros, o que dissera e o que ela lhe dissera a ele, as provisões obtidas no mercado negro, os adultérios, as vagas conspirações contra o Partido — tudo. Porém, no sentido que ele dava à palavra, não a tinha traído. Não tinha deixado de a amar; os seus sentimentos por ela continuavam na mesma. O'Brien percebera o que ele queria dizer, sem precisar de explicações.

— Diz-me — perguntou Winston —, daqui a quanto tempo vão fuzilar-me?

— Ainda pode demorar muito — disse O'Brien. — És um caso difícil. Mas não percas a esperança. Toda a gente se cura, mais tarde ou mais cedo. Depois, acabaremos por te dar um tiro.

4

Sentia-se muito melhor. De dia para dia ficava mais gordo e forte, se é que fazia sentido falar de dias.

A luz branca e o zumbido constante, os mesmos de sempre, mas a cela era um pouco mais confortável do que as anteriores. Havia almofada e enxergão na cama de tábuas, e um banco para se sentar. Tinham-lhe dado banho, agora até lhe permitiam que se lavasse com relativa frequência numa bacia metálica. Davam-lhe mesmo água quente para se lavar, roupa interior nova e um fato-macaco limpo. Tinham-lhe tratado a úlcera com uma pomada própria, e arrancado o resto dos dentes, substituindo-os por uma dentadura postiça.

Deviam ter decorrido semanas, ou meses. Se quisesse, poderia agora medir a passagem do tempo, uma vez que o alimentavam a intervalos aparentemente regulares. Calculava ele, três refeições em cada vinte e quatro horas; às vezes perguntava-se vagamente se lhas dariam à noite ou durante o dia. A comida era surpreendentemente boa, com carne de três em três refeições. Certa vez até recebeu um maço de cigarros. Não tinha fósforos, mas o guarda que lhe trazia a comida, sem nunca dizer palavra, acendia-lhe os cigarros. A primeira tentativa para fumar, agoniou-o, mas ele insistiu, e conseguiu que o maço durasse muito tempo, fumando meio cigarro após cada refeição.

Tinham-lhe posto à disposição uma lousa branca, com o pequeno lápis amarrado a um dos cantos. A princípio não se serviu dela. Mesmo quando acordado, sentia-se completamente entorpecido. Muitas vezes deixava-se ficar estendido, quase sem se mexer, entre uma refeição e a seguinte, ora a dormir, ora entregue a difusos devaneios durante os quais nem se dava ao trabalho de abrir os olhos. Havia muito que se habituara a adormecer com a luz a bater-lhe na cara. Não fazia grande diferença. Só os sonhos se tornaram mais coerentes. Sonhou imenso neste período, sempre sonhos felizes. Encontrava-se na Terra Dourada, ou então sentado entre ruínas enormes, esplendorosas, banhadas de sol, com a mãe, com Julia, com O'Brien — sem fazer nada, apenas sentado ao sol, conversando sobre coisas amenas. E os pensamentos que tinha quando estava acordado, habitualmente relacionavam-se com os sonhos. Dir-se-ia ter perdido a capacidade de esforço intelectual, agora que desaparecera o estímulo da dor. Não se aborrecia, não tinha vontade de falar nem de se distrair. O simples facto de estar sozinho, de não ser espancado nem interrogado, de ter comida suficente e sentir o corpo limpo, era-lhe plenamente satisfatório.

Começou gradualmente a dormir menos, mas mesmo assim sem o menor desejo de se erguer da cama. Só queria estar deitado, imóvel, e sentir o corpo a recobrar as forças. Palpava-se aqui e ali, procurando certificar-se de que não era ilusão, de que os músculos se avolumavam mesmo e a pele ia ficando mais esticada. Por fim, e sem margem para dúvida, tinha engordado; as coxas estavam agora francamente mais grossas do que os joelhos. Depois disso, embora a princípio com relutância, começou a fazer exercícios regularmente. Em breve conseguia andar três quilómetros, calculados pelo comprimento da cela em passos. Tentou outros exercícios mais complexos e espantou-se, humilhado, ao descobrir as coisas ainda impossíveis de fazer. Não conseguia correr, apenas andar, não conseguia segurar o banco com o braço esticado, não conseguia apoiar-se numa só perna sem se desequilibrar. Pôs-se de cócoras, verificando, com dores lancinantes nas coxas e na barriga das pernas, que mal conseguia voltar a pôr-se de pé. Deitou-se de barriga para baixo e tentou erguer o corpo do chão, fazendo força nas mãos. Escusado, não conseguia levantar-se nem um centímetro. Mas ao fim de alguns dias — e de algumas refeições — até essa proeza realizou. A pontos de conseguir fazer o exercício seis vezes seguidas. Começou até a orgulhar-se do corpo que possuía e a acreditar, embora intermitentemente, que também o rosto estaria a voltar ao normal. Só quando por acaso passava a mão pela cabeça calva se lembrava da cara enrugada, destruída, que o fitara do lado de lá do espelho.

O espírito tornou-se-lhe mais activo. Sentava-se na cama de tábuas, com as costas apoiadas à parede e a ardósia nos joelhos, e dedicava-se com empenho à tarefa de se reeducar.

Tinha capitulado, isso era ponto assente. Percebia agora que, afinal, já estava disposto a capitular muito antes de ter tomado essa decisão. A partir do momento em que entrara no Ministério do Amor — e mesmo antes, ao longo daqueles minutos em que ele e Julia tinham ficado imóveis, impotentes, enquanto a voz do telecrã lhes dizia o que fazer — percebera a frivolidade e a futilidade da sua tentativa de se insurgir contra o poder do Partido. Sabia agora que a Polícia do Pensamento o vigiara durante sete anos, como quem observa um insecto à lupa. Não havia acto nem palavra dita em voz alta que eles não tivessem registado, nem pensamento que não tivessem conseguido reconstituir. Até o grão de poeira esbranquiçada tinham cuidadosamente voltado a pôr na capa do diário. Tinham-lhe dado a ouvir gravações, mostrado fotografias. Algumas eram fotografias dele e de Julia. Sim, até isso... Impossível lutar mais contra o Partido. Além de que o Partido é que tinha razão. Devia ter razão: como pôde o cérebro colectivo imortal ter-se enganado? Que padrão exterior servia para avaliar os seus juízos? A saúde mental era um dado estatístico. Simples questão de aprender a pensar como eles pensavam. Todavia...!

O lápis, nos dedos, parecia-lhe grosso e difícil de manejar. Começou a registar os pensamentos que lhe vinham à cabeça. Primeiro escreveu, em maiúsculas grandes mal desenhadas:

LIBERDADE É ESCRAVIDÃO.

Depois, quase de seguida, escreveu por baixo:

DOIS E DOIS SÃO CINCO.

Mas a seguir teve uma espécie de hesitação. O seu espírito, como se procurasse esquivar-se a algo, parecia incapaz de se concentrar. Ele sabia saber a continuação, mas custava-lhe lembrar-se. E só o conseguiu deduzindo conscientemente o que deveria ser; a sequência não lhe veio espontaneamente à memória. Escreveu:

DEUS É PODER.

Aceitava tudo. O passado alterável. O passado que nunca tinha sido alterado. A Oceânia em guerra contra a Lestásia. A Oceânia desde sempre em guerra contra a Lestásia. Jones, Aaronson e Rutherford, culpados dos crimes de que os acusavam. Nunca vira a fotografia que provava a inocência deles. A fotografia nem sequer existira, ele é que a tinha inventado. Lembrava-se de se lembrar de coisas opostas; por certo, falsas recordações, produto da sua capacidade para se enganar a si próprio. Era tudo tão fácil! Bastava render-se; tudo o mais vinha por acréscimo. Como nadar contra uma corrente que o arrastasse para trás, por muito que se debatesse, e depois resolver virar-se e ir com a corrente, em vez de lhe resistir. Nada mudara a não ser a atitude dele: e, de uma maneira ou de outra, acabara por acontecer o predestinado. Já mal sabia que razão o levara outrora a revoltar-se. Era tudo muito fácil, excepto...!

Tudo podia ser verdade. As chamadas leis da Natureza eram um absurdo. Um absurdo, a lei da gravidade. «Se eu quisesse», dissera O'Brien, «podia pairar no ar como uma bola de sabão». Winston deu com a solução do enigma. «Se ele *pensar* que paira, e se ao mesmo tempo eu *pensar* que o vejo pairar, então a coisa de facto acontece.» De súbito, como um destroço de navio naufragado que viesse à tona da água, irrompeu-lhe no espírito outro pensamento: «Não acontece de facto. Nós é que imaginamos. É uma alucinação.» Mas tornou imediatamente a afundar esse pensamento. Falácia evidente. Pressupunha-se haver algures, fora da nossa consciência, um mundo «real» onde aconteciam coisas «reais». Como podia existir, porém, esse mundo? Que conhecimento temos nós do que quer que seja, a não ser através do nosso espírito? Todos os acontecimentos ocorrem no espírito. Só o que acontece em todos os espíritos acontece de facto.

Não teve dificuldade em se libertar da falácia, não esteve sequer em risco de lhe sucumbir. Percebeu, no entanto, o erro de lhe ter ocorrido semelhante ideia. O espírito tinha obrigação de desenvolver uma espécie de insensibilidade protectora sempre que se lhe apresentasse qualquer pensamento perigoso. O processo devia ser automático, instintivo. *Pára-crime*, era o nome que se lhe dava em novilíngua.

Dedicou-se então a fazer exercícios de pára-crime. Apresentava a si próprio proposições tais como «o Partido diz que a Terra é plana», «o Partido diz que o gelo é mais pesado que a água», e esforçava-se por não compreender os argumentos que as refutavam. Coisa difícil. Exigia grande capacidade de raciocínio e de improvisação. Os problemas aritméticos levantados, por exemplo, pela afirmação «dois e dois são cinco» ultrapassavam de longe os recursos intelectuais de Winston. Era também necessária certa espécie de ginástica mental, certa capacidade para em dado momento usar a lógica da maneira mais subtil e, no momento seguinte, não se aperceber dos mais grosseiros erros cometidos. A estupidez impunha-se tanto como a inteligência, sendo igualmente difícil de conseguir.

Entretanto, parte do seu espírito interrogava-se sobre quando o matariam. «Tudo depende de ti», dissera O'Brien; mas Winston sabia que nenhum acto consciente poderia antecipar o seu fim. Daí a dez minutos, ou daí a dez anos, eles podiam mantê-lo anos no mais absoluto isolamento, podiam mandá-lo para um campo de trabalhos forçados, ou pô-lo durante uns tempos em liberdade, como às vezes faziam. E era perfeitamente possível que toda a encenação da prisão e do interrogatório voltasse a repetir-se antes de o abaterem. A única coisa certa consistia em a morte nunca vir no momento esperado. A tradição — uma tradição muda: toda a gente o sabia, embora nunca ninguém o dissesse — contava que eles abatiam as pessoas pelas costas: invariavelmente, um tiro na nuca, sem aviso, num corredor, no trajecto entre duas celas.

Certo dia — mas «certo dia» não era a expressão mais feliz; provavelmente fora a meio da noite —, uma vez, portanto, Winston mergulhou num sonho estranhamente feliz. Ia a caminhar pelo corredor, à espera da bala. Sabia que ela viria dentro de instantes. Tudo se resolvera, amaciara, apaziguara. Não restavam mais dúvidas, ou discussões, nem dor nem medo. Sentia o corpo saudável e forte. Caminhava sem esforço, com a alegria de movimentos e a sensação de quem passeia ao sol. Saíra dos corredores brancos e estreitos do Ministério do Amor. Estava no enorme caminho soalheiro que sonhara percorrer num delírio induzido pelas drogas, a Terra Dourada, seguindo o carreiro que atravessava o pasto roído pelos coelhos. Sentia a relva rasteira e fofa debaixo dos pés e o sol a afagar-lhe o rosto. Na orla do campo via os ulmeiros levemente agitados pela brisa, sabendo que algures, mais além, encontraria o ribeiro onde os peixinhos nadavam, nos remansos verdes sob os salgueiros.

De repente levantou-se da cama num sobressalto de pavor. O suor corria-lhe pela espinha. Ouvira a sua própria voz a gritar:

— Julia! Julia! Julia, meu amor! Julia!

Tivera por momentos uma alucinação intensíssima da presença dela. Dir-se-ia que Julia se encontrava não apenas com ele, mas dentro dele. Como se ela se lhe tivesse infiltrado na textura da pele. Nesse momento amou-a muito para além do que a tinha amado quando juntos e em liberdade. Soube também ao certo que ela ainda estava viva, algures, e precisava da ajuda dele.

Deitou-se outra vez na cama tentando acalmar-se. Que fizera ele? Quantos anos acrescentara à sua servidão com aquele instante de fraqueza?

Mais segundo, menos segundo, ouviria o ruído das botas lá fora. Não iam deixar sem castigo uma explosão daquelas.

Sabiam agora, se não o soubessem já antes, que Winston estava a romper o acordo feito com eles. Obedecia ao Partido, mas ainda odiava o Partido. Outrora, ocultava o espírito herético sob a aparência de concordância. Agora recuara outro passo: o seu espírito rendera-se, mas ainda esperava conseguir manter-se incólume no íntimo. Sabia não ter razão, mas preferia assim. Eles haviam de perceber isso — O'Brien ia perceber. Tinha confessado tudo naquele simples grito insensato.

Via-se a começar tudo de novo. Podia levar anos. Passou a mão pelo rosto, tentando familiarizar-se com as suas novas feições. Tinha as faces sulcadas por rugas fundas, as maçãs do rosto angulosas, o nariz achatado. Além disso, desde que se vira pela última vez ao espelho, já tinha uma dentadura nova. Não seria fácil conservar uma expressão impenetrável ignorando o aspecto da própria cara. Por outro lado, o mero controlo da fisionomia não bastava. Percebeu pela primeira vez que, a querer guardar um segredo, se via obrigado a escondê-lo até de si próprio. Sabê-lo sempre lá, mas sem nunca o deixar vir à superfície da consciência, sob qualquer forma a que se pudesse dar nome, enquanto não chegasse o momento de o trazer à luz do dia. Daí em diante, não lhe bastaria os pensamentos certos; tornava-se imperioso mostrar também os sentimentos certos, os sonhos certos. E entretanto, guardar o ódio bem fechado dentro de si, como um corpo sólido que fizesse parte da sua pessoa e no entanto não estivesse em contacto com o resto de si, como uma espécie de quisto.

Um dia, decidiriam abatê-lo. Impossível saber quando iria acontecer, mas alguns segundos antes poderia adivinhá-lo. Era sempre pelas costas, num corredor. Dez segundos bastariam. Nesse lapso de tempo podia operar uma reviravolta no seu mundo interior. E então, de repente, sem dizer palavra, sem abrandar o passo, sem que se lhe alterasse uma só linha do rosto — de repente cairia a camuflagem, e pum!, deflagrariam as baterias do seu ódio. O ódio insuflá-lo-ia como uma enorme e estrondosa labareda. E quase no mesmo instante, pum!, o tiro, demasiado tarde, ou demasiado cedo. Destruiriam o seu cérebro antes de o poderem recuperar. O pensamento herético manter-se-ia impune, impenitente, para sempre fora do alcance deles. Teria aberto uma brecha naquela perfeição. Morrer a odiá-los: eis a liberdade.

Fechou os olhos. Era mais difícil do que aceitar a disciplina intelectual. Questão de se degradar, de se mutilar. Tinha de mergulhar na lama mais imunda. Qual a coisa mais horrível, mais repugnante de todas? A ideia do Grande Irmão. Dir-se-ia que o rosto enorme (como só o via nos cartazes, constantemente, imaginava-o com um metro de altura), com o farto bigode negro e os olhos que seguiam as pessoas para todo o lado, dir-se-ia que esse rosto lhe invadira o pensamento por livre iniciativa. Quais os seus verdadeiros sentimentos relativamente ao Grande Irmão?

Ouviram-se passos pesados, de botas, no corredor. A porta de aço abriu-se com o habitual ruído metálico. O'Brien entrou na cela. Atrás dele vinham o oficial com ar de máscara de cera e os homens de uniforme preto.

— Levanta-te — disse O'Brien. — Chega aqui.

Winston postou-se diante dele. O'Brien apertou os ombros de Winston com as suas mãos possantes e fitou-o atentamente.

— Estiveste a pensar em enganar-me — disse. — Estupidez da tua parte. Põe-te direito. Olha-me nos olhos.

Fez uma pausa, depois prosseguiu com brandura:

— Estás a melhorar. Intelectualmente já não há quase nenhuma falha a corrigir. Só emocionalmente não progrediste nada. Diz-me, Winston (e não te esqueças, nada de mentiras: sabes bem como eu consigo sempre detectar uma mentira), diz-me, quais são os teus verdadeiros sentimentos pelo Grande Irmão?

— Odeio-o.

— Odeia-lo. Muito bem. Nesse caso, chegou o momento de dares o último passo. Tens de amar o Grande Irmão. Não basta obedecer-lhe: é preciso amá-lo.

Soltou Winston e, com um pequeno empurrão, impeliu-o na direcção dos guardas.

— Sala 101 — disse.

5

Em cada fase da sua prisão, ele soubera, ou julgara saber, pouco mais ou menos em que ponto do edifício se encontrava. Possivelmente pelas ligeiras diferenças de pressão atmosférica. As celas onde os guardas o tinham espancado eram subterrâneas. A sala onde fora interrogado por O'Brien situava-se no cimo do edifício, próximo do topo. Agora, o lugar ficava muitos metros abaixo do nível do solo: não devia ser possível descer abaixo do que ele descera.

Espaço maior do que quase todas as celas onde estivera. Ele mal conseguia reparar no que o rodeava. Só reparou nas duas mesas pequenas mesmo à sua frente, ambas cobertas de tecido verde. Uma delas, apenas a um metro ou dois de distância, a outra, mais longe, perto da porta. Tinham-no amarrado a uma cadeira, com as costas muito direitas, as correias eram tantas e tão apertadas que ele nem a cabeça podia mexer. Uma espécie de almofada comprimia-lhe a nuca, obrigando-o a olhar em frente.

Permaneceu alguns instantes sozinho; depois a porta abriu-se e O'Brien entrou.

— Perguntaste-me uma vez — disse O'Brien — o que havia na Sala 101. Afirmei-te que já sabias a resposta. Toda a gente sabe. O que há na Sala 101 é o pior do mundo.

A porta tornou a abrir-se. Entrou um guarda, trazendo uma coisa feita de arame, uma espécie de cesto ou caixa. Pousou-a na mesa mais afastada. Devido à posição de O'Brien, Winston não pôde ver do que se tratava.

— O pior do mundo — continuou O'Brien — varia de indivíduo para indivíduo. Umas vezes é ser sepultado vivo, outras a morte pelo fogo, ou por afogamento, ou empalamento, ou milhentas outras formas de morte. Há casos em que é uma coisa perfeitamente comezinha, e nem sequer fatal.

Afastara-se um pouco para o lado, de forma que Winston já podia ver melhor o que estava em cima da mesa. Pareceu-lhe uma gaiola oblonga, em arame, com uma asa em cima, para se lhe pegar. Fixa à parte dianteira havia qualquer coisa semelhante a uma máscara de esgrima, com o lado côncavo voltado para fora. Embora estivesse a três ou quatro metros de distância, Winston pôde reparar que a gaiola se dividia longitudinalmente em dois compartimentos, e que cada um deles continha um animal qualquer... Ratazanas.

— No teu caso — prosseguiu O'Brien —, acontece que a pior coisa do mundo são as ratazanas.

Uma espécie de tremor premonitório, um medo, sem saber bem de quê, agitara Winston logo que pusera os olhos na gaiola. Mas só nesse instante compreendeu o que significava aquela máscara presa às grades. Sentiu liquefazerem-se-lhe as entranhas.

— Não podes fazer isso! — gritou muito alto, numa voz esganiçada. — Não podes, não podes! Impossível.

— Lembras-te — perguntou O'Brien — do pânico por que passavas nos sonhos? Havia um muro de trevas à tua frente, e ouvias um barulho ensurdecedor. Adivinhava-se algo terrível do outro lado do muro. Tu julgavas saber o que era, sem te atreveres a trazê-lo à luz. Do outro lado do muro havia ratazanas.

— O'Brien! — gritou Winston, esforçando-se por dominar a voz. — Já sabes que isto é desnecessário. Que queres que eu faça?

O'Brien não deu resposta directa. Quando falou, foi no tom de mestre-escola que às vezes adoptava. Pensativo, com o olhar perdido na distância, dir-se-ia falar para um vasto público algures atrás de Winston.

— Só por si — disse —, a dor nem sempre basta. Há ocasiões em que os seres humanos resistem à dor até morrer. Mas para toda a gente existe qualquer coisa intolerável, qualquer coisa que não pode de modo algum enfrentar. Não se trata de coragem ou cobardia. Se se vai a cair por um precipício, não é cobardia deitar mão a uma corda. Se se esteve demasiado tempo debaixo de água, não é cobardia encher os pulmões de ar. Simplesmente um instinto indestrutível. O mesmo acontece com as ratazanas. Para ti, elas são intoleráveis. São uma forma de pressão a que não conseguirias resistir, mesmo que quisesses. Farás quanto te seja pedido.

— Mas o quê, o quê? Que posso eu fazer se não sei o que pretendem?

O'Brien pegou na gaiola e trouxe-a para a mesa mais próxima. Pousou-a cuidadosamente no pano verde. Winston sentia o sangue latejar nos ouvidos. Tinha a sensação de se encontrar no mais absoluto isolamento. No meio de uma grande planície vazia, um deserto inundado de sol, onde todos os sons lhe chegavam aos ouvidos como vindos de muito longe. Contudo, a gaiola das ratazanas não estava sequer a dois metros de distância. Ratazanas enormes, já na idade em que começam a ter focinhos grossos e ferozes e a pelagem passa do cinzento ao castanho.

— A ratazana — disse O'Brien, continuando a dirigir-se ao público invisível —, embora seja roedor, é um carnívoro. Este facto é bem conhecido. Toda a gente ouviu falar já do que por vezes acontece nos bairros pobres da cidade. Em certas ruas, as mulheres não se arriscam a deixar os filhos pequenos sozinhos em casa, por cinco minutos que seja. As ratazanas atacam-nos sem hesitação. Num ápice, descarnam-nos até aos ossos. E também atacam pessoas doentes ou moribundas. Nisso revelam uma inteligência espantosa: são perfeitamente capazes de perceber quando é que um ser humano está indefeso.

Vinham guinchos da gaiola. Winston ouviu-os como se estivessem muito longe. As ratazanas lutavam, tentavam atacar-se através da divisória. Ouviu também um profundo gemido de desespero. Também esse som lhe pareceu exterior à sua própria pessoa.

O'Brien pegou na gaiola e, ao fazê-lo, carregou numa alavanca qualquer. Ouviu-se um estalido seco. Winston fez um esforço frenético para se soltar da cadeira. Era escusado; todas as partes do seu corpo, incluindo a cabeça, estavam firmemente presas, imobilizadas. O'Brien aproximou mais a gaiola. Encontrava-se a menos de um metro da cabeça de Winston.

— Carreguei na primeira alavanca — disse O'Brien. — Com certeza já percebeste como funciona esta gaiola. A máscara encaixa na tua cabeça, sem deixar saída. Quando accionar esta outra alavanca, a portinhola abre-se, e os animalejos esfomeados saem como setas. Já alguma vez viste uma ratazana a saltar no ar? Saltam-te na cara e começam nesse mesmo instante a devorar-te. Às vezes começam pelos olhos. Outras, abrem um buraco nas bochechas e devoram a língua.

A gaiola estava mais perto; tinha-a quase colada à cara. Winston ouviu uma sucessão de gritos estridentes que lhe pareceram vir do ar acima da sua cabeça. Mas lutou furiosamente contra o pânico. Pensar, pensar, mesmo que só lhe restasse uma fracção de segundo — pensar constituía a única esperança. De repente o cheiro nauseabundo, bafiento, dos animalejos chegou-lhe às narinas. O estômago revirou-se-lhe numa violenta convulsão de náusea, e por pouco não perdeu os sentidos. Viu tudo negro à frente. Por instantes, foi como um animal desvairado, ululante. Porém, emergiu das trevas agarrado a uma ideia. Existia apenas um meio, um único meio de se salvar: interpor outro ser humano, o *corpo* de outro ser humano, entre si e as ratazanas.

O círculo da máscara já vinha suficientemente próximo para o impedir de ver o que quer que fosse além da gaiola. Tinha a porta de arame a uns dois palmos do rosto. As ratazanas sabiam bem o que se preparava. Uma delas andava aos pulos para cima e para baixo, e a outra, mais velha, veterana empedernida dos esgotos, pôs-se de pé, com as patas cor-de-rosa apoiadas às grades, farejando ferozmente o ar. Winston via-lhes os bigodes e os dentes amarelos. De novo o pânico negro o invadiu. Estava cego, indefeso, desvairado.

— Foi um castigo vulgar na China Imperial — disse O'Brien, didáctico como sempre.

A máscara estava prestes a encaixar-se-lhe no rosto. As grades roçavam-lhe nas faces. E nesse momento... não, não foi alívio, apenas esperança, uma ínfima parcela de esperança. Demasiado tarde, talvez demasiado tarde. Mas percebera repentinamente que só havia *uma* pessoa no mundo para quem transferir aquele castigo — *um* corpo possível de interpor entre as ratazanas e o seu próprio corpo. E pôs-se a gritar freneticamente, vezes e vezes sem conta:

— Façam isto à Julia! Façam isto à Julia! A mim não! À Julia! Podem-lhe fazer o que quiserem, quero lá saber. Dêem-lhe cabo da cara, descarnem-na até aos ossos. A mim não! À Julia! À Julia!

Winston mergulhava para trás, num abismo vertiginoso, longe das ratazanas. Embora preso à cadeira, caíra através do chão, através das paredes do edifício, através da Terra, através dos oceanos, através da atmosfera, direito ao espaço sideral, direito ao vácuo entre as estrelas — para longe, muito longe, cada vez mais longe das ratazanas. Estava a anos-luz de distância, vendo, contudo, O'Brien de pé à sua beira. Ainda sentia na cara o contacto frio do arame. Mas no meio das trevas que o envolviam, ouviu outro estalido metálico, e soube que a porta da gaiola se fechara em vez de se abrir.

6

O Café do Castanheiro encontrava-se praticamente vazio. Um raio de sol oblíquo, entrando pela janela, vinha iluminar os tampos das mesas, cobertos de pó. Eram quinze horas, hora solitária. Dos telecrãs vinha uma música com metais.

Winston sentara-se no canto do costume, olhando fixamente o copo vazio. De vez em quando erguia os olhos para um rosto enorme, que o fitava na parede em frente. O GRANDE IRMÃO ESTÁ A VER-TE, lia-se na legenda. Sem que Winston o chamasse, um criado veio encher-lhe o copo de gin Vitória, a que juntou umas gotas do conteúdo de outra garrafa com um tubo enfiado na rolha. Era sacarina com aroma de cravinho, a especialidade da casa.

Winston escutava atentamente o telecrã. Naquele momento só transmitia música, mas possivelmente, a qualquer momento, emitiria algum boletim especial do Ministério da Paz. As notícias da frente africana eram extremamente inquietantes. Desde essa manhã, Winston pensara com frequência na situação, preocupado. Um exército eurasiático (a Oceânia estava em guerra com a Eurásia: a Oceânia sempre estivera em guerra com a Eurásia) avançava para sul a uma velocidade assustadora. O boletim do meio-dia não referira nenhuma zona em concreto, mas tudo indicava que a foz do Congo já era um campo de batalha. Brazzaville e Leopoldville estavam em perigo. Não era necessário olhar o mapa para ver o que isso significava. A questão não se resumia a perder a África Central: pela primeira vez em toda a guerra, o próprio território da Oceânia estava ameaçado.

Uma violenta emoção — não era bem medo, mas sim uma espécie de excitação indiferenciada — tomou corpo dentro dele, e logo se dissipou. Deixou de pensar na guerra. Nos últimos tempos, mal conseguia fixar o pensamento por mais de uns instantes, fosse em que assunto fosse. Pegou no copo e esvaziou-o de um trago. Como sempre, o gin pô-lo arrepiado e até lhe deu vómitos. Bebida horrível. O cravinho e a sacarina, já de si bastante repugnantes, com o seu sabor enjoativo, não conseguiam disfarçar aquele cheiro desagradável, oleoso; e o pior, o cheiro do gin, que o acompanhava noite e dia, associava-se-lhe no espírito, inextricavelmente, ao cheiro daquelas...

Nunca pronunciava o nome, nem mesmo em pensamento, e, na medida do possível, evitava visualizá-las. Eram coisa de que ele só retinha uma vaga consciência, suspensas diante do seu rosto, com o tal cheiro a colar-se-lhe às narinas. O gosto do gin subiu-lhe à boca, e Winston arrotou, entreabrindo os lábios roxos. Engordara desde que o tinham posto em liberdade, já recobrara as velhas cores... na verdade acontecera até mais do que recobrá-las. Tinha as feições empastadas, a pele do nariz e das faces adquirira um tom vermelho vivo, mesmo a careca pusera-se rosa intenso. O criado, de novo sem que ninguém lho pedisse, trouxe o tabuleiro de xadrez e o *Times* do dia, aberto na página do problema de xadrez. Vendo o copo vazio de Winston, foi buscar a garrafa de gin e encheu-o. Não era preciso pedir nada. Já lhe conheciam os hábitos. O tabuleiro de xadrez aguardava-o sempre. A sua mesa, no canto, sempre reservada; mesmo quando o café estava cheio, tinha-a só para si, pois ninguém gostava de ser visto na sua companhia. Nem sequer se dava ao trabalho de contar as bebidas. A intervalos irregulares, traziam-lhe um papel encardido que eles diziam ser a conta, mas ele ficava com a impressão de lhe cobrarem menos do que deviam. Mas se fosse o contrário também não faria diferença. Agora não lhe faltava dinheiro. Até tinha trabalho, uma sinecura, mais bem pago do que o antigo emprego.

A música do telecrã parou, sendo substituída por uma voz. Winston levantou a cabeça para escutar. Mas não se tratava de um boletim da frente. Simplesmente um breve comunicado do Ministério da Riqueza. Pelos vistos, no trimestre anterior a quota de produção de atacadores fixada pelo Décimo Plano Trienal excedera os noventa e oito por cento.

Examinou o problema de xadrez, dispôs as pedras no tabuleiro. Propunha um final complicado, com dois cavalos. «Jogam as brancas. Xeque-mate em dois lances.» Winston ergueu os olhos para o retrato do Grande Irmão. As brancas nunca perdem, pensou, numa espécie de misticismo nebuloso. Nunca, sem excepção — providencia-se para que assim seja. Não se conhece um único problema de xadrez, desde que o mundo é mundo, em que as pretas tenham ganho. Não constituiria isto um símbolo do eterno, do imutável triunfo do Bem sobre o Mal? O rosto enorme também nunca deixaria de o fitar, cheio de uma força tranquila. As brancas ganham sempre.

A voz do telecrã fez uma pausa, depois prosseguiu num tom diferente, muito mais solene:

— Pede-se a máxima atenção para um importante comunicado que irá para o ar às quinze e trinta. Quinze e trinta! São notícias da mais alta importância. Não perca! Quinze e trinta! — E a música com metais recomeçou.

O coração de Winston deu um pulo: o boletim noticioso da frente. O instinto dizia-lhe que as notícias seriam más. Passara todo o dia a imaginar, nos seus breves surtos de excitação, uma esmagadora derrota em África. Quase visualizava o exército eurasiático a transpor a fronteira, até então inviolada, e invadir, como um carreiro de formigas, o extremo sul da África. Como não fora possível arranjar maneira de o deter?! O contorno da costa ocidental de África recortava-se nitidamente no seu espírito. Pegou no cavalo branco e fê-lo avançar no tabuleiro. Estava seguro quanto à casa correcta. Ao mesmo tempo que via a horda negra a precipitar-se pelo sul, via também outra força, misteriosamente reunida, instalada à pressa na retaguarda dos invasores, a cortar-lhes as comunicações por mar e por terra. Apercebeu-se de que o seu desejo de a ver surgir dava a essa outra força uma existência real. Mas era preciso agir depressa. Se eles conseguissem apoderar-se da África inteira, se ocupassem as bases aéreas e de submarinos, no Cabo, cortariam a Oceânia em duas. E isso podia significar o pior: a derrota, o colapso, uma nova partilha do mundo, a destruição do Partido! Respirou fundo. Digladiavam-se dentro dele os mais variados sentimentos, numa extraordinária mistura — não propriamente uma mistura: seriam antes sucessivas camadas de sentimentos, sem que se pudesse saber qual a camada profunda.

Passou-lhe o espasmo. Voltou a repor o cavalo branco no lugar, de momento estava incapaz de se dedicar seriamente à resolução do problema de xadrez. Os seus pensamentos vagueavam de novo. Quase inconscientemente, escreveu com o dedo no pó da mesa:

$$2 + 2 = 5$$

«Eles não podem entrar dentro de uma pessoa», dissera ela. Mas podiam. «O que te acontecer aqui será *para sempre*», dissera O'Brien. Pura verdade. Havia coisas, os seus próprios actos, de que nunca poderia recompor-se. Algo morrera no peito dele: queimado, cauterizado.

Ele tinha-a visto; chegara até a falar com ela. Não corriam o menor perigo. Ele sabia, como por instinto, que eles agora quase nem se interessavam pelos seus actos. Podiam ter combinado segundo encontro, se um dos dois o tivesse desejado. Na verdade, tinham-se encontrado por acaso. Fora em Março, num dia horrível, gelado, quando a terra está rija como ferro, toda a relva extinta, não se vendo uma única flor, excepto alguns açafrões teimosos em despontar, que o vento despedaçava sem piedade. Ele caminhava depressa, com as mãos geladas e os olhos lacrimejantes, quando a viu perto de si, a menos de dez metros de distância. Percebeu logo como ela mudara, embora fosse difícil dizer em quê. Quase se cruzaram sem fazer um gesto sequer, mas de repente ele voltou-se e seguiu-a, embora com pouco interesse. Sabia não haver perigo, ninguém se interessaria por eles. Ela não disse nada. Atravessou obliquamente um relvado, como se procurasse ver-se livre dele, e depois, aparentemente, resignou-se a tê-lo ao seu lado. Daí a pouco, acharam-se no meio de um aglomerado de arbustos raquíticos e sem folhas, inúteis tanto para os camuflar como para os abrigar do vento. Pararam. Fazia um frio horrível. O vento assobiava por entre os galhos sacudindo um ou outro açafrão de pétalas encardidas. Ele passou o braço pela cintura da rapariga.

Apesar de não haver ali telecrãs, devia haver microfones escondidos; além disso, qualquer pessoa podia vê-los. Não tinha importância, nada tinha importância. Podiam ter-se deitado no chão e feito *aquilo*, se lhes tivesse apetecido. Só de pensar nisso, Winston sentiu um arrepio de horror percorrer-lhe a carne. Ela não reagia ao contacto do braço dele; nem sequer tentava soltar-se. Winston percebeu então o que mudara nela. Julia estava mais pálida, e via-se-lhe, da testa à têmpora, uma longa cicatriz, parcialmente oculta pelo cabelo; mas não consistia nisso a grande mudança. O impressionante verificava-se na cintura dela, que engrossara, além de patentear uma rigidez surpreendente. Lembrou-se do dia em que, após a explosão de uma bomba, ajudara a tirar um cadáver debaixo dos escombros e ficara assombrado, não só com o incrível peso do corpo, mas também com a sua rigidez, e com a dificuldade que tivera em lhe pegar, pois mais parecia pedra do que carne. O corpo dela dava exactamente a mesma impressão. Ocorreu-lhe que a textura da pele dela devia estar também muito diferente do que fora antes.

Não tentou beijá-la, nenhum dos dois falou. Já vinham de novo a atravessar o relvado quando ela o olhou de frente pela primeira vez. Apenas um olhar fugaz, cheio de desprezo e repugnância. Winston perguntou a si próprio se tal repugnância se reportaria apenas ao passado ou se não seria também inspirada pelo seu rosto inchado e pelas lágrimas que o vento não parava de lhe fazer brotar dos olhos. Sentaram-se em duas cadeiras de ferro, lado a lado, se bem que não muito perto um do outro. Reparou que Julia se preparava para dizer qualquer coisa. Ela esticou alguns centímetros o pé, enfiado num sapato deselegante, e esmagou deliberadamente um graveto. Reparou que os pés dela pareciam mais largos do que antes.

— Traí-te — disse ela, sem rodeios.

— Traí-te — disse ele.

Julia lançou-lhe outro breve olhar de repugnância.

— Às vezes — disse — ameaçavam com uma coisa... uma coisa impossível de aguentar, na qual nem sequer conseguimos pensar. E então a gente diz: «Não me façam isso a mim, façam isso a outra pessoa, façam isso a fulano.» E depois bem podemos dizer que foi só um truque, que só dissemos isso para os fazer parar, que não era a sério. É mentira. Naquele momento, em que a coisa se passa, a gente fala a sério. Imaginamos que não há outra maneira de nos salvarmos, e dispomo-nos a safar a pele dessa maneira. *Queremos* que aquilo aconteça à outra pessoa. Pouco importa o que ela possa sofrer. Só queremos saber de nós próprios.

— Só queremos saber de nós próprios — repetiu ele.

— Depois disso, jamais sentimos o mesmo por essa outra pessoa.

— Não — disse ele —, já não sentimos o mesmo.

Parecia não haver mais nada a dizer. O vento colava-lhes os fatos-macacos de tecido fino ao corpo. Assim que se calaram, começou a pesar-lhes o facto de estarem ali sentados em silêncio; além disso, estava demasiado frio para ficarem parados. Ela disse qualquer coisa acerca de ter de apanhar o metro, e levantou-se para se ir embora.

— Temos de nos encontrar mais vezes — disse ele.

— Sim — disse ela —, temos de nos encontrar mais vezes.

Winston seguiu-a, irresoluto, durante algum tempo, a um ou dois passos de distância. Não voltaram a falar. Ela não tentou propriamente deixá-lo para trás, mas caminhava depressa o suficiente para o impedir de a alcançar. Winston decidira ir com ela até à estação do metro, mas apercebeu-se de quão inútil e insuportável era aquela perseguição ao frio. Invadiu-o um desejo, não tanto de se afastar de Julia como de voltar ao Café do Castanheiro, que nesse instante lhe surgia mais acolhedor do que nunca. Teve a visão nostálgica da sua mesa de canto, com o jornal, o tabuleiro de xadrez e o fluxo ininterrupto do gin. Acima de tudo, lá não teria frio. Momentos depois, e não propriamente por acaso, permitiu que um pequeno grupo de pessoas o separasse dela. Fez uma tentativa pouco convicta para a alcançar, a seguir abrandou o passo, e tomou a direcção oposta. Depois de percorrer uns cinquenta metros, olhou para trás. A rua pouca gente tinha, mas ele já não a conseguiu distinguir. Qualquer daquelas dúzias de silhuetas apressadas podia ser a dela. Talvez já nem reconhecesse, pelas costas, o seu corpo agora gordo e hirto.

«Naquele momento, em que a coisa se passa», dissera ela, «a gente fala a sério». Ele falara a sério. Não se limitara a dizer o que dissera, desejara-o realmente. Desejara que fosse ela e não ele a ser entregue às...

Alguma coisa mudara na música do telecrã. Ouviu-se uma nota esganiçada, escarninha, uma notícia sensacionalista. E a seguir — talvez aquilo não estivesse a acontecer, talvez se tratasse somente de uma recordação a tomar forma sob essa catadupa de sons — uma voz cantou:

Debaixo do frondoso castanheiro
Traíste-me um dia como eu te traí...

Vieram-lhe as lágrimas aos olhos. Um criado que passava reparou no copo vazio e foi buscar a garrafa do gin.

Winston pegou na bebida e cheirou-a. A mistela tornava-se, não menos, mas mais horrível a cada gole. Só que passara a ser o seu elemento. Era a vida dele, a morte, e a ressurreição. O gin todas as noites o entorpecia, o gin todas as manhãs o reanimava. Ao acordar, raramente antes das onze horas, com as pálpebras coladas, a boca em fogo e as costas moídas, não conseguiria sair da posição horizontal, não fossem a garrafa e a chávena deixadas na véspera sobre a mesinha de cabeceira. Passava a hora do almoço sentado, de olhos vítreos, sempre com a garrafa à mão, a escutar o telecrã. Das quinze até à hora do encerramento não despegava do Café do Castanheiro. Já ninguém queria saber dele, nenhum apito o acordava, nenhum telecrã o admoestava. Ocasionalmente, talvez umas duas vezes por semana, dirigia-se a um gabinete poeirento num recanto esquecido do Ministério da Verdade, trabalhava um pouco — se é que podia dar-se o nome de trabalho àquilo que fazia. Fora nomeado para a subcomissão de uma daquelas subcomissões em que subdividiam uma das inúmeras comissões encarregadas de resolver pequenas dificuldades levantadas pela compilação da décima primeira edição do Dicionário de Novilíngua. A subcomissão a que pertencia tinha por incumbência redigir uma coisa chamada Relatório Provisório, mas o facto é que Winston nunca chegou a descobrir ao certo de que tratava esse relatório. Era algo relacionado com a questão de saber se as vírgulas deviam ser colocadas dentro ou fora dos parênteses. A comissão incluía outros quatro elementos, todos pessoas na mesma situação que ele. Havia dias em que se reuniam para logo dispersarem, reconhecendo francamente nada terem que fazer. Mas também dias em que se atiravam ao trabalho quase com ardor, fazendo questão de registar em acta tudo quanto se dissesse e esboçando longos memorandos que nunca chegavam a terminar — dias em que as discussões para apurar qual seria o tema a discutir se tornavam extraordinariamente intrincadas e confusas, com subtis divergências a propósito desta ou daquela definição, longas digressões, zangas: até mesmo ameaças de recorrer às autoridades superiores. E depois, de repente, ficavam sem vida, sentados em redor da mesa a fitar-se, olhos vazios, como fantasmas que desaparecessem ao cantar do galo.

O telecrã calou-se por instantes. Winston ergueu de novo a cabeça. O boletim! Afinal não, estavam somente a mudar de música. Tinha na cabeça o mapa inteiro de África. O movimento dos exércitos formava um diagrama: uma seta negra avançando verticalmente para sul, e uma seta branca, horizontal, avançando para leste, cortando a extremidade da primeira. Como para se tranquilizar, mirou o rosto impassível do cartaz. Seria concebível que essa segunda seta nem sequer existisse?

A sua atenção voltou a esmorecer. Bebeu outro trago de gin, pegou no cavalo branco e experimentou um lance. Xeque. Mas evidentemente não era aquele o lance certo, porque...

Sem que a tivesse evocado, veio-lhe à cabeça uma recordação. Viu um quarto iluminado por uma vela, com a grande cama de colcha branca, e viu-se a si próprio, rapazinho de nove ou dez anos, sentado no chão, a agitar um copo de dados e a rir animadamente. A mãe sentara-se à sua frente e também ria.

Talvez perto de um mês antes de ela desaparecer. Fora durante um momento de reconciliação, em que esquecera a fome constante do seu estômago e vira temporariamente renascer a antiga afeição pela mãe. Lembrava-se muito bem desse dia, chovia torrencialmente, a água escorria pelas vidraças e era tão pouca a luz dentro de casa que nem se conseguia ler. O tédio das duas crianças, naquele quarto escuro e acanhado, tornou-se insuportável. Winston queixava-se, resmungava, pedia em vão mais comida, andava de um lado para o outro no quarto, tirando tudo do lugar e dando pontapés no lambril, até que os vizinhos começaram a bater na parede, enquanto a menina chorava intermitentemente. A mãe acabou por dizer: «Se te portares bem eu compro-te um brinquedo. Um brinquedo lindo, vais ver que gostas»; e saíra para a chuva, indo a um pequeno armazém ali perto, que ainda abria de vez em quando, para voltar com uma caixa de cartão contendo um jogo, uma corrida de obstáculos. Jogo modestíssimo. Winston ainda se lembrava do cheiro do cartão molhado. O tabuleiro vinha rachado e os pequenos dados de madeira eram tão mal talhados que nem se punham direitos sobre as faces. Winston ficou ali a olhar para aquilo, amuado, sem mostrar interesse. Mas a mãe lá acendeu um coto de vela e sentaram-se no chão a jogar. Daí a pouco já ele se entusiasmara e ria às gargalhadas vendo os peões saltar obstáculos atrás de obstáculos, para logo a seguir terem de voltar atrás, quase até ao ponto de partida. Jogaram oito partidas, ganhando cada um quatro. A irmãzinha, pequena demais para perceber o jogo, permanecera sentada, encostada a um travesseiro, rindo porque via os outros rir. Durante uma tarde inteira, eles estiveram juntos e felizes, como quando ele era mais pequeno.

Afastou a cena da memória. Falsa recordação. De vez em quando, aquelas recordações falsas vinham perturbá-lo. Não era grave, bastava que não se lhes desse valor. Certas coisas haviam acontecido, outras não. Voltou a concentrar-se no xadrez, pegando de novo no cavalo branco. Quase no mesmo instante, deixou-o cair ruidosamente sobre o tabuleiro. Dera um pulo na cadeira como se alguém o tivesse picado com um alfinete.

O estridente toque de clarim rasgara os ares. O boletim! Vitória! O toque de clarim antes do noticiáro significava sempre vitória. Uma espécie de descarga eléctrica percorreu o café. Até os empregados de mesa estacaram, de ouvido à escuta.

O toque de clarim desencadeara uma barulheira ensurdecedora. A voz excitada começara entretanto a palrar no telecrã, quase abafada, desde o início, pelo clamor dos vivas na rua. A notícia espalhara-se como por magia. Ainda assim, do que dizia a voz no telecrã Winston conseguiu ouvir o suficiente para perceber que tudo decorrera como ele tinha previsto: um enorme exército transportado por mar, o ataque de surpresa à retaguarda do inimigo, a seta branca a cortar a extremidade da preta. Fragmentos de frases triunfantes faziam-se ouvir por entre o alarido geral: «Vasta manobra estratégica... coordenação perfeita... completamente desbaratado... meio milhão de prisioneiros... desmoralização total... domínio de toda a África... o fim da guerra à vista... vitória... o maior triunfo da História da humanidade... vitória, vitória, vitória!»

Debaixo da mesa, os pés de Winston faziam movimentos convulsivos. Não saíra do lugar, mas mentalmente corria, corria à desfilada, no meio da multidão, lá fora, dando vivas ensurdecedores. Ergueu de novo os olhos para o Grande Irmão. O colosso que dominava o mundo! O rochedo contra o qual em vão se precipitavam as hordas da Ásia! Meditou como ainda dez minutos antes — sim, dez minutos apenas — o seu coração alimentara dúvidas quanto ao carácter das notícias da frente: seriam notícias de vitória ou de derrota? Ah, não fora só o exército eurasiático que perecera! Muita coisa mudara dentro dele desde aquele primeiro dia no Ministério do Amor, mas a transformação final, indispensável, a cura definitiva, só se verificara naquele instante.

A voz do telecrã continuava a debitar o seu rol de prisioneiros, pilhagens e massacres, entretanto os gritos lá fora tinham acalmado um pouco. Os criados voltavam ao trabalho. Um deles aproximou-se com a garrafa de gin. Winston, mergulhado no seu sonho feliz, nem reparou que lhe enchiam o copo. Já não estava a correr nem a dar vivas. Encontrava-se de novo no Ministério do Amor, e tudo fora perdoado: tinha a alma branca como neve. Encontrava-se no banco dos réus, a confessar tudo, a denunciar toda a gente. Caminhava pelo corredor de ladrilhos brancos, com a sensação de quem caminha ao sol, e atrás de si vinha um guarda armado. A tão esperada bala entrava-lhe enfim no cérebro.

Ergueu os olhos para o rosto enorme. Levara quarenta anos a descobrir que sorriso se escondia atrás do bigode negro. Oh, cruel e desnecessário mal-entendido! Oh, teimoso e voluntário exílio do peito amantíssimo! Duas lágrimas impregnadas de gin escorreram-lhe de ambos os lados do nariz. Mas estava tudo bem, tudo bem, a luta chegara ao fim. Alcançara a vitória sobre si próprio. Amava o Grande Irmão.

Apêndice

Os Princípios da Novilíngua

A novilíngua era a língua oficial da Oceânia e fora concebida para satisfazer as necessidades ideológicas do Socing, ou Socialismo Inglês. No ano de 1984 não havia ainda ninguém que usasse a novilíngua como exclusivo meio de comunicação, quer oralmente quer por escrito. Os artigos de fundo do *Times* vinham redigidos em novilíngua, mas constituía isso um *tour de force*, só podendo ser levado a cabo por especialistas. Esperava-se que a novilíngua tivesse finalmente destronado a velhilíngua (ou inglês-padrão, como é correcto dizer-se) por volta do ano 2050. Entretanto, ia constantemente ganhando terreno, uma vez que todos os membros do Partido tendiam a usar cada vez mais, na linguagem quotidiana, palavras e construções gramaticais da novilíngua. A versão em vigor em 1984, corporizada nas nona e décima edições do Dicionário de Novilíngua, consistia numa versão provisória contendo muitas palavras supérfluas e formações arcaicas destinadas a serem suprimidas mais tarde. A que aqui nos ocupa é a versão final aperfeiçoada, a que a décima primeira edição do Dicionário de Novilíngua dá corpo.

O propósito da novilíngua pretendeu não apenas proporcionar um meio de expressão para a visão do mundo e os hábitos mentais específicos dos adeptos do Socing, mas também tornar impossíveis todas as formas de pensamento. Pretendia-se que, quando a novilíngua fosse definitivamente adoptada e a velhilíngua caísse no esquecimento, todo o pensamento herético — isto é, qualquer pensamento divergente dos princípios do Socing — se tornasse literalmente impensável, pelo menos na medida em que o pensamento depende da palavra. O vocabulário da novilíngua era construído de modo a exprimir com exactidão, e muitas vezes com grande subtileza, qualquer sentido que um membro do Partido pudesse legitimamente querer exprimir, excluindo, ao mesmo tempo, todos os outros sentidos, e também a possibilidade de chegar a eles por meios indirectos. Conseguia-se isto em parte através da invenção de novas palavras, mas principalmente eliminando as palavras indesejáveis e despojando as que restavam dos seus sentidos não ortodoxos, e tanto quanto possível de todos e quaisquer sentidos secundários. Para dar apenas um exemplo: a palavra *livre* continuava a existir na novilíngua, mas só podia ser usada em frases como «Este cão está livre de pulgas» ou «Este campo está livre de ervas daninhas». Não podia ser usada na velha acepção de «politicamente livre» ou «intelectualmente livre», uma vez que as liberdades política ou intelectual já nem sequer existiam enquanto conceitos, sendo portanto necessariamente inomináveis. Mesmo quando não se tratava de suprimir palavras manifestamente heréticas, encarava-se a redução do vocabulário como um fim em si, e não se permitia a sobrevivência de qualquer palavra dispensável. A novilíngua foi concebida não para aumentar, mas para restringir o campo do pensamento, propósito indirectamente servido pela redução ao mínimo da gama das palavras.

A novilíngua baseava-se na língua inglesa tal como hoje a conhecemos, embora muitas das suas proposições, mesmo sem qualquer palavra criada de novo, fossem praticamente ininteligíveis para um falante inglês dos nossos dias. As palavras da novilíngua dividiam-se em três categorias distintas, conhecidas como *vocabulário A*, *vocabulário B* (as também chamadas palavras compostas) e *vocabulário* C. O mais simples será analisar separadamente cada uma destas classes, embora as particularidades gramaticais da língua possam ser desde logo analisadas na secção dedicada ao vocabulário A, dado as mesmas regras serem válidas para as três categorias.

Vocabulário A. O vocabulário A era constituído por palavras necessárias às actividades da vida quotidiana — acções como comer, beber, trabalhar, vestir-se, subir e descer escadas, deslocar-se em veículos, jardinar, cozinhar, e assim por diante. Compunha-se quase integralmente de palavras que já possuímos — palavras como *bater, correr, cão, árvore, açúcar, casa, campo* —, mas em comparação com o inglês actual cingia-se a um número extremamente pequeno, enquanto os seus significados eram muito mais rigidamente definidos. Haviam sido expurgadas de todas as ambiguidades e matizes de sentido. Na medida do possível, cada palavra desta categoria era, na novilíngua, um mero som *staccato* exprimindo *um* conteúdo claramente delimitado. Seria absolutamente impossível utilizar o vocabulário A para fins literários ou para debates políticos ou filosóficos. Destinava-se apenas a exprimir ideias simples e utilitárias, envolvendo, regra geral, objectos concretos ou acções físicas.

A gramática da novilíngua tinha duas particularidades dignas de nota. A primeira, uma permutabilidade quase total entre as diferentes partes do discurso. Qualquer palavra da língua (em princípio isto aplicava-se até mesmo a palavras tão abstractas como *se* ou *quando*) podia ser usada quer como verbo quer como substantivo, adjectivo ou advérbio. Entre a forma verbal e a forma nominal, sendo a raiz de ambas a mesma, nunca havia qualquer variação, implicando tal regra, por si só, a destruição de muitas formas arcaicas. A palavra *pensamento*, por exemplo, não existia na novilíngua. Em seu lugar utilizava-se *pensar*, servindo simultaneamente de substantivo e verbo. Não se seguia aqui nenhum princípio etimológico: em alguns casos era o substantivo original o escolhido para ser conservado; noutros casos, o verbo. Mesmo quando um substantivo e um verbo de sentido afim não estavam etimologicamente ligados entre si, um ou outro de entre eles acabava por ser muitas vezes suprimido. Por exemplo, a palavra *cortar* não existia, uma vez que o seu sentido estava suficientemente abrangido pelo substantivo-verbo *faca*. Os adjectivos formavam-se acrescentando ao substantivo-verbo o sufixo *-ico*, e os advérbios acrescentando *-mente*. Assim, por exemplo, *velocidádico* significava «rápido» e *velocidademente* significava «depressa». Conservavam-se alguns dos nossos actuais adjectivos, tais como *bom*, *forte*, *grande*, *preto*, *macio*, mas, na globalidade, eram raríssimos. Pouca falta faziam, visto que se podiam obter quase todos os sentidos adjectivados acrescentando *-ico* a um substantivo-verbo. Não se conservavam nenhuns dos advérbios actualmente existentes, excepto os já terminados em *-mente*[3]: a terminação em *-mente* era invariável. A palavra *bem*, por exemplo, substituía-se por *bommente*.

Além disso, qualquer palavra — também esta regra se aplicava, em princípio, a todas as palavras da língua — podia tornar-se negativa mediante a anteposição do afixo *im-*, ou reforçada pelo afixo *extra-*, ou, para uma ênfase ainda maior, pelo afixo *duploextra-*. Assim, por exemplo, *infrio* significava «quente», enquanto *extrafrio* e *duploextrafrio* significavam, respectivamente, «muito frio» e «muitíssimo frio». Era também possível, à semelhança do inglês actual, modificar o sentido de quase todas as palavras com prefixos como *pré-*, *pós-*, *sub-*, *supra-*, etc. Dada, por exemplo, a palavra *bom*, tornava-se desnecessária a palavra *mau*, uma vez que o sentido desejado podia ser correctamente expresso — ou melhor ainda — por *imbom*. Bastava, nos casos em que duas palavras formavam um par natural de opostos, decidir qual delas suprimir. *Escuro*, por exemplo, podia ser substituída por *inclaro*, ou *claro* por *inescuro*, conforme se preferisse.

A segunda característica distintiva da gramática da novilíngua residia na sua regularidade. Com algumas excepções, que adiante indicaremos, todas as flexões seguiam a mesma

---

3 No original: «except for the *very few* already ending in *-wise*». Em inglês são raros os advérbios formados com o sufixo *-wise*, enquanto em português os advérbios em *-mente* são frequentíssimos; daí a pequena alteração que se tornou necessário introduzir na tradução. (*N. da T.*)

regra. Como tal, em todos os verbos o pretérito e o particípio passado eram idênticos e terminavam em *-ado*. O pretérito de *fazer* era *fazado*, o pretérito de *dizer*, *dizado*[4], e assim por diante, em toda a língua, abolindo-se por completo formas como *ido*, *deu*, *trouxe*, *feito*, *teve*, etc. Todos os plurais se formavam acrescentando *-s* ou *-es*. conforme os casos. Os plurais de *cão*, *pão*, *lençol*, eram *cãos*, *pãos*, *lençoles*. O comparativo e o superlativo dos adjectivos formavam-se invariavelmente com *mais*, *amais* (*bom*, *maisbom*, *amaisbom*), suprimindo-se todas as formas irregulares.

As únicas classes de palavras onde continuavam a tolerar-se as flexões irregulares resumiam-se aos pronomes pessoais e relativos, aos adjectivos demonstrativos e aos verbos auxiliares. Todas estas seguiam as antigas regras de utilização, à excepção de *cujo*, que fora eliminado, por desnecessário, e do auxiliar *haver*, abandonado porque podia, em todos os casos, ser substituído por *ter*. Verificavam-se, porém, certas irregularidades na formação de palavras, devido à necessidade de falar rápida e fluentemente. Palavras difíceis de pronunciar, ou susceptíveis de serem incorrectamente ouvidas, eram *ipso facto* consideradas palavras más: ocasionalmente, portanto, por razões de eufonia, inseriam-se numa palavra letras suplementares ou conservava-se a formação arcaica. Mas esta necessidade fazia-se sentir principalmente em relação ao vocabulário B. O motivo por que se dava uma tão grande importância à facilidade de articulação será esclarecido mais adiante neste ensaio.

Vocabulário B. O vocabulário B compunha-se de palavras deliberadamente construídas para fins políticos, ou seja: palavras que não só tinham, em todos os casos, um sentido político, como se destinavam a impor uma atitude mental dese-

---

4 Neste parágrafo e no seguinte, optei por uma tradução não literal, escolhendo palavras e construções gramaticais portuguesas que apresentassem alguma analogia formal (se não de conteúdo) com os exemplos ingleses escolhidos pelo autor. (*N. da T.*)

jável à pessoa que as utilizava. Sem a plena compreensão dos princípios do Socing, seria difícil empregar correctamente estas palavras. Em alguns casos, era possível traduzi-las em velhilíngua, ou mesmo em palavras do vocabulário A, mas isso geralmente exigia uma longa paráfrase e implicava sempre a perda de certas conotações. As palavras B constituíam uma espécie de estenografia verbal, condensando muitas vezes todo um encadeamento de ideias em meia dúzia de sílabas, mostrando-se, pois, ao mesmo tempo mais precisas e mais eficazes do que a linguagem comum.

As palavras B eram sempre palavras compostas[5]. Compunham-se de duas ou mais palavras, ou partes de palavras, unidas numa forma fácil de pronunciar. A amálgama daí resultante era sempre um substantivo-verbo, cujas flexões obedeciam às regras gerais. Para dar apenas um exemplo: a palavra *bompensar*, que significava pouco mais ou menos «ortodoxia», ou, caso se prefira considerá-la como verbo, «pensar de forma ortodoxa». Tinha as seguintes flexões: substantivo-verbo, *bompensar*; pretérito perfeito e particípio passado, *bompensado*; particípio presente, *bompensando*; adjectivo, *bompensádico*; advérbio, *bompensadamente*; substantivo verbal, *bompensante*.

As palavras B não se construíam com base em nenhum plano etimológico. Os fragmentos de que se compunham podiam ser quaisquer partes do discurso, dispostos por qualquer ordem e mutilados de forma a facilitar a sua pronúncia, conquanto não deixassem de indicar a sua derivação. Na palavra *crimepensar* (crime de pensamento), por exemplo, o *pensar* vinha em segundo, enquanto em *pensarpol* (Polícia do Pensamento) vinha em primeiro, perdendo na palavra final, *polícia*, as últimas sílabas. Dada a grande dificuldade em garantir a eufonia, as formações irregulares surgiam preferencialmente no vocabulário B. Por exemplo, formas adjectivadas de *Mini-*

---

5 No vocabulário A encontramos também, é claro, palavras compostas como *falascreve*, mas estes são meras abreviaturas cómodas, sem qualquer coloração ideológica particular.

vero, Minipax e *Minamor* davam, respectivamente, *Miniverídico, Minipacífico* e *Minamorável*, simplesmente porque *Miniveróico, Minipáxico* e *Miniamôrico* se constatava serem ligeiramente difíceis de pronunciar. Em princípio, porém, todas as palavras B eram susceptíveis de flexão, e todas flectiam exactamente da mesma maneira.

Algumas das palavras B designavam sentidos extremamente subtis, praticamente ininteligíveis para quem não dominasse a língua no seu conjunto. Considere-se, por exemplo, uma frase tão típica, de um artigo de fundo do *Times*, como *Velhopensantes inventressentir Socing*. A versão mais curta possível desta frase em velhilíngua seria: «Aqueles cujas ideias foram formadas antes da Revolução não podem ter uma plena compreensão emocional dos princípios do Socialismo Inglês.» Ainda assim, não estamos perante a tradução adequada. Antes de mais, para se apreender plenamente o sentido da frase em novilíngua acima citada, tornar-se-ia necessário ter ideias claras acerca do que significa *Socing*. E além disso, só uma pessoa profundamente enraizada no Socing seria capaz de avaliar toda a força da palavra *ventressentir*, que implicava aceitação cega, entusiástica, hoje difícil de imaginar; ou da palavra *velhopensar*, que se ligava inextricavelmente às ideias de perversidade e decadência. Mas a função específica de certas palavras da novilíngua, de que *velhopensar* é exemplo, não consistia tanto em exprimir significações como em destruí-las. O sentido de tais palavras, necessariamente em número reduzido, tinha vindo a alargar-se de modo a englobar baterias inteiras de outras palavras, as quais, logo que o seu significado estivesse suficientemente abrangido por um único termo mais amplo, logo seriam eliminadas e esquecidas. A maior dificuldade com que se defrontavam os compiladores do Dicionário de Novilíngua não era inventar novas palavras, mas sim, depois de as inventar, saber ao certo o que significavam; ou seja, saber ao certo que gama de termos a sua existência cancelava.

Como já vimos, no caso da palavra *livre*, palavras outrora portadoras de um sentido herético mantinham-se por vezes devido a razões de conveniência, só que expurgadas dos sentidos indesejáveis. Inúmeras outras palavras como *honra, justiça, moralidade, internacionalismo, democracia, ciência* e *religião* tinham simplesmente sido suprimidas, ao serem abrangidas por algumas palavras genéricas que, ao abrangê-las, as aboliam. Todas as palavras que se agrupavam em torno dos conceitos de liberdade e igualdade, por exemplo, foram concentradas numa única palavra, *crimepensar*, enquanto as palavras que giravam em torno dos conceitos de objectividade e racionalismo foram absorvidas pela palavra *velhopensar*. Precisão maior, seria perigoso. O que se pretendia dos membros do Partido era uma visão do mundo semelhante à dos antigos hebreus, que não iam muito além de saber que todas as nações à excepção da sua adoravam «falsos deuses». Ao hebreu tanto lhe fazia que esses deuses se chamassem Baal, Osíris, Moloch, Astaroth, e assim por diante; provavelmente, quanto menos soubesse acerca deles, melhor para a sua ortodoxia. Conhecia Jeová e os mandamentos de Jeová: por conseguinte, todos os deuses com nomes diferentes ou com outros atributos eram falsos deuses. De forma muito semelhante, um membro do Partido estava ciente do que constituía a conduta correcta e, em termos extremamente vagos e genéricos, sabia que tipos de desvio eram possíveis relativamente a ela. A sua vida sexual, por exemplo, encontrava-se inteiramente regulada por duas palavras em novilíngua: *sexocrime* (imoralidade sexual) e *bom-sexo* (castidade). *Sexocrime* cobria todos e quaisquer delitos sexuais: a fornicação, o adultério, a homossexualidade e as outras perversões; e além disto, englobava igualmente a relação sexual normal praticada apenas por prazer. Era desnecessário enumerar separadamente estes crimes, uma vez serem todos condenáveis e, em princípio, puníveis com a morte. No vocabulário C, que se compunha de termos científicos e técnicos, talvez fosse preciso atribuir nomes especializados a certas aberrações sexuais, mas ao cidadão comum de nada serviam. Este sabia somente o que significava *bom-sexo* — isto é, a relação normal entre marido e mulher, com a procriação por única finalidade, sem prazer físico do lado da mulher: tudo o mais era *sexocrime*. Em novilíngua raramente se tornava viável seguir um pensamento herético para lá da consciência de que *era* herético: para além desse ponto as palavras necessárias não existiam.

Nenhuma palavra do vocabulário B era ideologicamente neutra. Muitas delas eram eufemismos. Palavras como *campalegre* (campo de trabalhos forçados) ou *Minipax* (Ministério da Paz, ou seja, Ministério da Guerra) significavam quase o perfeito oposto daquilo que pareciam significar. Certas palavras, em contrapartida, traduziam uma percepção franca e desdenhosa da verdadeira natureza da sociedade oceânica. Um bom exemplo verificava-se em *nutriprole*, termo que designava os divertimentos medíocres e as notícias espúrias que o Partido destinava às massas. Havia ainda algumas palavras ambivalentes, tendo a conotação de «bom» quando aplicadas ao Partido e de «mau» quando aplicadas aos seus inimigos. Mas além destas, usava-se um grande número de palavras que, à primeira vista, pareciam meras abreviaturas e cuja coloração ideológica derivava não do seu sentido, mas da sua estrutura.

Na medida do possível, tudo quanto tivesse ou pudesse vir a ter qualquer tipo de relevância política integrava-se no vocabulário B. Os nomes de todas as organizações, ou agrupamentos de indivíduos, doutrinas, países, instituições ou edifícios públicos, surgiam invariavelmente reduzidos à forma familiar; ou seja, uma única palavra de fácil pronúncia, com o número mínimo de sílabas, susceptível de preservar a sua derivação original. No Ministério da Verdade, por exemplo, ao Departamento de Arquivos, onde Winston Smith trabalhava, designavam-no por *Arquidep*, ao Departamento de Ficção por *Ficdep*, ao Departamento de Programas Televisivos por *Teledep*, e assim sucessivamente. O objectivo disto não consistia apenas em poupar tempo. Já nas primeiras décadas do século XX as palavras ou expressões abreviadas constituíam um dos aspectos característicos da linguagem política, sendo notória e marcante a tendência para empregar abreviaturas deste tipo nos países ou organizações com características totalitárias. Palavras como *Nazi*, *Gestapo*, *Comintern*, *Inprecor*, *Agitprop* são disso bons exemplos. Na origem, tal prática tinha sido adoptada como que por instinto, mas na novilíngua utilizava-se com propósitos bem conscientes. Verificou-se que ao abreviar deste modo um nome se reduzia subtilmente o seu sentido, eliminando a maior parte das ilações que de outro modo se fariam em torno dele. O termo *Internacional Comunista*, por exemplo, evoca numa imagem compósita a fraternidade humana universal, as bandeiras vermelhas, as barricadas, Karl Marx e a Comuna de Paris. A palavra *Comintern*, em contrapartida, sugere simplesmente uma organização coesa e um corpo doutrinal bem definido. Refere-se a algo quase tão fácil de identificar, e tão limitado nos seus fins, como uma cadeira ou uma mesa. *Comintern* surge-nos como uma palavra que pode ser pronunciada quase sem se pensar, enquanto *Internacional Comunista* é uma expressão sobre a qual somos obrigados a reflectir minimamente. De modo idêntico, as ilações suscitadas por uma palavra como *Minivero* são menos numerosas e mais controláveis do que as suscitadas por *Ministério da Verdade*. Esse propósito justificava não apenas o hábito de abreviar sempre que possível, como também o cuidado quase excessivo que se punha numa pronúncia fácil, acessível.

Em novilíngua, a eufonia sobrepunha-se a todas as outras considerações, excepto à clareza do sentido. A regularidade gramatical era-lhe sacrificada sempre que necessário. Justificava-se que assim fosse, uma vez que o pretendido, principalmente no âmbito político, eram palavras curtas e abreviadas, de sentido inequívoco, que pudessem ser rapidamente pronunciadas e provocassem a mínima ressonância possível no espírito do falante. As palavras do vocabulário B ganhavam até mais força pelo simples facto de serem praticamente todas muito semelhantes. Quase invariavelmente, tais palavras — *bompensar, Minipax, nutriprole, campalegre, Socing, ventressentir, pensarpol*, e tantas outras — compunham-se de duas ou três sílabas[6], com o acento tónico repartido igualmente entre a primeira e a última sílabas. O seu emprego dava origem a um tipo de elocução rápida, ao mesmo tempo sacudida e monótona. E era exactamente isto que se pretendia. A intenção, no referente a temas não ideologicamente neutros, residia em tornar a fala tanto quanto possível independente da consciência. No domínio da vida quotidiana afigurava-se sem dúvida necessário, pelo menos às vezes, reflectir antes de falar, mas um membro do Partido chamado a emitir um juízo político ou ético devia ser capaz de disparar as opiniões correctas tão automaticamente como uma metralhadora dispara balas. O treino preparava-o para isso mesmo, a língua fornecia-lhe instrumentos quase infalíveis, e a textura das palavras, com a sua sonoridade áspera e alguma fealdade deliberada coadunando-se com o espírito do Socing, reforçava ainda mais todo o processo.

Reforçava-o também o facto de haver muito poucas palavras por onde escolher. Em comparação com o nosso, o vocabulário de novilíngua era diminuto, e constantemente surgiam novas formas de o reduzir. Com efeito, a novilíngua diferia da maior parte das outras línguas, porque o seu vocabulário ia diminuindo em vez de aumentar todos os anos. Cada redução era um ganho, pois quanto menor a área de escolha, menor a tentação de pensar. Como fim último, esperava-se atingir uma linguagem emitida pela laringe, sem passar pelos centros nervosos superiores. Esse objectivo era francamente admitido no termo *patofalar*, que em novilíngua significava «grasnar como um pato». Tal como diversas outras palavras do vocabulário B, *patofalar* continha um sentido ambivalente. Desde que as opiniões grasnadas fossem ortodoxas, o termo era perfeitamente

---

6 Na tradução para português o número de sílabas quase sempre aumenta. (*N. da T.*)

laudatório; quando o *Times* se referia a um dos oradores do Partido caracterizando-o como *duploextrabom patofalante* estava a fazer-lhe um elogio caloroso e extremamente apreciado.

Vocabulário C. O vocabulário C era complementar aos outros dois e compunha-se inteiramente de termos científicos ou técnicos. Assemelhavam-se aos termos científicos actuais, sendo construídos a partir das mesmas raízes, mas havia o cuidado habitual de os definir com rigidez e de os despojar de sentidos indesejáveis. Seguiam as mesmas regras gramaticais que as palavras dos dois outros vocabulários. Utilizavam-se muito poucas palavras C, quer na linguagem de todos os dias, quer no discurso político. Cada técnico ou trabalhador científico tinha acesso às palavras todas de que necessitava, na lista própria da sua especialidade, mas raramente ia além do conhecimento superficial das palavras que ocorriam nas outras listas. Muito poucas eram as palavras comuns a todas as listas, e nenhum vocabulário exprimia a função da Ciência como hábito mental ou método de pensamento, independentemente dos seus diversos ramos. Não existia, aliás, qualquer palavra para «Ciência», pois todos os sentidos que uma tal palavra pudesse denotar estavam já suficientemente abrangidos pelo termo *Socing*.

Por este resumo se perceberá que em novilíngua a expressão de opiniões heterodoxas, acima de um nível extremamente rudimentar, era praticamente impossível. Claro que se conseguia proferir heresias de tipo muito grosseiro, blasfémias, por assim dizer. Seria possível, por exemplo, dizer *O Grande Irmão é imbom*. Mas a afirmação, que para ouvidos ortodoxos apenas exprimia um evidente absurdo, nunca poderia ser defendida com argumentos fundamentados, pois as palavras necessárias para isso tinham desaparecido. As ideias adversas ao Socing só podiam ser pensadas de forma vaga e inarticulada, e só se conseguia nomeá-las em termos extremamente imprecisos, amalgamando e condensando grupos inteiros de heresias, sem que isso as definisse. Na realidade, só havia a possibilidade de utilizar a novilíngua para fins heterodoxos traduzindo ilegitimamente algumas das palavras para velhilíngua. Por exemplo, *Todos os homens são iguales* era uma frase possível em novilíngua, só que apenas do mesmo modo que *Todos os homens são ruivos* surge em velhilíngua: não continha qualquer erro gramatical, mas exprimia uma inverdade palpável — ou seja, que todos os homens têm idêntica altura, idêntico peso ou força. O conceito de igualdade política desaparecera, por conseguinte a palavra *igual* fora expurgada desta acepção secundária. Em 1984, quando a velhilíngua ainda constituía o meio normal de comunicação, existia teoricamente o perigo de que, ao usarem termos de novilíngua, as pessoas se lembrassem do seu sentido original. Na prática, quem conhecesse bem os princípios do *duplopensar* não tinha dificuldade em evitá-lo, mas dentro de uma ou duas gerações até mesmo a possibilidade de um tal deslize teria desaparecido. Indivíduo que crescesse tendo por único idioma a novilíngua nunca descobriria que *igual* tivera outrora a acepção secundária de «politicamente igual», ou que *livre* já significara «intelectualmente livre», tal como um indivíduo que nunca tivesse ouvido falar de xadrez poderia alguma vez conhecer as acepções secundárias de *rainha* ou *torre*. Muitos dos crimes ou erros existentes, não estaria na sua mão cometê-los, simplesmente por serem inomináveis e por conseguinte inimagináveis. Era de prever que com o passar do tempo as características distintivas da novilíngua se acentuariam — palavras cada vez mais escassas, os respectivos sentidos cada vez mais rígidos, e cada vez menor a possibilidade de as utilizar indevidamente.

Quando a velhilíngua estivesse definitivamente abolida seria cortado o último elo de ligação ao passado. A História já tinha sido reescrita, mas subsistiam aqui e ali fragmentos da literatura do passado, imperfeitamente censurados, e enquanto alguém conservasse os seus conhecimentos de velhilíngua ia havendo a possibilidade de os ler. No futuro, tais fragmentos, ainda que porventura sobrevivessem, seriam ininteligíveis e intraduzíveis. Tornar-se-ia impossível traduzir para novilíngua qualquer passagem de velhilíngua, a menos que se referisse a qualquer processo técnico ou acção quotidiana elementar, ou fosse já de tendência ortodoxa (*bompensante* seria a expressão em novilíngua). Na prática, isto significava que nenhum livro escrito antes de 1960, aproximadamente, podia ser traduzido na íntegra. A literatura pré-revolucionária só podia ser objecto de tradução ideológica — isto é, uma mudança não apenas de língua mas também de sentido. Tomemos como exemplo a conhecida passagem da Declaração da Independência:

> *Tomamos como verdades evidentes que todos os homens são criados iguais, que são dotados pelo seu criador de certos direitos inalienáveis, entre os quais a vida, a liberdade e a procura da felicidade. Que, para garantir estes direitos, são instituídos entre os homens Governos cujos poderes derivam do consentimento dos governados. Que, sempre que qualquer forma de Governo se torne contrária a estes fins, tem o Povo o direito de a alterar ou abolir, e de instituir novo Governo...*

Seria absolutamente impossível traduzir este trecho em novilíngua respeitando o seu sentido original. A solução mais próxima de uma tradução fiel seria englobar toda a passagem numa única palavra, *crimepensar*. A tradução desenvolvida só poderia ser uma tradução ideológica, mediante a qual as palavras de Jefferson se converteriam em panegírico do governo absoluto.

Boa parte da literatura do passado já estava, de resto, em vias de ser transformada deste modo. Razões de prestígio tornavam desejável preservar a memória de certas figuras históricas, sintonizando, ao mesmo tempo, as suas obras com a filosofia do Socing. Vários escritores, como Shakespeare,

Milton, Swift, Byron, Dickens e alguns outros estavam, por conseguinte, a ser traduzidos; quando a tarefa ficasse concluída, os seus escritos originais, juntamente com tudo o mais que subsistisse da literatura do passado, seriam destruídos. Estas traduções constituíam um trabalho longo e difícil, e não se esperava que estivessem concluídas antes da primeira ou segunda década do século XXI. Havia também um grande volume de literatura meramente utilitária — manuais técnicos indispensáveis e outras obras de natureza semelhante — que iria sofrer o mesmo tratamento. Fora principalmente para dar tempo a esse trabalho preliminar de tradução que a adopção definitiva da novilíngua havia sido fixada para a longínqua data de 2050.

Mil Novecentos e Oitenta e Quatro na obra de George Orwell

«O que mais desejei fazer ao longo dos últimos dez anos foi tornar a escrita política uma arte. O meu ponto de partida é sempre um sentimento de militantismo, um sentido de injustiça. Quando me sento para escrever um livro, não digo a mim mesmo: "Vou produzir uma obra de arte." Escrevo porque há uma mentira qualquer que quero denunciar; um facto qualquer para o qual quero chamar a atenção, e a minha preocupação inicial é ser ouvido. Mas não poderia levar a cabo o trabalho de escrever um livro, ou mesmo um longo artigo de revista, se não fosse também uma experiência estética.»

George Orwell, *Por Que Escrevo*, 1946
(Antígona, 2008)

O Conceito de Totalitarismo

Orwell formulou o conceito de totalitarismo após a dramática experiência que também para ele constituiu, politicamente, a Revolução Espanhola. Em finais de Junho de 1937, ainda convalescente do segundo ferimento ocorrido na frente de Aragão, consegue fugir de Barcelona, com a mulher, Eileen, e dois camaradas ingleses do ILP (Independent Labour Party, organização de esquerda ligada ao POUM, Partido Obrero de Unificación Marxista), no contexto da perseguição de que se viram alvo todos os combatentes com posições libertárias.

A guerra civil de Espanha foi um vasto conflito militar que opôs os defensores da República, favorável aos trabalhadores, aos militares fascistas sublevados em Julho de 1936 para reporem os velhos privilégios de classe. Mas no interior desta guerra de resistência, iniciada pelo operariado, foi-se cavando um fosso entre as duas tendências antifascistas: os que defendiam o prosseguimento da revolução social durante a guerra (os anarquistas, o POUM e uma ala esquerda socialista) e os que, pelo contrário, tudo faziam para alterar esse rumo, concentrando o poder político e militarizando hierarquicamente as milícias de trabalhadores.

Depois de se terem apoderado da administração pública na zona republicana, em colaboração estreita com os agentes político-militares de Estaline, os estalinistas e reformistas espanhóis, durante os sangrentos acontecimentos de Maio de 1937 em Barcelona (em que Orwell participa, do lado libertário), adquirem por fim a supremacia, sendo esse o canto de finados da revolução social em Espanha. A guerra irá prosseguir até 1939, agora com um exército republicano *normalizado*, nos antípodas das milícias igualitárias. Esse novo rumo fora anunciado, pela *Pravda* de Moscovo, a 16 de Dezembro de 1936, dias antes de Andreu Nin ser expulso da coligação governamental catalã, antecipando o que irá passar-se: «Na Catalunha já começou a eliminação dos trotskistas e anarcossindicalistas, e vai continuar com o mesmo vigor que teve na União Soviética.» Esta repressão tem nomeadamente por fim destruir o POUM, ilegalizando-o, para *legalmente* perseguir os seus membros e simpatizantes, bem como as milícias anarquistas, e tais acontecimentos vão estar anos depois no centro da reflexão de Orwell ao redigir *Mil Novecentos e Oitenta e Quatro*, visto aqui se ter operado de forma brutal e refinada a manipulação da história através do emprego sistemático da mentira política.

O jornal do POUM, *La Batalla* fora o único a denunciar em Espanha os processos de Moscovo de Julho de 1936 e a execução em Agosto, por ordem de Estaline, da velha guarda bolchevista, desde logo se apresentando este partido como um inimigo a abater. Nin, comunista, um dos fundadores do POUM e o seu mais destacado teórico, vivera na União Soviética até 1930, onde durante vários anos tivera um papel político de relevo, conhecendo perfeitamente os meandros do regime estalinista e mantendo-se em contacto com a oposição de esquerda; por outro lado, as milícias do POUM, na descrição de Orwell, constituíam também, tal como as anarquistas, «em todos os escalões [...] uma democracia não hierárquica», correspondendo cada centúria a uma comuna ou soviete. Nelas não havia patentes militares no sentido corrente, nem títulos nem galões, e todos os membros tinham o mesmo papel, dispunham da mesma comida, envergavam o mesmo uniforme. «O ponto fulcral era a igualdade social entre os oficiais e os soldados. Todos [...] viviam em pé de igualdade [...]. Bem entendido, não era uma igualdade perfeita, mas eu nunca tinha visto nada que se aproximasse tanto dela, nem sequer imaginara que isso seria possível em tempo de guerra. Não compreendi que viera parar, mais ou menos por acaso, ao âmago da fracção mais revolucionária da classe operária espanhola.»

É esta formidável experiência que o leva a fazer, numa carta ao seu amigo de infância Cyrill Connolly, enviada de um hospital militar a 8 de Junho de 1937, uma confissão aparentemente paradoxal: «Vi coisas maravilhosas e por fim acredito realmente no socialismo, coisa que nunca antes tinha acontecido.» Paradoxal porque Orwell — que desde há anos *acreditava* no socialismo — só na Catalunha pudera pôr à prova esse sentimento ao ver o socialismo em acto.

Andreu Nin, inimigo figadal do regime estalinista, é sequestrado no dia 16 de Junho de 1937 por agentes soviéticos. Torturado, acaba por ser assassinado, por nunca ter falado, ficando o seu *caso* e o do POUM publicamente enterrado — e só em 1992, após a abertura, em Moscovo, de certos arquivos do KGB, pôde ser inteiramente deslindado. O martírio de Nin não sairá, durante muito tempo, da lembrança de Orwell; a personagem de Goldstein, em *1984*, representa-o tanto a ele como a Trotski.

A orquestrada campanha de falsificações que os estalinistas desencadeiam em 1937 contra o POUM e os anarquistas, acusando o primeiro, graças a um plano meticulosamente concebido, de colaborar secretamente com os fascistas, e os segundos de serem «objectivamente fascistas», e sobretudo o desenlace dessa operação, a ilegalização e destruição deste partido, constituem uma novidade na história contemporânea, agravada pelo facto de isso não ter suscitado protestos internacionais nos meios políticos e intelectuais e de tais infâmias, pelo contrário, terem sido acolhidas como notícias verídicas, para espanto e nojo de Orwell quando ainda em Barcelona pôde ler jornais ingleses.

A operação fora cientificamente preparada, e o próprio Orwell levou algum tempo a amadurecer a lição de tais eventos. Só após o fim dos combates de Barcelona pôde apreender, em toda a sua extensão, a temível importância das inomináveis mentiras difundidas pela imprensa internacional no respeitante a Espanha.

Por conseguinte, para a elaboração do conceito de totalitarismo, a experiência espanhola, conjugando a acção do reformismo e do fascismo, foi para Orwell essencial, obviamente por ter feito parte dela e por ele próprio haver sido alvo das perseguições movidas pelos estalinistas. Contribuíam para a constituição do totalitarismo, a seu ver, elementos comuns oriundos do estalinismo e do nazismo, sintetizados no controlo e na concentração do poder pelo escol do partido, disso resultando a mobilização da sociedade para uma guerra permanente. Entre 1936 e 1940, outros analistas tiveram esta mesma percepção da evolução política, particularmente Arthur Koestler, Franz Borkenau e Ignazio Silone. Só bastante depois, já nos anos 50, os investigadores universitários chegaram a conclusões semelhantes, *inventando* ou *descobrindo* a tese do totalitarismo, que então puderam desenvolver mais amplamente, em especial Hannah Arendt em *As Origens do Totalitarismo*, de 1951, e Carl Friederich e Zbigniew Brzezinski em *Totalitarian Dictatorship and Autocracy*, de 1956. Hannah Arendt, porém, nunca cita a obra de Orwell, apesar de 1984 antecipar muitas das conclusões a que ela própria chega.

As Condições de Redacção

Orwell, que começara em 1943 a conceber *1984* (hesitando entre esse e um outro título, «O Último Homem na Europa»), «foi-o arrastando» até ao Verão de 1947, altura em que começou a redigi-lo na longínqua ilha escocesa de Jura, numa quinta abandonada, Barnhill, que alugou, apesar das condições pouco favoráveis à sua saúde frágil, para voltar a viver no campo. A tuberculose, porém, que já o atacara no ano anterior, irá acentuar-se, tornando amiúde penoso o trabalho de redacção do novo livro. Em fins de Dezembro de 1947, ao piorar, é hospitalizado em East Kilbridge, perto de Glasgow, onde irá ficar sete meses. Em Julho de 1948 poderá voltar àquele seu sonho da ilha de Jura, mas ali, bastante debilitado e sem nunca conseguir a ajuda duma dactilógrafa, que solicita várias vezes, acaba por passar sozinho a limpo, à máquina, todo o manuscrito, por vezes sentado na cama, sendo o esforço físico de dactilografar, e não o esforço intelectual de revisão ou o pessimismo do tema, que o leva a um quase total esgotamento. Fica de cama durante todo o mês de Dezembro, procurando ao mesmo tempo lugar num sanatório privado, onde possa dispor de um quarto para trabalhar. Consegue-o em Janeiro seguinte, em Craham, a 275 metros de altitude (o máximo no Sul de Inglaterra), perto de Gloucester, com a obrigação de manter repouso absoluto, a que pouco obedece. O agravamento do seu estado de saúde leva os amigos a interná-lo, a 3 de Setembro de 1949, no University College Hospital, em Londres, onde irá morrer, de uma hemorragia pulmonar, a 21 de Janeiro de 1950.

Mil Novecentos e Oitenta e Quatro foi calorosamente acolhido. A primeira edição, de 25 mil exemplares, saiu em Londres a 8 de Junho de 1949 e em Nova Iorque cinco dias depois. Um ano mais tarde, quase 50 mil exemplares tinham já sido vendidos na Grã-Bretanha e 170 mil nos Estados Unidos, mais 190 mil de uma edição do Clube do Livro do Mês (na qual Orwell corajosamente não autorizou quaisquer cortes, como a editora, uma das maiores dos EUA, começara por impor). E, desde então, este livro nunca deixou de se editar, tal como, aliás, *Animal Farm* (*O Triunfo dos Porcos*, na edição portuguesa).

Os críticos ingleses, na sua maior parte, apreenderam o que estava em causa nesta obra. Veronica Wedgwood, no *Time and Tide*, e Julian Symons, no *Times Literary Supplement*, viram que Orwell não tinha escrito uma utopia ou uma antiutopia na tradição de Huxley ou Wells, mas que ampliara para 1984 certas tendências perceptíveis em 1948 (Symons chamou-lhe depois «próximo futuro» e mostrou que as sinistras invenções desta oligarquia eram apenas o desenvolvimento de elementos já presentes durante a guerra e no pós-guerra). «Foi sem dúvida nenhuma com a intenção de impedir que o seu vaticínio se realize», notou Wedgwood, «que Orwell escreveu o livro mais poderoso, mais apaixonante e mais precioso de toda a sua obra». Na Alemanha, o historiador Golo Mann, filho de Thomas Mann, viu também claramente, nas colunas do *Frankfurter Rundschau*, que não se tratava de uma profecia mas sim de um aviso, e sendo certo que em grande parte se inspirava nas instituições estalinistas, também devia muito às instituições nazis e fascistas, deplorando Mann que certos autores norte-americanos tivessem já transformado *O Triunfo dos Porcos* em propaganda anticomunista, modificando assim o seu alcance geral.

V. S. Pritchett descreveu-o como uma «sátira» (termo com que Orwell várias vezes definiu este seu livro), elogiando as suas grandes qualidades e declarando que era tão portentoso como uma obra de Swift, uma sátira feroz da «corrupção moral do poder absoluto». Symons também falou de sátira, tendo o cuidado de lembrar ao leitor as obras anteriores de Orwell e descrevendo honestamente as suas posições políticas.

A maior parte dos críticos considerou portanto este livro como uma espécie de tratado imaginário do totalitarismo, cujos conceitos se alicerçavam em tendências presentes no mundo moderno, decorrentes de todas as ideologias e transcendendo-as. Mas os comunistas não foram desta opinião. Kate Carr, no *Daily Worker*, e Arthur Calder-Marshall, no *Reynold's News*, viram nele simples propaganda da guerra fria, dizendo a primeira aos seus leitores que mesmo como romance fora acolhido com «repugnância e incredulidade» pela imprensa liberal burguesa. Quanto a Arthur Calder-Marshall, declarou que o único objectivo do livro consistia em insultar a União Soviética e atiçar o ódio contra este país. No entanto, mal alguns exemplares puderam chegar à Europa de Leste, certos autênticos *apparatchik* mostraram-se muito impressionados com as verdades enunciadas e a sua presciência.

Nos Estados Unidos o livro foi alvo de muitas recensões críticas, todas tão inteligentes e positivas como as de Wedgwood, Pritchett ou Symons. Lionel Trilling compreendeu que o livro não era um ataque contra o comunismo ou o socialismo em geral, mas sim contra todos os factores que na sociedade moderna podiam conduzir a uma vida de «privação, embrutecimento e medo», louvando «a intensidade e a paixão» postas neste «livro monumental». Ainda nos EUA, certos comunistas, não podendo senão reconhecer-se no grande espelho que Orwell lhes punha em frente, atacaram-no também. «Segundo parece, chegámos ao que há de mais degradante, agora que Ezra Pound se viu recompensado pelo Governo e que George Orwell se tornou um *best-seller*», escrevia Sam Sillen no *Masses and Mainstream*.

Orwell divertiu-se certamente com este tipo de críticas, tal como deve ter ficado sensibilizado ao ler as cartas calorosas e de penetrante inteligência recebidas de alguns dos seus velhos amigos, bem como de novos e distintos admiradores: Aldous Huxley, Margaret Storm Jameson, Roy Campbell, Lawrence Durrell, Bertrand Russell e John Dos Passos.

Alguns factos, todavia, na primeira vaga de críticas, foram mais inquietantes que os insultos dos estalinistas. Não só não foram estes os únicos a ver na obra um livro anticomunista, a eles se juntando, curiosamente, as publicações financeiras *The Economist* de Londres ou o *Wall Street Journal* de Nova Iorque, como também muitos outros jornais norte-americanos, na esteira da *Time* e da *Life*, o apresentaram como um vasto ataque ao socialismo. Para estas, o Angsoc (Socing, na tradução portuguesa) era o Partido Trabalhista, e a Oceânia tornava-se, sem matizes, a profecia de um homem de esquerda que renegara as suas convicções ou de um distinto autor inglês escrevendo sobre o que *aconteceria* caso uma instituição como a livre empresa não fosse firmemente defendida...

Com isto, Orwell mostrou-se profundamente agastado, decidindo ditar uma declaração ao seu editor e amigo, Fred Warburg, que este redigiu para a imprensa.

Orwell sobre *Mil Novecentos e Oitenta e Quatro*

Foi aventado por alguns críticos de *1984* que a opinião do autor consistiria em dizer que algo semelhante àquilo narrado no livro, ou disso próximo, irá acontecer nos próximos quarenta anos no mundo ocidental. Tal não é exacto. Não esquecendo que o livro, no fim de contas, é uma sátira, penso que *poderá* acontecer algo como *1984*. É essa a orientação que o mundo actualmente toma, estando essa tendência profundamente enraizada nas bases económicas, sociais e políticas da actual situação do mundo.

Mais especificamente, o perigo reside na estrutura imposta às comunidades socialistas e capitalistas liberais pela necessidade de prepararem, com os seus novos armamentos, uma guerra geral contra a União Soviética, incluindo nestes, obviamente, o mais poderoso e conhecido, a bomba atómica. Mas o perigo reside também na aceitação da perspectiva totalitarista por intelectuais de todas as tendências. A moral desta situação perigosa e aterradora é simples: *Não permitam que isso aconteça. Depende de vocês.*

Segundo George Orwell, caso viessem a existir as sociedades que descreve no romance, haveria vários super-Estados, encontrando-se isso perfeitamente explicado nos capítulos respectivos. Essa perspectiva é igualmente abordada, embora de um prisma diferente, por James Burnham, no seu ensaio *The Managerial Revolution*. Estes super-Estados opor-se-iam mutuamente, ou então (é uma ideia do romance) pretenderiam mostrar-se mais opostos uns aos outros do que na realidade seriam. Dois destes super-Estados, obviamente, seriam o mundo anglo-americano e a Eurásia. Caso estes dois blocos viessem a definir-se como inimigos mortais, é evidente que os anglo-americanos não adoptariam o nome dos seus opositores, não se apresentando na cena da História como comunistas. Para eles próprios terão, por conseguinte, de encontrar um novo nome. O nome proposto em 1984 é naturalmente o de Angsoc, mas na prática há várias opções. Nos Estados Unidos, a expressão «americanismo» ou «cem por cento americano» poderá ser a que convém, sendo este adjectivo qualificativo totalitário na perfeição.

*

Mil Novecentos e Oitenta e Quatro é uma advertência racional e longamente premeditada contra as tendências totalitárias existentes nas sociedades como as nossas, mais do que a súbita profecia de uma eventual tomada de poder soviética ou neonazi, e ainda menos um grito de desespero ou uma negação, por Orwell, do seu socialismo democrático. O seu estilo vívido empresta autenticidade ao contexto por ele delineado de um Estado que os próprios homens tornaram infernal, tal como o seu estilo lírico soubera apresentar a feição natural, pastoril e igualitária da utopia no *Triunfo dos Porcos*. É certo que *Mil Novecentos e Oitenta e Quatro* constitui uma criação mais sociológica do que psicológica, mas não deixa por isso de ser uma criação de grande fôlego. É curioso alguns críticos esforçarem-se por identificar o ponto de vista *geral* destes dois livros com o carácter do seu autor — como se fosse coisa rara um grande escritor sem imaginação, capaz de contar as suas experiências mas não de as transformar. É porém verdade que o escritor ensaísta, o editorialista do *Tribune*, o George Orwell directamente nascido de Eric Blair, facilita ele próprio esse equívoco, encorajando os leitores a lerem-no literalmente. Após o acolhimento feito nos Estados Unidos ao *Triunfo dos Porcos*, deveria ter-se protegido contra tais deformações e contra os amigos indesejáveis, praticando o que sempre soubera preconizar: uma inequívoca clareza na significação do texto. Teria sem dúvida sido melhor sacrificar algumas belezas formais do romance em proveito de uma maior clareza da intenção, em vez de se ver obrigado a redigir posteriormente um memorando para a imprensa norte-americana e para as agências jornalísticas. Caso ele tivesse «falhado» este livro, como chegou a escrever a Julian Symons, teria sido sobretudo deste ponto de vista.

E não obstante, escreveu uma obra-prima de reflexão política. *Mil Novecentos e Oitenta e Quatro* está para o século XX como o *Leviatã* de Thomas Hobbes está para o século XVII. Definiu e mostrou o perigo do totalitarismo ao mesmo tempo que o parodiava, precisamente como Hobbes definira e tentara *justificar* o poder autocrático.

Em St Cyprian, na *prep school* que frequentou entre os oito e os treze anos, perto de Eastbourne, no Sul de Inglaterra, e na Birmânia, onde foi oficial da polícia imperial britânica durante cinco anos, Orwell pudera observar, por experiência directa, os sistemas autocráticos de governação, mas a sua longa viagem através da política europeia durante os anos 30 e 40 leva-o a compreender que a maior ameaça para a humanidade reside no totalitarismo. O primeiro limita o nosso humanismo, mas o segundo destrói-o. Foi este um dos seus grandes temas. Se o totalitarismo se tornasse a nossa vida de todos os dias, os nossos outros valores humanos, a liberdade, a fraternidade, a justiça social, o amor da literatura, o apreço pelo diálogo franco e a escrita clara, a fé na honestidade natural e na correcção natural das pessoas comuns, o amor pela natureza, o prazer de constatar a diversidade dos homens, o patriotismo (que nele significava simplesmente o amor à sua terra, que opunha ao nacionalismo), tudo isso desapareceria. Se Orwell sublinhava a primazia do fenómeno político, a verdade é que o fazia para defender valores não políticos. Por isso mesmo, embora antes de mais nada fosse um escritor político, não definira explicitamente as suas posições neste último romance, sendo este o defeito da sua obra-prima da literatura e do pensamento político. Porque precisamos de saber que razão fundamenta a esperança nos proletários; porque precisamos de saber se ele pensava que o poder absoluto não tinha necessidade de outra ideologia que não fosse a do próprio poder para si mesmo, ou se com isso apenas pretendia esboçar uma sátira dos sedentos de poder. *Mil Novecentos e Oitenta e Quatro* apresentava-se inteiramente compatível com o que antes publicara, decorrendo o essencial da sua inspiração do que anteriormente escrevera. Mas não resume o trabalho de toda a sua vida, não é a súmula de toda a sua obra; e muito menos é um testamento, político ou de qualquer outra natureza. Foi, muito simplesmente, o último livro que escreveu antes de morrer.

Texto traduzido e substancialmente adaptado da biografia de BERNARD CRICK, *George Orwell, A Life*, Secker & Warburg, Londres, 1980.

BIG BROTHE
IS WATCHING
YO

Da primeira versão cinematográfica (1956)
de *Mil Novecentos e Oitenta e Quatro*

Índice

Este livro foi composto com caracteres Feijoa,
tipo desenhado por Kris Sowersby em 2008.
Impresso em Coral Book 80 gramas, creme.